品味

静子 著

随缘

天津出版传媒集团
天津人民出版社

图书在版编目（CIP）数据

品味 / 静子著 . -- 天津 : 天津人民出版社，
2017.10（2025.4 重印）
ISBN 978-7-201-12233-5

Ⅰ . ①品… Ⅱ . ①静… Ⅲ . ①随笔—作品集—中国—
当代 Ⅳ . ① I267.1

中国版本图书馆 CIP 数据核字 (2017) 第 228097 号

品味
PINWEI

出　　版　天津人民出版社
出 版 人　黄　沛
地　　址　天津市和平区西康路 35 号康岳大厦
邮政编码　300051
网　　址　http://www.tjrmcbs.com
电子邮箱　tjrmcbs@126.com

责任编辑　张潇文
装帧设计　马晓琴

制版印刷　三河市天润建兴印务有限公司
经　　销　新华书店
开　　本　660 × 960 毫米　1/16
印　　张　21.5
字　　数　195 千字
版次印次　2017 年 10 月第 1 版　2025 年 4 月第 3 次印刷
定　　价　55.80 元

序言

慢生活 静品味

多少年来，我一直为生计奔波忙碌，和所有人一样，沉湎在滚滚红尘，甚至难得偷得浮生半日闲，读闲书，品闲茶，或者什么都不做，静静地坐在野外或街头，看日出日落，看车水马龙。

但骨子里真的很喜欢慢慢地生活，静静地品味，并一直渴望过这样的生活。快节奏是时代的发展，也是不可更改的现实。后来终于明白，无论慢生活，还是静品味，其实都是一种态度，一种活法；况且，品味也未必非高山流水、阳春白雪不可，说到底是一种生活方式，自然也包含格调品味，但更重要的是生活的充实、踏实，不白白虚度光阴。

我给自己取名静子，就是对慢生活静品味的向往，喜静，觅幽，淡定。

以静子名行，已近不惑之年，依然迷惑。但知天命天道也，顺

天应命。修为，品位，生活，情趣，悠然。足矣。琴棋书画诗酒花茶，样样冶情养人。高人雅士，穿越古今，尽在书中，愿步后尘。雅我所愿也，可谁又能完全脱俗？无瓦尔登湖，居无花花园，守四千图书，不远游，少交往，非隐者，隐无可隐，散淡而已。喜黄老之道，爱玄异之学，做无用功夫。闲暇习学易经，通六爻八卦，精梅花易数。大学毕业后曾从事教育、商业、编辑、预测、广告经营等，混饭罢了，今已为散淡人，无欲无望，然无欲不刚，腐儒而已。报纸杂志发表过诗文，出版过诗歌散文大同文化等方面的几部破书，被大同地方文献馆收藏。已成过往，不愿提起。

今散居大同，无事，已为酒囊茶袋，品茗饮酒后，兴之所至，情之使然，又提笔胡言乱语，不为柴米油盐，亦不招蜂引蝶，呵呵。清闲好难，淡定更难，永远达不到我佛的高度，因为放不下，动则着相了。面对诗歌，我无言，亦羞愧，写下《埋藏诗歌》，就不敢吟诗了。诗歌是文学皇冠上的明珠。时下所谓的回车分行诗，更不敢读，怕晕过去。好诗还是喜欢读的，荡涤心灵。临临帖，写写字，自刻印章，书而无法，本非书法，书写心情，随心尽兴而已，无价而有质，有缘收藏，无缘自毁；常买书，常读书，随读随忘，记又何用，用无所用罢了；游离于佛道儒之间，不烧香，无法术，或有而不用，做点善事而已，终归世外化人。从 2009 年开始，重新归来拾笔，偶尔在报纸杂志发表一些散文，并非文采飞扬，承蒙编辑不弃哦。有散文选入选本，多篇散文收入中国教育部和清华大学主办的知网“中国精品文艺作品期刊文献库”里。静静地写你的，本来无名，由不得自己。知我者，何须我言，不知我者，言又何必？平

生不善交往，友人少，知交更少。想写就写一点，不想写就不写了。本无所谓，玩而已，自得其乐。张石山老师评我散文：写的沉着，除尽了火气，归于平淡而见功力。鲁顺民兄评我的文字：就是和尚气太重。又看着我笑笑：假和尚。我说：真道士也，道人静子。王保忠兄评我的文字：静子就是城市里的一棵庄稼，散发着日渐为我们陌生的老田野气息，老乡村气息。他将记忆挤出奶来，给自己喝。他就靠着向后的记忆推动着向前的文学。名编颜德良先生评我的文字：静子隐得好深啊。诗人、出版社编辑莫卧儿评我的乡村散文：应该说你是一位成熟而有才气的作者，看你的文字有时会让我想起萧红的《呼兰河传》。薛勇兄笑谈我的文字：有烟火气。格局越来越大，笔触越快越细腻。我本烟火中人，欲雅还俗，欲俗难俗。我评我的文字：静。称他们为兄，非比我大也，是以兄视之。也算中国散文家协会会员，山西作协会员，何足道哉，随其自然，不求进步，布衣白丁，甘愿老死桑田李下，自号云中山人，别名静子道人，真名几乎忘矣，呵呵，玩而已。

帘儿底下，静待花开，开不开随意随缘。今日我非我，明天我是谁？一切于我若浮云，过眼即逝。只要玩的淡定，玩出情趣，何必在乎名利。无名小卒，不值一提，成成败败不足论，古古今今岂堪提，壮犹不如人，老何为？淡然淡然再淡然，无相无相再无相。还是安安静静好。何必絮叨，呵呵，吃茶去。

目录

品慢

就这样慢慢地老去

陪伴多日，又无可奈何地目送着日渐苍老的父母，在机能衰竭殆尽后猝然离世，撒手人寰。在木然地经历了烦琐的土葬仪式后，见面后人们都这样说，这孩子真老了，就是我自己也感到，一下子苍老了许多，仿佛多年前我看到父母苍老的瞬间。

在父母面前，或眼里，再大，也还是孩子。我看见，已经六十多岁的大哥，要上厕所，八十大几的母亲忙撕拉着卫生纸，折叠好递上，那种温情，让我不由地落泪。有妈的孩子的确像块宝。

自然，没妈的孩子，无论多大，都像根草，随风飘摇。

一直急速前行的时光，仿佛戛然而止，或者一下子缓慢下来，几近乎凝固了。眼前是那块多年前收藏后，已落满尘埃，一直懒得或无心再多看一眼的琥珀，轻轻擦拭后，似乎比当年还要宁静，发着陈年松香般的幽光，却缺少松香所散发的香味。瞬息凝结在里边

来不及振翼的昆虫，并不因又经历了漫长的时光而苍老，深深打上岁月的印记，依旧像当初壮烈牺牲时一样，音容笑貌丝毫未改，以为是去赴一个美丽的约会。在凝固的瞬息，永远将过去、现在、未来一块凝固了，只有空间，没有了时间。

人，却不会如此幸运，或者说不幸。眼睁睁地看着，岁月匆匆流逝，先是鬓发微霜，继而雪白，由不得老去，仿佛落花流水，几多无奈。又眼睁睁地被看着，生命在急骤的衰老中一点一点割肉般消亡，几乎一夜间，春秋几度，直至入土化灰，完完全全回归于自然。春月秋花，成为最后的遥远的记忆，冬天的绿茸茸的春梦。

对着镜子，苍老的容颜更加真切。没有一点回味和想象的余地。也许，早就如此，但我却从未发现，鬓角的几缕银丝，跳跃着，散漫着，向上向后传染式地延续着，一簇簇，一片片，近于三月的杏花，一树堆雪。去年的三月，看着满园银色的花海，我还充满诗意。今年，那煽情的诗句再也飘逸不起，被覆盖着，倒有几分沉重了。亲历了太多的白色，和白色联系在一起的总是突然走近的甩不脱的死亡，以及死亡前挣扎中愈苍老的映像，在我的脑海叠演着，幻灯片似的，还来不及丽亮，就又沉入更深的黑暗，那形象的确是刻骨铭心的。皱巴巴的，老杨树皮似的面容，眼角鱼尾纹旁，是连绵起伏延伸不断的沟壑，像一沓揉过的脏兮兮的皱纹纸，随意地丢弃在那里，被踏来踩去，却没有一个人愿意注意到，似乎压根儿就不存在。这就是无可逃脱的衰老，就是衰老过程真实的幻境，或者说最直接的现实。

倘若不是亲历父母亲在衰老中一点一点最后的消逝，我想，我

不会这样的释然，一下子抖落最沉重的重压，那种轻松感恐怕没有比叫作释然更贴切了。人，迟早都有这样的经历，像大自然的秋冬，无法抗拒，即使温暖如太阳的光辉，也无法从根本上改变冬天的现状，冬天就是冬天，凝固的时候依旧凝固，光芒只增加冰的晶莹度，触摸下，依然冰凉依旧。经历太早，懵懵懂懂，不会有太深的理解。只有经历了沧海桑田的巨变，再面对死亡，才会有大彻大悟后的释然。

送走父母的那个黄昏，其实午前已下葬，我回来后一直沉睡到黄昏，醒来后，我第一次感到自己的苍老，感觉到这是在父母家最后一次安睡，从此再也没有父母家了，虽然房屋还在。屋里空荡荡的，窗外似乎也空空荡荡，繁华世界似水流过，忽儿遥远起来。洗尽留下的铅华，沉重地压在地上，我却毫无感觉，似乎与我无关。我懒得亮灯，懒得拉上隔绝外面世界的窗帘，往日杂音总是穿透玻璃，一波一波撞击耳鼓，散发出挥不去的轰鸣。这天，却是如此的沉静，一切都消失了，模糊的雨线，从午到晚，织着一锭看不见头尾的布匹，灰茫茫的。我的思绪，先时还是清晰的，往事一幕一幕，穿越时空而来，经历着，重叠着，渐渐就模糊了，如黏黏的糨糊，消失了，时间和世界的脚步，慢慢地慢了下来，几近乎凝固。恍惚是一个宁静的夜晚，我坐在巷子的尽头，听着另一边巷口响起沉重的足音，一步，一步，分得出举起落下的声音，由远及近，缓缓地、缓缓地走来。我甚至听得见自己的心跳，也随着这种缓慢律动起来。

我心中忽儿一动，就这样慢慢地、慢慢地老去，如树，如石，如水，又何尝不是一种幸福。

一切随缘，自然一些。我已经不会为了更年轻一些，刻意修饰自己，染黑已经发白的头发，也不会为了消减脸上的皱纹，做个面膜，在美容床上一躺半天，折磨自己，也折磨别人，不会，绝对不会。衰老，乃至死亡，是自然规律，天地若此，何况人类。一切随意，自然最好。

曾经，我是那么心急如焚，想匆匆地远行，却总感到负载超重，步履维艰，走的是那么辛苦，却发现，并没有走多远，甚至像太阳的旅行，走了一圈，又回到原先出发的地点。现在回首，不禁哑然失笑，其实，人生本没有那么匆匆，是我们自己，总喜欢给自己设置许多障碍，安排许多不必要的急行军，把自己弄得身心疲惫，而不觉意中，在坎坷的经历后，衰老已经降临，如影追随，再也无法推开。即便如此，也大可不必惊慌，有孔夫子站在河边，夕阳西下的感慨：逝者如斯夫，逝者如斯夫。其实，河水从来都是这样，从盘古开天辟地之始，就潺潺不断地日夜流淌着。只是许多时候，被我们忽略了，包括对白天黑夜的忽略。苍老也是这样，一直在不觉意中量变着，直到有一天，我们突然看到了质变，一时难以接受，不免伤感起来。其实，并没有什么可怕的，人生本来不是一条直线，是一条完整的抛物线，从出世那一刻就被抛起，注定要经风雨见世面，抛到一定的高度，就开始落下了，只是有的人落得快，有的人落得慢，相当缓慢，其实，那只是一种感觉，加速度的，往往不是外力，而是我们自己。落，终归是要落的。

想到这些，我真的释然了许多，也没有了匆匆忙忙的感觉，实在没有一件事，需要我们放弃自我，匆匆地慷慨就义的。今天做，

和明天做，并没有本质上的区别。甚至于，做与不做，其实也没有多少所谓的意义。我们买了鲜花去看病危的恩师，老人家淡然一笑，买那干么，又不能多挽回我一天生命。许多时候，我们在玩虚的，却当实的，玩的相当认真。那种匆匆，真的很累，且没有必要。

像画一幅画，心静时，或者说有感觉时，随意地画上几笔，不想画时，就放下，勉强自己，就像强扭的瓜，并不甜。去做自己想做的事，或者泡一壶茶，看着茶香隐在雾气中氤氲地弥散，即使一口不喝，也已经是一种享受。半躺着，捧着书卷，即便读后一句都没记得，但读时那种悠然心会的快感，已然足矣。

在某个黄昏，我想到一位久未谋面的朋友，就踏着月光去寻访，慢慢悠悠地走街串巷，到了楼下，已近半夜，见他屋里的灯依旧亮着，虽然看不见他灯下的身影，是弯曲依旧，还是躺在床上，一个人静静地读书。我想都懒得想，知他安好就行了，忽儿心清如水，就像踏月访友的这个夜晚。初时访友的激情荡然无存，就是见面，已没有多少话要说，我毫不犹豫地转身离去，缓步踱回，绝不会再像从前，为了一个心愿，违心地去做早已索然无味的事情，专给别人看。

回到家中，仍无睡意，就亮起所有的灯，我随意地躺在地板上，什么也不做，不听音响，不读旧书，不喝咖啡，不看手机上排了一串的短信，甚至不翻翻就躺在身边矮腿书桌上一沓大大小小的信件。不思，不想，任意识，或者说无意识，随意地，无意地，像偌大的客厅卧室弥散，回环，轻烟似的，若有若无。我只感觉到自身的存在，轻飘飘的，飘飘欲仙。我想，我还是就这样慢慢地老去吧。

一切，等天亮后，太阳冉冉升起，霞光漫进窗纱再说吧。

来日方长。

素生活，慢生活

终于放下，平静下

来，平淡起来，过上了我喜欢的素生活，慢生活。

一说素生活，很容易使人产生一种误解，以为只是素食，最多青灯古佛，麻衣素食，出尘了。或者说落魄了，清贫起来，鬻粥度日都难。这也难怪，千百年来形成的定式，又是在这样一种商品大潮下，观念的改变并非一朝一夕的事，被人误解也情有可原。选择什么样的生活方式，不是做给谁看的，原本是自己的事情。我所向往的素生活，不仅仅是吃素，或者说参禅打坐那么简单，虽说也包含着一种禅意，如拈花微笑那么自然、简单，悠然心会。

在我，素生活，与其说是一种形式，倒不如说是一种生活的姿态，一种精神，再拔高一点说，是一种境界，一种淡然悠然的生活意境。麻衣布履，轻便飘然，是素生活；温酒读夜，煨茶听雪，是素生活；玉壶美酒，花下独酌，也是一种素生活。只要心清如水，淡然处之，举手投足，都是素的，所谓一片冰心在玉壶，心素自然素。不然，利欲熏心，浑浊不堪，什么也放不下，素又如何？

说彻了，素生活，就是从身到心清淡、简约的生活，是慢格调的，重质而不重量，质高，量随意，但这一切又不是刻意追求的，过度则累；是自然而然的，如阳光流淌，清辉漫溢，小桥流水，是一

种纯自然的状态，恬淡，安谧，漫随时光流淌消逝，而并不在意。

这质朴，这纯粹，自然是一种素，一种别有韵致的素。看似简单，做到却更难。明显与时代的快节奏不大合拍，有些时光倒流的感觉，但我喜欢，发自内心的喜欢。

经历了才知道，蓦然回首的超然和重要。

曾经，在素生活之前，相对于素生活而言，我有过一段荤生活。那也是我曾经特别渴望的、羡慕的、热衷的梦寐以求的生活，在窒息的平淡中，真是淡出鸟儿来了，便竭力追逐所谓的潇洒，终于闯进滚滚红尘中的名利场，灯红酒绿，纸醉金迷，以为这才是真正的人生，男儿自当如此。在酒精中眩晕迷失，在歌舞中沉湎陶醉，在商海中驰骋搏战，如戈如剑，如木偶，几不知自己了。身心疲惫，又不得不亢奋，在金钱利益面前，吃了麻醉剂一般，兴奋，疲软，沉沦，我终于厌倦了这样的生活，太荤了，不止一次唤醒自己，这荤生活，并不是自己真正想要的，也不适合自己。

生活的步子，自然慢了下来，我沉思，忆想，探求，究竟什么样的生活，才是我应该并喜欢的。四十年恍如一梦，瞬息流过，但似乎又很漫长，稠稠的，浑浑噩噩，自我迷失其中，沉浮起落，浑然不觉，还自以为沧海横流，浪遏飞舟呢。其实，于大自然而言，连沧海一粟都谈不上，生生灭灭，亦如朝生夕死的蜉蝣，没有谁会在意，自我感觉都麻木了。

我陷入悠远的回忆里，有时是一种漫忆，天上，地下，过去，未来，来来回回地漫游，不着边际。回忆，并不完全是美好的，也不会因逝去而美好起来，有时很沉重，叠上许多沉淀的重复的记忆；有

时又很空洞，轻飘飘的，烟缕一样消散了，空茫茫的，一无所有。曾经的辉煌，是那么虚幻，归于空寂。我想，人生纵然长命百岁，一直随波逐流，得过且过，没有一点自我，纵然百年，又和一天有什么区别呢？

就这个意义而言，人生一世，的确像一张白纸，至于画什么样的图画，留下什么样的轨迹，真的全靠自己了。选择什么样的生活，就会留下什么样的痕迹，是美，是善，是真，是虚，是幻，真的不是一两句话能说清的，到明白时，为时已晚，木已成舟了。人生无悔，不过是说说而已，悔又如何？逝者如斯夫，孔圣人都无可奈何，我辈怎又追得回呢？

我曾经很喜欢岳飞《满江红》的悲怆壮烈，自以为那是最高尚的情操，男儿当如此。每每击节高歌，慷慨悲凉，热泪沾襟，可激情消退，却分外寂寞，倍感曲高和寡。英雄的时代业已遥远，英雄的本身就是一个光环，愈黑暗愈闪亮，在阳光流溢的时候，天光明柔，风和日丽，一切趋于平淡，再伟大的英雄壮举，也如堂吉诃德的长矛和风车了。况且，那本来就不是生活的全部，即使是在那个诞生英雄的史诗年代，也是放大了的特写镜头。成就英雄是瞬间的，之前是凡人的生活，之后被光环笼罩着，内里其实还是凡人的生活，若不自知，不识庐山真面目，那就只有痛苦相伴了。后来听得有学者论证，《满江红》也非岳飞亲传，是后人仿造的，震惊之余，我还是觉得，不管作者是谁，《满江红》却是一首英雄主义的杰作，将慷慨激昂的英雄情怀演绎到了极致。梦醒已黄昏，就是现在，也常常被这种情怀激动着，一时不能自已，但也只是潮起潮落的情形。

也曾经喜欢范仲淹《岳阳楼记》的格调，反复诵读，烂熟于胸，挥笔泼墨，几度书法悬挂于壁。自以为深得其髓，常以“先天之下忧而忧，后天之下乐而乐”勉励自己，着力塑造一个天下为公的自我。直到处处碰壁，举步维艰，才发现，光明的背后并非还是光明，而漫漫无边的黑暗，光明只是一层壁膜，如纸一样薄，一捅就破，瞬间便被黑暗淹没了。人，生来都有两面，一面是给别人看的，驴粪蛋一样表面光滑，一面留给自己，那才是真实的，有时急了，就真相毕露了。

于是，从一个极端走向另一个极端，我从另一面理解着张说的《钱本草》，整日只与孔方兄为舞，沉湎其中，乐以忘忧，病入膏肓而不自知。直到有一天，累极，病倒，幡然悔悟，才从正面读出《钱本草》的本意，明白了张说救世的良苦用心。钱，如药，于生活固然重要，钱不是生活的全部，但没钱是万万不能的，尤其在这样一个拜金主义占了上风的时代，甚至代表着身份，维护着尊严。大把大把的钱，从手里流过，但都是必需的，与快乐无关。起码在我是这样的。花钱，不在多少，主要看是必需的，还是不必需的。花必需的钱，比如柴米油盐水电费，有何快感而言？为爱好，花再少的钱，是非必需的，不花也行，花了就快乐。人生八雅，雅虽雅矣，哪个不是钱堆出来的，光有爱好是远远不够的。

那段心路与经历，无疑与素生活是格格不入的，甚至背道而驰。但正因为有了这一段荤生活，才使我豁然醒悟，断然结束了即将沉没的荤生活方舟，回头是岸，开始寻求另一种生活方式，这就是更适合自己的素生活。

人生一世，如匆匆过客，稍纵即逝，生命的小舟，稍不注意就迷航了。人生要义，无非有三，一是赡养孝敬父母，二是将子女培养成人，三便是做自己喜欢的事情。一二是义务，责无旁贷，但也不是轻易能做到的，有人倾其一生都做不好，身心疲惫，哪里又有精力时间和心情再做自己喜欢的事呢？有素生活可过，实在是一种福气。

在一般人的眼里，想过荤生活难，要有一定的条件，要有强大的经济基础做后盾，不然，捉襟见肘，荤不起的；相反，素生活就容易多了，穷人的生活，一天三素，想荤都难。其实，这又是一种误解，素生活，并非穷生活，缺少了素的韵致，亦如清淡不等于清贫，简约不等于一无所有，清，而淡雅，简，而质朴，有度，有品，这才是素生活的本质。顺其自然，顺应自然，并非随波逐流，也不是守株待兔，迷失自我，一味任其飘摇，而是使自我更完善、更纯洁、更高尚、更轻松，大有陶渊明种豆南山下的意趣，归于自然之道，天人合一的境界。从某种意义上说，素生活的确是一种境界，更趋于艺术化的境界。生活不是艺术，但艺术化的生活，无疑是美得，如一幅水墨画，一首明快的诗，一曲怡人的舞。

结束过去容易，开始新生活却难。趁着报纸广告承包经营到期，我关闭公司，解散团队，全身而退，彻彻底底结束了奋争八年、正如日中天的广告生涯，甚至屡屡谢绝朋友的各种邀请，完全远离商海，决绝地与昨天再见，突然消失于客户同行的视线，停用了手机，切断过去的一切联系，回到很少有人知道地址的新居，悠然地过起渴望已久的素生活。

自然，这不是隐居。素生活，也不是隐士式的生活，现代社会，交通通讯如此发达，定位仪之准确令人匪夷所思，没有桃花源，更没有悠然见南山的清幽，只是选择一种淡然、简单、轻松的生活态度，少受世俗干扰，过自由自在的生活而已。

原有的一切，戛然而止，淡出了我的日常生活，睡个自然醒，不必故弄玄虚地吟什么“大梦谁先觉，平生唯我知”，自负中充满出山的期待，心静如秋水。再也不用担心广告业务的多少，版面够不够，没完没了的协调；也没有烦人的电话铃声，在耳边响个不停，腻人的饭局鸦片一样缠住被吞噬的胃。一切是那么安谧、寂静，阳光自然地漫过窗纱，悠闲地在红木地板上流来流去，屋里是那么宁静空旷，思想可以毫无遮拦地自由流淌，或者凝固了，琥珀一样闪着淡淡的柔光。时光就这样静静地漫溢，流淌，随意挥洒。

读一些自己喜欢的书，写一些自己喜欢的文字，发表不发表，随意。品茗，小酌，弹琴，漫步，自由自在。这生活的确是雅致的，素净的，虽和理想中的素生活有差距，但相去不远，不过是更慵懒一些。悠闲的下午茶后，我常常沉浸在绵绵不绝的音乐里，有古典的，有回归自然的班得瑞，临帖，手谈，直到黄昏，然后下楼，沿着路边的林荫小道，悠然地散步，有时中途折回，有时绕一大圈，本来要去某个地方，兴尽就止步了，沿原路回来，做一些喜爱的美食，慢慢享受，包括做得过程。

远离了暴饮暴食，再也不用看杯盘狼藉的残景，为一点点业务，堆满笑脸，忍受别人的无理。那种窘境的确遥远了，仿佛从来没有发生过。现在，这属于自己的空间，完全是自由的，任性的，几个小

菜，一小杯烧酒，装在玉杯、青花杯里，随意地把玩品饮着，不急不缓，有些微玄晕，更多的却是惬意。

只有这时，远离人情世故，离真正的素却很近，伸手可触，甚至感觉得到轻微的呼吸，吐气如兰的气息。过去，吃腻了大鱼大肉，几个人相约着去素食坊吃素，素鱼，素鸡，仿真面桃，素而烦琐，不要说吃，就是想象中浩繁的加工程序，就有违素的本意，并不素。

现在，经过一段时间的调理后，一切都规律起来，自然起来，情趣如音乐，散漫的音乐，水一般地随地势的高低起起伏伏，简单，轻松，成了生活的主旋律，和风细雨，或风和日丽，成了素生活的主格调。自然与自我，达到了最完美的和谐。

然而，很大程度上，这素生活的环境是自造的，需要许多额外的非素的东西来维系，自己明明知道，却又有意忽略罢了，仅仅是心素而已，其实周围的一切并不和谐。从某种程度上而言，不时地侵略着、吞噬着，使我舒展的空间愈来愈小，有些窒息，我甚至忧虑，怀疑，这样不合群的素生活，究竟能走多远？荤也罢，素也罢，都需要一定的条件来维系，一旦失去雄厚的基础，变得空洞起来，如空中楼阁，那大厦说不定什么时候就会颓然而倾，夷为废墟。

我的担心，并不是多余的。过去，为钱所困，现在依然被钱所困。物价飞涨，积蓄贬值，出多进少的现状，时时冲击着素生活的堤栏，有决堤的危险。原本完美的构想出现了许多缺陷，一时危机四伏。虽然，素生活并非一味闲适，也包括适度的、自由的工作，前提是不太累，有意义，有意趣，服务别人的同时成就自己。但这种近乎理想化的工作状态，赚钱是漂亮、潇洒，但速度太慢，更主

要的是可遇而不可求。我正是这样做了，所得收入，很不均匀，来得快，去得更快，不必需的钱花起来如流水，这才有快意可言。这种随意性，愈来愈打破素生活的宁静。看来，我们不仅仅是一个自然的人，还是一个社会的人，除了悠然清闲，更多的是责任和义务。

何况，宁静的心境，不时就被打破，不得不为了所谓的人情世故，委曲求全，参加不喜欢也没有任何意义的活动。尽管几乎切断了不必要的联系，但想找你的人，即使多年不联系，偶尔碰面也是装作不认识，低头擦肩而过，但需要时，却会通过各种途径找到你，把收钱的请柬送到你手里，千叮咛，万嘱咐，多亲密似的，非出席不可，面子上的事情，使你不得不拿上大礼，赴一个完全陌生的宴会，味同嚼蜡地咽下去。每次后，总需要几天的时间，才能回归到原有的平静，找回素生活的感觉。

我一直努力坚持着，并坚守着我的素生活的底线。

我喜欢，并已经习惯了这样的素生活，慢生活，轻松，自在，但亦如院里的花草树木，舒展的同时，也经历着风风雨雨，以及自身的疾病、衰老，真是欲素难素，荤难，素更难，岂是一个简单的素字了得。

况且，做自己喜欢的事，开始还淡然，做着，做着，就认真了，难免患得患失，偏离了素生活的初衷，变得世俗起来，和原先没有什么两样。

怎么说呢，素生活也许有个度，也许没有，就连那个难以把握的度，也是自造的。譬如作文，文成则就，本无定式，到底该生活在哪个层面的素，管它呢，随它去吧，自然为上。

时光简史

风流过，从身边，从竖起的指尖，急速或缓缓流过。我感觉到了，却无法留住，哪怕片刻，像寒冬腊月呵出的气，霎时凝冻成雾冰，时光也仿佛随之凝固。这只是我瞬间的思绪，其实凝结留住的只是雾冰，时光早悄无声息地远去，无影无踪，看不见，也难以追逐。不要说时光，就是火轮一样滚动的红日，夸父的追逐，也已成了远古的神话。

我掬一捧风缕，想连同时光留住，但手里空空如也。我却仍被时光包裹着，久久停伫，发呆。

身边的花无声无息地开着，阳光流淌，叶上闪烁间消隐了水珠，更加葱绿。

流浪的大黄狗，灰头土脸，四处觅食游荡。

哦，这就是时光，伴我走过无数岁月，从孩童，到青年，直到如今夕阳缓缓西下霞光明媚绚烂的下午，黄昏远没有降临，但我同样感觉到了天之垂暮。时光，沐浴着我，若即若离，却又似乎从未远离的时光，似乎看得见，随阳光和天光的颜色在变化，却又无从捉摸。连孔夫子也只能以河流比喻时光：逝者如斯夫。站在河边远眺，除了感慨，真的无可奈何。

滚滚长江东逝水，而时光又流向何处？阳光四溢，黑暗弥合，却不知从何处来，到何处去。

我常常久伫一处，阳台上，或马路边，沉浸在天光里，任风流过，车水马龙从身边流过，即使思绪凝固，想象着时光如我一样停

止流淌急骤凝固，但似乎并没有阻止住时光的流淌，也没有阻止住自己的衰老，留下这样或那样树一般的年轮，清晰可寻。无形的手，驾驶的生命之舟，漂流回溯在时光之河，像潜艇一样，毫无声息地随意穿越。

一切的意志，在时光面前，显得无能为力，束手无策。

浪花淘尽的何止英雄。青山依旧在，几度夕阳红，只是没有赶上看见沧海桑田巨变罢了。

站在湛蓝辽阔的天穹下，城还算壮观，我却相当渺小。我感觉，我将朽去，如花开花落，落红成泥，化为炭水，归于土地。而时光从我身上越过，依然勇往直前，奔流而去，不再复回。站在时光之巅，回眸，我不过如露珠，如草芥，于别人简直可以忽略不计。这时，我才觉得，我想给时光写史的幼稚可笑。

是有点不自量力。但我是夸父的后代，身上还流淌着夸父的血液，有时就喜欢做明知不可为而为之的事情，即使如祖先，力竭渴死，化为桃林，一样将日追到东海隅谷。

但真要下笔，却又不知从何说起。坐在奶白的荧光屏前，灵活的手指渐渐僵硬起来，敲不出一个字，我仿佛听见时光流过时摩擦纸的声音。几千年的时光，是不是就这样眼睁睁地流过，一个模式，重叠而毫无变化。就像此刻凝伫在时光里的我，久久的凝伫，早麻木了，只见树木，不见森林，甚至毫无感觉，连经过的风缕也是那么迟滞。

时光史，想复杂也复杂不起来，只有简，起码在我是这样的。

况且，想给时光作史也难。如我，在时光里生活了近五十年，

看似漫长，但真正回想，也不过是刹那间的事情，连过眼烟云都谈不上，除了不觉意的苍老，似乎并没有多少刻骨铭心的印痕，时光依旧不可捉摸，流去的，空空如也，未来的，感觉到时，又已经消失。即使如大树，也不过是刻下时间的印记，岁月的年轮，一圈一圈，没有同历过，一样读不懂年轮所包含的内容，像麦圈似的，还是个谜。或者如幸运或不幸的蜜蜂，在瞬间永久地凝固在琥珀里，千万年留下并保持着最初的身影，讲述着一个偶然的故事，看似留住了时光，其实什么也没有留下，在时光的大海里，连一滴水都算不上，不过是某时某刻的一个标本，因某种原因存在下来，虽活灵活现，但生命早已停止，仅此而已。

我实在分辨不出，远古的蜜蜂或蝴蝶，和今天的蝴蝶，又有什么外形乃至于本质的不同。除了一个古老的时光概念，真的没有更丰富更实际的想象空间。鸡，还是鸡，羊还是羊，只有猴子，或者叫猿，据说进化成了人，但老猴子还在不断地生生息息，至于人与猿的缉别，还真的想象不出，总缺少必要的环节。

我是凡人。但亦如伟大的天才霍金，写了本著名的大作《时间简史》，相对而言，可谓洋洋大观，我读了起码不下五遍，但对于时间的历史，还真的不甚了了，并不比读前多多少，甚至更糊涂了，有些身在其中云里雾里的感觉，一旦阳光明媚，云雾散去，和此刻的感觉差不多，抓不住的风缕，抓不住的时光。

时间和时光，有什么区别，还真说不上，我理解，时间是一个时与空的量化概念，似乎又不准确，而时光，比之于时间，似乎更形象、更透彻些罢了。

风缕至不必说，或强或弱，就是和煦的晚风，一样能感觉到其存在。时光，水一样，又和水完全不一样的时光，看不见，摸不着，留不住，匀速而不紧不慢地流淌着，我感觉得到，并相信其存在于我的意识之外，而我不过是时光的过客。

但，就我所经历过的时光，似乎并不完全独立在意识之外，真的是可感的，且感觉并不一样。虽然我知道，时光随天地而诞生，与日月同辉，但那只是一种知识学养，我更有感受的，恐怕还是我所亲历的时光。

沉睡中的时光，不仅没有因黑暗而凝固，或稠粥一样流淌迟缓，在无意识中，反而流淌的更快，如箭穿梭。无梦自不必说，即使多梦，也似乎是瞬间的事情，大多时光是一片空白，或者像夜色一样朦朦胧胧，几近乎黑暗。失眠是痛苦的，纷乱的思绪和几近乎黑暗不动的时光，背向而行，那种漫长的拉锯撕扯，深刻地感受到时光真实的存在，此时的时光是黑色的，闪着看得见的幽光。像逆向的风缕，或水流，阻力愈大，愈感觉流淌迟滞中的加速。天色渐亮，鸟语婉转，站在含露沁香的花草旁，不嗅自香，头脑异常清晰，反感觉时光的流淌匀速起来。在眼前，仿佛真有条时光隧道，洞门大开，阳光涌进，一片光亮明媚。

这个时候，我清晰地感觉到，时光的脚，在我的意识内外迈出迈进，只是步履的快速缓慢而已，时光一直不停地在流淌，无论我的感觉如何。太阳，或月亮，不过是一个清楚的参照物，黑暗中一样不断行驶，停顿或缓慢，那仅仅是一种感觉，很个人化的感觉，甚至可以称作情绪。

但这种感觉，在我是深刻的。世界各地的时光，是不是一样长短，一样迅速，一样缓慢，我不知道，但我在乡村和城市，乃至小城镇度过的时光，似乎并不一样，起码感觉上是这样，泾渭分明，虽然最终流逝后同样不可捉摸。

曾将储存在记忆中的乡村时光，转化成文字，鲜活起来，像分装在罐里的奶或酒，然后在某个时候，打开封口，一小口一小口地慢慢咂巴享受，有滋有味。那时的时光，和记忆里感觉中的乡村时光一样散漫。其实，我只描摹最普遍的感觉，乡村的时光何止散漫，有时简直就处于空旷、凝固状态。小时候，生长其间，感觉上只是缓慢，最多是懒散。后来长久离开，偶尔回去，在村庄，看见记忆中龇牙咧嘴的土墙老屋，历尽风雨岁月，以为早已倒塌了，却依旧龇牙咧嘴着，和存储的记忆并没有多少区别。只是房屋的主人，被时光抛弃或融化了，回归到泥土里，不见踪影。其他的一切都存在着，几乎就没怎么变，尿浆石小巷的路，墙上的苍苔，豁沟打牙的墙头，甚至伸出墙头杏树的枝丫，就连流来荡去的光影，比之我童年的记忆，仍相差无几。我不知道，我离去三十多年的日子，乡村的时光是不是伫步了，或者在我意识之外凝固了。

但我知道，这只是痴人说梦。

熟悉的景象，在瞬息之后，竟渐渐陌生起来，因为我无意中发现了许多地方并不一样，相似的只是轮廓，就像一位多年不见的朋友，忽儿遇见，一眼便认了出来，还是过去的模样，过去的笑容，但是站得久了，才感觉，物是人非，忽儿陌生起来，甚至像从未相识过。某个时光的片断，一旦逝去，就无法追回，所复原的，也不

过是今日的河水，一样流淌，却是不一样的时光了。

我站在村庄之外，背对村庄，面向田野。不仅寻不见留存于记忆中的影子，甚至感到从未有过的陌生，仿佛是第一次踏上这片原野，那土，那树，那庄稼，愈看愈陌生，愈看愈遥远。但我知道，这的确就是我儿时玩耍播种收获过的田野，每一寸土地上，都曾留下我的脚印，有的地方还留下汗水，甚至鲜血，热天的鼻血和镰刀割破流出的血，只是，只是消失在时光里，却留存在记忆中。此刻，田野空旷，远山高天，我自己几乎渺小到不存在，和地上遗落的草芥没有区别，我感觉田野仿佛凝固了，和过去一样，凝冻了，就像多少年前那个苍茫荒凉的冬天。

一个小时后，随汽车穿越，路边的村庄和树急速划过，我又回到生活了多年并将继续生活的城市，车水马龙，人声鼎沸，还掺杂着其他的声音，一墙之隔，其实并没有墙，那墙只是我突然的臆想，时光骤变，飞速起来。感觉上是两片天地，两个世界。像有一张纸竖在中间，隔绝开来，形成多维的空间。要写史，城市和乡村，乃至小城镇的时光，的确不一样，要列专章，那是必须的。

所不同的，除了快慢，疏散，还有许多许多，这种时光差异的感觉，非亲历无以言表。尽管我们的祖先已深深地感受过，什么度日如年，什么白驹过隙，如隔三秋，诸如此类，不一而足。但人们历来都相信，那不过是对时光的形容。并没有当历史来读，况且，片言只语，实在也算不上时光简史。

在进入这座城市前，离开生我养我的村庄后，这段日子里，我先后在四个小城镇待过，除了第一个待了两年，其他三个都是三年，

从时间上说，说长不长，说短真的也不短了，但似乎并没有什么深刻的印象，时光如水流过，我甚至记不清如何流过，以至于多少年后重返后，改变了原有的格局，我不仅不认识，连仅有的一点点印象都模糊了，仿佛从没有来过，是第一次。我不知道，那曾经历过的时光，度过的日日夜夜，怎么一下子，或许很久了，只是我没有感觉，挥洒得一干二净。也许是物是人非的缘故，也许不全是，但我真的没有一丝故地重游的欲望，仿佛毫无相干，逃离了。

我想，就是忘记的时光，模糊的时光，确曾经历过，只是在某个瞬间遗落在某个地方，也未可知。过去心不可留，未来心不可留，现在心不可留，但不可留，并非没有存在过，也许像冷冻的冰，凝结的琥珀，仍存在于我们尚未知晓的时光隧道。

儿时的时光还留在破落形将倒塌的故乡，封尘了，还存在，在裸露的石碾上，斑驳的旧木门上，坑坑洼洼的石板小巷……

小城镇的时光，究竟流到了哪儿？乃至于我故地重游，再也无法追寻，甚至于没有追溯的勇气。

不自觉地形成一段时光的真空。但也无法否认，说不上在什么时候，像曾经出现的故宫幻影，那失落的时光，又会在瞬息被唤回，像原先一样清晰，影碟重现。真的，不是没有过这样的经历。

像此刻，站在古城的街上，随便一个角落，不用闭眼怀想，已逝去遥远了的时光，可随意地回流，想怎么流就怎么流，想流哪一段就流哪一段。仿佛有只无形的手，在我看不见的背后，操纵着时光的影碟机一样，播放，停伫，随心随意。曾经飞速的时光，在瞬间慢了下来，车，人流，脚步，都成了超然物外的慢镜头，仿佛播

放另一个星球遥远的故事，但我知道，我当年所经历时，是那么匆匆又匆匆，简直没有回想的余暇，风一样从指间穿过，潮起潮落，我只能随波逐流。

其实，这座城市，名曰古城，基本已都是新建的，最多也只能叫修复，就是和我二十多年前初见时比，也已面目全非了。但我所经历过的时光，业已远去的时光，却还流淌在宽敞的街巷，久久徘徊不去，随时随意可以捕捉。但再往前，我还没有来到这座古城，甚至还没有我，城市却早已存在的时光，却无法捕捉，哪怕是时光里从前的一声鸟鸣，尽管我相信，那鸟叫确曾存在过，何止一声。

我忽儿觉得，这格局似曾相识，像一只葱头，里三层外三层地包裹着，但那模样颜色味道，总是相似的。我忽儿明白，或者说恍然大悟，那小城镇的影子，是被古城硕大的身影淹没了。

重新审视，这种感觉或顿悟，愈加清晰。

古楼是原有的，城市建设翻天覆地，五百年来，蹲在原地上一动不动，不要说其本身，就是后来亲历的、所见所闻的，就是一部惊天动地的时光史。然而，蹲在那里，从清晨到黄昏，到漫长的夜晚，像站在路边仰望楼尖的我一样，古楼仰望着苍穹，默默无言，任周边群燕呢喃，任闲人嘈嘈，仿佛与自己毫不相干。尽管古楼的历史我记得滚瓜烂熟，却如干巴巴的教科书，没有一点历史时光的云烟。就是在原模原样的上下寺、云冈石窟，有的人感动的稀里哗啦，我却一直无动于衷，无法穿越过去的时光，感受历史的云烟。

我真的想象不出，千百年，甚至更漫长的时光里，这里的时光是如何流过的。但仿佛隔空看见，在未有城市之前，这里的湖泊森

林，花鸟鱼虫，甚至不知名的野兽，如何自由自在的消磨无忧无虑的自然时光。

人，包括我，本来就是一个莫名的怪兽，根本无法也无能为力给时光作史。我所写的，不过是我所经历的时光碎片，像镜子的影像，真切，但未必真实。

多少年后，我去了，带走我的时光印象，但匆匆草就的文字，所谓的时光简史，依旧留在时光里，天知道。

别茶人

曾有位茶道中人，是个女孩，自号别茶人。和我也算网上茶友。

这号我喜欢，就拿来自用了，别茶谈不上，但几十年来，对茶还是情有独钟的，无论是品茗，还是茶器的收藏把玩，乃至于茶叶的鉴别，绝非纸上谈兵，实践中说起来还是头头是道，很得圈中朋友的赞赏和认可，于是颇有茶名，在朋友们眼中，就属茶道中人了。

我还刻了一枚篆字闲章，别茶人之号盖在许多茶书的扉页，普洱茶饼的包装纸上，也落款在有关茶的书法作品上，自以为很雅致，也相得益彰。

不要说别人，就是我自己，也不免有几分飘飘然，某些场合，竟毫不谦虚，以别茶人自称了，谈兴浓时，有些忘乎所以，侃侃而谈，不免以茶圣陆羽之徒自诩了。

此时我想起《红楼梦》中妙玉奇妙怪诞的茶论，以及宝玉相对于妙玉的名号自称鑑外人，固然有自谦的成分，若从品茗的品位境

界看，还真有高下之分，内外之别的，连黛玉那样的雅人，于茶而言，也不免俗了。

看来，真正的茶人并不多，别茶人更少，亦如饭谁也会吃，美食谁也爱，但美食家却寥寥无几。曹雪芹擅写美食，生活中却鬻粥度日，算不算美食家真要打个问号了。古有苏东坡，今有陆文夫，近处有王祥夫，美食吃到了禅境，其余的还真没听说过。至于自称别茶人，也不过是虚荣而已，我很知道自己有几斤几两。

其实，静下来时，还是有自知之明的，虽饮茶多年，爱茶至深，但说到茶禅茶道尚有距离，茶艺，或者茶文化，倒是略知一二，大多还是亲身感受。

最初对茶的兴趣，是在乡下建立的，很是粗糙。乡下人解渴的饮法，就是妙玉所谓的牛饮，甚至还粗犷。我爷爷的饮茶，虽也粗豪，但在乡下就算有品的了。我爷爷毕竟念过私塾，入过乡村戏班，走南闯北，最远还去过相临的县，也算见多识广的人了，况且，还培养出两个有文化在外边上班的儿子，买块大砖茶，买几纸袋花茶，几板兰州水烟，过时头八节孝敬老汉，是常有的事。

村里最美的茶具，还要数云二爷的，有一把提梁青花瓷桶壶，几个小茶碗，一把长嘴铜水壶，是祖上传下来的，很有京城茶馆的韵味。不过，到我记事时，已不是摆在红木八仙桌上，而是放在挑了顶的碾坊大碾盘上，碌碡推倒当了石凳，烧一瓦罐滚水，烟笼雾罩地冲茶喝。喝茶的，全是他那帮打拳玩石锁的徒弟，五大三粗，光膀子，亮嗓门，小茶碗捏在大手里，像玩核桃一样灵动，那茶喝得是相当豪气。我只是远远地看着，自然没有喝的份儿。

相对云二爷而言，我爷爷的喝茶，就文雅多了。我家有把卤壶，是粗瓷的，没有名号，大概是地方小窑的，我奶奶说那可是东边阳原泥河湾窑的，在桑干河一线很有些名气。最初大概放卤也沏茶，且放卤的时候多，才称卤壶。后来一般不用，储存了铜钱及针头线脑等杂物，除非来了客人，或过节日吃了挂油腻的东西，我爹会泡一壶浓茶，不住地续水，待客时泡花茶，自家喝时是砖茶，茶壶是直桶的，一壶能装半暖瓶水，泡一会儿后，茶水相当浓，花茶米汤一样黄，砖茶黑糖水似的，或者说，更像头滚的中药汤。花茶还能喝儿口，砖茶我就享受不了，喝半口就直皱眉头，苦到心肝了，不像我爷爷一样，倒在碗里凉一会，待热气淡时，端起来放在唇边，咕嘟咕嘟，喝井拔凉水似的，将残留在唇边的茶渣抿进嘴里，嚼着，相当过瘾。

现在想来，那种饮茶方式，远比妙玉所谓的牛饮更粗犷，甚至不及刘姥姥文雅，是典型的乡下人把式，不值一提。但我最初的茶缘，就是从那时建立起来的，印象深刻。

每次爷爷用卤壶泡茶后，我妈就说，你姥爷有把小茶壶，是紫砂蛋的，长长的嘴儿，泡好后，端在手心，一小口，一小口，慢悠悠地抿，喝烧酒似的，茶香溢满屋子，那茶是上好的香片。对姥爷的紫砂小壶，以及饮茶的姿势，很是羡慕。姥爷早已仙逝，舅舅家去过几趟，目光搜遍柜顶，以及可能放壶的角角落落，并没有妈妈描述的小壶。也许六表哥小时候还玩过，至今村人仍喊他的外号六沙蛋。柜顶上只有一把红花白瓷卤壶，不过比我们家的大卤壶精小些，滚圆的肚子，那富贵牡丹鲜艳耀眼，壶盖也别致，但既不盛卤

也不沏茶，早成了收藏针头线脑的储物罐了。

那记忆，想起来都很遥远了。

工作后，买了只带盖鼓肚玻璃茶缸，在商店称了二两花茶，装在一只印油空铁罐里，每天午后泡一杯，拿盖子刮着茶沫，慢慢地喝，续过几回水，茶味淡了，还舍不得倒掉，第二天加点茶再喝，自以为很雅致，就这已让几个用搪瓷缸喝茶的老教师颇有了微词，太讲究了。直到后来，听城市来的同僚说，隔夜茶不能喝，且三泡后就该换茶，这才改掉旧习惯，每天喝完后清洗杯子，就这清亮的玻璃缸上已结了一圈一圈深浅不一的茶垢，清洗不去了。又买了一只内胆是紫砂的茶杯，学生送了只木鱼石内胆水杯，轮流着用，从宿舍提到办公室，又提回，来来回回，泡茶喝。

真正学会饮茶，已是多年后走进城市了。在集贸大厦外围，见到几平方米大的一间紫陶居，里边几乎全是茶器，有单个的壶，有成套的，摆在板式多宝阁上。经过精心挑选，我买了一套粗砂冬瓜壶，壶有饭碗大，小杯也有橘子大，色泽是纯紫色的，纯手工的，很质朴，当时只是喜欢，后来看电视剧里陈布雷先生家中亦摆此套茶具，便浅薄起来，愈加珍惜。壶胎很薄，我担心不结实，会碰碎，店主一笑，握着壶把，猛地击在木案上，一连几下，直到我心抖着喊停，沉闷的击打声后，壶体完好无损。花二十二元，我工资的四分之一，买下了这套带盘的宜兴紫砂壶。那时，我先在总经理办做秘书，后到业务科，常有待客的茶，有过去难得一见的香片，淡绿的，是龙井，也有圆圆如豆银灰的绣球，是碧螺春，用信封装一些，拿回家和爱人品饮，在一个壶里泡。喝着，喝着，就上了瘾，每天

午休后，尤其是吃了肉食喝了酒后，舌干口燥，忙滚水泡茶，直喝的两腋生津，神清气爽时才作罢。拿回家的茶接不住时，自己也买些，像草味特重的花大方、毛尖、银毫等，都喝过。

现在想来，那品饮很是粗糙，有些猪八戒吃人参果的味道，还没来得及品，就下肚了，并不知其中的韵味。

那套粗砂壶，一用多年，内壁结了厚厚的茶垢，外边的颜色愈来愈深，近乎深紫了。即使不放茶，白水泡一会儿，喝时，也有淡淡的茶香，清爽甘醇。这把南瓜龙头壶使用过一段后，就发现，壶体色泽也在变化，阴雨天水润，干旱季焦枯，颜色淡了许多，甚至可由此预测近来的阴晴气象。有回外出，忘记清理壶里的残茶，半个月后发现，茶渣干透，结了板，木乃伊一样，并没有馊，无一丝异味。

我这才知道，紫砂原来如此奇妙。在之后的日子里，无论走到哪里，最喜欢逛茶具店，遇到喜欢的，价格适中的，就会买下，为买新壶常挨饿，每每花光身上最后一个钢镚。有一把大肚小嘴壶，很像母亲形容的姥爷的那把壶，出自名师之手，价格不菲，咬咬牙，我买下了。还有一把青蛙莲叶旧壶，印章风格很像鸣远壶，喜欢，就收藏了。日积月累，真真假假，买下好多把紫砂壶，有的还出自名家之手，有的却是因为做工精细模样别致，色泽养眼，才买下的，摆在博古架上，闲时把玩。入行后慢慢才知道，除了小时候见过的青花茶壶、白瓷茶壶，听说过的紫砂蛋外，从材质，从样式上分，还有许多种类的茶壶，像我后来收藏的玉壶、铁壶、陶壶等等，几乎摆满两个铁梨木多宝阁。

天长日久，慢慢地，圈内的朋友都知道我爱喝茶，懂茶道，喜欢收藏茶具，就每每送我几桶新鲜的好茶，得到心仪的茶器，也拿出来让我鉴赏。有时能说出个一二三来，朋友们便鼓掌竖指，夸我是茶人，别茶人；有时看不出个子丑寅卯来，不免支支吾吾，回家后赶快翻阅茶书，或上网向茶人老师请教，时间一长，见多识广，倒真学到不少茶知识，或茶文化。

近年，我的饮茶习惯渐渐讲究起来，不仅讲究茶叶等级，茶器精美，也讲究用水及冲泡方法，享受饮茶的整个过程，就是自我感觉，也近乎品茗了。我有一只鸡翅木小茶船，使用多年，浸水的地方已发黑了，乌亮，有了灵气，一直舍不得丢弃。至于不同的壶泡不同的茶，已坚持多年，有的壶，如泡铁观音的壶，已养了几茬，由初时壶体敲击沉闷短促，直养到发出轻灵悠长的声音，才依依不舍地换壶。还用喝剩的余茶养了一些茶宠，如胖乎乎的小猪，笑态可掬的大肚弥勒佛等，时间愈长，感情愈深，那种滋养后的水润温厚，真的让人心静，灵光甫现，就有了拈花微笑的禅意。大多时候，我不愿上茶馆喝茶，喜欢午休后坐在自家的罗汉床上，泡一壶陈年老铁，点一炷锥形沉香，在淡淡的沉香茶香烟雾中，静静地品饮茶味，洗涤肠胃的同时，连心灵也涤荡了，那种出尘舒爽的感觉，非亲历无以言传。很多时候，喝着喝着，我感到自身轻盈起来，坐禅坐到了禅境一般，空寂，静寥。

惜乎，北方，或者说塞北不产茶，一直无缘与茶树结缘，所见都是成品茶，不像对其他树木或庄稼，有更深的界面的理解。茶，尤其是茶饮，于我，已近乎神。城外采凉山上有种矮树丛，似茶非

茶，乡人采摘叶子当茶泡，味苦而涩，称野山茶。我尝过，不以为然，一直认为，那并非真正意义上的茶。和所谓的苦荞茶、大麦茶一样，清热解暑尚可，要品出茶味，却万万不能。水都讲究地域，何况于茶，仅隔一河，在南为橘，在北就是枳了。

喝的全是来路茶。但有茶喝就是福气了，有好茶喝，那更是福中之福，不是人人能享得了的。所谓只有享不了的福，没有吃不下的苦。

茶，愈喝愈多，喝剩的铁观音茶渣，我积攒起来，装了两只茶枕，每天午休时枕着，沉入梦中，都能感觉到别样的神清气爽。

茶，不仅清新降火，还养神，在经历每道茶序烦琐的茶艺中，渐渐进入茶境，几近乎茶道了。

我写了一幅斗方“茶禅一味”，署名便是别茶人，挂在茶室墙上，品茗时静观，固然有附庸风雅之嫌，但努力做个别茶人的意愿，却是真诚的。至于禅茶一味，不要说禅境，就是茶道，本来就有高低之分，境界究竟到了哪一个层面，也只能靠自悟了，不像围棋，还有段位标准，禅茶自古讲论虽多，却并无定准。其实，说到底，还是一种由雅致的物质层面到达更高的精神层面的享受，深浅自知，意趣自知，诚如苏东坡所言：不足以向外人道也。哪一天，你达到了如此境界时，我们自会会意微笑，悠然心会的。

茶煮人生

煮茶，所煮的，不仅仅是茶，还有水，还有时光、心情、人生。

古人的茶全是煮出来的，起码茶圣陆羽的茶，是精心煮出来的；一部茶经，洋洋洒洒，几乎都讲的是煮茶之道。到了宋徽宗时，茶，还是煮，煮精致的龙凤小饼，徽宗是此中高手，乐于养水煮茶，意犹未尽，还将煮茶之道记录，成了有名的茶文大观。书法家蔡襄，煮了一辈子茶，到暮年，已不能喝茶了，依然坚持煮茶，分茶闻香，乐此不疲。至于泡茶，那是明清时的事了，饮茶崇尚清淡，就有了鲜嫩的绿茶，清明雨前采摘，杀青，揉搓，炒茶，鲜美嫩香，非泡不足以保其鲜，这才有了泡茶之说，也有了泡茶的紫砂小茗壶，出了鸣远、曼生等制壶大师。在漫长的茶饮史上，无论家饮还是茶楼，煮茶都占据着主导地位，甚至是独统的。

我一直喜欢煮茶，不仅仅喜欢浓郁悠长的茶香味，更喜欢煮茶氤氲的氛围，红泥火炉，陶罐煮水，紫砂茶壶，取水，洁具，点火，煮水，不要说喝，就是听见沙沙的水响，闻着一股股扑鼻而来的茶香，早陶醉了，和半躺着，一个人静静地捧读一本好书，没有什么区别，一样美妙的感受。况且，我一直以为，即便是泡茶，也有一个选水、煮水的过程，不然，随便泡茶，譬如名茶龙井、碧螺春、君山银针，不讲究水质、温度、器具，那就失去了品茶的意趣了。《红楼梦》中妙玉的大观茶论，虽偏激，但还是深谙品茶个中真昧的。品茶固然讲究随意、随缘，妙趣天成，更讲究精致，喝茶喝到艺术的境界，那才是一种真正的享受。茶道，茶艺，艺之精湛深厚，有了禅意，几近乎道矣。

泡茶，固然简单，似乎快了节奏，但如八戒吃人参果囫囵吞枣，少了滋味，止渴生津而已，不过是比白水多了一点草味，味蕾有些

感觉，易下口罢了。与品茶是背道而驰的，也远离了人生生活的真谛，流于庸俗了。茶，非煮不可，有的直接煮，有的先煮水，再沏茶，这只是因茶而异而已，煮总是要煮的，不然，就无法体味到煮茶的乐趣，在短暂的品饮中，感受不到人生的况味。

人生何尝就是一个烦琐，走了很远，回头看时，才讶然发现，再伟大的追求，也是自以为是的，不过如此，并没有多少意义，乐趣重在烦琐的过程。结果，再美丽，也是短暂的，瞬息的，昙花一现，而真正陪伴着人们走过的，并不是甫然而至、瞬息消逝的诗意，连散文都不是，而是小说一样的琐碎。所以，烦琐的煮茶过程，才是煮茶的本意，也是人生的本来，才算得上意味无穷的茶煮人生。

煮茶，不像乡村女人烧饭，由生变熟，就满足了。煮茶就要有煮茶的讲究，像茶圣陆羽一样，将煮茶看作了人生的一个部分，用生命和青春，在无数次的煮茶中，写下了《茶经》，这才煮出了精彩的人生，其品质和历程，与日月同辉了。这种殉道士的精神，对一般人而言，大可不必，要随意，随缘，煮出禅意。自然，随意不是随便，不然，太随便了，就和俗人一样，浑浑噩噩，没有酸甜苦辣五味俱全的历练，便缺少煮茶的过错和感悟，那喝茶还有什么意义，还叫什么茶煮人生？

茶为神品，源自天然，是上天对人类最大的恩赐之一，也是东西方文化迥然不同的见证。西方崇尚浓烈浪漫，便产生了咖啡；东方尚清淡，便赐予茶。与茶相关相对相连的还有一个酒，酒的浓烈，尤甚咖啡，醉态朦胧，不能自已。好在还有一个茶，彰显了东方的中庸之道，清心、清醒、淡泊，体现了东方人的另一面，禅意，茶

意。茶，源于田野，下吸大地精髓，上食日月精华，雨露，风，蕴涵了大自然无穷的英华，凝结了自然中许多优良属性。而煮茶的过程，就是用火用水，将吸收蕴涵的精华释放出来，溶于水，是与自然的一种再融合，再贴近，在氤氲的氛围中，天地人茶，达到有机的融合，为一，为道。这过程，自然是神奇的，美丽的，享受的。就这个意义而言，说茶煮人生并不为过。

金木水火土，是天地间最基本的元素，相互生生克克，演绎了自然界，乃至人世间生生息息的变化。茶煮人生，自然也包含着金木水火土生克变化的过程。茶之器，茶之煮，几乎涵盖了这五种元素，及其五行的变化。茶具，多为紫砂、陶瓷，均源于土。日式茶道有铁壶，国人却钟情宜兴紫砂、景德镇细瓷；茶几、茶船，为名贵硬木制成，最平常也是竹制；陶罐瓦盆煮水，下有红泥小火炉，放上木炭，点燃，红亮的火焰升腾着，炽烤着，水先是沙沙作响，不久就沸腾了，便可煮茶。此时，五行合一，近乎人生，几成道矣。

茶分五色，红黄白绿黑，同样的茶树，地域不同，制作工艺手法不同，就成了风格迥异质地不同的茶品，煮法自然迥然不同了。绿茶、白茶，叶嫩茶鲜，经不起水煮，自然是煮水沏茶了。水，煮到一定的温度，投入茶叶，看香片或银针在水中悠然起伏漂浮，慢慢地沉落，水变成淡绿或浅黄的颜色，清香的茶味从茶汤飘出，若有若无，仿佛名门闺秀的体香，淡雅，宜人。泡这样的茶，最好用透明的杯或壶，才能欣赏到茶叶舒展翻飞飘逸的身姿，有沉鱼落叶的意趣，很像人生的起伏沉浮，从开始的大起大落，到后来的悠然漂浮，茶叶又像刚刚采摘下一样鲜嫩美丽，这时，茶香才溶入水中，

那香，那色，那味，清雅，淳朴，山泉水一般清纯无味，只有淡淡的草木茶香，弥散着，这实在便是人生的真谛。而红茶、黑茶、黄茶，就得煮了，泡是泡不出浓香的茶味，不及三泡，就味淡如水了，可惜了上好的名茶。

我喜欢煮茶，有一个红瓦罐，是从乡下带来的，有两只猫耳朵般可爱的提手，在粗陶中，也算精致。一直放在红泥小火炉上，煮水用。煮好的水，倒进各式的壶里，这要看喝什么茶了。夏天，炎热，一般喝龙井、碧螺春、毛尖之类的绿茶，在玻璃壶里直接泡。春秋两季，喝铁观音、乌龙、大红袍等，在铁壶里煮，壶底有点燃的香烛，淡淡的火苗，炙烤着壶底，发出轻如蝉翼震动的声音，壶里的茶不会滚沸，只是保持着始终如一的热度。有两只米色的仿官窑茶盏，茶水盛在晶莹的釉上，不会改变茶色，只增加柔和度，一边把盏赏玩，一边慢慢品饮，唇触及盏边，仿佛触到少妇的香唇，有肌肤的感觉。还有一套煮普洱的茶具，连壶带炉灶，全是紫砂的。炉灶里有精制的茶灯，添上酒精或白油，点燃，几分钟后，壶里的开水又轻轻沸腾起来，普洱茶块煮开了，茶叶舒展起来，上下翻腾，倒出来的茶水，即便没有阳光映射，也是琥珀一样的色泽，凝脂一般的沉静、厚重。那种煮出的浑厚的茶香，喝一口，真有洞透肺腑的感觉。

煮茶时，不仅选茶，还得依茗茶不同，选水择火。尤其是水马虎不得。苏东坡南下赴任，回京述职途中想起宰相王安石的嘱托，可船已近长江下游，东坡随便取了些水，送给相爷。不想，试水煮茶时，宰相直摇头，质问东坡，为何拿下游船尾的水糊弄他，东坡

作声不得。《红楼梦》栊翠庵妙玉请茶，连黛玉那样的雅人，也品尝不出是陈年雨水，还是梅花上的积雪水，被妙玉讥笑而无言。看来，古人饮茶，历来比较讲究。据说，最好的西湖龙井，非虎跑泉水是泡不出真味道的。我虽没有那么讲究，但也喜欢择水煮茶。好在现在交通发达、商业繁荣，哪里的泉水都有，随意挑选。有回去世外桃源花塔大黑沟，提回一塑料桶山泉水，水质虽好，却有渣滓，就倒进瓦盆里，里边放了碎卵石，一夜里，渣滓全沉淀在卵石下，水清冽无比，用来煮茶，味道果然不同。

煮茶，重在一个煮字，水太老太嫩都不行，最好是鱼眼连珠的沸点。煮前，煮后，煮中，烦琐的过程，正是最好的茶境，乐在其中，其享受不可言说，非亲历无法感受。在煮茶中，体味由忙到静，水由凉到热，茶由热到凉，苦尽甘来，直到壶空兴尽的沉寂，这本身的过程，已是一部丰富多彩的人生了，更不用说人走茶凉，老和尚请东坡喝茶，从茶，到请茶，请喝茶的变化，更是饱含了世态的炎凉，是整个人生的浓缩了。

我每每享用午后闲茶的妙境，一边又羡慕古人“寒夜客来茶当酒，竹炉汤沸火初红”的诗境，那种纯情的快感，已经远离了我们的生活，成为遥远的童话了。常常慨叹，现代一日千里的速度，将本来很美的茶境禅意简单化、庸俗化了，即便相约茶楼，泡一壶名茶，却各怀心计，意不在茶，谈着未决的生意，充满铜锈的味道，哪里又有心情品茶呢？更不用说没有时间，在品饮中，体会人生了。不要说买得青山全种茶的胸襟，就是偷得浮生半日闲，煮茶品茗的情趣都少之又少了。除了钱，似乎再也没有什么感兴趣的东西了。

一个忙字，连生活都忘记了，哪里想得到细细品味。

其实，真正的人生，像煮茶一样，在烦琐的过程中，享受消磨时光的过程，不停地、漫不经心地打磨时光的过程。

不然，忙忙碌碌，纵然忘我，迷迷蒙蒙一生，如白驹过隙，转瞬即逝，又怎么会享受过真正的茶煮人生呢？

那天，你若能放下一切，静静地，心无旁骛地煮一壶茶，慢慢地把盏品饮，尽情尽心随意地体味整个过程，那么，你就了悟或彻悟了人生的真谛，离禅茶、茶道不远了。也会像赵州观音堂从谂禅师，脱离了尘世苦海，洒脱自然，只看到人生那一处妙境，妙不可言，只道：吃茶去，吃茶去。

研磨时光

时光是流动的，也是凝固的。

流淌的时光，前不见头，后不见尾，绵绵无尽，不知流向何方。相对而言，江河成了小溪，大海仿佛湖泊，人不过是河边的看客，徒留感叹："逝者如斯夫。"

凝固的只是瞬间，挥舞飘动的黄手帕一样，按动快门，镜头定格在某个瞬间。更像琥珀，存储在记忆的某个角落，任凭时光慢慢打磨，里边凝结的蜜蜂的翅翼，保持一个姿态，永远是那么透明鲜亮。

甚至不及风缕、花香，还可以掬一把，品尝出某种味道。时光有时是无形的、无色的、无味的，虽然水一样流动着，但伸出手，

舒展手指，无意、有意中也许都看不到时光是如何从指间流过的，没有一点感觉，更不用说回味了。只有在细细的研磨中品味，才能感觉到时光缓慢地流淌，进而体会时光的流畅、时光的闪亮、时光的美好。

研磨时光，不仅仅是一种闲，是所谓的闲情逸致，闲情中更多的是雅趣，或者说雅意。确切地说，像悠闲时半躺着读一本好书、赏一幅名画、听一曲优美动听的乐曲，甚至喝一壶美酒，品一杯佳茗一样，更生动鲜活。因为在研磨中，所研磨的不仅仅是咖啡，还有我们自己，我们的心情，我们的岁月时光，也一起细细地磨着，真的有一种古代文人研墨作画的意趣雅兴，起码有些异曲同工之妙。在如孩儿面的名砚上，一圈一圈，悠然缓慢地磨着松烟墨块，清澈的水，渐渐浓起来，有了墨意，黑亮幽深。旋转研磨中，浮躁的心情渐渐归于平淡，无意中酝酿出的墨意，在心里，随宁静的时光流淌起来。这种感觉，和我研磨咖啡时的感觉很相似，宛然若现。好多回，研磨咖啡时，我感觉，与其说在研磨品饮咖啡，倒不如说在研磨时光，更为妥帖。

我喜欢咖啡，却不喜欢速溶型的。有时我就想，我们真的有那么忙吗，有必要那么忙吗？如果忙到连研磨的时间也没有，那还叫什么生活，连自我都没有了，活着还有什么意义。生活是需要品的，人生的质量全在过程，“朝闻道夕死可矣”，不过是恨铁不成钢的气话，当不得真。孔夫子也扼腕慨叹颜回的短命。更不喜欢三口两口匆匆喝下，猪八戒吃人参果一样，囫囵吞枣，尝不出个滋味。我有一套精致的欧式研磨煮咖啡器具，洁净，丽亮。在一个清静悠闲的

清晨，自然也可以是午后，阳光散漫地洒落在窗帘上，从缝隙爬入，随时光舒缓地在身上流淌而过，一波一波，仿佛一双轻柔的手在按摩。随意地坐在休闲式的皮沙发上，从密封玻璃罐挖几勺纯正的咖啡豆，或蓝山，或哥伦比亚，哪怕是粗糙的老巴布，轻轻倒入乳白色的磨盘里，握着木制摇把，一圈一圈，慢慢地研磨，伴随着嘎嘣嘎嘣的豆子碎裂声，一股股醇香的咖啡味，轻柔地，淡淡地飘来，没有一丝雾霭烟霞。这味道，很像我在灰色的小石磨上磨黄豆，或磨大麦的味道，生涩，纯正，是自然的原味。预计喝多少，就磨多少，绝不多磨，留待下一回享受研磨。磨碎的咖啡豆，色泽尤为鲜亮滋润，像第一遍磨碎未经筛箩的面粉，躺在漏斗下的小木抽屉里。然后，拧开热喷式自滤不锈钢咖啡壶，将磨碎的咖啡豆装满网状的圆槽里，压平，旋紧。点燃壶底下的酒精灯，静静地等待着壶底的水烧开，喷发，穿透槽里的咖啡层，溶解吸收，浓郁的咖啡便停留在壶的上端，倒出来便是一杯香浓的原味咖啡，在象牙般的台湾咖啡杯里闪着古铜光，仿佛清冽幽深的龙潭。那袅袅升腾的热气，炊烟一样地旋转升腾着，原始的味道分外迷人。杯沿贴近嘴唇，浅浅地尝一口，苦苦的，有股焦煳味，细细回味，别有滋味，醇香渐渐浸润口舌。喝前，最好用温凉的清水漱下口，舌尖上的感觉，更会敏感。之后，依据个人的口味，加糖，加奶，拿不锈钢异型搅棒，顺时针慢悠悠地搅动，金光闪闪的旋涡随搅动而起，愈来愈大，色泽变得金黄褐亮，一圈一圈，慢慢散去，归于平静。这时，就可以悠然地、细细地品尝了。一股一股不一样的热流，从嗓子散向周身，浑身便舒畅起来，精神起来，有种冬日里阳坡上艳阳下晒暖暖的感觉。

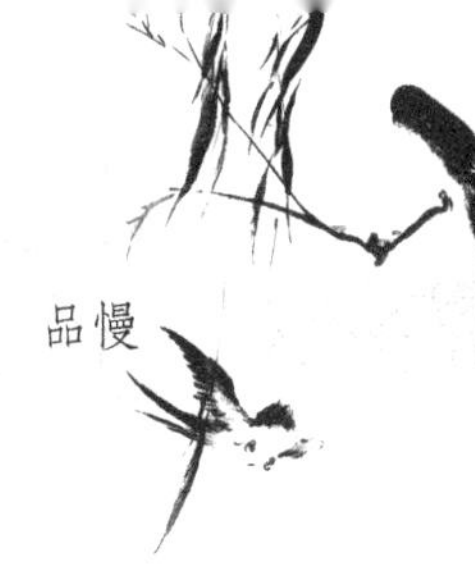

这研磨煮饮的过程，是烦琐的、缓慢的，但更是享受的。

所以，研磨咖啡，不仅要有充裕的时光，可以任情挥洒，还需要宁静的心情，淡雅的品格，特别是高深的虚怀若谷的素养，并不比参禅打坐简单得多。就这种意义上而言，研磨咖啡，就是研磨时光，与功利无关，甚至于连附庸风雅都谈不上，绝对是享受一种过程，不是追求一种结果，也不会有大喜大悲出现，不会压翻得与失的天平，只是享受时光在研磨中缓缓地流淌。这种享用，是生理感官的，更是精神层面的。在消磨时光中，体味人生的意趣，感悟人生的流逝，充分体现一个闲字，闲而有聊，闲而雅意，实在比吟诗作画高雅享受的多，更接近人生的本意。

研磨时光，就不必感叹时光的匆匆流逝。是如白驹过隙，欣赏的就是白驹过隙的瞬间，那姿态，那意趣，那过程，也许，这才是人生，才算享受人生，诚如古人所言：“富贵本无心，清闲为第一。”其实，人生本来就是一个过程，结果是自然的，并不需要刻意去追求。况且，我们所看到的最后结果，并没有多少意义，倒显得苍凉、沉重。

如此说来，“一寸光阴一寸金”，的确是商人的眼光，倒有几分短见或俗气了。一旦以追求结果为目的，欲速则不达，痛苦忧愁接踵而来，就不会享受到过程的乐趣，也就失去了造物的本意。吃喝，最基本的是为了活命，但人活着，却是为了更好地生活。舒缓，流畅，像时光一样，这才是人生的一种理想境界。太阳，月亮，高山，流水，这些看得见的东西，都不过是生活的陪衬物，只有时光，看不见的时光，在研磨中缓缓流逝的时光，才是活的本意，渊源。而

人们一味无休止地追求永远无法满足的物欲，而放弃了生活的乐趣，本末倒置，那才是最可悲的。

只有走到一定阶段，回首时，我们才知道，原来光阴并不如金，更无法阻挡，只有细细研磨，如磨咖啡一样，在研磨中才明显增加了时光的长度，增加了生活的厚度，人生才会丰富多彩，厚重无比。像白天的太阳，黑夜的月亮，慢慢地自然地旋转着，我们甚至看不见她的起落，看不见她的行走，她却照亮环宇，温暖，靓丽。

研磨的美好，实在是一个过程，享受的过程，比艺术家创造一幅作品，譬如书画，譬如雕刻，更恬淡，更轻松，也更享受。灵魂所经历的，是一缕轻柔的春风，如阳光明媚，或者说一种感觉一样流淌而过的时光，轻柔，淡雅，若有若无，似回味，又似在发生，一种妙到极致的感觉。这就是研磨时光，也就是最惬意的生活，优哉游哉，我喜欢。

品味

味道

可以这样说，没有了味道，就没有了乡村。

乡村里，长年累月，处处弥漫着味道，村庄里特有的味道。

乡村人喜欢，或者说习惯，在味道中生活，每每闻着各样的味道，悠然入眠，面若桃花，露出微笑，在梦中巴咂着嘴回味着。这味道组成了乡村，随风流淌，贯穿人生，并不随岁月的流逝而消失，停留着，弥漫去又弥合来，一代代，一辈辈，便成了有滋有味的乡村生活。

城里人，对乡村的味道特别敏感，甚至有些过敏。同样，村里人闭上眼，也嗅得出哪些是乡村的味道，哪些是乡村以外的味道，外来的，有些也喜欢，譬如香粉、体香，喜欢归喜欢，总是敬而远之。有些太刺鼻，无法接受，但忍无可忍时，自有自己解决的方式和办法。有几个村庄，被开发，村民拿了卖土地的钱，藏起后，先

是远观，等厂房建起，机器开动，一股股异样的味道，穿透村庄，经久不去，人们便有些排斥，这化学药味太浓烈了，是不属于乡村的味道，况且，时间一长，家养的母鸡先生怪蛋，后来干脆不生了，村里人由此及彼，想到女人们会不会像了母鸡，有一天也不会生娃了，成了干吃不拉的草鸡。马上风言风语笼罩了村庄，一向宁静的村庄，忽儿骚动起来。

的确，没有乡村人喜欢乡村以外的味道，特别是老一麻茬的，那味道早已存在，在他们先人还没有在这片土地上扎根，安居乐业的时候，便存在了，或许，当初就是嗅着这味道走来的，落脚的，祖祖辈辈，不仅仅是习惯了这味道，味道早已穿透肌体，在血液里流淌起来，从身体里每个毛骨眼散发出来，淡淡的，浓浓的，和乡村的味道溶合在一起，密不可分了。

每一座村庄的味道，似乎是相同的，这只是城里人的感觉，就像村里人进了城，头晕眼花，只感觉车水马龙，高楼林立，水泥钢筋冰凉冰凉，似乎没有一片可自由立足的地方。若问东城西城有什么区别，想了想，还是两个字：一样。但乡村却不同，在旷野上，即使盲人，一样可以寻着味道，找到自己的村庄，推开自家的院门，深深地呼吸，嗅一嗅自家独有的味道，吸水烟似的，猛吸几口，慢悠悠地吐出，烟雾味道的氤氲里，舒畅极了。

我从小生活在乡村，对村里的味道，极其敏感，生活在那里，尚不觉得，离开后，一晃几十年过去，回味时，仍能感到那扑鼻的味道，一阵一阵飘来。不管走多远，走多久，再回来，刚刚走近村口，甚至一入村外的地畔，那熟悉的味道，就从我心底油然而生起

一股说不上的亲切感。被味道簇拥，热血便沸腾起来，血液中平日沉淀的原有的乡村味道，忽儿被唤醒，活跃起来。

尽管，我们村的味道，像所有的乡村一样，绝不仅仅是一种味道，春夏秋冬不一样，几乎每个角落都不一样，是一种混合的味道，无法用柠檬或茉莉来定义。但我和我的乡亲们，却分辨得出，这是哪儿的味道，什么味道。虽然这味道，大多是无形的，在我们脑海却有着各自的形状。

自然，也有有形的味道，譬如炊烟。炊烟，是乡村的一道风景，最美的炊烟，是傍晚的炊烟。夕阳西下，晚霞映红，瓦蓝的村落天空一样渐渐朦胧起来，绿树，土屋，柴垛，水墨画一样，点缀在淡墨色里。这时候，原本宁静的土屋，随着袅袅的炊烟，缓缓地升腾，便生动起来。若细看，这袅袅升腾又不一样，有青里泛黄的，那是烧黄毛柴的烟缕；有黑亮的，那是烧木劈柴的大烟；还有先时浓烈，愈来愈淡，若有若无的青烟，那是烧炭的烟。不同的柴火，会从烟囱冒出不同色泽的烟缕，而升腾的形状也迥异，有粗壮的，直冲云霄，有悠然细腻的，慢悠悠上升的。村里的人，用不着看炊烟的形状，光凭烟味，就分辨得出烧柴的类别，是新柴还是陈柴，甚至知道是谁家的烟囱冒出的青烟。

粪的味道，在乡村是最普遍的，像土地的味道一样，村村皆有，最是平常。牛粪，狗屎，鸡粪，羊粪，飞禽走兽本身的味道混合着粪味，不知从哪个角落弥漫而来，穿透神经，不仅仅是鼻子，浑身上下似乎都是粪味了。这粪味，村里人虽不喜欢，也不厌恶，离开村庄，长久闻不见时，便感到心底空落落的，像被悬空吊起，没有

了往日的踏实感，仿佛看不到日出日落，星斗满天一样，这世界忽儿大了起来，大到了想象之外，而自己愈来愈渺小，没有一点安全感、自豪感，便觉得陌生、烦躁。一踏上乡村的土地，泥土的味道，青草的味道，甚至有些刺鼻的粪味，簇拥而来，浑身便舒坦起来。

我爷爷喜欢拾粪，挎着粪筐，村里村外转悠着，羊粪朵也拾，拢在一起，双手捧在筐里。回家后，倒在下板院粪坑，有大牛粪片子，特意拣出来，摆在东院柴火堆旁，晒干了，等冬天烧耳窑炕。冬天里，取些回来，在黄毛柴火上，放两块干牛粪片，烧成了起面发糕一样，上边满是窟窿眼睛，还不灭，一吹，红了起来。我爷爷夹一块，放在长条木烟灰槽里，点水烟抽，猛一吸，烧焦的灰牛粪块红了起来，遇上水烟，发出丝丝的声音，这时候，满窑全是牛粪味，习惯了，并不难闻，就像烤发糕饼子的味道。

孩子们喜欢捡干羊粪朵，划上格子，玩点羊窝，和下围棋的快乐一模一样。

我们村子的味道，和其他村庄最不同的，是一种鱼腥气，自然，和海边的渔村是两回事。夏日里，村中低洼的地方，大雨后积满了水，村里人叫蚂蟥坑，没几天，坑里生了蝌蚪、青蛙，还有一种叫泥鳅。其实是和真正的泥鳅并不一样的翻皮，长得和地窖里的土鳖一模一样，不过是生活在水里了。泥水坑散发出一股股的鱼腥味，特别浓。遇上阴雨天，或刮东南风时，从河湾吹来的风，本身就带有一种滋泥气的鱼腥味。村里村外的庄稼，似乎很喜欢这种味道，最浓烈的时候，谷物摇曳着，仿佛手舞足蹈，显得特别快乐。

而我最喜欢两种味道，走进老家土窑，随便就闻得见，一种是

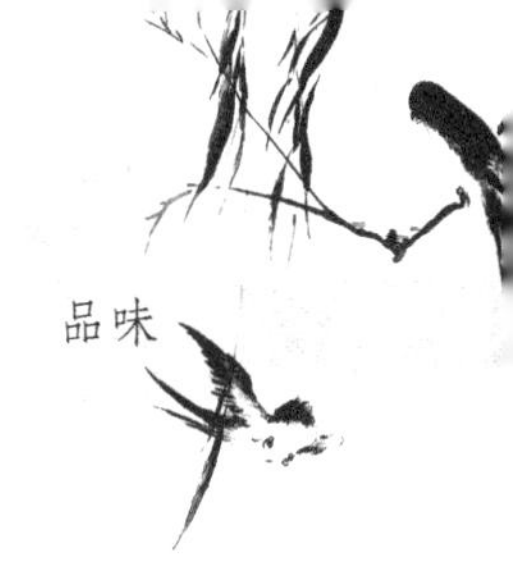

吸旱烟长久后，烟锅散发出的烟屎味。村子里蚊虫多，身上叮得到处都是，肿起一串串一片片的小疙瘩，红红的，痒痒的。爷爷拔下烟锅头，挑一点黑油油的烟屎，抹在红肿处，过一夜，全消散了。后来，我就喜欢上这味道，一嗅见，浑身便舒坦起来。还有一种是老腌菜的味道，每年秋天，家里要腌几大瓮咸菜，有萝卜，有白菜，瓮里的菜发酵后，便散发出浓郁的腌菜味，虽然，愈来愈淡，到后来，若不细闻，几乎嗅不到了，吃时自有香咸味。但那股弥漫在空气里的腌菜味，老腌菜味，我特别喜欢，一直喜欢，一闻就开胃。多少年后，已经习惯了城里人的生活，但无论在家里还是下饭店，总喜欢要一盘凉拌大腌菜丝，哪怕是不吃一口，闻一闻就香极了。

乡村的味道，虽混杂，零散，但却有一股无形的气韵，浓浓的，笼罩着乡村。这味道，日积月累，弥漫，沉淀，便形成了乡村的灵魂，仿佛每个女人的体香，每个村庄便有了自己的村香。

金属

乡村是柔软的。乡村是坚硬的。

在乡村，柔软的东西很多，炊烟、柳絮、溪流，俯拾即是。甚至还有许多，不胜枚举，非置身其中，无法感受到的柔软。

坚硬的东西也有，目光随意所触，就不在少数，铁砧、镰刀、烟锅，还有田埂路边闲置的锈石，更不用说许许多多，无形而有质，能感觉到的坚硬了。譬如寒风、牛劲、犟八头，诸如此类，的确不在少数。

看得见的柔软，摸不着的坚硬。

在流浪城市，或者说蜗居城市之前，我一直生活在乡村，悠然，宁静，闻的是乡间的味道，触手时有坚硬，但却相当温暖，有种热乎乎的感觉，像儿时家里的土炕，硬，而温暖。和城市的坚硬是两回事，水泥钢筋的坚硬，硬而脆，经不起岁月的锤打，终将支离破碎，土崩瓦解，且从始至终，摸着是冰凉的，绝对远离温情，连那裂变的声音，也是坚硬的，猛然间乒乓两声，撕裂一样，之后是漫长的沉寂。

不仅仅是童年，多少年后，胡须变白了，但记忆深处铁匠铺的铁砧，依然是那么坚硬。火红的炉焰，映红二铁匠紫红的脸膛，汗水淌成数不清的小溪，那满含笑意的脸庞，依然灿烂、阳光。坚硬的铁砧上，是需要锻打得火热的铁块，忽红忽白，闪烁着，浸水后发出丝丝的脆响，冒起股股白烟，来不及弥散就消失了。伴随着风箱嗒嗒急促的呼吸的，是叮叮当当，锤打铁块铁片的声音，千百万下，渐渐变了模样，成了铁锹、镰刀，甚至马蹄上钉的铁掌，铁砧依然如故，丝毫未损，发着幽光。去捡拾掌眼钉下的小铁砣时，我曾迷惑地问过二铁匠，铁砧是不是铁做的，生铁，回答得斩钉截铁。小铁锤轻轻一碰，铁砧荡起清脆悠长的回音。生铁也是铁，但在铁匠铺里，就成了村中，起码是我印象中最坚硬的东西。连从地主家没收归公的锡壶铜勺，也没有那么坚硬，壶上雕刻的花草磨得模模糊糊，铜勺早磨成瓢嘴了。

同样，在铁匠铺里原本有些柔软的镰刀，一旦出了炉，就坚硬起来，没有一丝锻淬时的柔软。刃上的钢，闪耀着光，在田野上荡

来晃去，四射着，不知落在哪里。那闪光的源头，一样闪亮，还相当锋利，哗哗哗，大片的谷黍，风吹雨打不倒的谷黍，一会儿就躺倒一片，成捆地堆积着，失去了鲜活的生命，枯萎，柔软起来，任其蹂躏，似乎再没有一丝反抗的力量。有一年，暴风雨夹着冰雹，铺天盖地袭来，绿麻东倒西歪，谷黍拦腰折断，泥浆在杂乱的田里淤积，流淌不开。太阳出来了，天穹瓦蓝瓦蓝，又高远起来，人们讶然发现，卧倒的绿麻竟慢慢爬起，站立，折断的谷黍从断处吐出新芽，茁壮成长。这就是乡村，柔软时柔软，坚硬时坚硬，并不是一成不变的。在四季，我感受过河水的柔软和坚硬，山洪暴发，河水四溢，疯狂到吓人的地步，大树连根拔起，卷稻草一样卷走房屋。

那印象，永远定格在我脑海，大多时候是凝固的，金属物体一样，挥之不去。我这才知道，坚硬的不仅仅是金属。但无疑，最坚硬的，有形的，恐怕还要数金属。虽然，乡村的整体，似乎并不是坚硬的金属组成的，像土，像水，像树木，在我的意识里，一直是柔软的，土捏的瓦盆瓮罐，伐倒的树木做就的洋箱炕沿，比较坚硬的山枣树根，依形就势雕刻打磨的小玩意，更不用说砍下的柔软的山条儿，一旦编成箩筐，竟坚硬起来，像铁丝一样难以折断，断处是一道雪白的茬口。但这些东西，非金属的东西，毕竟还是柔软的，经不起岁月的磨砺，终了是一堆废柴，生火了。

自然，有时也未必尽然。但坚硬的镰刀，碰在石头上，闪着火花，发出金属的撞击的声音，刀丝毫无损。但却在众多的谷物割倒的同时，镰刀刃钝了，卷了，甚至出现了豁口。我爷爷有块祖传的磨刀石，又长又厚，不知磨过多少镰刀，给我也磨过，磨石磨弯了，

中间成了一道洼，很像我们村落的地貌。我爷爷说，镰刀磨薄了，没了刃子，像月牙了，也不知换过多少茬了。金属的坚硬，加入了力的作用，其坚硬，看来也不是长久的。废镰刀片子，丢在一边，不知不觉锈了起来，锈迹斑斑，成了废铜烂铁。

在我们村，很难见到大块的石头，即便有，也不是土生土长的，是从别处搬运来的，虽然有的已久远到记不清年月了，老人们始终坚信，那不是村中的原石，是来路货，尽管来路已淹没到无可考证。村里村外，也不是没有石头，土生土长的也有，譬如锈石，锈迹斑斑的石头，褐色的，上边是黄锈，一层一层，深深浅浅，有的恐怕已锈到骨子里去了。几辈人一直叫锈石，却一直又说，那不是石，是铁，上边的黄，明显就是铁锈。这锈石，的确坚硬如铁，不像村里另外一种石头，风吹雨打，或者是河水的浸润冲磨，早没有棱角了，成了光滑圆润的卵石，取一块压在腌菜缸，浸透盐水的萝卜就不再浮起。锈石依旧是最初断裂时的模样，默默地经历了多少代，没有人知道，但那断裂处没有一丝变化，刀割一般，齐整，茬口锋利。村西沟口，有一块锈石，四四方方，并不规整。有年轻人高举八磅大铁锤，从一处薄薄的断口处猛敲，叮叮当当，抡起落下，足足二十多下，锈石纹丝不动，黑亮的铁锤，沾满黄色的铁锈。锈石和铁匠铺的砧子一样坚硬，夏日里，到黄昏时触摸，还有烫手的感觉。

坚硬的，还有我爷爷的烟锅，以及打火的火镰石。比之锈石，甚至较小一些的铁砧，烟锅和白亮的火石，简直是重孙摆带了，小的可怜，可那坚硬度丝毫未减。烟锅不像是铁，是合金，但我爷爷

坚持说是铁，是白铁。至于坚硬到敢和生铁硬碰硬的火石，白亮晶莹的白脑石，自然是货真价实的石头了。烧红的烟丝，嗞嗞作响，连空气都仿佛燃烧着了，小小的烟锅纹丝不动，只留下淡淡的褐色的烟尘，一擦就去。

乡村的金属尽管很多，但细细归类，却发现，其实并没有多少，斧头、铁锹、镰刀，总归是铁。许多东西，还是来自于最普通的水土，像陶罐、笨碗，烧得发硬的炕板，虽然也有着金属坚硬的一面，但毕竟不是金属。像老人们说那孩子头硬，就夸为铁头。打炕时取下的炕板，烧得黑红，铁锤击上，几下才淬成拳头大的块。村里人洒上水，冒起黑烟，浸透了，拿木榔头一敲就碎，碎成面面，做了肥料，撒到田地里。

乡村的金属，多像木讷的村民，淳朴，坚实，大多时候默默无闻，静静的存在着，千年如是。

亮光

亮光，是瞬息的，稍纵即逝的。

亮光前，是沉闷悠远的黑暗；亮光后，是黑暗悠久的沉寂。亮光，是散碎的，成片的，像鱼鳞，跳跃的闪闪烁烁的光斑，闪亮到极致，便渐渐暗淡，消隐了。不经意中，又闪亮起来，在期待中，却久久沉默着，有足够的耐心，玩着捉迷藏的游戏。

这就是亮光，虽然并不是亮光的全部。有许多亮光，我们见识过，且司空见惯，习以为常了，以为本来就是这样，譬如星光、灯

光，甚至幽夜里磷火闪闪烁烁，飘飘忽忽的鬼火，明灭光亮。但依然有许多亮光，我们从未经见，深深地，或浅浅地隐藏在我们平日并不注意的角落，或许是我们看不见却距我们很近的空见，咫尺天涯。可以说，哪里有黑暗，哪里便有亮光，即便是光亮的地方，也有更亮的亮光，只有在闪亮的瞬间，你才讶然，亮光，亮光，这就是亮光。

亮光的存在，实在久远，久远到创世纪的前夜，透过混沌的迷雾，猛然划破天穹，闪亮时，一下子照亮整个世界，心便亮了起来。那些毕竟久远了，久远到成了一个传说，或者是神话。那不是我们的亮光，还不如身边的亮光真实，切菜的钢刀，翻转时，刃上闪出一道亮光，很像老爷爷犁地时犁铧映射出的光，在湿漉漉的土地上跳跃一样，刃上的光劈在雪白的墙上，留下的只是影子，没有刀痕。况且，在又一次的翻转中，瞬息，消逝得无影无踪，来不及也无法追寻。近的如此，远的亮光一样扑朔迷离，有段日子，村南梁上的荒地，出现了一道亮光，一动不动，像一条巨型带鱼，显然不是太阳光映照的，阴雨天也出现，更为明显，像鱼遇见了水，在游动。好多回，我走近发亮光的坡地，什么也没有，和过去一样荒芜。但可以肯定，那亮光是存在的，后来消失了，没再出现。我们始终无法捕捉到亮光的影子，更不用说亮光本身了。一面镜子，里边有自己的影子，以及真切却并不真实的屋件家什，存在于亮光的空间里，看得见，却摸不到。偶尔从里边冒出一缕亮光，同样映在墙上，比墙还要光亮。这时，你也明白，什么是亮光，却同样无法捕捉到亮光，在你伸手的时候，亮光包裹了你的手臂，手臂没有发亮，反而

更暗淡了。正当你不知所云时，亮光消失了，消失在平整无瑕的墙里边，还是退回到原先的镜子里，我想过，却想不通，没有准确的答案。

亮光是有形的，还是无形的，聚散离合，明灭冥合，探之愈深，愈模糊起来，难以言说。夸父逐日，是个神话，但也蕴涵了上古人类对亮光渊源的追寻，永无止境，终于渴死半途。于是，人们发挥想象力，尽情猜测，在遥远的海上，高大的扶桑树边，有一个禺谷，就是太阳的故乡，从那里起起落落，巡视天下，将光明带给世间。

然而，我们所感受到的，更迷惑不解的，并不是阴阳转换的亮光，如太阳月亮，那亘古就有，轮流值日，白天黑夜，那是天经地义的事情，自然，恬淡。我们所感受到的是另外的亮光，稍纵即逝，偶尔闪烁，又无法捕捉的亮光。

我曾经闭上眼，躲避太阳强烈的光芒。黑暗在瞬间弥合来，又弥散去，反反复复，淡红的，红黄的，温柔的光斑，波光似的蜂拥着，在眼前跳跃起来，将闭上眼弥漫来的黑暗割裂了。那亮光明明灭灭，闪闪烁烁，似乎比夜空中璀璨的星光还要明亮，没有那么高远清凉，暖暖的就在身边，几乎融化了黑暗，黑暗染成了银灰色，水一样地流淌着，溢满整个空间。

那时候，我的心豁然开朗，像经过漫长的跋涉，走出绝壁峭立的大峡谷，来到一片开阔地，看不见太阳，却溢满阳光，没有光缕，只有同样均匀的亮光，软缎一样铺洒在空间。

有时在无月的夜晚，淡淡的星光阻隔在窗帘外边，我沉入黑暗里，却久久无法入睡。梦中的世界，是光亮的，但显然我并没有入

睡，清澈如水，能感觉到生命像虫子一样的蠕动，气息的氤氲弥漫。睁眼，闭眼，不经意间，便有亮光闪现在眼前，虽然是刹那间的，眨眼一般。我确信，我看见了亮光，刀锋一样闪动的亮光，雪白，犀利。可以确认，不是窗外透进的闪电，也不是从窗缝间飞入的萤火虫，闪耀的亮点。这亮光，是不是心灵与黑暗撞击后擦出的火花，是不是脑海智慧的光芒穿透身体照亮空间，拒绝黑暗长久的腐蚀。我不知道，但我确信亮光的存在，真实。

亮光，绝不仅仅是自然的存在，像我们一直坚信，却又无法证明的灵魂，存在或依附在肉体上，偶尔也脱离肉体四处游荡。或许那亮光，从未停止过闪亮，只是我们没有看见，不需要看见罢了。但在某个时候，需要我们看见的时候，看得是那么真切，就像我们的眼睛，闪亮着，映亮万物，并将万物收藏眼底，最后又收藏在记忆之库，永久储藏起来。

那一天，陪伴着病重的父亲，在医院的病房里，我更确信了有一种亮光的存在。那亮光不是我看见的，自始至终我没有看见，但我却确信无疑，那亮光的真实。处于昏迷中的父亲，忽然清醒了，叫着，屋顶上有亮光闪烁，让我们拉住窗帘，说是这样的夜晚，该睡觉了，要那么多亮光，亮花花的，实在是浪费。他睁大眼睛，一遍遍地伸手摸着，说亮光凝固成了光柱，就在眼前立着，照得无法入眠。时间正值下午，从玻璃窗漫过的午后的阳光，柔润，温暖，几乎没有明显的光影。自然，我也看不见，找不到父亲所说的光柱，更没有屋顶上飞舞的蝴蝶，如光闪耀。

光柱消隐的瞬间，父亲彻底清醒了，重病抽丝一样退去。他还

不停地喃喃，那亮光真好，温暖，不刺眼。

我常想，在我们的骨子中，隐藏着一种亮光，在死亡很久后，皮肉消失了，剩下干骨头照例在夜晚发光，虽然科学已然证明那是磷光，但我还是不大相信，因为有许许多多在我们生命中闪耀过的亮光，并不是一个简单的磷光能科学了的，包容得下的。

那亮光，在生命的内外，存在着，不是一天两天，甚至不是几百年了。不知什么时候，就闪亮起来。再往大一点、远一点说，在通往历史和未来的空间，也有亮光，闪烁，那便是假想中真实存在的时光隧道了。

亮光，黑暗。黑暗，光亮。

下棋

我喜欢下棋。

棋艺一般，若论段，远在段外了；若说流，更在末流外了。对我而言，所谓天外有天，高手如云了。

愈来愈喜欢东坡下棋，胜喜，败亦喜，平淡的很。和喜欢东坡的随遇而安一样，贬官发派千里，依然有心情酿酒，烤羊脊骨，烧椰木制烟墨，津津有味，乐此不疲。就某种意义而言，下棋亦如读书、品茗、饮酒，重在氛围与品味，醉与不醉倒在其次了，悠闲而随意，淡然而深远。这自然是一种境界了。

小时候，喜欢象棋。初学时，和邻里懒汉叔不离炕头杀得天昏地暗，不知楚河汉界。奶奶笑我，学会下棋，不嫌饭迟。我爹摇头，

就是那一句：少不看《水浒》，老不读《三国》。那时我不明白，下棋和读书有何相干呢。自然，那时技艺高明不到哪里去，倒是记熟了当头炮马来跳、重炮马后炮、双车摘士等许多口诀，自以为得到博弈的精髓，天下无敌了，可谓初生牛犊不怕虎，无知者无畏了。后来才明白，象者为像，化不成数理，下不了心棋，全是乡下人的手艺，程咬金的三板斧，狗肉一样上不了席面。

后来外出求学，又喜欢上围棋。两人率军围城，无王无相，真正的将在外君命有所不受，围城围地，自由征战，尽显儒将风度，不像岳家军铁骑无敌，却被十二道金牌追回，只能仰天长啸壮怀激烈了。不必置战局不顾，随时随地勤王，丢卒保车，舍生取义，而那个义又是那么虚玄，实则还是尽忠而已。甚至丢盔弃甲，杀戮无数，最后孤军深入，明知不可为而为之，以卵击石，直至尽忠就义，土地早沦陷易手了。月朗风清，香茗为伴，两人静静地手谈，默默地纵观，仿佛在辽阔纵横的阡陌上，仰观群星璀璨，星河漂流。的确可以扬鞭策马，自由驰骋，随意设想，不经意间奇兵百出。不必为丢弃一兵一卒，丢失寸土寸地而嗟伤不已，影响全局。有种“海阔凭鱼跃，天高任鸟飞”的感觉。

有一天突发奇想，思绪如潮，不能自已。象棋，可谓地棋，源于人间征战，是人间历史的写实。且缘于中原大地，河南自古称豫，即是古代牵着象鼻训象，《易经》中就有记载。古老的战争中，大象守候着王者。诸侯讨伐，计谋百出，皆为王而战。楚河汉界，虽泾渭分明，却正是讨伐征战的缘由，如《过秦论》所言：“秦何厌之有？”其实，贪婪的何止秦国，那是人类的通病。贪欲日渐膨胀，便

试探着将卒子拱过河界，挑起事端，战火由此燃起，攻城略地，死伤无数，可谓一将功成万骨枯，非仁者之师，非仁者之道，“春秋无义战”，古人早已醒悟了。下棋不过是战争的模拟，争斗已如此激烈，真正的战争其血腥更有过之无不及。在残酷的历史长河中，无论英雄豪杰，还是权臣名相，没有一个逃出象棋布局的窠臼。这是人类发展的动力，还是先天的不幸，千万年的历史，真的不是一两句话能说清的了。我不由地想到灵棋山，想到华山上留下的残棋，赵匡胤和陈抟老祖对弈，输掉华山。是传说，还是神话，恐怕做了皇帝的赵匡胤始终没有明白棋意，连陈抟老祖也赢得糊里糊涂，一睡五百年。一盘永远下不完的棋，终局只有一个结果，那就是推盘握手言和。也就是儒家道家纵观天下大势，争战不止，水深火热中悟出的最高哲学：和为贵。

狼烟四起，烽火遍地，血流漂杵，才显出和的为贵。和，不过是人类善良的祈求和美好愿望。暂时的平静，正酝酿着更深沉更激烈的战斗。如棋中的闲来无事拱卒，哪里就真的天下太平了。

楚河汉界，平平静静，只是暂时的，不可能永远刀枪入库马放南山。酝酿久了，还是放马过河，炮架河边，不安定的种子终究要发芽的。这是象棋的宿命。谁也无可奈何。老祖宗造字时，止戈为武的思维模式，就奠定了战乱不断的根由，本来就有几分勉强，几分无奈。所以，到后来，我不大喜欢象棋了。即使经不住诱惑，在街头看残棋，心动时，看见河界中几个粗野的大字：“请君莫言，支棋是驴”，终于忍住，走开了。

人心的贪婪，争强好胜，争勇好斗，被象棋的发明者窥透了。

我的书柜里，有兵书战策，也有古棋谱，但终于也没有去翻看。眼睛不能给予清静，已是一种悲哀，倘若心灵再混乱，那真的无可治药了。扁鹊见了蔡桓公两次，终于逃走了，一个病入膏肓的人，和疯子没有什么两样。

而围棋，似乎要安静得多。没有帝王将相，没有兵车战马，是黑白分明的清一色的棋子，没有大小尊卑，我忽儿感到，这黑白棋子，不正像阴阳鱼的两个眼睛吗？两个眼睛只是黑白的代表，那鱼身上的鳞片，黑黑白白，在消长中流溢，你大我小，你小我大，相互依存，又在不断变化中。由此可见，围棋，天棋也，源于星空的变化，星云的流动，是智者参透宇宙的变化之妙，而发明的。那打劫、死眼活眼、气数等等，真的暗合宇宙自然的变化，白矮星、恒星、黑洞，的确和围棋许多棋理相似。我不由地想起河图洛书，黑白点子排列的图形，和围棋博弈中的阵势很是相似。也许，那本是最高妙的天局。

围棋，玩到后来，败败胜胜，我更喜欢一个人下了，一手黑子，一手白子，泡一壶清茶，在宁静的夜晚，推窗邀月，仰望苍穹，屏息凝神，思之良久，必有所得，多少棋路在脑海铺开，天河一样流转；多少棋眼，像远天上忽儿发现的星星一样闪耀。恍然大悟，恍如隔世，一盘棋，有时下几十个夜晚，还没有终局，犹在变化中。

品一口清茶，茶香四溢，心清月明，豁然开朗。犹如云开见月，困扰顿消，悠然地沉入梦乡。我想到曾读过的一部武侠小说，里边的高人木桑道长，以棋子做暗器，打穴打劫，自身却终究劫数难逃，险些命丧敌手，道恒武学高虽高矣，但始终没有脱出棋盘的道道，

有了边框，有了穴位，太计较一得一失，自然无法突破，走得更远。宇宙无边无际，浩浩渺渺，天涯何在？星云流转，瞬息万变，生生息息自成天道。

亦如象棋，在人造的布局中，固守程式，自然不会突破。其实，兵无定法，亦如棋无定法，最忌纸上谈兵，自古胜者，在出其不意，以无法胜有法，而成法。多少名将，战无不胜，最后还是走不出固定的阵局，突破不了自己，身首异处，终成悲剧。象棋如此，围棋又何尝不是，虽无主，亦无道，但固守常式，心有障碍，便故步自封，流于象棋之技了。

下到最后，我收起棋盘，将草编棋篓放进书柜里，干脆坐在月下，仰望星空，数着星星，下天穹上的星棋了。下过一会，只有星辰，哪里又有星棋。手中的棋，脑海里的棋，比起天穹上自然的星罗棋布，真的不可同日而语了。

象棋之战，再烽火连天，也不过是大地的一角；就是围棋，星汉璀璨，也不过是天空的一片。

心有多大，天有多大。

吸烟

我不吸烟。除了被动地，有时无处可逃。

没有亲身的体味，对于吸烟，似乎没有更多的发言权。

我不吸烟，并非不喜欢烟。这种信念，缘于一个女孩子，那是一个肌肤光洁如玉的素女，她不吸烟，却从烟盒抽出一支烟，是当

时流行的硬盒红塔山，夹在葱管般透明的指间，放在鼻子下嗅来嗅去，很是痴迷依恋，也很优雅，她莞尔一笑："我喜欢。"言外之意，就喜欢这样静静地享受烟卷自然散发出特有的清香。我这才明白，原来，对烟，我也喜欢的。

其实，和喜欢酒一样，对于烟，天下没有几个男人不喜欢的。男人的一半是女人，女人天性不愿明确承认，总是那么羞涩含蓄，就心底而言，喜欢烟的，没有一半，也总有一半的一半吧。

烟，确切地说，是卷烟，小时候也吸过，经不住诱惑，和学做男人的勇气。大人们说：小孩吸烟，屁股忽轩；小孩吸烟，长大当爹。屁股忽轩不忽轩，倒在其次，主要是长大了想当爹。那种为人父的威严，是从心底羡慕的。况且，除了做爹，那时实在没有更崇高的理想了。作文里抒发的，不是真情，那理想不知是哪位英雄豪杰的，绝对与一个乡村孩子无关。

我学会吸烟，是深受邻座男孩影响的。不敢让家长知道，怕挨揍。他是独生子，不像我们七狼八虎，有了一顿，没了抱棍，且抱棍的时候多，他穿扮常新，很是派气。衣袋里老能摸出整盒的烟，村里孩子们见都没见过的漂亮打火机，里边装着电石，大拇指一按，冒出绿色的火焰。课间休息，嘴里叼着烟，点燃，吸着。吐烟圈的空隙，还忘不了念叨那得意的口头禅："云冈烟，自来火，吸不吸就那谱。"云冈大佛，那时虽非世界文化遗产，在当地确也有名，才会成为香烟的品牌。一盒云冈烟，得拿三颗鸡蛋到供销社去换，更不用说洋气的打火机了。那派气，的确不是一般孩子，甚至家长所能有的。于是，我也学会了，不过，自己没钱买，连拔零根的钱也没

有，他给一根，就吸一根，烟瘾始终大不起来，达不到屁股忽轩呢。

这大概是我最早见过的吸烟派气，后来出身社会，司空见惯了，才知道，许多人也许并不真正喜欢烟，吸盒高档品牌烟，不过是装装身份。看过一部电视剧，一位貌似颇有教养的女编辑和几个男人打伙计，家里烟灰缸留下不同品牌的烟头，她女儿看了笑话她："妈妈品味越来越低了，中华牌换成了中南海。"当吸烟吸成了品牌，像穿名牌服饰一样，成为身份的象征，如果说孩子们那样，还有几分幼稚，颇觉可爱，而大人那样，就只剩虚荣了，吸烟的乐趣全消失了，味道自然变了，满是铜臭气。

吸烟，本是爱好，就爱那一口，发自肺腑，出乎真情，慢慢就吸出了品味。小时候，看电影，很喜欢叼着大烟斗的男人，最好长着胡子，那神情，很有男人味，远比摇着羽扇的诸葛亮更有智慧，更深沉练达。也喜欢看着劳累了一天的爷爷，半躺在炕头毡子上，打着火镰，燃着粟秸棒，一锅一锅地吸水烟。猛吸一口，慢慢吐出，浓浓的烟圈，缓缓地飘散。黑暗的屋子，烟火一闪一闪。水烟只能吸两口，猛一吹，灰烬跳出，再装一锅，再猛吸，最是过瘾。自然，也喜欢吸雪茄男人优雅的冷静，漫不经心的从容，那神情仿佛浪漫主义大诗人拜伦所说的："给我一支雪茄，除此之外，我别无所求。"何等潇洒。后来，见过几个漂亮的才女，优雅地吸细长白杆蓝头女子烟，淡淡的烟云，笼罩着，那景致也很醉人。

然而，小时候吸烟的情景渐渐遥远了，淡忘了。我始终没有学会吸烟。即使是在最清闲无聊的日子里，或最孤独无助的时候，学会了喝酒，却始终没有吸烟的福气，一吸就头晕，闻一闻还可以。

闲烟闷酒无聊茶，那只是普遍规律，并不适合每一个人。

但不会吸烟，并不妨碍我喜欢烟。偶尔漫步街头，像进咖啡馆一样，我也喜欢走进哈瓦娜烟斗坊，一座很雅致的供人吸烟赏烟的场所，虽然，在这个城市显得很另类。那里有见所未见的烟斗，步枪一样的打火机，各式各样长短粗细的雪茄。我喜欢流连在陈列柜前，也喜欢找一个角落坐下，静静地看烟客拿着长杆火柴，嚓地划着，火苗蹿起，慢悠悠地点燃又粗又长的雪茄，在那里吸，猛吸之后，吐着烟圈，很享受的表情。有时一坐半天，思绪如弥漫的烟，氤氲，宁静。

曾经看过一本精致的杂志，讲述雪茄之乡一位做烟世家，在整整一个冬天，蜷缩在屋子里，做一根六米长的雪茄。像雕刻大师雕琢一件精美绝伦的玉器一样，专心致志，悠远沉静，倾尽的何止是心血。我忽然想，等有一天，像我爷爷一样，在房前院后，种上大叶烟，劳累一天之后，依然精神抖擞地侍弄烟苗。长成后，拔掉，阴干，揉碎，装在牛皮烟袋里，慢慢地吸。

吸烟，一旦成为一种乐趣，那才真正有了意义，是人生不可或缺的一部分了。

喝酒

酒是个好东西，天下男人，没几个不喜欢的。

神仙也喜欢，视酒为琼浆玉液，美其名曰：神仙水。

我也喜欢喝酒。但不喜欢哼三喝四喧天驾雾地喝。即便煮酒论

英雄，犹如曹孟德横槊赋诗，也不是那种喝法。我不喜欢，有人喜欢。我的一个朋友，权且算狐朋狗友吧，在安安静静的雅间，是喝不下酒的，如坐针毡，也没有喝酒的心情和欲望。就喜欢拥挤嘈杂的小酒馆，一只脚踩着地，一只脚踏着凳子，人肩搭肩的，一扭头快亲嘴了，喝到兴起，左右逢源，陌生人也成熟人了，呼天唤地地划拳，勾肩搭膀，四海之内皆梁山兄弟了。

每逢这时，我只是远远地看，也远不到哪里去，一股股浓烈刺鼻的酒味，混合着汗酸脚臭味扑鼻而来，早没有喝酒的心情了。但这样的场景，在北方的酒店，比比皆是，很大众化的，算不了什么。这大概是地域气候的关系吧。塞北几乎感觉不到明显的春秋，就匆匆流逝了，春是料峭寒春，深秋是滚滚寒流，充满冬的意味，一年里，除了酷夏，几乎就是漫长的严冬了，光供暖期就五个半月，更不用说秋霜夜冷，倒春寒了。地域和气候，像形成花草树木一样，形成了北方汉子的血性和脾气，豪爽粗犷，喝酒自然也不例外，像梁山兄弟，骨子里就喜欢大块吃肉，大碗喝酒。不喝到将屋顶揭起来，是尽不了兴的。古人就讲究“不醉勿归”，这风俗一直延续着。

身处此境，常常被喝酒，也无可奈何，摇头笑笑而已，酒照例还得喝。这叫有酒不喝也不对。但我喜欢看人醉酒，特别是半醉状态，姿态各异，酒风酒德纷呈，人的本性及个性暴露无遗，倒有几分率真，几分可爱。比之酒席上虚假的应酬，何止纯洁百倍。每当此时，皱着的眉头舒展了，这种喝法，的确其乐融融，人与人之间几乎没有了距离感，是真正的一群了。这使我想到，原始社会的狩猎，男人们裸着体，像现代川巴江岸的纤夫拉着绳索拖船一样，举

着石块棍棒，喊着号子，围猎野猪。这大排档的喝酒，划拳喊令，手指相触，目光相对，使人们又回归到最原始的状态。

狐朋狗友是如此喝酒，文人雅士，其实也雅致不到哪里去，一见酒，或三杯下肚，粗豪的一面就露了出来。所谓三杯竹叶穿心过，两朵桃花上脸来。脸红扑扑的，两眼放光，将小盅丢到一边，挽袖抹胳膊，大有吞王莽刮刘秀的气概，举起大杯，有时也想用大碗了，可惜还没有那好酒量。有回，和一位文友喝酒，进了西餐厅，他怔了怔，勉强坐下了，默默地喝了杯红酒，摇摇头，和服务员再三解释，现掏了钞票，又从中餐厅换上白酒，一口一口地喝着，没有气氛，最终也没有尽兴。事后他笑道：“这哪里是喝酒的地方，喝汤而已。”和他喝酒，大多时候，是选择一个较安静的地方，雅致一点，点几个可口的下酒菜，然后叫两瓶白酒，最好是高度的，他拿一瓶，另一瓶推给我，喝前就声明，咱们谁也不给谁倒，见底后走人。两人边喝边聊，天上地下，由人及己，有时酒尽话未尽，兴致尚浓，就再开一瓶，二一添作五，直至兴尽，摇摇晃晃，道别走人。

喝这样的酒，虽喝高一点，并不伤人。自然，酒是个好东西，像酒有度一样，喝酒也要有度。豪爽是风度，却是以不醉为前提的。烂醉如泥，喝得是骨头。舌头都僵了，还摇晃着酒杯，直喊：“再拔一个。”看似英豪，实在算不上英雄，这豪气没有也罢。喝酒为醉，微醉足矣，话多一点点，心热一点点，虽豪气干云，无伤大雅。当然，天长日久，偶尔一醉，即便酩酊大醉，贵妃一样，那又何妨。

喝酒，要喝淡然之酒，功利酒，即便是跟着他人喝衬酒，帮腔打诨，也没多大意思。虽说酒席宴上不过是逢场作戏，但互相阿谀

奉承，比高论底，看菜下碟，即便被动地跟着附和，各怀心思，喝得别别扭扭，虚情假意，大丈夫固然能屈能伸，又岂是君子所为，那酒不仅伤身，还会伤心的。不喝也罢。而三五友人，或同学，时常不聚，偶尔一人做东，邀约在一处，点几个喜欢的小菜，或荤或素，清淡爽口，叫几瓶酒，随意地喝，随意地聊，天上地下，古今中外，抒怀言志，直到酒酣尽兴而去。

酒，是喝的，喝才来劲。感情深，一口闷，喝得就是那个狂劲。一盅小酒，舔来舔去，湿不了个嘴唇，那不是大丈夫所为。煮酒论英雄，三杯两碗，撞出火花，撞出真情，如曹操横槊赋诗，李白醉吟《将进酒》，那自然是英雄的境界了。我辈俗人，喝到老，也不过是酒坛一个，到不了那样的境界。像朋友间戏说的，要一活没一活，倒一壶喝一壶，是玩笑，也是大白话。

比起喝酒，我更喜欢品酒。愈来愈觉得，好酒是要品的，喝是喝不出品味的。偶尔得到一瓶好酒，总是舍不得喝。先是观，观酒瓶之精美，水晶瓶使人心清意远，泥壶使人回归往古，青瓷使人把玩不尽，异型瓶独具审美意蕴，如一件艺术品，赏之不尽，常有新意。再是闻，隔瓶嗅香，好酒的醇香包装是掩不住的，像古人说的透瓶香，淡淡的酒香，一股一股飘来，深呼吸一口，慢慢吐出，细细回味，和喝到嘴里自是不同。但好酒，最终还是要喝的，望梅固然可以止渴，终究不如吃梅解瘾。珍藏的陈酒，有了年头，打开瓶盖，满屋弥漫着酒香，挥之不去，闻着就醉。倒进杯里，酒滴挂在杯壁，如露似珠。倒时，酒液如瀑，丝丝飞泻，这时的酒，已是难得的醇酿了。这样的酒，随便喝掉，那真是糟蹋了。

品这样的好酒，最好是在一个悠闲的黄昏，做三两盘小菜，荤素爽口，放在精美的瓷盘里，摆在红木小桌上，静静地盘腿坐下，倒在精致的酒杯里，一口一口地抿。喝着喝着，月亮出来了，星星满天，问星邀月，心清如水。这才真正品得出酒的滋味。自然，品不同的美酒，需要不同的酒杯。喝老白汾酒，最好是玉壶玉杯，唇触杯壁，温润柔滑，令人想入非非，酒入唇舌，辣香甘洌，顿时神清气爽，意态高远。喝洋酒 XO，最好是水晶杯，底口一样，握在手里，如轻抚美女脸颊，灯下摇晃酒液，流光溢彩，入口绵甜，之后散发周身，仿佛泡在温泉，舒畅至极。喝五粮液，最好是景德镇手绘白瓷，瓷质细腻似雪，酒满杯中，如水在天池，清澈见底，不要说喝，看看就醉了。其实，古人最讲究这一点，器人合一为之道，像“葡萄美酒夜光杯”，是何等的雅致啊。

我的酒柜，藏着美酒，更收藏着各样酒具，像汉玉杯壶、碧玉杯、黄杨木杯、夜光杯、水晶杯，甚至铜爵银碗等等，是等哪天有情致了，品尝不同的美酒的。

从来美酒如佳人，不能喝，只能品的。

书案上的盆花

像所有所谓的文人墨客，我也喜欢附庸风雅，想拥有一张属于自己的书案，也做过红袖添香洛阳纸贵的美梦，尽管离现实很遥远。但拥有一张书案似乎并不难，起码对于我。

大学一毕业，分到一所中等师范学校任教，两人一个宿舍，住

进时，就拥有了自己的书柜和书案。书案，也算漂亮，米黄色的，是那时流行的式样，一米二的写字台，但比时髦的款式更通透些，有旧年书案的空灵。一面是带柜门的墩子，一面只有桌腿，腿上是和中间连带的抽屉，桌面上压了块厚玻璃板，配上红人造革面软电镀椅，相当漂亮。案上的陈列很简单，一瓶墨水带着蘸水笔，一盒墨汁，一方石砚，一支毛笔。边上放着一沓作文本、教科书之类的书册，还有一部也算豪华的砖头厚的《现代汉语词典》。

没几天，过第一个教师节，两位常来我宿舍借书的女生，很有心的，送来一小盆塑料枝干的绢花，大概留意了我的书案，锦上添花而已。

这是一盆很精致的小花，也算盆景，最适宜摆在案头了。花枝是插在一只墨绿的敞口盆里，盆很小，只有小碗大，底下可能是泡沫塑料，上边浇灌了一层泥土似的树枝，相当逼真。翠绿的单枝上，有三片舒展的树叶，茎脉分明，还挂着露珠，自然，这露珠是白蜡似的塑胶，熔化后滴上的。顶部的花很丰满艳丽，像玫瑰，又像月季，杆上有细小的尖刺，制造者的原意大概是一盆可爱的玫瑰吧。

这种盆花，不用浇水，不怕阳光，也不需要阳光，免去许多培育的麻烦，是懒人的花，很适合我这样的单身汉。微弱的灯光映照下，娇嫩欲滴，像一位含羞的少女，仪态单纯，却永远是那么迷人。读书累了，伸个懒腰，拿起嗅一嗅，先时还有香气，慢慢才淡薄消失了。花朵始终像一张笑脸，陪伴我度过日日夜夜，快乐时，它快乐，忧伤时，它使我快乐。正像盆花上方墙上，我书写在卡纸上的那几句话，是一位女性朋友送我的：“我们相信生活，就像白天有太

阳夜晚有月亮，一样自然，一样美好。”

渐渐地，我的激情被生活的风雨淋浸，浇灭了，失去了棱角，一切都平淡起来。案上的盆花，似乎忘记了季节，依然开着，花朵红艳艳的，荡了一层灰尘，轻轻一吹，飞了，喷口水雾，鲜艳依旧。花枝上的毛刺，不知是多次拿来拿去，磨光了，还是被谁无聊时剪去，总之，更像一株月季了。

后来，成家，调动，几经周折，这小小的盆花，是不是有意遗弃，还是无心丢失了，连我也记不起来了，时间一久，甚至是哪两个女生送的，也模糊起来。新搬的小窝里，有一张木匠按我的意思做的书案，虽比原先的写字台更空旷一些，但还是写字台的式样，只是颜色更淡了，豆青色的。日子匆匆忙忙地过着，火烧屁股一样，也不知忙些什么，连流水账式的日记也断流了。只有夜深人静时，我伏在案上，写一些所谓的文章，挣了稿酬买几本心爱的书，才有几分快乐。妻看见案上空荡，从街头游商手里买回一盆文竹，是最普通的朱红陶土花盆，粗糙笨拙，不太适宜摆在案头。但却是我喜欢的文竹，又有泥土的芳香。我浇水，培土，看了又看，嗅了又嗅，毕竟是我养的第一盆案上花木。没想到，几天后枯萎了，针叶掉了一案上，风一吹，飘得到处都是。轻轻一拔，出土了，连根都没有。我和妻相视而笑，又上当了。周末时，去转集市，又挑了一盆，是青花瓷的，盆小巧玲珑，花枝根部还有几块好看的小石头，一看就是案上的盆景。拔了拔盆中的文竹，很结实，才放心地拿回家。这文竹，一直放在书案上，半月二十天浇一次水，冬夏无常，绿茵茵的，窗外的风，或电扇的风一吹，摇摇曳曳，很有几分潇湘竹意。

六年前，在市里花园小区购了新楼，买了一个花梨木画案。花梨木仿古书案，造型简洁明快，单纯质朴，极具古朴厚重的风格。上边只有一方异形石砚，几支毛笔，空荡荡的。原先所养的那盆文竹，本是要拿来的，可临搬家时，路途远，忍痛送人了，想起来就有几分后悔，可也无可奈何了。于是，专门转了花市，左挑右选，又买了一小盆文竹，高高矮矮，造型很美，颇有意趣，一看就是专业技师修剪过的。摆在案上，如文静娴熟的女人，不施脂粉，却别有一番风韵。花盆还是青花瓷的，但更细腻，更通透，不是一般小窑烧制的。两个月后，文静的文竹直往上蹿，爬山虎一样，倚墙猛长，我插了一根干枝，没几天攀绕着蹿上了屋顶。我摇摇头，这还算文竹吗？在花市咨询花农，的确有这样的品种，并非变异。后来到一家茶社，也看见了，一大盆文竹，爬山虎一样爬上屋顶，绿意盈人，在盆边的木墩上品茶，别有一番野趣，也算雅致。

冬天时，蹿在上边的枝黄了，细小的茸针干了，一掉一片，落在案上，扫了又掉，掉了又扫，有时写字时，掉在墨迹上，吹都吹不去，很烦人。我这才下狠心舍弃了，决定换一盆更好的盆花。

在花市，看对一小盆仙人球。绿色的花盆上隐现着浅黄的线条，盆口是花边的，简洁又不失意趣，有几分创意。毛茸茸的仙人球上带着米黄银亮的针刺，密密麻麻，长得很有规律。卖花的说，很好养的，不用经常浇水施肥，不怕太阳暴晒，又吸食空气中的污秽，洁净屋里的氧气，还防电脑辐射呢。我买下了，放在案上。不迷人，不娇嫩，宁静沉炼，倒有几分铮铮傲骨，像中年的我。自然，和书案的风格一样质朴坚硬，体现了和谐的审美价值和文化内涵。

有时，在外边受了闷气，端坐案前，看着不苟言笑的仙人球，永葆青春，依旧绿着，针芒舒伸，织就一张护网，没有活物，包括人，敢靠近，怕刺伤。而它需求很少，阳光、雨露、营养，无欲无求，只是静默地活着，向世人昭示生命的顽强。我忽儿想到无欲则刚这句古语，似乎明白了许多。

有一段时间，我在外奔波忙碌，无暇顾及盆花。勤快的妻子给仙人球浇水勤了，根沤了，球枯萎起来，慢慢成了一颗干黄的球，不像活着时那么绿，那么丰润了，但枯刺依然立着，没掉一根，坚硬如旧。妻子想扔掉，换一盆新的。我说，算了，随缘吧，虽然盆中的生命已经枯萎，但其形依然未变，针还在。

这盆干黄的仙人球，自今还摆在我的书案上，还将陪伴我日日夜夜，静静地走过之后充满荆棘的日子。

小城漫步

记忆里小城很小，弹丸之地，且无名。建城前是个乡间小镇，蛰伏在低洼处，漫不经心地消磨着时光，偶尔途经的人也不会在意。八百年前，瓦剌军匆匆经过，怕焖在锅底遭遇伏击，绕道而行，在七里外的沙窝还是遇到伏击，几乎全军覆灭，这就是载入史册的沙窝之战。现在耕田时，还常常犁出箭矢铁戈。沙窝有名了，相距七里的小镇依然默默无闻，静静地躺在火山丘下，甘心或不甘心地仰着鼻息。若不是战备的需要，或者说首长的随意指点江山，小镇永远是小镇，变不成小城的。多少年了，虽为县城，却依旧沿袭小镇

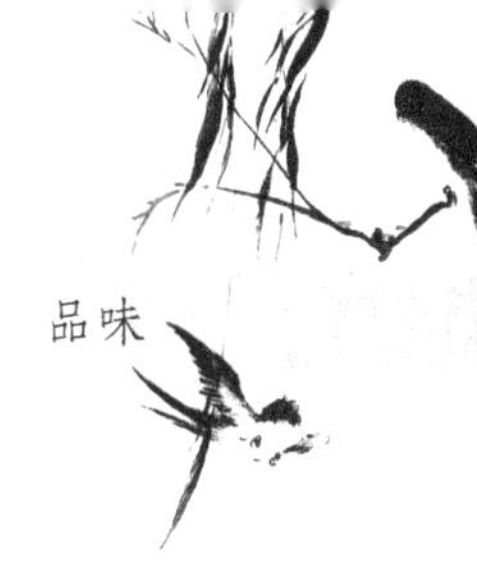

的名字，叫西坪，和不远处连镇都不是的东坪相对着。

自然其间也不乏好事者，引经据典，说这儿就是古中山国，可实在找不出更直接有力的证据，难道就因为流传在当地那个子虚乌有的故事？说的是中山国有条法规，老人六十不死就活埋，有个孝子舍不得活埋母亲，就藏了起来。后来国中老鼠闹翻天，举国上下束手无策，国君发黄榜招贤灭鼠，孝子的母亲揭榜应征，从容不迫，一语道破天机，引进大猫捕鼠，鼠患方除。从此废除旧法，老人们才安享天伦之乐。这故事流传很广，其他地方有没有类似的版本，我不知道。

这小城我相当熟悉，闭上眼睛，悬在脑海的是沙盘一样的地图，何况它是那么小，伏在火山丘下，像初生的小乌龟，一动不动。和所有的小城差不多，是不变的格局，贯穿南北东西的两道街，在最繁华的四角楼处交汇了，十字架一样挂在火山丘下，到了不毛的冬季远观尤其壮烈沉郁，形成小城最基本的格局。青色的砖窑和蓝色的瓦房簇拥着红色的角楼，波浪一样向四周漫延，在东山、南梁、北火山丘下戛然而止，水似的倾溢冲击着，终于也没有突破，回落成中间一圈一圈渐小渐低的旋涡。

小城没有什么特别的建筑，能成为小城的标志。火山丘上的昊天寺和山脚的基督教堂，大概算最另类的建筑吧。“昊天寺，离天三尺三，一摸光溜溜。”这流传了千百年的民谣，也不确切，据说是老一辈走西口给口外人道古说的，有吹牛的水分在里边，昊天寺虽高，但并没有高到那个程度，除非阴雨天，烟笼雾罩，才隐现在弥漫的云霞间，似乎离天很近。大宋朝时就耸立在丘顶的寺庙，几百年的

风吹雨打，旧虽旧，依然耸入云霄，明清时两次修葺后焕然一新。又历经近百年的战乱，都幸免于难，进入20世纪70年代了，虽香火已熄，但古迹犹存，静静地瞭望守候着小镇。不想还是没有逃过劫运，在建城前拆毁了，也是天数。在村子里流传着一个故事，叫劫数难逃，说的是一群土匪扬言要把小村杀个鸡犬不留，危急中，老人将孙子藏在村口的古树空洞里，杀光全村人撤退路过村口大树，又心血来潮要试宝刀，树倒人亡，于是后人感叹，在树难逃啊。昊天寺毁于一旦，山脚的教堂自然也玉石俱焚，理由很简单，岂容牛鬼蛇神高高在上，大手一挥，打翻在地了。伤痕累累的火山丘，和更远处看不见的火山群静卧着，无人在意，只有飞鸟掠过。谁也没有想到，二十年后教堂重建了，丘顶的寺庙重建了，巍峨壮观，富丽堂皇，比过去的还要雄伟，依然叫昊天寺，不过住持的不再是道人，也不是和尚，是尼姑了，因为化缘筹建的人是位老尼姑。

初建的小城，和原先的小镇没有多少区别，宁静，悠闲。依然闻得见炊烟的味道，夏秋季时庄稼瓜果的味道，甚至牛屎羊粪的味道，从四面八方向小城弥散，小城里溢满乡村的味道。不同的是，十字路宽阔平坦，有民谣道："小城有三多，大马路上的马车比汽车多，街上的电线杆比行人多，商场的售货员比顾客多。"但我喜欢小城的清静悠闲，尤其是太阳落山前，漫步在黑亮的柏油路上，或者走在蓝砖红砖相间墁地垂柳拂面的行人道上，嗅着淡淡的混合了禾香的炊烟味，尽兴走去，从东到西，从南到北，直到月亮出来，柔静如水，雅兴也不会被惊动打扰，即便碰见似熟非熟的面孔，也不必停下专门打招呼，相互含笑，擦肩而过，算是招呼过了。这时，

仿佛这傍晚是你的，这马路是你的，小树是你的，甚至于你成了小城的主人，像西方小城堡的堡主一样自豪。

生活在小城，像洒满小城的阳光一样，慵懒舒缓，暖融融的，你不会也不必起早贪黑，为生计奔波，也不需要金银满箱花天酒地，这里没有能供你挥金如土疯狂到纸醉金迷的乐园，一切都是淡淡的，漫不经心的，最奢华的是一座花两角钱就可看一场的电影院，花两角钱就可洗澡带搓背的公共浴池，花五元钱就可招呼亲朋好友美餐一顿的小饭店，其余再也没有更具诱惑力的地方了。只是随着大流各就各位懒散地生活着，没有太多的想法和故事。日出日落，一天一天，一年一年地度过，不能说无忧无虑，起码是少忧少虑，不会大起大落。

在小城一住三年，不要说大街，就是小巷闭上眼都摸得见。后来离开这里，因母亲的缘故，依然隔三岔五地回来。曾几何时，生活的节奏快了起来，连我都不知道自己为何而忙，比机器还要盲目，只有夜晚清点钞票时，听着点钞的声音才泛起一点点快意，又在极度劳累中消失殆尽，沉睡中甚至没有梦。整个的人，像城市一样浮躁。回小城的次数愈来愈少，即使回，也是来去匆匆，熟悉的景致从车窗划过，消逝在脑海深处。

终于得闲了，我想到了小城，想到在小城漫步的悠闲，小城黄昏的宁静，小城夜晚的沉寂，亦如山后沉寂了几百万年的火山丘，冷却成蓝莹莹的浮石。当我站在小城不知几时新建的广场上，像并不拥挤的胸中平添了一个肺，忽儿陌生起来，四边的角楼被高楼取代了，没有了半后晌都有的懒洋洋的阳光，永远隐藏在记忆深处了，愈来愈模糊。角楼四周，波浪一样起伏漫延的窑房沉底了，拔地而起的是鳞次栉比的高楼，即使未拆除的，也全掩隐在高楼下了，无声无息。马路依然很宽，路边行人道上的垂柳不见了，新换了开着粉花的不知名的树，鲜艳的像假花一样，车水马龙，和我现在居住的城市没有两样，仿佛城市的一隅。刺鼻的油烟味扑面而来，和喊叫吵闹声混杂在一起，令人头昏脑涨，提不起漫步的雅兴。昊天寺前修了座高高的塔楼，黑乎乎的，像擎天柱，天地相接在一起。贯通四街的马路，再也没有过去的灵性，十字架似的压在背上，勒进肉里，和黄昏一样沉重。沉重的像沿街头顶上串起的花花绿绿的标语，令人震惊，也鼓舞，原本懒散自在的火山群，已成为或将成为闻名于世的火山公园，山下的村野自然也名贵起来，成为黄花之乡，还推出令人想象不尽的山水花鸟游来。原有的小城淡出记忆，新的小城一下子红火起来。

但于我而言，不要说街道，连匆匆的行人，也陌生起来。我忽儿想，这就是我曾经居住过，自以为很熟悉的小城？远处的几座火山丘仿佛更近了，昊天寺似乎长了腿，几乎走进城中，走到身边了。丘顶的灯光忽明忽暗，像喷发前的火山口。尽管我知道，从十多万年前或更久远前最后喷发后，熊熊烈火熄灭成了蓝色的浮石，这儿便死一般的沉寂了。后来有了生气，却依然那么宁静。我不知道，火山喷发前，这儿是村庄是小镇，还是小城呢？脑海里忽儿闪现出淹没在火山灰下的庞贝城，人和动物在瞬间永远定格了，在自然面前，人有时是那么伟大，有时又是那么渺小。看一看愈来愈陌生的小城，哪里还有漫步的心境，我匆匆地逃离了，像逃离了梦。

爱上普洱茶

普洱茶早就见过，黑不溜秋，很不起眼，也未在意。那时喜欢的是碧螺春、龙井等名绿茶，特别是君山银针，泡在玻璃杯里，如一片绿竹浮在水中，又似旗枪森森，不要说喝，光看着就满是诗意了。有人见我喜欢，就送了许多珍贵的名绿茶，那时太忙，没有多少时间坐下来细细慢品，只是匆匆打开，看看那或黄或绿的色泽，闻一闻淡淡的清香，又原封盖上。后来终于清闲下来，洗好茶壶，想泡一壶佳茗，悠闲地品尝。原本茶美味香的名茶，不再是一年前的样子，仿佛苍老了许多，干涩无光，没有了先时的神气，泡上一喝，又淡又涩，失却了先时的韵致。去茶庄请教，从茶书查找，是同一说法，绿茶贵鲜，譬如雨前毛尖，清明前后相差十几天，采摘的茶大不一样，仿佛少女和妇人，只一夜之间变化真是天壤之别，一个是水做的，一个混了泥，浊了，失去了青春的光晕。难怪有一种传说，最名贵的茶叫女儿茶，是少女雨前采摘，用玉乳烘干，柔荑收藏好的，自然弥足珍贵，非一般茶可比。

我无言。同时深深地体味到茶之所以为文化，及其茶文化的博大精深。这时再看茶庄里茶圣陆羽的塑像，敬仰之情油然而生，像体味过人生读《论语》一样，找出购买多年一直未读的《茶经》，品读起来。并由绿茶的时间性，季节性，转而注意起原本看不上眼的普洱茶。越陈越香，便于收藏，这一概念深深地注入脑海。纠正了我过去对普洱茶的一些错误认识。普洱茶是云南普洱的特产，是那里的特定环境和气候，造就了独一无二的普洱茶。像我们这儿的大

蒜，虽到处都有，可应县小石口的大蒜是其他地方长不出的。茶以地名，地因茶贵，成了不可分割的一个整体。普洱茶并非产于普洱茶树，和其他茶一样，绿茶、黄茶、红茶，只是制造工艺流程上的区别，都是用茶树叶加工而成的。像宋代时的团茶，以及后来名贵的龙凤小饼，那时不叫普洱茶，也的确不是普洱茶，但却为普洱类黑茶的制造探索出一条路。自然普洱茶的学问远不止这些。但我就是在探究中渐渐喜欢上普洱茶的，并非一见钟情。并有意地品了几回陈年普洱，感觉愈来愈好，为其特有的岁月沧桑所感染，爱上了普洱茶。

好的普洱茶，的确像一个经历过风霜的熟女，其优雅娴静，内涵韵致，不是青春少女可比的。她的风韵，并不因岁月的风沙磨砺而苍老，也不因夕阳西下而褪色，那份与时俱进俱增的沉静娴熟，走向极致，更具有无法阻挡令人着迷的魅力，像浩瀚的大海，像无垠的沙漠，其沉静恢宏的气势，深深地隐在宁静之中，蕴藏着日久年深吸收的天地日月之精华，外朴内秀，底蕴深厚。其陈其久，并不仅仅是岁月的长短，有着更深的茶道，需要高深的思想和博大的情怀在品赏中感悟像“西阳无限好，只是近黄昏”的诗意，并不是每个人都能感悟到“西阳无限好”的真谛，感悟到黄昏前最美好的夕阳短暂而悠远的景致。

那时，普洱茶只占着茶庄最不起眼的一角，像个离异待嫁的小妇人，楚楚可怜，除了老顾客，是没有多少人惠顾问讯的。自然，茶庄也不敢多进，基本是进一点销一点，很少有陈年普洱。我买了几个七子茶饼，买了一大包金瓜沱茶，但都是当年产的，不藏几年，

喝不出陈年普洱的味道。经高人指点，我将目光转到城镇里的小茶店。果然，那里茶虽少，普洱更少，只有几盒或一两包普洱茶，都是陈年的。老板说，多个品种，做个样子，很少有人过问的。我暗喜，却不敢喜形于色，去过几回，终于以很低廉的价格，大概接近成本价吧，淘得了一个十八年的茶饼，一包碎蓝花布袋装散普洱，几小盒放了三年多的精装沱茶，有多半包干叶子包裹的金瓜沱茶。还不到半年，普洱茶摇身一变，行情日长，成了天价的收藏还珍品。市场上的茶庄，到处是包装精美的茶饼，最不起眼的一个饼子开价也在三百多元，放过一年的陈年小金瓜沱茶，一个就要四十多块，足足长了十倍多。行内人士都说，贵是贵了，但其中也有许多假普洱茶，在滥竽充数，起码以次充好，乱编年限。这自然是身价暴涨的缘故。鲁迅先生喝剩的一块普洱茶，在市场上拍卖，一克千金，比白金还名贵。

其实，对普洱茶的鉴别，自今我还是个外行，虽然也听了不少道道，但大多是理论上的，而且如散碎的鱼鳞，离了鱼身，离了水，渐渐就无光了。幸亏我收藏那会儿，市场上还没假普洱茶，也没人刻意混淆年代，我虽没有眼力，但机缘凑巧，不费吹灰之力收藏了许多现在市场难得一见的陈年普洱茶。

自然，我不是为收藏而收藏的，身外之物，死不带去，历来看得很淡的。爱普洱茶，是爱品尝普洱茶，享受赏饼，泡茶，观色，闻香，品饮的整个过程的。

这两年远离商海，心闲意悠，个人的爱好和情致渐渐多了起来。如果没事，不出远门，我喜欢中午时分烧几个小菜，倒一壶自泡的

人参枸杞酒，慢慢地喝，慢慢地赏，喝到微醉，身上热乎乎的，话多了起来，然后小坐一会，开始午休。睡到自然醒时，念几句“大梦谁先觉，平生我自知”之类的诗句，一看太阳已西移，霞光柔谧，漫过飘逸的窗纱，落在客厅，仙人球上，凤尾竹上，滴水观音上，阳光似有似无，绿的更绿，黄的更黄，仿佛雨后的花园，清新自然。古筝静静地卧着，动听的音乐回荡在曾经的时空；博古架上的玉壶、汉罐、水晶球，沉浸在曾经流逝的年月；书柜里的书默默地排着队，等待出发，像千年的兵马俑方阵，隐藏了曾经的历史云烟。只有檐前的鸽子，过路的鸟儿，偶尔一两声鸣叫，划破宁静，瞬息又沉落了，更增加了午后的宁静。朦胧的睡意，暖暖的阳光，温润的空气，包围着我，如慵懒而惬意，什么也不用想，什么也不用急，慢慢地冲洗茶具，用普洱茶刀刻一小块陈年普洱，看着白里发红的叶条夹杂在黑褐色的茶饼里，闪着微微的光，想到生活中也曾经闪光的一刻，不由地会意而笑。按理该用那只宜兴紫砂壶冲泡，但我却喜欢泡在玻璃壶里，琥珀色的茶水，晶莹通透，看着就是一种享受。灶架下的蜡烛蹿出小小的火苗，烧着壶底，壶里的茶水愈来愈浓，愈来愈亮，茶烧好了。茶水在镀了白釉的小盅里，色泽红润金黄，像雨后的虹，很迷人的。慢慢端起，一口一口地品，像品法国干红一样，吧咂着滋味，嘴唇上留下普洱茶特有的余香。这个时候，什么也不要说，翻翻画谱，赏赏墙上的字画，想想流逝的岁月里偶尔停伫的美好时光，就够了。茶味悠长，浓郁芳香，似乎不是一种味道，像四合一饮品，桃味梨味苹果味葡萄味，一时蜂拥而来，难以品出哪一种。似乎更像流逝的岁月，酸甜苦辣，都值得回味，逝去的就

成了美好的，苦，也别有一番滋味。

喝到两腋生津，夕阳西下，站在阳台上，看看远山如黛，红霞覆盖，朦朦胧胧的暮色雾一样弥漫而来，喧闹的城市在最后的疯狂里将沉静下来。浴后的月亮，快悄悄地出来了。这种生活的确是美妙的，像陈年的普洱茶，浸泡出一个陈年，值得品味。

有时，踏着午后的阳光，兴步走去，穿街过巷，到一家精品茶庄，赏一赏镇店之宝普洱大茶柱，真木柱高低，仰观细看，体味沧桑中的变化。这时店主就会热情地邀你品他的普洱茶，以为遇到了好买主，起码是个识家。生的，熟的，年短的，陈年的，一说一套，娓娓道来，如数家珍。你只需笑着听，静静地品就够了。喝足了，慢悠悠地走出，悠闲地沿着回路边赏匆匆的人流，边回味方才悠长的茶香，老街、新灯、石条路、水泥路，不紧不慢，踱步家中。

在繁忙的岁月之后，有了悠闲，学会欣赏，就爱上普洱茶。

泡澡

泡澡，绝对是一种享受。

有澡可泡，那是福气。无论何年何月泡澡都是一种奢华，自然也是一种文明。不像吃饭喝水，是人类每天必需的摄生食物，不吃不喝会死人；不泡澡无非脏一点，即使有伤大雅也无关紧要。

泡澡，是不是城市化的产物，还是贵族化的礼俗，我没有深入考证，不得而知。但中国古人，是非常注重泡澡的，早在《易经》《诗经》时代，泡澡已成为一种文化，上升到礼的高度。在之后形成

的易学命理中，又上升到哲学的高度，有个很雅致的名字，叫沐浴，和冠带相连，是人生不可或缺的一部分，这论述自然早于命学经典《三通会命》。沐浴，是很艺术的泡澡，始发于人出生后三日，以沐浴之，几至困绝也，民俗中叫洗三，纳入礼文化范畴了。老外，是不是更纯粹些，没在国外待过，详情不得而知。芬兰的“桑拿”中的蒸，好像古阿拉伯人也会，名著《一千零一夜》里有记述，与泡实在有异曲同工之妙，只是水泡和气泡的区别。至于杨绛先生的《洗澡》、川端康成的《雪国》，那又当别论，是泡澡外延的艺术了，说的是人生，泡的是人生。

我出身乡村，深谙农村的习俗，千百年来没有太多的变化。总疑心，泡澡，或阔气一点说沐浴，是城市化的产物，城里人原本平常的洗澡，虽说也是一种享受，在整天与土地为舞脚踩牛屎的乡村，是难得的享受了。就大多数人而言，只有两次半，或者多一点，可那不是严格意义上的泡澡了。出生三天时洗三，洗去胎里带来的污垢，开始新的人生；结婚入洞房前，泡个澡，轻轻松松，以崭新的面貌生活；死后，用热水擦身，泡不成了，勉强算是半次。至于水坑泡泡，河里洗洗，或者过年洗时拿浮石搓搓脚，的确是很随意的，没有泡澡的历程，也缺少那种云蒸雾蔚泡的意蕴。

洗三，那是最初的记忆，也许刻在记忆的深处，但实在无法忆起，像出生一样，虽重大，也只是听说而已。从记事起，就喜欢泡在村里的麻黄坑了。雨季时，村中低洼处积了一大坑水，很浑浊的，不久生了蝌蚪泥鳅在水里窜来窜去，尤其是土泥鳅，俗称翻皮，就滚在脚下的滋泥里。村人午休时，我们就泡在温热的水里，在将滋

泥抹遍全身，像黑海里滚过一样，涂抹均匀后，仰面躺在大青石上，摘两片大葵花叶盖在羞处和脸上，任太阳暴晒，直到泥干了，裂开干河床一样的口子，才跳进水里洗去残泥，浑身清爽。孩子们可以如此，大人却不行，女人更不行，太阳下光溜溜的有伤风化。况且天一凉，拔了麻子，一捆一捆浸在水坑里沤，水绿了，不能下了。男人们抽空还能下河冲一冲，女人们只能晚上在家里倒上半盆水，摸黑擦一擦，就是被家里的老奶奶看见还唠叨个没完。所以，污垢，村里人叫黑黑，滞满身上，特别是几个关节处，脖子像车轴一样，过年时那脏泡那，还得用浮石块擦，褪猪似的。那有城市人的福气，有公共浴池，办上个月票，时不时在滚热的池中泡一泡，在慢慢躺到小床上，等专人搓澡，若奢侈一点，敲背按摩，从身到心轻松起来，那才叫个享受。

我后来进了城，单位工会发几张两毛的澡票，才真正学会泡澡。县城里公共浴池就一家，周末就一天假，好不容易挤进澡堂，满眼都是白花花的裸体，很不习惯。人一多水便浑浊起来，没法泡，冲冲而已。慢慢摸见了规律，只要避开周末，晚上去人是不多，水依然浑浊，搓澡工说，洗下不洗上。泡是泡了，脏兮兮的，总难尽兴。好在那个年代，脏是脏，没有传染病。热水一冲，还是清爽了许多。

我调进市里时，洗浴桑拿如雨后春笋一般遍地开花。走进富丽堂皇的洗浴中心，躺在淡蓝清灵灵的水中，真有泡温泉的感觉。可时间一长，新鲜感过去，洗一回身上总是起一两个扁平疣，不及时用针刺破就到处窜，生孩子一样，大大小小繁殖极快。躺在休息大厅，半裸的按摩小姐不时坐到身边，动手动脚，承揽生意，怕患上

比扁平疣更厉害的病，只好敬而远之，轻易不敢上洗浴中心。

购新楼房时，下狠心买了一炷香柏木浴桶，中国古典式的，在遥远的朝代里，只有深宫里公主格格们才能享用的，如今成了飞入寻常百姓家的王谢堂前燕了。一天劳累后，放上半桶热水，冲上泡泡，或洒上干花，半躺在桶里，即使不听音乐，在缭绕的冰爽浴香里，闭上眼泡着，什么都不想，那温热早浸透身体，在每个毛孔里膨胀，有一种说不出的舒爽。这时，才真正享受了泡澡。躺在木桶里，像靠在乡村的树墩上享受阳光，诗意随热流飘荡，歌一样：热气蒸腾，浑然一体/说不出的爽，灵魂飘荡游弋/劳累烟消云散，活着，好好泡澡。

裸睡

在中国，不要说过去，就是现在，裸依然是个敏感的话题，裸体、裸奔、裸舞、裸睡、裸聊，虽非大逆不道，也不是什么光彩的事情，不像明星走光泄春，是花边新闻，取悦大众，时不时炒一炒，好做长久的大众情人。走光的半裸尚且如此，更不用说裸睡了。国人想象丰富，一提裸这个字眼，大概就想得出贵妃裸浴的场景，描述起来，不见得比白居易的《长恨歌》差。蜀主孟咏的裸浴艳词，自然稍逊风骚了。也有一些先锋艺人，标榜裸睡，口吐莲花，将裸睡的妙处说得天花乱坠，仿佛那美真是睡出来的，自古就有睡美人的说法。但就一般人而言，还是信守老祖宗的家训，做得，说不得。

做得，说不得；说得，做不得。这是概不外传的绝妙国粹，比

之公开的中庸之道，何止高妙百倍。新文化运动的猛将，把这些揭的人骨三分，剥的近乎裸了。却依然存在着，未能绝迹，不过是乔装打扮，换个更好听的名字罢了。明明是卖淫嫖娼，却非要说成演歌陪唱，明明炮楼高高在上，却说是洗浴按摩，还装潢的富丽堂皇，比之古代的怡红妓院，确实文明了许多，高妙了许多，像东坡道人故弄玄虚，妙处不可言说。人类的发展，到底是进步，还是衰退，真成了猴子的进化论，似乎铁证如山，又疑点重重，有明显的断层。更像美丽的毒罂粟，曾经引起过几十年的鸦片战争，不仅没有绝迹，反而由黑变白，土烟成了海洛因，更纯净了。人人知道有毒，却又喜欢吸毒。与老和尚对小和尚的教育，女人是老虎，一旦见了女人，十几年的教育顷刻冰消瓦解，还是喜欢叫老虎的女人，有着异曲同工之妙。

这就像20世纪30年代，容得下妓院开在繁华闹市，却容不下一个裸字。编《性史》的张竞生，唱《毛毛雨》的黎锦晖，画人体模特的刘海粟，被称为三大文妖，举国查禁，人人得而诛之。半个多世纪后的艳照门事件，照样闹得沸沸扬扬，当事人哭哭啼啼，名声扫地不说，也堵了赚钱的门路。据说，震惊中外的汶川大地震后，裸照门的主角之一阿娇，义演的要求被拒，连所捐的钱也被拒之门外，人赃钱也赃了，干净的国人，是容不得半点不干净的。一向喜欢自誉开朗的法国人，似乎也容不得，莫泊桑笔下的羊脂球，命运也好不到哪里去。

自然，这些裸，是有伤风化的，并不像裸睡，那是自己的事情，裸的一丝不挂，睡的天昏地黑，纯属个人爱好，既不触犯法律，又

不损伤道德，只要你不宣示，是没有人会知道，也没有人会笑的。这又合了国人千年锤炼的法则，做得，说不得。哑巴吃饺子，自己心里有数就行了。

国外我没去过，西方的文明，自然无法亲身感受，也不知道，黄头发蓝眼睛的外国人，是否喜欢裸睡。但我知道，裸体，在国外是门艺术，艺术来源于生活，大概生活中的裸体，也一样艺术化吧. 国外的海滨裸浴，是很健康，也很文明的。阳光，海浪，沙滩，一切都回归到最初的大自然，自然地裸露着，从身到心，那的确是个令人神往的境界。

老外的始祖亚当夏娃，一开始就是裸着的，在伊甸园赤身裸体穿来穿去，无忧无虑，更不用说裸睡了。不幸的是，听了蛇的教唆，偷吃了智慧果，才懂得羞耻，扯下树叶挡住羞处，但从此苦难接踵而来，被逐，劳作，千辛万苦不说，欲望日炽，纷争不断，再也没有心情享受裸睡的乐趣了。但西方审美中，一直视裸体为美，最早的奥林匹克运动会，就是裸体的运动会，掷铁饼者的裸体雕塑，一直是美和力量的象征。更不用说裸体的大卫，米兰维纳斯了，连圣母和天使也是全裸的，半躺在蓝天白云之上，悠闲宁静，高雅纯洁。可以说，裸体艺术贯穿着西方的文明史，从古及今，像白天的太阳，夜晚的月亮，裸露在天地间，自然，真实。

国人则不然。老祖宗伏羲女娲，从开始就遮遮掩掩，先藏身葫芦里，后用树皮树叶挡住羞处，再后来就用兽皮了，裁剪的有模有样，虎皮小裙束在腰间，似乎从一开始就文明多了。连兄妹乱伦，也不是为了欢娱，非性也，是不得不延续将断的香火，和远古保存

火种没有什么两样。很自然的一个裸字，在蒙昧时代就沉重起来。裸字的造字就很有意思，成型时就不仅仅是象形，简直会意了。果字，本为一种无毛的虫，倮虫；古人就为其羞耻，硬给它准备了衣裳，放在一边，说到底，还是裸体不好，穿上衣裳才文明。这倮虫自然也包括人，虫犹如此，何况于人。

中国人对于裸字，一向是深恶痛绝的。《红楼梦》中就描写了一段香囊绣着男女裸体交配的故事，出嫁时，母亲将羞于启齿的男女之事，绣在体己香囊上，或捏成交颈陶人，悄悄压在陪嫁的箱底，让女儿会意，但绝不会像西方人那么赤裸裸言传的。做得，说不得嘛。本为私物的香囊，却明晃晃地丢在大观园石上，搞不好就会被爱睡冷石的湘云撞上，连一向胆大包天的王熙凤都吓哭了，可见事态的严重。幸亏是一个叫傻大姐的捡着，不然，真的不可想象，就这都闹得天翻地覆，死伤了多少无辜。比之贾琏偷情被捉，不知严重多少倍，捉奸捉双，贾琏并不羞怯，举着剑直劈原配，连老太太也笑着说：男人们馋嘴偷腥，原是有的。可见，悄悄地做，真的无所谓，不伤大雅，但公开的裸，却是伤风败俗的，容你不得。隋炀帝和十八贵人，夏夜裸睡在一张大床上，透过头发做的蚊帐，光溜的玉体看得一清二楚，嬉要无度，到底丢了大好江山，成为世人的笑柄。酒仙刘伶就没有那么幸运了，喝多了酒，到处裸睡，还美滋滋地大叫，天为篷，地为床，最后丢了性命，才换来一个放浪形骸的美名：魏晋风度。王羲之也喜欢放浪形骸之外，但裸睡没有，真的不得而知，反正宰相来家相亲时，还腆着光溜溜的大肚皮睡觉呢。也许，羲之为一代大家，字正人方，是情理之中的事情，当世的人们

自然为尊者讳了，留给后世的，只有雅颂，没有风了。

中西文化，乃至哲学，是地域所形成的，一东一西，正好相对相反，与古老的易学是一脉相承的。就居住环境而言，西方人是外松内紧，有着绝对的个人空间，不要说父母，就是小孩也一样；国人则不然，是外紧内松，大门一关，外人休想进来。但祖宗三代同居一室，甚至四世同堂，更是美谈。在那样的环境里，裸睡自然不便，也不合常理。不过，包裹得严严实实，那是上流社会，普通的百姓，特别是乡下，尽管几代同居一室，人们却是裸睡的，尿尿时，并不下地，抬起尿罐上扣着的一个瓦盆，男人也有用夜壶的，一伸手就拿来了，放在被窝里方便，不冷，又隐秘，完后倒在罐里，空盆子盖在罐上，虽不干净，却也裸的文明。

友人香港维纳斯严淑明，就坦言喜欢裸睡，并不隐晦裸体，人之初，性本裸，那么率真，很让人敬佩，也喜欢。

就我而言，是喜欢裸睡的。一直以为，天地造人之始，光溜溜地裸着，并不是个偶然，动物就满身是毛，遮住身体，也遮住羞处，唯独人不同，只是象征性地在羞处长点毛，以警示，这自然是上帝的恩顾。有意思的是，自然界中的人形何首乌，也是光溜溜的，裸露在土中，似乎有着更深的天意。在居住上，我更喜欢西方人的外松内紧，家庭的每个成员，都应该有自己的独立隐秘的空间，活的自在，活的潇洒。夏日里，即使午休，我也喜欢裸睡，自由自在地裸在那里，任阳光漫过窗纱，仿佛一只柔荑，抚摸着光滑的身体，暖暖的，爽爽的。夜晚，月亮星星在屋里自由漫步，水似的滑过洁白的身子，身心漂浮，无遮无拦，轻爽快意，和自然融为一体。

这样的裸睡，艺术似的，从心底里，你不喜欢？

梦里飞雪

她去了，很久了，含笑而去。去的时候，不要说南国，连遥远的北国，也还没到飘雪的季节。但我仿佛听见，天空弥漫着《飘雪》的音乐，那句“又见雪飘过”，低沉回旋着，回荡在这个金色的秋天。

然而，我知道，身在南国的她，却喜欢大雪漫天飞舞，常常做着这样的梦，就给自己起了个网名，叫梦里飞雪。

就是这个冬天，寒冷的冬天，下第一场雪的时候，站在飞飞扬扬的雪中，雪花落满身上，我想，要是飞雪还在多好，她柔美的眼睛里，又会闪现出天使的光芒，将纯洁的雪花映射得更白。我不知道，天堂里飘不飘雪花，是不是也像人间的街市，一片雪白？会不会像飞雪一样，将最美的微笑给了别人，她自己不知道也看不见，雪花从飞天的袖间，洒落到人间，飞天也只剩下妙曼的身姿和飘逸的舞袖。碧玉水晶般的天堂，滋润如斯，根本用不着下雪。

我数着她离去的日子，像数着飘落的雪花，不觉已百天了。

即使现在，早已沉静下来，像雪霁后的天空，清蓝如洗，宁静深谧，我还是不相信，飞雪真的去了。映在脑海里的，永远是柔美的微笑，回响在耳鼓的，是和风软语。去一个很遥远的地方，无论是她，还是我，以及许多网友，想都没有想到过的地方。那地方究竟如何，真的不知道了，去过的没有一个再回来。不论是天堂还是地狱，按理都不该这么早给她留下位子，让她匆匆赶去，坐在预留

的位子上，重新开始，或者走完往后的岁月。

她曾经满怀信心地和我说过：“还要工作十年。”

生死一墙之隔，像过去窗户上薄薄的麻纸，有时风一吹就翻转了；像黑暗和光明，是两个世界，却离得很近。我忽儿想到古老的易经，易经中那两条游动不息的阴阳鱼，似乎有些明白，但细想又是一片模糊。这薄薄的墙，不仅是我，一个相隔千山万水，从未谋面的网友，就连她最亲爱的女儿和丈夫都隔绝在墙外了，和我一样，翘首眺望，却什么也看不见。

生命是如此坚强，有时又是那么脆弱，亦如莎士比亚赐给女人的名字。像眼泪，像雪花，晶莹，美丽，却在瞬间蒸发了。甚至不如俗世的花朵，昙花一现，还有从鲜亮到枯萎的片刻。而飞雪的离世，宛然而逝的音容笑貌，似乎就在瞬间，来不及目送。

天妒红颜，过去只是听说，如今领教了。

美丽不是罪过，善良不等于懦弱。她的品格，如透明的水晶，永远照耀洞穿着五光十色的人世，使一切喜欢说教和曾攻讦伤害她的人，相形见绌。包括我，也显得那么渺小，不通人情世故。

她离世很久了。我一直想写点文字，但坐在桌前，遐思良久，脑海装满糨糊一样，稠稠地，慢慢地游动，一个字也浮不出，仿佛冰封的河流，鱼在水底，缓慢地游动，却上不来。

有段日子，很长一段日子，没有在网上看到她微笑的头像闪动了，我知道，她住院了，她每一回都说得那么轻松，快痊愈了，快了。我相信了她的话，或者说情愿相信，因为她依然风韵雅致，含笑如花，让你轻松地走近一个世界——梦里飞雪。在她消失的世界

外，我徘徊了许多日子，终于一个字也没有写出，甚至没有眼泪。说到底我还是不相信，那个充满活力自信的飞雪，真的会匆匆离去。

然而，她还是走了。我发了无数条短信，她的回复却很简单："结束——结束——"从未有过这样的回复。是不是她的回复，是在人间，还是上了天堂，我真的猜想不出了。生命，就这样结束了？我想拨通手机，又没有勇气。我静静地期待着，奇迹的出现。

我忽儿想到徐志摩一首关于雪花的诗歌，雪花飘飞，不知向哪里飘去，在空中旋转，诗意很迷惘也很美。又闪现出他另一首著名的小诗《偶然》。也许，从心底里，我是想将飞雪忘去了。我不喜欢背着包袱前行，哪怕是很珍惜的过往，也不愿，轻松淡然，是我向来喜欢的境界。思念固然美好，同时也是沉重的，背负着太多的思念回恋，无论对生者还是死者，真的没有多大意义了。

那一回，文字聊了好久，想听她的声音，她笑了，不置可否。我留下自己的手机号，过了一段日子，就不再期待了。忽儿有一天，竟传来她柔美而有磁性的声音，大方得体，是典型的大家出身的知性女子，没有矜持，也没有娇媚。如一道清洌的泉水，流过绿茵茵的草地，又穿过我心田，舒畅，静谧。

飞雪，太善良了，那种善良是与生俱来的，她看一切都是那么美好。

这是一个很美的冬天。她说，北国出生长大的她，爱大海，更爱飘雪，虽身居南国多年，但很怀念北方的雪。我说，于是，你便取名梦里飞雪，既怀恋过去的时光，又期望重温过去的美好。她笑了，笑得是那么灿烂，如雨后阳光下的花朵，满含露珠，不胜娇柔。

那一天，我们谈了很多很多。历来不相信网络真情的我，第一次相信了。人间是有真正的友情，不过是你没有遇到，或者因疑惑擦肩而过，尚不自知而已。

我也喜欢雪花，也怀恋漫天飞飞扬扬的大雪，一个雪白的世界，雪树，雪屋，雪野，童话世界一般。我们便谈雪，谈雪的世界，谈静夜里听雪，谈消融了的雪花，越谈越远，书画诗词，人生百态，无论谈什么，她都笑容满面，如春风溪水，自然这是遥远的我的感觉，她，仿佛没有经历过风雨，晴朗的天空，白云悠悠，蓝莹莹的夜晚，目光流泻，无忧无虑……

这，就是飞雪，在鲜花簇拥中出生，在美丽的海滨长大，考取名牌大学，一路顺风，又为了爱，追逐潇洒在花开四季的南国，看黄山云雾，煮农夫山泉，品贡品毛峰。我知道，我们本是两个世界的人，但偶然闯进一个时空，并相识了。

相遇总是美好的，而相交又如此美好，却并不多见。她的善良，她的大度，如春风春雨，熔化了一切，世界上的一草一木也变得像她一样美好起来。她病了，谈起病，也像谈花开花谢，让你也忘记落花季节的忧伤。也许，在她的世界，没有《葬花词》哀婉的歌声。现在我才想到，以她的学养才情，《红楼梦》读过何止一遍，《葬花词》熟之又熟了，只不过是出身名门天性中的善解人意，才使她更阳光明媚。

港台歌曲，我不大喜欢。但有两首，听过之后再难忘掉，一首是陈慧娴的《飘雪》，一首是邓丽君的《我只在乎你》，有人说那是真爱的赞歌，是写爱情的，听得久了，觉得这情何止是爱情，那太

狭隘了，我似乎更喜欢里边的真情，真情无限，尤其是那句“又见雪飘过……”

阴阳相隔，真情难隔，天地本是一个世界，人间飘雪，天堂也应飘雪，因为，这是一个飘雪的季节。

这会儿，我只想说：飞雪，你还好吗？

永远的微笑

我三舅去了，到了天堂。

天堂很遥远，他走了一生，似乎看见了，露出微笑，最后的，也是永远的。像蒙娜丽莎的微笑，发自肺腑的真诚。

这微笑我没有看到，我是尸临那天到的，棺材已合了龙口。但我想象的出。大表哥六虎逢人便滔滔叙说，老人生命弥留的三个月，是在他家度过的，宽敞的吊顶贴面新房，三面新被褥，一点罪也没受。临去前已失语，但还微笑着，示意没娘的孙女九叶到头前来，从枕头下摸索出一张面值二十元皱巴巴的钱，塞在孙女手里，嘴角嚅动着，只有九叶知道他要说的话：孩子，好好念书，这钱拉条棉裤，别冻着。村子里的学校撤了，乡里的中学也塌了，九叶转到县城念书，他不放心，孩子从小死了娘，她爹拴明无钱眼睁睁看着妻子离他而去，已心灰意冷，好吃懒做，是爷爷拉扯至今，一直没离身边，如何放心得下？但他要去了，永远地去了，再也无力，也无法陪伴了，不过已不止一次求过上帝，上帝也答应了，还有什么未了的心愿，人不可太贪。心一放下，便去了，微笑着。

遗像的微笑，和三舅生前的微笑一模一样。他的确是微笑着走的，不管去得了去不了天堂，他已尽心，相信天堂近在咫尺，举步可登。他多少回向上帝忏悔，除了贫穷和善良，他一生付出的，就是上帝所说的爱，大爱无疆，直到生命最后的一刻，他把仅存的爱都付出了，坦然而去。他看见，在沉重的十字架前，上帝的手被绑着，依然微笑着看着他，就像他看着身边的人，熟悉的，不熟悉的，都是那么可亲可爱。

这微笑并不陌生，是那么熟悉，仿佛深深刻在我脑海，只要随意一想，或不经意的闪念间，那微笑就宛然若生，浮现在我眼前，愈来愈大，渐渐占据了整个空间，连空气也微笑了。

三年前，在一次乡里的婚宴上，碰见了三舅。他穿饰一新，蓝布裤，黑棉袄，白底懒汉鞋，帽子里衬了新报纸，边上还留着一圈齐整的牙印。他微笑着，问我好。多年不见，虽苍老了许多，但精神好着呢，似乎比以前还强。他笑着，说：老了，做不动了，给办喜事的东家搓不动糕了。末了，又说：人总得活着，好好活着。又示意，趁开饭前，去旁边教堂做礼拜。三舅信教了，和他信别人一样，真诚着呢。他六岁丧父，七岁丧母，八岁哥嫂难容，到邻村给大户放羊，直到新中国成立后分田分地，守着三间草屋，娶妻生子，干生产队长，给知青做饭，帮乡邻砌墙做席，从来都是微笑着，说的少，做得多，村人笑他没嘴葫芦，他还是笑笑，忙手里的活计。

小时候，每年过六一儿童节，我们都到公社过。三舅忙，就让表哥早早去叫我，非去不可，自然我也最乐意去三舅家。三舅妈是个大度的女人，没有心计，只会笑，身体不好，一肚疼起来，就抵

着个肚子，弯曲着不停地吸裹着镇痛片的纸烟。无论外边多忙，中午时，三舅准时回家，提着十个鸡蛋，几斤黄米面，朝我笑笑，就一头扎在锅台边，不紧不慢地忙开了。我们说笑间，一盘金黄的炒鸡蛋，一盆山药烩白菜端到桌上，还有一盘炝了葱花的咸菜丝，三舅用铁铲挖着精黄软香的黄糕，给每个人放在碗里。这顿饭吃的汗如流水，香甜极了。午休后，三舅早走了，又去忙队里的事。

之后外出求学，工作，奔波忙碌，一晃十几年过去了，我想起了三舅，专门打车去了趟。和小时候一样，到村口一问善人家，村人说还在村西头的老屋，几个小孩边跑边喊：九叶，你爷家来客人啦。屋子更加破旧，似乎低矮了许多，木街门不见了，换成了栅栏条，院里堆满柴草，玻璃窗灰灰的，裂缝的中间缀着几道黑扣子，大概还是我小时候所见的窗户吧。门框上的对联各剩下半截，写着“幸福不忘”“致富感谢”，后面的几个字不见了。一见我，三舅笑着仔细端详，还是认不出我是妹妹家老几了。三舅似乎没怎样变，不过是苍老一些罢了。满脸的沟壑都含着笑意，终于知道我是谁了，依然笑着，让我上炕。虽然我事先知道三舅的境遇，死了老伴，死了儿媳妇，和小儿子拴明拉扯着一个没娘的孙女。可还是没有想到，一切和十几年前差不多，这的确不是我想象中的样子。三舅出去一会，回来时手里提着十个鸡蛋。一会儿，一盘炒鸡蛋，一盆山药烩白菜，还有一盘炝葱咸菜丝，先后端到掉光油皮黑渍渍的炕桌上，三舅挖了一铁铲黄糕，放到我碗里，笑着说，吃吧。饭后，我掏出一点钱，塞给三舅，他推了下“你这是……”，看看身边眼巴巴的九叶，就收下了。我鼻子一酸，泪水夺眶而出，跳下地打车而去。

面对油漆一新的红棺材，材前供奉的大馍馍、大面包，高高的燃烧的香烛，以及三舅微笑着的黑白照片，我没有哭，甚至没有一丝伤痛。三舅的一生，朦朦胧胧地一闪而过，和我仅有的数得上的几次见面，也只剩下那最后的微笑了。我忽儿想到梅里美笔下的无赖费德里得，从地狱到天堂的故事。我竟怀疑起，善良的三舅，真能走进天堂，在天堂呆住？习惯了忙碌的他，能享得住清幽的寂寞？我不知道。但我可以肯定，无论在哪里，他的微笑是永恒的，真诚是不会变的。

庭院

“庭院深深深几许”，这诗意我是喜欢的，也喜欢其中的意蕴和幽深。

但倘若这深深的庭院属于我，居住着，却无论如何也喜欢不起来。那种幽深，那种曲折回环，苍苔，古瓦，青石条，石板路，所成的古朴厚重的气场，阴气煞气足以割裂阳光，压缩成厚重的棉絮，透着看不见的机灵和古怪，总有阳光流不到的角落，显得阴冷、潮湿，有股发霉的异味。虽寂静，心灵却无法宁静，荒诞的意念或者幻想从始至终不离脑海，不时就跳出，包围着自感愈来愈渺小的自我。譬如我故乡老屋对面的李家老宅，后大院院子套院子深深的庭院，我常常仰望，看着带着鸽哨的鸽群消失在成片的灰瓦房大院，无声无息，我甚至没有走进去的勇气。

也许是从小的一种习惯，或者骨子里的因素，我还是喜欢自家

浅浅的、阳光一下子穿透的庭院，从街门到院落，乃至一出水的平房，毫无遮拦，一眼望穿。庭院简单，干净，包括所经过的几十年的岁月，都清澈见底。但一花一木，一砖一石，亲切之外，似乎又透露着悠然心会的禅意。这小小的庭院，在我母亲的经营下，总是充满人气，也充满生机，又不失幽雅宁静。说实话，我喜欢，从小，到如今，这庭院，早成了记忆，我还是喜欢。

现在，在这座所谓的花园小区整整生活了十年，按理熟之又熟，但常常有一种陌生感，看着看着，距离愈拉愈远，仿佛压根儿就不认识似的，我不知道哪一片土地属于我，哪一扇窗户是我家的窗户，无法分别。我不由地想到那座遥远却似乎很近，虚幻却仿佛真实的庭院，似乎从未远离，一直在我的身边，浮岛一样漂浮着，伸手可触。不要说忆想中，就是睡梦里，不管是何时发生的事，大背景几乎都是那处熟悉的故乡庭院。

闭上眼，都不会走错的庭院，虽然那儿早已成了一片坑坑洼洼的废墟。但那格局，已成为脑海深处的定格，像镶在框里保存下来的老照片。

有一条窄逼的路，从两边相对着，都能走进我家的庭院。从东边出邓家巷南口，或沿大路走来，拾级而上，也就七八个台阶，就走上院落土墙外通往街门的小路。路虽窄，但还算平坦，一边紧靠院墙，另一边就是断崖了，是用碎石块砌起的壁，也就是说大路依势修在了沟底，而我家庭院也依形建在了相对平整的崖头上。同样从西边爬一截坡，很近，咫尺远就到了街门楼前。父亲在外地工作，每年雨季前和上冻下雪前，母亲就带着我们扛着家里所有的工具，

铁锹、铲子、锤子、簸箕等，将大路上属于我们的小路平整修理，石壁有松动处，找石块塞紧，台阶朽烂的坑洎儿，用水泥和沙石补上，西边的斜坡，垫上炉灶掏出积攒的灰渣，洒水，踩实，成了硬邦邦的捶灰路，防下雨天黄土地打滑。至于清扫，几乎每天清晨我奶奶或我妈在大路上行人稀少时，早扛着大扫帚扫得一干二净，顺便将尘土收拾到粪堆。几十年都是这样度过的，除了沧桑，似乎没有多少变化，简单，宁静，就像所流过的日子。

进街门前，还要踏上三级本来打磨粗糙又历经岁月磨砺更加粗糙的青石台阶，才到街门楼下，推开两单扇虚掩的木门，就看见了景色层叠还算空旷的庭院。街门楼是老杨木的，风吹雨淋早变了形，裂开深深浅浅的蚂蚱眼儿，像庄稼人的手掌。原先不止一次上过色，红的紫的，后来再也没法上色了，还留着过去斑斑驳驳的油彩痕。门道并不入深，外檐下仅容两个大人站着说话，鼻尖都快碰着了，我们四个小孩坐着玩扑克，膝盖紧挨着，扑克牌只能放在大家的腿上。内门檐更短，刚刚苫住超出门扇的插關，免遭雨淋。这就是乡村最普遍的小门小户。

一入庭院，就平坦多了。但东院高，西院低，习惯上叫上板院、下板院，原本是两个院子，中间是一道并不太高的土板墙，上面有续了几层泥基，东院依板墙盘着一溜鸡窝兔窝，也是房一样的一出水，上上下下穿墙越脊如走平路，原本是三爷爷和我们两家的，后来归了三爷爷，再后来都属于我们家，拆去了上边的泥基，就剩下半截低矮的土板墙，中间还开了两个豁口，基本上成了一个大院子。东院有街门，常年锁着，除非拉回自留地的谷黍豆苗，在东院晾晒

碾压，再就是两年拉半车炭，就近转腾，平时基本不开，还走原先的正门。

到我记事时，爷爷奶奶已老，家中的大小事物都由我妈做主，庭院的格局作了调整，变了样。一进院，原先是就地砌起的花池，很不起眼，我妈让我们帮着，牺牲了几个午休，到南梁头砖窑捡了五平车半头砖，在原先的花池上垒了个四方的台子，水泥沟边，中间填熟土，种了花，像大户人家的照壁一样漂亮。又将东墙下菜园西门堵住，东墙挖开道豁口，改成菜园的门，又将挨东耳窑的院墙打通，两个庭院至此成为一体。拆去东院墙根下多余的鸡窝兔窝，平整成菜畦，和西菜园连成一片。东院东墙根下，育了一溜红姑娘，是宿根的，每年春天，自动发芽长叶，秋天结满绛红的果子，和高高的葵花交相辉映，一高一矮，形成一道很美的风景。南墙茅房边栽着一圈洋山药，也是宿根的，杆高叶大，将茅房完全掩隐在绿荫里，茅缸不用时盖着，臭味散发不出。

下板院西墙下东倒西歪的厢房全拆去了，原先由北往南依次是堆放杂物闲房、柴房、羊圈、碾坊，那时已完成历史使命，黄米都不上碾子了，到村中心磨面坊电磨，也不用黄毛柴烧炕，购了炭，生火柴用不多，厢房空置了多年。母亲一声令下，全拆了，挑拣尚好的椽檩，在中间盖了一间小房，作我们兄弟的书房，可以静静地读书学习，上房常有串门子的邻居，说说笑笑，不安静。小房边是拆去的碾坊，碾盘和碾轱辘留了下来，抽去碾杆，在旁边种了一架葡萄，成了我们家喝茶乘凉的地方。

多年前的窑改房除了换了底层的窗户，基本没动，还是原先的

格局。拆去底层的小格窗户，换成了明亮的玻璃，上边还保留着原先糊麻纸窗花的古典式窗格。

经过改造的庭院，明亮宽敞了许多，充满了生气。尤其是夏秋之际，窗明几净，空地整洁，花池的鲜花和菜地的蔬菜以及畦塄上的花和院墙根的花辉映着，绿意盎然，生机勃勃。盘腿坐在碾盘上，或伫立在花池边，满院的花草风光尽收眼底。窗台走廊边是一排兔窝鸡舍，还有藏山药蛋萝卜白菜的窨房，紧贴窝舍的是一溜蜀葵、格桑花和葵花花儿，红黄粉白，争相斗艳。往南就是菜地了，打成长方小畦，塄上种着低矮的花，畦里的菜各不相同，有葱蒜、根达、茄子、葫芦、黄瓜、椒类、西红柿、韭菜等，靠墙点着一溜豆角，拉根线或立根棍，蔓子就往上爬，绿叶和角儿几乎将整堵墙覆盖了，一片绿。若是坐着看，和东院墙根下的红姑娘葵花及缠绕着葵花杆的爬山虎连成一体，七彩的喇叭花和蔓子有时就爬过墙头，开在了隔墙的巷子。东西院菜地南边，各有一棵杏树，是新栽的，枝头如大伞，稀稀拉拉结着杏儿，对周边的菜地没有多少影响。

杏树旁挖了两个蓄水坑，至膝盖深，隔夜就渗满水，加上几茅勺粪水，就可加水浇菜灌园。包括花池，从不用化肥，瓦盆里泡羊粪朵，晒后浇花。

花池虽小，品种繁多，有菊花、石竹、鸡冠、大丽、金盏盏、步步登高等，高高矮矮，百花齐放，争奇斗艳。母亲爱花，又擅女红绣花，总有村里甚至邻村的女孩跑来赏花学艺，母亲总是热情款待，摘时鲜瓜果，端到碾盘上，泡壶花茶，边讲解，边吃，直到黄昏，庭院里还不时爆起阵阵欢快的笑声。自然，夏夜里，我们也喜

欢围坐在花池边或坐在葡萄架下的碾台上乘凉，边嗑瓜子，边听母亲讲故事。

推开街门，一股股花草味扑鼻而来，引来蝴蝶蜜蜂翩飞曼舞嗅采花粉，有时竟有不知名的雀儿飞来，落在杏树上，发出动听的鸣叫。为防家巴雀吃菜，在畦里插了布条稻草绑得假人儿。有两年，常有毛茸茸的大尾巴松鼠不知从哪儿跑来，我们村向来少见，偷吃葵花饼，母亲笑笑，从不让我们追赶捉拿。起先我们还用粟秸编的笼子养鸟，后来全放生了，一年四季，鸟雀几乎不断飞来，就是冬天，也还有雀儿落在菜地觅食。

庭院如此火色，充满人气，也还是有其他煞气和异动的，原先就有，改造后少多了。在角落里玩耍时，偶尔也会踩上鬼犯，比受潮中风还大的板疙瘩，满身地窜，拿臭袜子擦，笤帚把子敲，一会儿便散去了。有时小孩子无端发烧，我妈说是冲撞了花神，烧几张花裱，祈祷几遍，就好了。我就看见过黑影在蹦跳，还发出喋喋的笑声。后半夜醒来，总听见像有人在清扫庭院，但撩起窗单一看，什么都没有。我妈说，老院子都有这样或那样的煞气，也只平常。从小生长在庭院，气场习惯，很少有惊悚的时候。况且，这些煞气，轻易也不会伤害我们。

后来母亲迁居县城，只留下年迈不愿离窝的爷爷奶奶，坚守着偌大的庭院，开始还种点菜，养几只鸡，还有宿根的花草按时开花，后来全枯死了，不知从哪里吹来的草籽，老来红、毛有子、芨芨草疯长，拔了一茬，一场雨后很快又长起，院子显得荒芜窄小。爷爷下世后，奶奶随我们住到县城，空下的庭院，愈加荒凉破败，没两

年，倒塌成一片废墟。

从此，熟悉的庭院，存储在记忆深处，渐渐遥远。

后来，我总想在近郊有一处自己的庭院，打一眼压水井，像母亲当年一样用心经营，养花修竹，种菜养鸡，在下板院种一架葡萄，栽几棵开花的树，放一张石桌，几个矮墩子，泡一壶好茶，鸟语花香，静享属于自己的田园野逸生活。然而，一直只是一个梦，远离现实的梦。物价飞涨，钱又难赚，温饱尚足，哪里又会有闲钱，今生今世，恐怕难以实现了，我坐在楼房宽敞的客厅红木摇椅上，闭上眼，做着白日梦，理想中的庭院缓缓飘近，海市蜃楼一般，只可看，不可捉摸。

花样

1

我常想，花样年华，只是个比喻，或者是形容，最多也就是个美好的愿望。

有部片儿《幸福的像花儿一样》，后来成了流行语，但最终还是和花儿不一样，也许从另一面看，是一样，一样经风雨霜雪，一样枯萎飘落，一样化为泥土。大概上帝本来是公平的，起码造物的初终是这样，只是后来，被人异化了，从不同的面，用不同的眼光，看待事物，横看成岭侧成峰，或管中窥豹，或一叶知秋，就有了不同的结果。况且，追求光明，向往美好，原本是人之常情，也没有什么错。夸父逐日，普罗米修斯盗火，早成了神话传说中的英雄，

从先民时就崇拜着。并由此追溯或臆造出一个伊甸园的传说，我们人类的祖先本来就生活的像花儿一样，是因为蛇和红颜夏娃，才开始了后来的苦难之旅。

但花儿还在，一样的阳光，一样的月辉，花自飘零水自流，似乎并没有多少改变。《复乐园》般的梦想，从未改变过，历经岁月的磨难，不改初衷，还想幸福的像花儿一样，桃花流水，隐在世外，想象着有那么一个不被人打扰、不知魏晋的独立的桃花源，像当年的伊甸园一样存在着。

这大概只是人的一厢情愿，更有痴者，尽其一生去寻找，无功而返。最早的传播者陶渊明，也没有找到，只能面对南山，看着草盛豆苗稀的田野，在屋前种几棵柳树，一片菊花，聊以自慰罢了。

后世的文人雅士趋之若鹜，隐逸山林，梅妻鹤子，就是身居闹市，也不忘修花养竹，几案上也少不了碗莲、文竹，以喻其志，或诗或文，譬如《九歌》《爱莲说》，至于以花入画，梅兰竹菊，乃至于百花蝶舞，更多如牛毛，灿若星辰，不胜枚举。总想像花儿一样。

就是平民百姓，也喜欢，或者说渴望花样的生活，屋前菜畦边头沿脑，少不得栽几苗杆儿花，屋里窗台上养几盆矮花，点缀一下，增添生活的情趣。不养花的，也喜欢剪个花样儿，绣在鞋面枕头面上，也想日子像花儿一样。

至于像不像花样，能不能如花，那又当别论。

2

我常常做梦，几乎每天夜里做，有时午休也做，但花儿，不要

说鲜花盛开，就是干花假花，也很少入梦。

记得小时候看过一篇话本，是三言二拍里的，叫《灌园叟晚逢仙女》，将花与人写到了极致，我感觉，老头简直像花儿一样可爱了，最终成了花神，如愿以偿，在天堂伺花，与花相伴，幸福的像花儿一样了，有张插图，老汉的脸就如绽放的牡丹，饱满，灿烂。

这大概也只是童话，比《桃花源记》，更生动可爱些。

灌园叟整天与花相伴，如痴如醉，是有名的花痴，有花入梦，想来也是情理中的事。但究竟如何，虽有名有姓有地址，但毕竟是说书人的话本，况物是人非，朝代更迭，早无可考了。

我母亲爱花如是，也说，花不入梦，花难入梦。仍属个例，想来不会错。母亲想不想生活的像花一样，她没说，但爱花的往事，却是我亲历的，至今历历在目。

3

母亲养过的花，漫随岁月的流逝，花盆的散失、花池的倒塌，以及村中老院最后的坍塌，早淡成了纸花样，而她留下的纸剪、纸描的花样，叠压夹在杂志书间的花样，也已发黄发脆，流失毁坏，遥远，淡忘了，像风一样，其实和曾经养过的花并没有两样。

但那花样，十多年前还存在着，就是大前年，母亲在世时，还有少量小样保存着，收藏在一本叫《当代》的杂志里，那书是我买的，那会儿我是标准的文青。一晃花样的年华真的流逝了，薄薄的单片纸花还在。

母亲的花样，不像我装在纪念封里瑛蕊剪得雪花及不知名的小花，纯粹赏玩，是本土化的小资情调，而母亲的花样，从始至终都

是实用的，有的直接画在鞋垫鞋帮上，朴实厚重，充满浓郁的地域风情，那上边的花草都是母亲养过的，生长在我家老院。

花样不是一年一月留下的。花开年年谢，花样却留存下来，就是绣在鞋面鞋垫上的花，鲜艳着鲜艳着，也熬不过岁月，凋零枯朽了。留下的花样，同样凝结着母亲的心血和爱。无论最初的苍白，还是后来的泛黄，我一看见，就感觉到股股温情爱意袭来，比当初还要浓烈，还要温馨。但也只是瞬间的事情，恍惚如烟，弥散后，一切如初，没有别样的感觉。

一沓静静躺着的剪纸素描。曾经留影在记忆里，渐渐消失在记忆深处。

如此而已。母亲曾经是那么珍爱，像珍爱她的孩子，小心翼翼地夹进书里，藏在红洋箱底，不是用时，轻易不拿出来。已经很多年没有用过了，从搬到县城起，哦，还用过几回，给我女儿做小鞋，上边依花样绣了花。十年前，我帮母亲整理箱柜，翻出一沓折叠的大花样，是绣枕头苫布用的，母亲说烧了吧，谁还用呢。翻出夹在书中的小花样，沉吟良久，她说，要不留着吧。

那夹在杂志中的花样便留了下来。

4

不要说花的历史，是不是与大地同生日月同辉，就是花样史，即使最初的照猫画虎，譬如岩画等等，我也说不清是否亦如先有蛋还是先有鸡一样，究竟如何，真的无可考，大多是臆度而已。

我想象不出大地最初的荒凉，以及花草衍生人类繁衍后的繁荣，但依葫芦画瓢的花样起源，还是可以理解的。譬如伏羲或仰或俯趴

在地上用树枝画卦。我们所看见的，已是四季分明的轮回，花生花长花开花谢，极其自然，就像日出月没光耀大地一样自然，一样天经地义。

岩画、陶符，也未必是最初的花样，但无疑是我们所能见到的最早的花样，更早的，或起始的，恐怕随着古人的消失，永远失落在记忆深处了。天地所见虽在，但默然无言，无人读懂。

我所知道或听说的亲历的，也不过是母亲的花样史，或者只是一个爱花者的历程。再遥远的，也只是推断臆度。我姥爷是个有闲情逸趣的人，擅绘画，会雕刻，但画在箱柜器皿上的花草鱼虫，一样儿都没留下，也许别人家留存着，但我没见过，就是树根雕刻的花喜鹊，也是听我母亲夸说，如何惟妙惟肖，据说堂屋柜顶上有整块沉香木雕刻的小香炉，表姐们都见过，但我没有一点印象，被我大舅用小刀切割着随香烟吸了，那烟香味，袅袅的烟缕，倒还有些淡淡的记忆。

我奶奶爷爷，甚至我父亲，从不喜欢花草，更别说花样，我奶奶纳得最漂亮的鞋垫，也不过是边纳空子格样的。

总之，母亲对花及花样的灵动敏感，大概来源于姥爷的遗传因子，这大概没有错。这种基因，又部分地遗传给我和大哥，是直接遗传还事隔代遗传，还真不好说。我母亲不会绘画，我大哥却会，村中邻里的窑洞墙上至今留存着他多年前画的影墙，荷花褪色，成了深秋的枯荷，还立在木乃伊一样的鸳鸯边。我会儿笔，但也只是粗略的线描，和母亲的花样素描没有多少区别，甚至还不如，远没有母亲花样的灵秀逼真。只是人为的写意和品赏，其实品赏的不过

是自己。

母亲的花样，大多来源于她种的花草，那灵动，也完全是风吹雨淋的再现，我见过，几乎是写实的。我哥不喜欢养花，就是窗台上那两盆杨绣绣和芦荟，也是我嫂子从邻里育来的，他很少观看。至于我，是在母亲花池花样里长大的，耳濡目染，或者叫熏陶，无意有意地接触了不少，虽说得头头是道，但也仅限于观赏，动手动笔水平，比幼儿园小朋友或小学生强不到哪里去。偶尔自娱，即画即毁，不敢拿出来丢人现眼。

5

故乡庭院的笑声，村人说，至今还回荡在老院的废墟上。自然，也存储在我的记忆深处，呼之欲出。

那笑声，就萦绕在母亲精心培育的院中央高高的花池上空和屋里炕上摊开的花样上。朗朗如银铃，阳光灿烂，经久不去。

我曾写过篇《庭院》，花池的形状和情态，栩栩如生，留存在去年的《华夏散文》和今年的《满族文学》里。母亲的爱花养花，那真没得说，常常被读过我散文的朋友问起，就像村人怀念母亲的花池和花样，见我面就问，就陷入回忆。总说，那时候啊。那时的日子，的确如花样明媚。

人们分享或享受着母亲花样的快乐，只有我不止一次察觉到母亲的苦楚和无奈。有人育走母亲培育的花苗，奶奶拉下头脸，有人送回破损的花样或绣弓，母亲又让父亲从城里买丝线，尤其是因花事耽误了饭期，父亲瞪圆眼，说阴阳怪气的话，母亲仿佛视而不见，依旧笑得灿烂，花儿一样。多少年后，我提起，母亲又一笑而过：

“三岁失母，九岁失父，十四过门，寄人篱下，啥苦啥罪没受过。”没有一句多余的话。

6

母亲知道我喜欢花样的生活，总是笑对我说：自己喜欢的，就去喜欢，别挂着我。

我无言。我理解母亲不忍看自己花样被烧掉，却毫不犹豫地让我烧掉的心情。她甚至不愿留下一张自己的相片，更别说花样。

我大年夜祭祖时，翻遍箱柜，找不见她一张照片，包括年轻时和老年的。

她不说，我也知道，她想让我们有自己的花样，过自己花样的生活。其实，她不明白，或许明白，这又谈何容易。虽然，每个人都有自己的花样。

想起母亲的花样，其实，那花样也是我自己的。

剪刀

存储于我记忆中的剪刀，远比实际存在的要多得多，也闪亮锋利。

游离于记忆外的剪刀，有两把，一把锈迹斑斑，躺在我曾经住过现在已不属于我的家属院排子房里，再早是敞院或者近乎无院的排子房，到最后一家要经过所有一排人家的家门，但到我入住时，已切割成长方形的条块，用蓝砖或红砖砌隔，有了各自的街门，产权基本上属于各家各户了，除了地皮儿。我特意绕道去看过一次，

也谈不上有多怀念，不过是一种人之常情罢了，毕竟那地方曾经属于我多年，就像去看一个多年不见的老熟人、老邻居，大概这也是一种衰老的表现，不管你愿不愿意承认。格局并未有多大的变化，铁街门锁着，扒在不算高的墙头上，我一眼瞥见玻璃窗户前窗台上，那把我曾用过多年的老剪刀，曾经剪过布、剪过线，后来剪了铁的破剪刀，静静地孤寂地躺在那里，有的部位已经锈黄了，有的地方还黑着亮着，可见还在使用，剪废铜烂铁，或者洗脚时刮脚后跟的老茧，我也不知道。但多年过去，依旧放在那个位置，可见还不是一无是处。尽管我知道，那的确是一把名剪，虽不是王麻子剪刀，却是后来有一段年月很知名的张小泉剪刀。不过历经岁月风雨，业已满身沧桑，像风烛垂暮之年的烈士，无论如何壮心不已，其实真的老了。多少年后再见那剪刀，其实和我分手时比并未沧桑几许，但感觉上分外伤感，比看见低矮了许多的老屋还要伤感。

那剪刀勾起我诸多往事，如潮奔涌，如烟席卷，不能自已。旧事而已，不说也罢。

还有一把剪刀，一把白晃晃的不锈钢小剪刀，一直放在门口鞋柜抽屉，就挨着圆圆的针线盒，很少拿出使用，除了偶尔剪下快递外包装和宽幅透明胶带，实在想不起还有什么别的用途。说一直，绝没有夸张的成分，大概从搬到楼上，有了鞋柜，或许还要早，没买鞋柜就因需要买了剪刀，最初放在哪里，窗台上？茶几上？我真的记不清了。确切地说，这不是住楼后的第一把，但最初买得那把，红塑料把子的那把，几乎没怎么使用，第一次用时就断了，很不经用，随手就丢弃到垃圾纸篓，早不知身手何处了。所以对我而言，

等于没有存在过。这把现存的通体透亮闪光的剪刀，是我买的，从一家文具店，或许是土产杂货铺，时隔多年，我也记不确切，大概当时就没有在意。

其他的剪刀，若还有的话，就不属于我所有，自然不是我买的。许多存储于记忆深处的东西，原本不属于我，替别人存储着，但后来，从情感上来说，似乎已属于我所有，除了我，没有一个拿得走，包括物件的主人，一样拿不走，她们脑海里存储的，不过是一个备份，或者是影子，随着主人的消失早已消失得无影无踪。我不敢说我保存的是唯一的，但起码于我是唯一的。

细想，也不完全对，就是那把锈斑斑的老剪刀，尚存世的曾经的名剪，并不属于我，我只是用过一段日子，就像现在的主人一样，虽拥有着，但对剪刀的历史，辉煌或暗淡，一无所知，连我都不如。那剪刀真正的主人，不是别人，是我母亲，已经离开我多年，到一个我所不知道的遥远的地方，再也不需要剪刀的地方。其实，在她生命最后的几年，就不需要或者说不用剪刀了，她手头保存的几把好剪刀，也陆陆续续送人，或被人要走了。送我的那把，是她珍爱的，但她更爱她的儿子，毫不犹豫地送给我，可惜未能物尽其用，我又不大喜欢，就是保留下来，也不是刻意的，是天意。

那天看见，时隔多年，我竟涌起一股莫名的冲动，想等房屋的主人回来，花一把新剪刀的钱，甚至更多些，买回那把搬家时被我丢弃的剪刀。也没有什么特别的意义，只是作个念想，那剪刀是我母亲的。后来又想，这样做并不妥，难免引起人家的误会，说又说不清，说出来也无人肯信，以为那锈迹斑斑的破剪刀还真是件珍贵

的文物呢，收藏起来，心慌慌的。还不如随便丢在窗台上，随其自然吧。况且，我已经看过了，重新存储在记忆深处，拥有不拥有，也没有多大的关系。

缘分已尽，一切随缘吧。

记忆，被岁月剪成碎片，像剪碎的纸屑和布片，雪花般地纷飞，四散零落，又像明明灭灭的烟头，闪亮的瞬间消失了，串不成珠串。记忆中的剪刀，闪现时还清晰锋利，一旦定格，就一片模糊，碎如鱼鳞，再也收拾不起，更不要说拼接完整。

近年，尤其如此，爱回忆，却再也回忆不起。该忘却的忘不掉，不该忘记的全忘记了。也许，还残存在记忆深处的某个角落，沉睡着，无法唤醒。却在意想不到的时候，突然出现在睡梦中，被激活了，清晰如昨，仿佛正在发生。

梦中的剪刀，是轻盈的，活泼的，充满生动的故事。有我经历的，有我听过但早已忘记的。那么多剪刀，排着队，鱼贯而入，闯进梦中。但我并不知道是梦，灵魂倒退，或者说穿越，曾经流逝的岁月日子，真实而虚幻地经历着，直到清醒良久，还是无法确定，究竟哪个是真。

有些东西是剪不碎的，譬如梦，只有消失，遥远起来，隐藏起来。

针线蒲篓里多的是剪刀，一把大的，几把小的，疲倦了，静静地躺着。身旁是很久不用的针线葫芦和顶针，铁顶针锈迹斑斑，铜顶针也失去了磨砺后的光亮，氧化了，色泽暗淡。这是我奶奶用过的针线，有些年没有使用了，丢弃或闲置在屋子一角。

缝纫机抽屉躺着一把剪刀，刀身发着蓝色的幽光，刀刃仿佛一

波水光划过，那光锋利寒冷。是我母亲的剪刀，那种裁缝专业的剪刀，柄上还留着母亲手心传导的温热。那刀的确锋利，是不是吹毛立断，还真不知道。但刀尖轻轻推向布块，柔软的，还是厚实的，像刀鱼穿过水中，身后留下一道划痕，久久不散。整块的布剪成随意的所需的形状，大多时候沿着画粉的线条，丝毫不爽。母亲额头晶莹的汗珠和剪刀的幽光相映着，在动听的音乐般的裁剪声中，随母亲手指的舞蹈，像跳剪子舞。

我常常在观赏中入睡，那感觉，沉浸在里边的感觉很美，很美。以至于后来习惯了那种感觉，没有时，睡意顿消，成了我童年最熟悉的摇篮曲。

剪刀是母亲从缝纫社带回来的，其实不是，那只是我以为。母亲笑笑，那把啊，早留在你大舅家了，很久很久不用了，在不在还两说呢。这把是从房后头六货郎货郎担上买来的，是托人家专门从城里捎带的，担上没有这样的剪刀，也不需要，多是你奶奶针线蒲箩样的小剪子。

那闪着幽光的剪刀，很少有人动，除了母亲，几乎静谧地躺着。我剪了纸，母亲拿出剪布时有些滞涩，不流畅，母亲问，谁用过？我承认了，母亲摇摇头，并没有责怪我，不顾一天下地劳动的劳累，坐在堂屋地上，在细砂石，后来才知道叫油石，整整磨了大半夜。

从此，我再也不动母亲的剪刀。自然，别人也不动。或者亦如我一样，曾经动过，后来就不动了。

第一把剪刀，就是留在大舅家的那把剪刀，才是母亲最珍爱的，那是师傅赠送的，是一把相当名贵的剪刀，王麻子，还是张小泉，

上边有火印，我还真不知道，因为我压根就没见过，只是听说，或传说，母亲从不说，是从别人口里听来的，也已经多年了。

母亲眼里的光忽儿暗淡下来，仿佛渐渐被黑暗浸透的屋子，幽幽地诉说，不是剪刀，而是一顶银灰的军帽和一条半新的宽样皮带，说这话时，我听到母亲轻柔地哼着一曲我没有听过的槐树歌："槐树开花细纷纷，当兵要当八路军……"歌曲戛然而止，母亲说，是含泪离开区上的，那顶军帽尚未捂热，还有皮带，永远留在区上。并不像后来离开缝纫社那么从容，离开时已叫被服厂了，正儿八经国营的。

母亲从梦中哭醒，任泪水在脸颊流淌，流在嘴角，苦涩酸凉。

我不止一次梦见母亲清秀英武的形象，自然不仅仅是那顶军帽和皮带，还有合体的灰军装，裹着绑腿，一根带大绒鞋，比影视中的女八路还要好看。这形象大概无数次地出现在母亲梦中，但她从未提起过。我只是发现，看到电视上有女八路，她昏花的老眼忽儿闪亮起来，虽然很快就暗淡下去。

可那把剪刀，即便我问，母亲总是有意岔开话题，不愿提起。母亲的眼神是平淡的，清澈如水，没有一丝潋滟。

母亲本来就不爱说闲话。母亲去世，守灵那天夜晚，二嫂提到那把剪刀，说母亲在裁剪，幼小的大哥在一边坐着搓脚儿哭，大舅很生气，夺过剪刀，随手一丢，碰在哭着的大哥的鬓角上，血流如注，大舅脸色苍白，喃喃地说："我不是故意的，不是。"我不知道二嫂是从哪里听来的，但后来观察大哥鬓角，的确有块疤痕，整整六十年还没有散去。

大舅很少上我们家。但有一回和大妗来了，两人白发苍苍，吃着母亲给炖的盐煎羊肉，直叫，从来没吃过这么香的羊肉。

母亲始终满含笑意，阳光明媚。

此刻，窗外，阳光灿烂，楼下杏花如雪，桃花含苞待放，小嘴如梅花点点。阳光流淌进窗户，洒满我身上，溢满屋宇。我非常清醒，不在梦中。但还沉浸在剪刀的记忆里，不能自拔，眼前不时飘来一片轻纱，似醒非醒，恍然若梦。

母亲的剪刀，是用来裁布的，村中人们的布，几乎都让母亲的剪刀裁过，有的全裁，有的只是几剪子，略作修改，更合体一些。剪刀与布，紧紧连在一起，原本没有错，但任何事情都有例外。像母亲的剪刀，也剪过其他东西，还是母亲自己剪的。我记得，邻里二大爷腿上的伤口化了脓，肿成了缸子粗，成分高，不敢去医院，母亲用自己的剪刀，浸了烧酒，灯火烤干，剪伤口处坏死的皮肤和肉，几次后，二大爷的腿肿消散，伤口痊愈。还有年六一节，学校从城里买的红五星断货，老师急，学生哭。我母亲用自己的剪刀连夜剪碎三只炼乳铁皮缸，剪了十二颗五角星，连夜上红漆干透，第二天儿童表演如期进行。母亲连晌捎昏修磨松动卷刃的剪刀。

记忆如潮涌来，冲断大堤，波涛汹涌。我无法自已。

这年清明，扫完父母的合葬墓。我特意绕道赶回我已卖掉的旧屋，往窗台上一瞥，打扫得一干二净，哪里还有我记忆中那把剪刀，踪影全无。

雪赋六题

盼雪

盼，与雪连在一起，是个什么样的字眼，曾经，就是现在也还是那么遥远，尤其于我。像背井离乡一样，不，还是不一样，成语不是三两天能约定俗成的，盼与雪，自今在各自的位置，静寂地独坐在字典里，木然地守候着，多少岁月风一样从身边流过。

在城市的一隅，留下拉长的淡淡的素影。那只是我一样的盼，淡淡的，许多时候只有自己知道，最多是几个瘦弱的文人，保留红袖添香的痴想似的，还留存着吟风赋雪的杞人情怀，无人在意。

说实话，盼与雪，似乎从不沾边，风马牛不相及。

《石头记》里的无事忙贾宝玉，急等结社吟诗，似乎盼过雪，忽如一夜梨花开，被人笑作痴癫。其实，那时用不着盼，想雪，雪花说不定就飘来了，天遂人愿。像王熙凤即兴的诗句，“一夜北风紧”，雪花自然就飘来了。

但时光，或者说时间，不管流到了哪里，都将会改变一切，看得见的和看不见的，虽然有时是那么缓慢，慢到很容易被忽略。尤其对于事情的亲历者，从牙牙学语，到白发苍苍，在漫长的岁月里，也许一切都没有发生，起码很少有沧海桑田的变化，老街还是老街，老屋还是老屋，甚至看似欲倒的墙，经历无数的风风雨雨，十几年后再见还是老样子，龇牙咧嘴，摇摇欲坠，却并没有倒下，可细看，在不经意间，其实已发生了，仿佛突然立到了身边，来不及惊讶，也来不及表述，已流逝成一般，有意无形中，你部分或完全接受了。

譬如天空飘来的雪。

大自然，从来就不以人的意志为转移，人定胜天，不过是人的一厢情愿，感天动地也只是一个神话传说，最终感动的也只是人，自我意识。而人，不得不适应着自然的变化，从远古到如今，一直如此，所谓物竞天择，适者生存，并非说说而已。山川大地的变迁，恐龙猛犸的消失，风雨霜雪的存在，人的主宰，微变与巨变一直同时延伸着、演化着。

再譬如雪，冬春的雪。我想到今冬的雪，想起去年冬天的雪，前年冬天的雪，等等，等等，连我也记不清究竟有多久了，是从哪一年开始，雪，忽儿远离了我们，像远离的星空，远离的纯净，有几个冬天，我们，包括我，是在干燥的盼雪中度过的，经历着失望的磨难和煎熬。久久的期盼，望眼欲穿，还是无雪，灰蒙蒙的天空又晴朗起来，太阳无奈地笑着。倘若往前十几年，说一冬无雪，在我身处的北方，无疑是一个神话。隔三岔五地飘雪，从静夜到白天，飞飞扬扬，飘飘洒洒，转眼就是一个银白的世界。这一切，似乎很近，仿佛就在昨天，又似乎很遥远。和我女儿说她小时候玩雪仗堆雪人，她都淡忘了，疑疑惑惑，有吗?

经历了无数个少雪或无雪的冬天，在这个不见雪影的冬天，记忆也干枯起来，像干燥的天空，干裂的大地，仿佛一点就燃。

天空灰蓝，大地灰白，连这座不因四季而变化的古城，也因冬天太久的无雪，干燥到极致，缺少了北国冬季应有的冰冷滋润气，人流，车流，还有高楼，一块凝固成一种格式。我曾想象，坐在高远的云端俯瞰这座城市，恐怕像看见一张复印的画，颓然不流，一

切都凝固了，不仅仅如此，更平板，没有立感，更不要说生动鲜活了。多少年前，无论如何，我绝对想象不出，如何能生活在一个无雪的冬天，就像一盒火柴，搁置在干燥的地方，着不得一点潮气，否则，就擦不着了。而现在不觉却经历了若干个无雪的冬天，干冷干冷，轻易一撞就着，耳边，仿佛是从未断绝的汽笛声，忽远忽近，忽近忽远，响个不停。

古代，就是近代，我爹记忆里的民国时，夏天有祈雨的场面，相当庄重宏大，但从未听说过有祈雪的。也许，从前雪多得很，根本用不着祈，也没有祈的必要，隔三岔五自动飘来了。

站在窗前瞭望，我每每不由地自言自语，下一场大雪多好啊。我女儿却说，下雪有什么好，路滑天冷，脏兮兮的，我如何去上班？我无言，良久才清醒，原来，我虽在城市生活了多半辈子，可心还留在童年的乡野，望眼欲穿地盼一场雪，还像儿时一样幼稚。

面对这种情景、心境，就是我有心，放飞了想象的翅膀，也无法铺承奢华，写出一篇像模像样的雪赋了。无雪可赋。

忆雪

曾经，也没有多少年，雪，并不是一个稀罕物，何至于盼，尤其是在北国，千里冰封，万里雪飘，望长城内外，惟余莽莽，并不完全是诗意，也是真实写照。想都不用想，哪一天清晨醒来，一推开门，满眼是雪，晃得刺眼，心中油然升起对造化神奇的惊叹，雪的院，雪的墙，雪的树，远山近水，一片雪白的世界。

只有造化能够改变世界，哪怕是瞬间。

熟悉的雪景，仿佛就在昨天，想起都历历在目，虽经岁月的磨

砺，淡了许多，虚了许多，但毕竟留在了记忆里，深深的。时间如一张卡纸，虽薄薄的，却将经历完全隔开，又像装在像册子里的照片，一张一张，背对背，相互间隔，而我们也只有在翻看中，才串联起来，在忆思遐想中，镜头才连贯起来，像电影一样流淌了，省略了光亮间的黑暗。

燕山雪花大如席，无疑是夸张了，雪片虽大，也大不到席片一样，就算是古代的席片不大。但鹅毛大雪还是有的，古人曾言，推开窗户，忽儿看见，巴掌大的雪片飘来，随手一抓就是一片，放在掌上欣赏着，岂不是人生一大快事。那么大的雪片，在空气清新无污染的古代，也许真有，尤其是那种快感，在童年时代，甚至之后，我也经历过。天空上忽儿飘下鹅毛大雪，伸手接一片花朵一样的雪花，花瓣清晰可辨，呵气间，早成了一汪清净的雪水。

那时的雪，的确滋润、纯净。读《红楼梦》妙玉扫梅花上的雪花珍藏，隔年烧滚泡香茗，并不讶然，而是悠然心会，就是珍藏的陈年雨水，也很名贵，是天然的无根水。小时候，玩累了，常常弯腰从大地上掬一捧雪花吃，融化的雪水在喉咙里甘甜清冽，像井拔凉水一样消暑下火。到了春夏之季，野外背阴处，还有积雪，扒去上边荡了尘土的雪皮，里边如白砂糖一样的雪粒，嚼着吃，碎冰糖似的，没有一丝泥土味。

踏雪

喜欢踏雪。几乎是与生俱来的。

多少年后，在少雪无雪的日子，读川端康成的《雪国》，都有这种刚踏雪归来的感觉和诗意。

大雪后，银装素裹，像美女出浴刚刚换了新衣，一片银白清凉的世界。即便天空还有零星的雪花在飘洒，不紧不慢地飘落着，穿上踏雪的毡毛泊鞋，在雪地上漫步，雪花落在眉毛上、头发上，像粘上花粉，有的立着，有的慢慢消融，流淌到唇边，舔一舔，甘甜清凉，沁人心脾。从脚下发出嘎吱嘎吱的踩雪声，仿佛踏起的音乐，走在深浅不一的雪上，声音便不同起来，形成的旋律，悠然动听。那种清爽的感觉，令人耳目一新，心清气爽。有时，真想就这样走下去，直到累了，跌坐在雪地上，或干脆躺下，像躺在绿茵茵的草地上，看着如洗的天空，湛蓝无垠，偶尔飘着几朵白云，亦如初熟的棉苞，那种纯净的白，纯洁的滋润，连人都净化了，流溢的全是美。

八年前的一个冬天，雪虽稀少，还不像现在这么绝无或仅有，在期盼中，有时就真的飘来一场雪，经过一夜的堆积，不要说平展辽阔的乡村，连凹凸有致的城市，都被装扮一新，成了雪的世界。尤其是公园，雪后，和乡村的景致并无两样，像乡野的一隅，从某种程度上说，更美一些，更精致一些，如童话中雪的王国。我所在的广告公司，绝大部分是从乡村走进城市的孩子，对雪有种本能的喜欢，怀念雪，也着实喜欢雪。临时动议，一拍即合，关门玩雪。大概因散碎的雪花还在飘，街上行人本已稀少，公园里除了有我们一样想法，且有时间和精力去实施的人，真的别无他人，静寂得很。可以尽情地玩，尽兴地耍。一会儿，这片银白的世界，仿佛真属于了我们，我们就是雪国的主人。

有踏雪的，故意两脚斜并着，踩出车轮一样的人字形；有手脚并

用的，爬如黑熊野狼，踩出野兽出没的样子，蹄痕清晰可辨；有嬉戏追打，有堆雪人的，有的干脆仰天躺下，享受雪中的静寂清幽。有爱使坏的，悄悄来到树下，猛摇树干，雪块、雪片暴雨般飘下，落满身上，躺着的人霎时成了雪人，连跃起的时间都没有。一片惊叫欢笑，静中有闹。

也尝试着吃雪，融化嘴里的雪水，少了甘洌，有滋泥味，土腥气。

这时候的雪，也只能踏一踏，还能找回过去的意趣。

踏雪无痕，历来是高人的境界。就我们而言，踏雪就是为了留痕，返回头，再欣赏自己踏下的轨迹，也有种凡人对成就的快感。

如今，时过境迁，踏雪也成了记忆，愈来愈遥远。

寻雪

在盼雪的日子里，守望灰茫茫的天穹，楼宇高耸、车流如织的城市，我常常漫想，雪，曾经漫天飞舞的雪花，时光一样，究竟到了哪里，不会真成了神话吧。

我是想象不出远古的冬天，雪有多大，能下多厚，那时文字珍贵，向来如此的雪，还进不入巫史的笔下，也少吟风弄雪的文人，但千百年前宋人的雪景图，我是欣赏过的，和我童年亲历的雪景，相去不远。踏雪的毛泊儿鞋，我穿过，踩在雪上，相当舒适，外边滴水成冰，踏雪结板，毛泊儿里温暖如烤着火炉。雪自然擦洗过的毛泊鞋，焕然一新，像新毛毡一样。在我的家乡，人们一直喜欢用雪洗毛毡和呢子大衣，平铺在雪地上，雪吸去上边的尘垢，变得干净如初。

冬天的天空，高远平板，仿佛遥远起来。记忆中是不是这样，似乎是，又似乎不是，乡村的天空，总比城市的天空要低，大概是城市的高楼太多了，天穹害怕被捅破，就主动高了起来。连夜晚的星辰都遥远了，遥远到无影无踪，薄薄的天穹，如一块薄板，撑在高楼上，面无表情。很多年没有见到星光璀璨的夜空了。

无雪的日子，我守在电视机前，瞪大双眼，瞅着大地图上的天气预报情况，看哪里有雪花飘闪。我发现，南方的雪多了起来，要么不下，一下还是暴雪，冰天雪地，一片冰雪的世界。

这使我讶然，也感到奇怪，是不是南北极移位了，或正在缓缓换位，像远古的时候，南北极瞬间位移互换，至今在北极的冻土层里，还有上万年前冻僵的猛犸肉，储藏在冰箱里一样，还能炖着吃，味道鲜美。曾经大象出没如羊的中原大地，在很多年前，古人的记忆里就只有想象了，但河南的简称豫，还残留着远古驯象的痕迹。十几年前，我有几个江南的笔友，在冬天常常提到盼雪，盼来盼去，一点点雪皮，就使她们无比惊喜，欢腾雀跃了。而那时，我所在城市的雪，不时就下的封门堵路，如一条条银绳，将城市的房屋居民区，切割成豆腐一样。

世事沧海桑田，原本是规律，但没想到，雪，也会变，位置在变，雪色在变，时空更发生了乾坤大挪移，遍寻不见。

观雪

雪多的时候，并未留意；雪少，盼雪的时候，倒对雪研究起来，仔细到每一个细枝末节，譬如雪花到底分几瓣，是完整的还是残片，雪粒是长的还是圆的，像豆粒还是大米，诸如此类，不一而足，有

时连自己都感到可笑。

最早想到的是雪色，颇多怀疑。自古雪白，似乎并无争议，但今年初冬下过一层雪皮，却彻底改变了我的看法，确定无疑了。那层薄薄的雪皮，不像雪，倒像一层霜，细看，霜也不像，也不是霜色，更像陈年的谷糠皮。那种白是人们说的寡白，带着毫无光泽的土黄，没有一丝生气。我也描绘不出它的真正颜色，只是觉得，与白还有差距。

至于黑雪、脏雪，近年有的地方下过，虽非目睹，也常耳闻。但那原因是明摆着的，妇孺皆知，是环境污染恶化所致。

下雪那天，我正逗留在大街上。也不是毫无征兆，整整阴了一天一夜，天空仿佛蒙了一块灰布，就是不落雪，灰茫茫的城市，像废弃的砖窑，到处堆着土灰的砖。哪怕雨夹雪也好，人们焦心的渴盼，就像这个干燥的冬天，一点就燃着了。这样的天气，往年冬天隔三岔五地有，已经习惯了。在绝望后，不经意中，感觉有雪花飘入脖中，融化了，略微有些冰凉，之后有点发烫，洒上稀硫酸的感觉。我仰头，真的看见有絮毛般的雪花在乱舞，稀稀拉拉，像春天的末尾，树蕾已吐成小叶片，零星的絮毛还在飘一样。我伸展手，张大嘴，等待着天空中飘忽的落雪。先落到嘴里一片，大概尚未落实，就融化了，一丝苦涩，透过味蕾，传送的瞬间就消失了，无影无踪。之后落到手心的几片，还未及看清，也融化了，不是晶莹的水珠，像一滴滴浑浊的老泪。

飘了很久，还没有苫严地皮，干燥，无血色，像散碎的塑料渣片，或碎泡沫，风一吹，到处飘舞，聚在一起的，感觉上也是轻飘

飘的，形不成踏实的雪地。太阳还没有出来，灰茫茫的大地上，已只剩下一小片、一小片破布似的残雪，丢在角落了。

对大多数人而言，这次飘雪，不算数，人们还习惯说，一冬无雪。那种火烧火燎的期待，漫长，无奈。直到立春，还是无雪。

谁也没有想到，立春后天空竟飘起大雪，飞飞扬扬，下个不停。虽然说，正月十五雪打灯，是好年份的预兆，但记忆中已是雨雪了，最多是米雪。我起始就特别关注这次的雪，虽飘飘洒洒，但雪花却凌乱，本身凌乱，飘得凌乱，与记忆中的梅花雪瓣，迥然不同，仿佛尚在胎中就受过伤，是先天的残缺不全。且落在地上，虽厚，却没有厚实的感觉，那雪色，不滋润，也不细腻，像旧年磨面坊的糠皮，轻飘飘的，毫无血色，苍白，无力。

依旧是残雪。

梦雪

我想，梦中的雪，应该是完美的。

然而，像难以梦见一汪汪的水，一片片的水草地一样，雪，同样难以入梦。

已有多年，我的梦境，每每是荒芜、杂乱、干枯，我穿行在其间，陌生而熟悉，却无言。

有时也梦见这座城，古砖一样灰蓝的城，五颜六色的车流和人流，也转换成黑白镜头，模模糊糊，流动中，凝固了，成了灰蓝的城墙，在灰蓝的天穹下，矗立无声，就是无雪。

想象中梦里的雪是这样的，白润柔软的雪片，像从飞天袖中抖落的花朵，从浩瀚的天宇飘洒而下，飞飞扬扬，轻灵，水润；又仿佛

亿万的蝴蝶，在漫天飞舞，置身其间，仿佛置身于神话的天堂之上，落英缤纷，静谧，快乐。雪落有声，似乎在演奏一场轻音乐会。瞬间，宁静的大地，凸凹的城，装扮如童话的世界，一片银白，像飘落的巨幅的白绸缎，柔软，滑溜，质感，高贵。就像我童年乡村雪野。

想象终归不是梦。有时我奇怪，梦，究竟是思维的继续，还是现实的映照，也许都是，也许都不是。

但我的梦，却像刚刚流逝的这个冬天，一季无雪。就在彻底绝望的那个夜晚，沉沉睡去，梦中，飘起雪花，如不知从何处飞来的蝴蝶，漫天狂舞。我看见，水润的草地上，墨绿的草叶间绽放出一朵朵拇指肚大的水菊花、金盏盏花，金黄，水润。

梦醒，推开窗户，果然，大地上一片雪白。我不知道，我是如何入梦的。再度醒来，走到楼下，太阳的光缕从云翳间隐隐喷射而出，已不是那么刺眼，眼前的雪景，只剩残雪了。

我慨叹，又无可奈何，我知道，就是在梦中，也已展不开想象的翅膀，像从前的雪花，飞飞扬扬，飘飘洒洒，用不了半天，就堆出一个银白的雪国。同样，即使我百倍努力，搜肠刮肚，再也写不出一篇有模有样的雪赋。

心底忽儿冒出一个念头，不久的将来，雪，会不会从此消失，如同恐龙猛犸三叶草一样。

不过，我还是热望，梦回童年，穿越雪国。

品静

温酒读夜

冬夜，像一部庄重而伟大的名著，必须静静地品读。

品读，不需要眼睛，手都是多余的，而是用心灵品味，在静谧中。煲汤似的，文火慢炖，靠的是时间，光阴悠然地从指间划过，像飘落的花瓣。冬夜，像作者的文字，是心灵旋律瞬间的凝固、结晶，是源于大自然的音乐，仿佛亿万年前形成的水晶，翡翠钻石，经得起岁月的磨砺，被毛皮包裹，却掩不住内里的光华，亦如历尽磨难劫数的和氏璧。《红楼梦》作者曹雪芹的感叹：都云作者痴，谁解其中味？

冬天的夜晚，寒风吹彻，霜落无声，最好温一壶上好的老酒，辣得够劲才好，连古人都知道：三杯两盏淡酒，怎敌他晚来风急。装在精钢锤制的板壶里，藏在胸间，保持着温度。有感觉时，摸出来，嘬一口带着体香温热的酒，从舌尖瞬间散遍周身，像置身的温润的

屋子，瞬间周身也温润起来，有几分飘逸，有几分摇曳，似晒久了冬日的暖阳，没有一处毛孔，不是温暖舒畅的。

半躺在红木摇椅上，轻轻 闭上眼帘，霎时眼前一片黑暗，渐渐有红色的光斑，跳跃着，闪闪烁烁，凝固不动了，真像冬夜的天空，星星守在固定的位置，睁大眼睛，静静地深情地凝视着，凝视着秋水一样的天空，天空下秋水一样的大地。这时，你可以自由地阅读夜晚，由远及近，由近到远，没有声音的阻隔，没有光亮的遮拦，很快，你也成了夜晚，在夜晚中静静地读着夜，心中充满夜的诗意。也许，只有此时此刻，你才读得懂，什么叫夜，什么是真正的夜。个中三昧，深深地刻入记忆深处，瞬息千年，却永世难忘。

思想的河，不仅仅像行云流水，在天空飘逸，在银河流淌，更像凝冻的大地，通透而无色的冰山雪原，太阳的光芒也无法穿透，更不用说月亮淡淡的清辉了，深沉深刻到了极致。夜，仿佛一本读不透的天书，穿越亘古时空，与时俱进，却又是那么淡然宁静。

这就是冬夜。没有了雷电的脾气，没有了暴风雨的倾诉，仿佛一个历尽沧桑的老人，走到了繁华的尽头，铅华洗尽，只剩下简洁的沉静了，一种自然的内敛，韬光养晦，几近乎道了。像紫色的水晶，更像蓝色的夜。

这就是冬夜，仿佛酿熟、有了年份的酒，愈加醇香。有了岁月的味道，不像炊烟一样袅袅升腾，悠然而张扬，是一种淡淡的无形的味道，得品味感受。它温润，并不温情。

灵魂游离于肉体之外，自由地遨游夜空，甚至于不知哪是自己，哪是夜色了，无声无息。生命并没有消失，走向死亡，也不像凤凰

浴火重生，而是积淀了太多的日子，厚重起来。太阳消融在宁静的夜晚，洗尽尘嚣，亦如灵魂沐浴在蓝色的夜里，回归本源，寻找真我，在那个蓝雾消弭的清晨，就会讶然发现，太阳每一天都是新的。

生死本一线之隔，像睁开眼睛，闭上眼睛，如果参透了，一样看得见，感受得到，盲与不盲，又有多大的区别呢，其实，只是一念。生与死，昼与夜，都是快乐的，不过是相背远行，迎着阳光，走向夜晚，迎着月亮，走向白天。

忽儿，我似乎读懂了夜。夜晚像一张卡纸，挡得住眼睛，却挡不住灵魂。灵魂是自由的。可以穿透卡纸，徜徉在生死之间。如阴阳鱼黑白的眼睛。

这样的酒，这样的夜，无论如何，是不会沉醉的，常读常新，的确像一部无与伦比的名著，每一次的品读，都有不同的感受。

倘若你喜欢，不妨像我一样，在一个无人知晓，平淡如水的冬夜，温一壶老酒，随意地吧咂着，闭上眼，品酒一样，静静地品读着属于你的这一个冬夜。

煨茶听雪

今夜无眠。

无眠的，也许并不止我一人。但活生生感觉到的，从身到心，却只有我一人。夜晚是那么宁静，月亮沉入碧蓝的天海，月光也溶化了，溶入蓝色的水晶里，光波柔柔的，明静，安谧，再也分不出哪是月光，哪是 天光了。星星铺就的天河，依然滞留在夏天的夜晚，

仿佛结冰的大海，冻住海豚的呼吸，宁静的欲碎。

我喜欢这样的夜晚。何况，窗外还有漫天的飞雪，在群舞，也在独舞，各有各的舞步，自由，自在，却有自己的轨道，飞飞扬扬，飘飘洒洒。这雪景，不需要去看，只要听着，听着雪飞雪落的声音，就知足了。古人说，雪落最美的声音，是在竹间，静夜绿竹，雪花如蝶，曼舞在竹林，不要说声音，那画面就够美妙的了。湘竹潇潇，凤尾龙吟，落雪有声，若无似有，这是难得的佳境，不是每个人都能享受得到的，天时地利，全在一个缘字，有缘，近在咫尺，无缘，远在天边。

但在这样的夜晚，尽管无竹，我依然体会到了雪花飘飞的声音，犹如空弦妙音，独奏无琴。我静静地怀抱炉上煨好倒在壶里的热茶，屏息静听，那蜻蜓振动翅翼一样的声音，从窗外不绝地传来，愈来愈清晰，渐渐形成美妙的旋律，回荡在我耳边，穿越久远的大漠一样，在我心中久久鸣响。我甚至怕心跳的声音，和落雪的声音形成共振，熔在一起，消失了。我调匀呼吸，尽力放松自己，直到脑海心田只有一种声音，飘雪的声音，妙曼轻柔，我才轻松下来，任凭时光，就这样随静夜流淌。

灯熄了，屋里屋外天光柔和。红泥火炉上的茶壶，依然滚沸着，发出轻微的沸水声。从哨口看得见炉中的火烬，一闪一闪，红红的。壶中陈年的雨水，火性已褪，是那么沉着绵软，轻轻冒着气泡，不会溢出。随时准备给手中的小壶添水或换茶。

热茶的温香，透过碧玉一样的壶体，温润醇香，从我潮润的手心，渗透到手背，向全身漫溢，浸润每一个毛孔，如美妙的音乐一

样，音符跳跃着，浮起落下，回荡成优美的旋律。袅袅的茶香，随壶嘴溢出的茶气，萦绕盘旋升腾，仿佛乡村的烟缕，散发出淡淡的炊烟味道，在潮润清香的空气里弥漫。这是我喜欢的铁观音茶香，清新醇厚，经久不散。

今夜无眠，并非心底有事，郁结难眠，也不是为听久违的雪声，故作高深，附庸风雅。只是没有睡意，脑海里比任何时候都要空灵，仿佛雨后的山谷，连鸟鸣的声音，也显得幽静起来。舒缓的山泉，静静地流淌，起伏跌宕，漫过大大小小的卵石，向山口流去。亦如我宁静的思绪，或者缓缓流淌的思想，不肤浅，也不深刻，明静清澈，淡淡的。我喜欢这样的节奏，尤其是在这样的夜晚，何况还有窗外的飘雪陪伴。

即使不喝一口茶，身体的每个毛孔，像屋子里的空气里，已弥漫满淡淡的茶香，渗透在每一个分子里。茶到极致，本来就是闻，用不着亲口品的，一品，反而显得俗气了。譬如听雪，用不着站到雪中，听雪落到屋檐，落到枝叶上，呯然有声。就是要坐在屋里，背对窗户，在静寂里，用心去听，雪花飘飞落下最轻微的声音，那才是真正的天籁之音，大音希夷，不是每个人每时每刻都能听到的，讲究的是机缘。

茶愈温，夜愈深，天愈明，整个世界成了雪白的世界，连我也成了雪人，浑身是毛茸茸的雪花，静待花开，是千年一开的幽冥花，花开有声，进入物我两忘的境界。这时候的雪声，是最美妙的，若有若无，若远若近，最是妙音。所谓大音无声，大道无形。

其实，此时的我已沉睡，枕着雪音。仿佛婴儿含着笑意，沉浮

起伏在摇篮曲里。

残雪

从我离开村庄，闯入这座城市，一晃就是二十多年，即便在梦中，再也没有见过一片完完整整的雪地，一个雪白的琉璃世界。

曾经的记忆，愈来愈遥远，在沉淀中终于定格了，永远定格在那一刻，相片一样装入岁月的枫木像框里，悬挂在脑海深处，落满尘埃，在尘封的记忆里，时而模糊，时而清晰。

城市的残雪，唤回我悠远的记忆，像木框中静态的相片，渐渐生动起来，跳跃成一个雪白的世界。雪花飘飘洒洒，漫天飞舞，自由地飘落，雪屋，雪树，雪野，倘若你站在飞雪里，俄顷你便成了一个雪人，晶莹的雪花，挂在眉毛上，仿佛一道弯弯的银月，或红或白的脸膛，在雪光的映照下，也成了淡白的雪色。雪霁天晴，深邃湛蓝的天穹下，银装素裹，庄里庄外是一片雪白的世界。偶尔一串动物的脚印，歪歪斜斜地，消隐在大雪深处，对于雪白的大地，显得微不足道，几乎可以忽略了。

雪后的乡村，是一座独立的雪国，弯弯曲曲的土路消失了，田间的土塄消失了，无边无际的雪原，随地势的高低起伏，一片银白，直达天边。沉寂的雪国，静谧，安宁，偶尔几声鸡鸣狗吠，几缕袅袅升腾的炊烟，只是静脉中的点缀，愈增加雪国的神秘、美丽。就像雪地上，我踩出的人字形轮状印，从家门口一直延伸到村外，好像独轮的飞车驶过，留下无限的遐想。

在城市，无论从哪个角度，即使久久伫立飞雪中，也无法看到那样的雪国。城市里，所见永远是残雪，也听不见沙沙的雪音。翩飞的雪花，是城市里的蝴蝶，曼舞轻飞，却落不到地上，偶然在花间枝头伫立，摇曳着，又飞走了。我站在高耸入云的楼下，寻找一片最空阔的空地，踮起脚尖，仰首，舒伸长臂，想拥抱漫天飞雪，雪落到脸颊，身上，有几次甚至落到高高的鼻尖上，但来不及回味观赏，早像落在地上的雪花，化成水珠，雨一样浸透我周身。地面也是一汪一汪的水，消融着落下的雪，淌成四处流淌的小溪，向低洼处乱流。楼顶树上，花白的胡子和头发长满城市的空间，仿佛这座城市，在什么东西重压下，瞬间苍老了。雪花，飘飘洒洒，却掩不住城市的道路，来来往往的汽车，喘着气，溅起一路水花，依然奔波忙碌，不过像行人一样放缓了脚步。

清晨，雪光打不透窗户，屋里依旧是夜色的朦胧。不像乡村，漫天彻地的雪光早映白窑洞，窗里窗外，都是雪的世界。有时大雪封门，滚一锅开水，从门缝渗出融化雪冰，一拉门，一堵高高的雪墙挡住去路。院里院外，村里村外，穿上银白的素装，是雪的世界。在城市，不会有这样的惊讶。起得最早，看到的也是一小片一小片的残雪，城市的楼宇道路，早从雪原中钻出，抖落身上遗存的残雪。只有一些背风空旷的地方，有一小片雪还在，但过不了多久，就堆成人一样高的雪人，有了眉眉眼眼，在阳光下笑开了。或者扫成一堆堆白雪，围着树，等待车子拉走。

大雪中的城市和雪后的城市，依然没有一分宁静，车水马龙，熙熙攘攘，人们依旧为名利奔忙，欲望膨胀着人们，也充满着城市，

膨胀成一颗燃烧的大氢气球 。大雪荡涤不了城市，也洗涤不了城市人的灵魂。

在城市的角角落落，触目的是正消融的残雪。城市，似乎没有冬天，除非寒流袭来，永远像残春，残雪，在背阴的地方消融着，化成污泥浊水，缓缓地流向下水道，一不小心，似乎也无处躲避，飞溅的雪水落在身上，脏了衣服，好在每一个角落都有一家干洗店，敞开着门，等待着顾客。

有人说，美总是残缺的。譬如米兰断臂维纳斯，也许是的，但断臂并不是维纳斯的本意，也不是创造者的初衷。说到底，我还是不喜欢残雪，尤其是城市的残雪。

乡村残雪的时候，已经是春天了，万物萌生，百花含苞欲放。

说实话，我没有李义山的境界：“留得残荷听雨声。”从心到眼，我不欣赏残雪。我宁愿，沉入梦乡，回到我那遥远的乡村雪国，戴着兔皮帽，两手围着皮护筒，穿着厚重的毛泊儿鞋，在雪白的大地上踩出一串人字形轮状印，雁群一样，翩飞着，直达天边。

哦，我沸腾、生动的乡村雪国。

将城市的残雪存入记忆深处，装在岁月的像框里，任其封尘，懒得拂拭。永远是模模糊糊的残雪，静静地存在着。

冬夜

很怀念那逝去了的遥远的冬夜。

虽然，置身于现在的冬夜，已无法感受到冬的味道了，寒风吹

彻成了古老的诗意，暖气像融融的阳光，溢满屋宇，静静地流淌，潮润的热浪漫过周身，舒爽的直想沉睡。窗外嘈杂的声音，无休止的声音浪涌而来，车声、机声，不知名的声音，在高楼林立的街巷拥挤着，占据了冬夜，也占据了我的身心，连我都变得浮躁起来。多少年就是这样度过的。

然而，那个逝去的遥远了的冬夜是宁静的，如壁上那幅油画一样宁静，定格在我记忆深处。那是多么安谧宁静的冬夜啊，冰一样晶莹，雪一样洁白，如故乡的河水潺湲流淌，回环的声音，和母亲半躺着轻轻吟唱的催眠曲没有两样。沉睡的不仅仅是山峦大地，还有灰茫茫的村庄，光秃秃的树。袅袅的炊烟，隐瞒了身影，只有淡淡的烟味，还悠闲地弥漫在村庄的上空。冬日的河水，仿佛凝固的音乐，停止了流动，枕头一样静静地躺在炕边，等待群山的影子或村庄靠上疲倦的头，美美地沉睡过漫长的冬天。

我喜欢这样的冬夜，在丝丝寒冷中，静静地守着，思绪好像飘累的风筝，落下，躺在身边，不再放飞。或者在瞬间凝固了，凝固成河床上的冰，一张晶莹的大床，等待着白天在夜幕降临时睡眠。不仅仅是太阳，连月亮也是那么温柔，成了守在枕边银色的童话。

在这样的夜晚，一切都温顺起来，大地整个成了一只温顺的绵羊，白白的，静卧在那里。最喜欢热闹的青蛙，此时也成熟起来，耐得住寂寞，默不作声，追随着喜欢夜游的蛇，静默地缱绻在地母的怀抱，享受着从地底涌上的温热，回味着曾经拥有的美好岁月。失去了绿叶掩映的鸟巢，仿佛燃烧尽的太阳，悬挂在蕴藏了绿意的枝丫间，静静地期待着，那一个并不遥远的春天，再生机勃勃。

哦，曾经沸腾的大地，一下子沉默起来，仿佛历经沧桑的男子汉，青筋裸露，须眉皆白，胸襟却宽广起来，用勇敢的沉着，代替曾经的狂暴，吸收阳光，也吸收寒冷，调和阴阳，化为己有，默默地滋润着无数的生命，依然走过漫长的岁月，坚韧地完成未竟的征程，历尽艰难，航船并没有搁浅，风浪刚刚平息，冬天不过是暴风骤雨的前夜。

历尽了尘埃嚣张的日子，备受磨难，我尤其怀念这样简单的冬夜。静静地，一家人围在母亲身边，哪怕只有一盏油灯，或一盏昏黄的小电灯，在头顶上，映照着一张张红扑扑的脸膛，坐在热炕头，腿上苫着狗皮褥子，吃着嘎巴脆油香的炒黄豆，或者什么都不吃，听母亲讲一个重复了千百遍的老故事，听得津津有味，笑声四溢，荡起，又被凝冻的冬夜撞回，铿然有声，落在香甜的梦里。

真的，那样的冬夜，尽管冷，时时能感觉到透过窗户的冷风，听得见北风的呼啸，像狼一样吼叫，从街巷呼啸而过，一浪接着一浪，此起彼伏。但没有一丝恐怖，也没有一丝担心，在只有睡在哪儿哪儿温暖的一小块地方，蜷曲着尽情地酣睡，头就靠着冬夜。除了风的音乐，再也没有什么声音，会打扰你的睡眠。习惯了，风声也成了自然的催眠曲，随血液在周身静脉地流淌，无声无息地流淌，不知不觉。

哦，我那逝去的冬夜，永远留在了遥远的乡村，留在了童年的记忆深处，早成了童话，银色的。

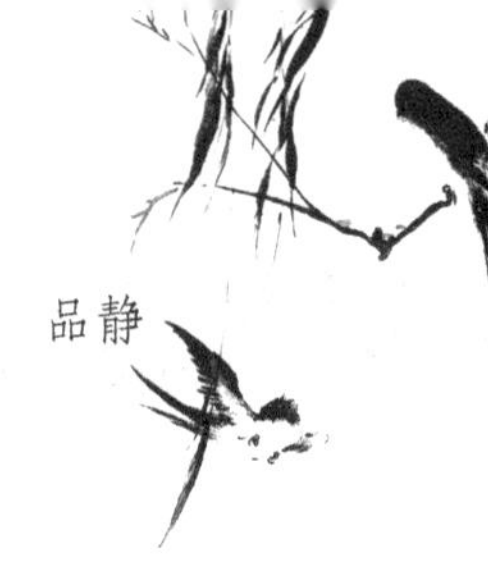

春雪

春雪，虽然有点反季，但在过去的乡村，隔三岔五飘了一冬天雪花，旧历年立春后，瑞雪迎春兆丰年，元宵佳节雪打灯，是常有的，并不稀罕。

今年的春雪却分外珍贵，旧有春雨贵如油之说，春雪也贵如油吗？似乎比油还贵，如今油价虽贵，却没有早年那份企盼了，随时随地，想买就买，遍地都是。在如今的年月，只要是花钱能买到的，就谈不上珍贵了。与过去正好相反，自然的东西愈来愈少，上苍的赐予反倒珍稀起来。譬如冬雪。

近年，暖冬，千年寒极之说，吵吵嚷嚷，一直流行。这些专业术语，百姓倒无所谓，不过是个概念，像2012玛雅灾难毁灭预言，神乎其神，着实让好莱坞大片赚足了钱。原本无雪的南方冰天雪地，北方的冬雪愈来愈少，要么不飘，飘也是一鳞半爪，风一样流过。空气干燥欲裂，渐渐有所谓起来，连梦里都盼望着，有一场雪，飞飞扬扬下个不停，大地白茫茫一片，银装素裹，那是多么惬意。

然而，却没有，梦都是干枯的，灰茫茫的，就像这个无雪的冬天。街上的人流，依旧熙熙攘攘，却多了不安和骚动，连小孩揉揉干干的小鼻子也在翘盼，还不下雪？天，灰蓝如布，太阳和月亮交替隐现，映亮人间，很少出现阴云密布的天气。从初冬到腊月，司雪女神睡熟了，没有醒来的意思，连个呵气也没有。司风女神也懒洋洋的，多年没有放风了，呼啸的寒风很少很少，温暖的冬夜，再也没有寒风吹彻的体验了。先时盼雪的人们彻底失望了，不得不承

认一个现实，今冬无雪。

我不知道，现在的农人，还像不像我爷爷那会儿，面对少雪流露出的焦躁，盼来大雪的欣喜。地道的农民，喜欢靠天吃饭。几场大雪覆盖住苍茫的大地，站在雪原上，我爷爷露出灿烂的笑容，明春好墒情，下种不要愁了。是啊，那毕竟是一个靠天吃饭的年代，尽管兴修水利热火朝天，但冬无雪，春无墒，天旱人也旱，便心慌起来。如今，靠天吃饭的人愈来愈少，春节刚过，如山似海的民工潮涌进城市，农民工将靠自己的双手吃饭，自然不会有靠天吃饭的心情了。无论冬雪，还是春雪，对他们而言，已不再重要，相当遥远了，比梦还远。他们更关心的是，天空晴朗，风和日丽，有活做，有饭吃。

有闲的人，能闲得住的人，才更关心风花雪月，喜欢下雪，企盼下雪，好在滋润的环境里赏雪品雪。悠然生活，这似乎并没有错。温饱有余的人，才有闲暇和心情，注意空气的纯净度滋润度，才翘盼飘一场大雪，最好五寸厚，这才能随意地踏雪寻梅，堆雪人，打雪仗，甚至穿着厚厚的羽绒服，躺在雪地上，享受人与雪交融的意趣。

然而，冬雪似乎愈来愈少，由过去一冬天象征性地飘几场，不大不小，没几天就融化成一片片残雪，到处淌着雪水，没有多少雪趣可言。到如今，一冬无雪。盼雪的人们，真的失望了，心情跌到了冰点，怨气凝结升腾，飘点雪就这么难吗？

人们便痴想，年后的春雪。追寻逝去的记忆，依稀记得，元宵节前后，是有雪打灯的情景，可那米一样的雪粒，连灯都打不湿，

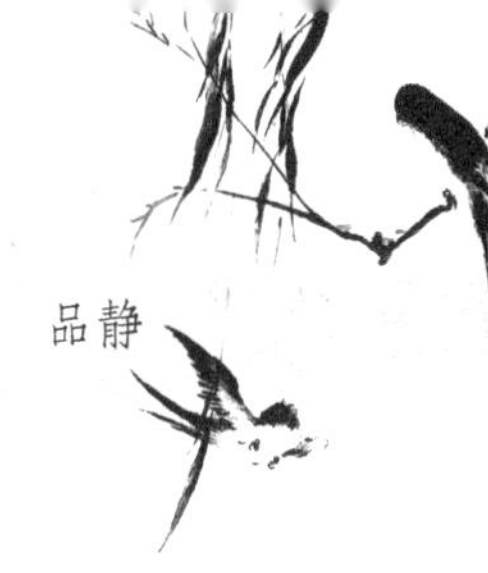

落在大地上，像霜，像霰，一会儿便溶化了。这就是记忆中的春雪。和飘飘洒洒撒盐似的冬雪，不可同日而语。

在盼望与失望交织中，打春了，自然的脚步从来不会因人们的心情而停伫，总是有序地推进着。先是春暖花开的征兆，城里的女孩迫不及待地换上春装，太多地裸露出美丽的肌体。不想乍暖还寒，天气突变，灰茫茫的天空大锅一样笼罩起来，刺骨的风不知从哪里吹来，一会儿过后，柳絮般的雪花飘飞起来，放眼望去，密密麻麻的雪花，布满空间，如蝶飞舞。

春天的雪花，分外轻盈，落在身上，瞬间便溶化了。落在地下，来不及溶化，叠在一起，像蓬松的棉花糖，空空洞洞，没有分量。不像冬雪，初时像一层厚厚的沉积的盐，晒过几天，就像雪白的羊毛毡，即便踏上，也很有质感。

像儿时飘雪，人们欣喜若狂，跑到屋外，仰首伸臂，甚至张大嘴，等雪花飘进嘴里，自然溶化。雪花有些苦涩，缺少了儿时的冰感，有点滑腻。但一个冬天不见雪花，终于盼来，那种喜悦的心情是无以言表的。

几个小时后，风止，雪停，城市白茫茫一片，仔细看，总有挣脱雪盖的建筑卓然挺立着，灰白相间，仿佛人到中年，华发丛生，有种说不上的异样的感觉。

一场春雪刚刚融化，又一场春雪覆盖在湿漉漉的地上。一场接着一场，谁也没有想到，这个春天，竟如此多雪。

没几天，美丽的春雪，融化成渍渍斑斑的残雪，散积在背阴处，点缀着城市，也点缀着人们的心情，像乡野的花朵。

好在，春天真的来了，雪原成了深处的记忆，依然融化着。

静听天籁

现代的高欲望和快节奏，生命都囚禁在人造的水泥铁笼中，使我们离大自然越来越远，心灵自我的空间愈来愈小，静听天籁，是一种难得的享受了。

人浮在尘嚣中，被噪音包围渗透，本身都快成噪音了，被高分贝割裂成沙漠了，没有水，也没有绿意。就算想做一棵长在城市的庄稼，也没有土壤，几乎是一种奢望了。虽然，我们还有音乐，我一直认为，音乐和酒的发明，不是其他所谓的文明可比的，是上天对人类最大的恩赐，使我们躲在屋里，拉上窗帘，随意地坐在地板上，打开 DV，聆听《班得瑞》，一种来自大自然的更纯粹的音乐，虽然音乐无法弥漫到更远，只在身边回旋着，也无法感受习习凉风，嗅到清香的草味，但毕竟有了一个相对绝尘的空间，在疲倦劳累到极致时，能放松自我，在悠然的宁静中，回归到心灵的本原。

平常时光匆匆流逝，在美妙的音乐里，人，渐渐空灵起来，似乎听到生命的秒针铮铮跳动，像听到自己的心跳一样，走进音乐，走进心的世界。这的确是一种享受。

这种享受稍纵即逝，仿佛城市上空偶尔飘来的云朵，不会久久凝伫，不是匆匆流逝，就是溶化在滚滚烟尘里，成了灰茫茫的天空。嘈杂的声音，无孔不入，拨动着生命的发条，狂跳起来，心灵又摇成一片荒漠，流沙一样，随季风乱刮，变化着不同的图案，露出或

狰狞或奇异的面目，荒凉，沉寂。

有时候，无由的闷热烦躁，将身心吹成气球，膨胀欲裂。我不由地随着闯入城市迷途的鸽群，追着鸽哨，漂浮起伏着，漂出拥挤的城市，站到田野上，风吹过，衣袂飘飘，心和大自然一样空旷起来。

在一片草地上，哪怕是庄稼的垄间，躺了下来，仰望蓝天白云，闭上眼，感受到另一种阳光，暖融融地，透过肌肤，渗透每一个毛孔，土地一样舒展起来，谷物一样自由生长。

在这样的环境，一切都遥远了，只有山水清音，从耳鼓传到心灵，自由地、缓慢地弥散着，仿佛乡村袅袅升腾的炊烟，溶入淡蓝的天光，又像呢喃的鸟语，流成自然的乐曲，飘逸击打着湛蓝的空间，撞击着花草树木，荡漾成回环的旋律，充满生命和生活的气息，活的气息，将天地人紧紧连在一起，成为不可分割的整体。这就是天籁，有声而无形的天籁。

安谧中，静听着，安睡一般，沉入大自然的梦乡。仿佛听到了谷子拔节的声音，向日葵金黄的笑声，甚至蚯蚓在土壤中钻挤蠕动的声音，黄鼠觅食时满足的吱吱叫声，若有若无，若隐若现，远比人类的音乐更丰富，更生动，更充满灵性，直逼灵魂。这时候什么都不需要，一切都成了俗物，仿佛朝饮晨曦，暮浴晚霞，就这样静寂而生动地生活着，足够了。

隐隐地，总感到有一条线，牵动风筝一样牵着我，无法像飞离城市的鸽子，自由地翱翔。身后，是长长的历史画卷，仿佛一条总是拥挤不堪堵车的水泥路。这只是瞬间的感觉，不觉被风吹散了，

飘逝了。宁静里，我倾听大自然无声而有形的诉说，自然愈来愈近，清辉一样包围着我，溶化着我。

沉重的历史，仿佛天女袖间散落的落花，花瓣飘飞，雪片一样，潇潇洒洒地飘落到尘世，化成泥土，肥沃着花草树木。而此时的我，早融入自然，和含笑的向日葵一起，还有大自然本身，静听天籁。连最伟大的音乐，此时此刻，也是多余的了。

清凉炎夏

今年的夏天分外热。

热，非热，非常热。南涝北旱，从初夏，便一直持续着。天空也飘着白云，雪白厚实的云朵，一动不动，油脂似的用菜刀切片，当柴烧，一点就燃；天蔚蓝深邃，连风都凝固了。这样的高温是从未有过的，地球仿佛失衡，或者感冒了，忽冷忽热，预示着某种变异。传说由来已久，时起时灭，随着温度的骤升，忽儿又热了起来。

躲无可躲的桑拿天，谁都在蒸笼里。又没有孙悟空的本领，在太上老君的炼丹炉里，煎熬七七四十九天，毫毛未损。炙烤，烦躁，可想而知，从身到心都煳了。如干硬的糨糊，没有一点水分了。不要说思想，连记忆都成了白色的粉末，一吹就飞。

上天在考验人类耐心的极限，烧砖似的炽烤着，从白到红，再到蓝，火焰在泥土中凝固起来。若你见过蓝色的火山岩，便一定想象得出高温下的状态，灵魂熔化，飘飞，升腾，肉体空灵起来，成为没有生命的空荡荡的浮石了。

这个时候，对清凉的渴望，几近乎本能。像烧透的砖块，只渴望一瓢水，从头浇下，冒起蓝色的水雾，砖冷却了，厚实，沉重，不至于烧到浮石的程度。多想有一场雨，像那个曾经厌恶的雨季，忽儿变得喜欢渴望起来，倾盆而下，浇灭炽热，浇熄燃烧，空灵起来，即便成为浮石，也顾不了那么多了。

天地间有形的、会动的生命，几乎都像人类一样脆弱，在自然或异化的自然面前，不堪一击，生生死死，永远扼不住命运的咽喉，情愿或不情愿地交出自由，可以崇拜信仰一切，唯独不相信自己。这是创世纪留下的伤痛命门，无法更改，是人类的宿命，甚至不及植物。在经历意想不到的变异时刻，连同思想都随便丢弃，永远消失了，而在与世隔绝的孤岛上，植物依然茂盛，动物依旧存在，虽然变异了，奇形怪状，却具有了更强大的生命力，更神奇起来。

炎热，炙碎了有形的生命，地陷水涸，还是闷热欲碎，却相当沉寂。没有蜻蜓点水，没有彩蝶翩飞，甚至没有鸟鸣虫啾，湖里的大鱼漂浮上来，翻着白白的肚皮，没有了生命的气息，一片沉寂，熔化在干燥的闷热里。

这的确是一个从未有过的炎夏。也许有过，但在我们，或人类悠远的记忆里失落了，像曾经失落的文明，在炎热中熔化了，灰飞烟灭，无影无踪。

其实，在窒息的酷热中，本可以有一份属于自己的清凉，但许多人，情愿放弃了。物的世界更炎热，也更诱人，飞蛾扑火一样，物欲如焚，利欲熏心，人们明明知道，却往往欲火攻心，欲罢不能，所谓玉石俱焚，毁于一旦。却不知，需求的欲望，其实可以更简单，

更快乐些，学会放弃，最难。炎暑，炙烤着欲望，随酷热膨胀起来，火球一样滚动着。却没有人愿放弃物欲，寻求清凉的世界。

冷与热，像生与死，本是一线之隔，是背对背的两面，就像白天和黑夜，相互依存，却永不相见。在炎热里，转身，一念之间，就是向往的清凉世界了。有如佛说的，放下屠刀，立地成佛，却有几个人愿放下？转身，也易，也难。亦如身后有余忘缩手，悬崖勒马，对于一个勇士，却是相当的难。勇往直前，是天性，所谓的江山易改本性难移。但对于智者，或者说笨人，就容易多了，因为他们明白最简单的道理，舍得，有舍才有得。

这个炎夏，我几乎是在清凉中度过的。我不是智者，大概很笨的，属笨人。然而，心的世界，只有宁静、寂然，没有炎热，自然清凉了。挥汗如雨中，与佛同在，参禅打坐，虽汗流浃背，早不知暑热为何物了。热汗凉去，如饮罢一杯热茶，先热后凉，腋下生风，习习飘过，早到蓬莱仙岛了。或静坐菩提树下，浓荫蔽日，凉爽宜人，如此清凉世界，哪里又有炎夏酷暑？兴之所至，挥毫泼墨，汗滴如雨，渗透纸墨，虽难登大雅之堂，却也修行养性，化成云烟，气宁心静，走入另一山水世界，早出世了，桃花流水，几忘却四季了。

暑热易逝，心静则止。悟透冷热三昧，超然物外，自然清凉一夏。

城市的鸟

乡村是鸟的天堂。

不能说，城市里没有鸟。城市里的鸟，大多豢养在笼子里，精致的竹笼里。和城里人一样，生活在钢筋水泥打造的笼子里，被无形地囚禁着，而不自知。不同的是，人不曾被豢养，鸡似的在窝边不停地刨食。曾听过这样一个真实的笑话，我乡下亲戚进了城，看见一样的楼房窗户前吊着一样的空调抽风机，套着蓝色的布套，以为是公家配发的鸟笼子，羡慕不已。他回乡时问我，城里的鸟笼怎么都是方的，那么好看，城里的鸟怎也那么听话，乖乖地守在窗前匣子里，从不乱叫。我笑出了眼泪，却无言以对。

城市的鸟，是生活在鸟笼里，连食钵水缸也是景德镇细瓷，鸟粮是进口的，地道的外国货，贵的吓人。其实，是乡人的一种错觉，空调也没有那么普及，大多人家还生活在自然的水深火热中。玩鸟的人毕竟是少数，是沦落的八旗子弟一样的老市民，习惯的架子倒不了，游手好闲，无事可做，除了喝酒闲聊，就是养花玩鸟了。大多数人为生存奔波着，昏天黑地，比觅食的麻雀好不了多少，还没有那么悠闲。即使有闲，没钱也不成，玩鸟是一种高消费，不像杂种狗狗，可以流浪觅食，小区街上不缺的是垃圾，疯够了还会摇头摆尾回来找主人的，鸟儿却不会，放飞就不会回来了。

我注意过，即便风和日丽的天气，城市的上空，灰蓝干燥的天穹下，绝对看不见一只鸟在飞，起码没有喜鹊，没有乌鸦，自然没有乡村里许多叽叽喳喳叫不上名来的鸟儿，更不用说展翅翱翔的雄

鹰了。偶尔有几只家养的鸽子，相随着，也只盘旋在楼群上空，嗡嗡不了一会儿，就落在阳台上晒暖暖了，根本用不着觅食，也不用找水喝，殷勤的主人早将一切准备就绪，鸡蛋清拌绿豆、营养鸟食、纯净水等等，吹着口哨，就等着看鸽子享用了。会享受的鸽子，在主人的眼里，已经绝顶聪明了。

说城市没有飞鸟，也有些绝对，有是有，不过少之又少罢了。在花园小区的草坪上，我见过十几只麻雀，黑色的麻雀，旁若无人地啄食，比流浪的猫狗还胆大，摇摇摆摆，企鹅一样挪动着笨拙的身子，挑拣丢弃的食品，大人们走过，并不回避，视而不见，只有孩子们追逐时，瞪着圆溜溜的眼睛看着，不到跟前是不会飞走的，飞也只是挪个窝而已，不会飞的太高太远。懒洋洋的麻雀失去了乡村时的野性，偶尔飞近窗口悬挂的鸟笼，凝视良久，叹息一声，又飞落到草坪里。城里人养鸟，也不会养麻雀的，就像养狗不养土狗一样，连画眉鸟也很少，大多是百灵一类的名种，花花绿绿，是鸟中的贵族，娇嫩灵巧。也有养鹦鹉的，学着人，是清脆绵软的普通话，村里人叫京片子，偶尔还冒出几句蹩脚的外语。

拥挤的城市，曾经有过一片小小的天地，是鸟的乐园，自然，也是人的乐园，那就是城市中央巴掌大的人造公园，也就是城市唯一的赖以呼吸的肺。那时叫人民公园，门票和冰棍一样的价格，人们却很少光顾，舍不得进门那五分钱。相对而言，鸟儿就自由多了，从乡村闯入，发现了闹市中的花果山，便定居下来，在水榭树木间飞来荡去，快乐地鸣叫。后来，公园的高墙拆除，人们可以自由地出入，闲人便蜂拥而来，从早到晚，占据着鸟的天地，鸟迷惘地徘

徊着，不情愿又无可奈何地飞走了，公园里几乎没有鸟了。树木也日渐稀疏起来，像城市一样，除了干巴巴林立的高楼，没有多少生气了。只有清晨时，树枝上挂着一串串鸟笼，鸟儿嗅到一丝新鲜的空气，鸣叫起来。但又淹没在此起彼伏的吊嗓子的吼声里。人造的自然正悄无声息地吞噬着大自然，沙漠一样蔓延着。

随着近年城市的不断改造，土生土长的北方树种，因粗犷如北方大汉，全被温婉细润的南方树木代替了，夏天花簇锦绣，一入秋，剪成了光秃秃的树桩，甚至穿上了冬装。北方的鸟不敢落下飞走了，南方的鸟又飞不来，栽下的是梧桐树，却引不来金凤凰了。

我像雀儿一样游荡在这座城市，发现许多像我一样的游荡者，聚集在鼓楼下，等待着去觅食。

城墙内东南角，叫县角的地方，有座鼓楼，周边活着的最老的老人，也记不清它的岁数了，历史学家说，总有五百多年了吧。黄昏时分，千万只燕子不知从何处飞来，围绕着鼓楼，翩翩飞舞，天女散花一样壮观。直到月亮姗姗来迟，清辉柔柔，才宁静下来，漫天的燕子瞬间消逝得无影无踪，大概钻进飞檐碧瓦缝隙中安歇了。这自然是夏季的风景，秋风吹来，燕影寥落起来，不等落霜，几近绝迹了。

冬天的城市，虽然和春夏相差不大，依然是一样的格局，一样的风光，水泥路边松柏类的树木，经霜后，更苍翠了。但城市里本来稀少的鸟，完全消失了踪影，甚至听不见窗前笼子里鸟儿的鸣叫。鸟像人一样，紧紧包裹住自己，躲进温暖的室内，越冬了，懒得啁啾。冬天的城市虽然还呼吸着，甚至喷出浓雾，发出沉重的喘息。

但偶尔闯入城市的鸟，在经历了单调拥挤无处躲藏的日子后，还是毅然逃离了城市，到广阔的乡村去了，那儿总有遗落的谷黍，有充足的阳光，有一望无际的旷野和森林，能自由地生活。而闯入城市的人，很快被城市同化了，宁愿拥挤在低矮破旧的小房里讨生活，也不愿再回到生养的地方。

豢养久了的鸟，过惯了养尊处优的生活，即使打开鸟笼，也不会飞去，最多试探着在笼边盘旋一周，又钻进笼里，站在精制的横杆上，呼叫着主人，快关紧笼门。已经习惯，在精美的笼里，享受精致的生活，外边的狂风暴雨，早成了遥远的噩梦。其实，久居城市的人们，何尝不是如此，像金丝雀一样冠冕堂皇地编织着有形无形的鸟笼，成了鸟人，习惯于远离自然蜗居的生活。变得像笼中的鸟一样脆弱，形成一种习惯，喜欢坐井观天，每天在不自觉中死亡着，奔波忙碌，争强斗狠，并为此快乐着，发出和鸟一样的欢叫。

也许，这就是城市的鸟的宿命，冥冥之中，早已注定。这座城市，本身就是缺了一个翅膀的鸟形，鸟一样地坐落了千百年，又将被城墙和外边的新城包围起来，形成一个更大的鸟笼。城市的雏形，源于一个古老的神话，这儿曾经是烟波浩渺的湖泊，沧海桑田后，又成了郁郁葱葱的大森林。一只过路的凤凰，翔旋着并试图落下，却被寻猎的猎户射下，受伤的翅膀缩回，紧紧贴在腰间，痛苦地呻吟着，再也没有足够的力量飞走。人们篝火狂欢，终于留住了凤凰，这座城市从此便唤作凤凰城。也有人说，落下的凤凰变成一只乌鸦，钻入土里，化成黑色的煤炭，养着伤，养精蓄锐，迟早是要飞走的，或者期待着最终的浴火涅槃。

鸟一样的城市，扑腾着翅膀，在沸腾中坐落着，古老着，焕发着新姿。

但城市的鸟，天空中飞翔的鸟，几乎绝迹了。豢养在漂亮的笼中的鸟，像人一样多了起来，拥挤着这座无鸟的鸟城。负载超重的城市，发出单调的、不知是痛苦还是快乐的鸣叫，炊烟一样袅袅上升，水一样落下，弥漫包围着城市。

我想，无论如何，城市既然是人类向往的天堂，就不应该是鸟的地狱。人与自然，永远和谐着，才会安宁久远。

愈挤愈小，竖井般的城市广场中央，高高的华表上，有一只雕塑的凤鸟，化石鸟一样，黑色的眼睛，晶亮的眼睛，木然地凝视着苍穹，久久地默不作声，任黑夜和白天交替流逝，任人流潮水般涌过，起起伏伏，风凝固了，呼吸凝固了，仿佛凝固的音乐。

隐约，我听见，仿佛有一个声音，穿越远古，洞透现实，在久久回荡："凤兮归来。"

静中悟易

那年，我所在的公司不景气，上班也是谈天或摆龙，我不喜欢，干脆就不去了。猫在家里，无所事事，收入无几，许多很现实的问题接踵而来，搞得我相当狼狈，但又无可奈何，只好听之任之。拾起孩子的画笔，涂几幅随意的水粉画，圆儿时的梦，也没多大意趣。这才明白，时过境迁，花开花落，万事皆有定数，如流淌不息的河水，流过就不再会回来。就是在这百无聊赖的日子，喜欢上《易经》的。

其实，念大学时就喜欢。邮购了三个版本的《周易》，一本薄薄的，影印木刻古本，繁体字竖排本；一本《周易阐真》，清人著述；一本《易经的光辉》，外国人眼中的易经。那时看得最多的是《易经的光辉》，新颖的发现，独特的视角，将易经解得淋漓尽致；不像《周易阐真》，讲得云里雾里，猜哑谜似的，绕来绕去，有时连作者也不知所云了，仿佛太阳的旅行，走了很远，似乎还在最初出发的地点。古本《周易》，大概难识难解，一直压在箱底，见不了天日，当初购时也是虚荣心作祟吧，不过装装门面，说起来是懂易的。重新翻起，这才知道，对于易学，其实一窍不通。看来许多易学大师，终其一生，还说尚在易门之外，并非全是谦虚之辞。回头再读外国人著的易经研究，直如看小儿涂鸦，虽有几分天真，但说到底，还幼稚得很，连管中窥豹都不够，这哪里是易，不过是借易阐说人生的一点浅见而已。清人的《周易阐真》，披着周易的外衣，宣讲道教的教义，连隔靴搔痒都不是，不伦不类，不仅没有意味，连易趣也失去了。不读也罢。只有古本《周易》，原文原著，最接近古易，虽难读难懂，却是原汁原味的真东西。

有过去积蓄的古汉语功底，借助字典辞书，通读《周易》，虽慢，但从文字上是没有多少障碍的。但通读之后，才明白，自己过去一直走在学易误区，像大多数习易者一样，所习并非正宗的周易，不过是世俗化了的易学，大多是挂着羊头卖狗肉，为骗钱而已。这也许是易学的悲哀，变得神神秘秘，影响圈是大了，真正的易学却小的可怜。其命运，和其他国学，如儒学、道学，实在没有两样，舍去精髓，扩大枝叶，甚至鬼神化、妖魔化，被某些别有用心的人

利用了，拉大旗作虎皮，成了敲门砖而已。历代虽不乏正本清源的智者，但身陷其中，只见树叶，不见森林，呼声也微弱的很。大概古老的易经，从最早的拥有者伏羲氏时，就清楚一半，糊涂一半，开始误解了，有点坐井观天，但观得还是天，小点罢了。但伏羲氏、周公、孔子，静中悟易的路子还是对的，所以才会有所收获，才会留给后人许多有价值的东西，成为名副其实的易学大师，受到历代学易者的景仰。

先时，我将自己关在屋里，静则静矣，很快就被神秘的易经符号所困，深陷其中，只感云雾茫茫，水浪滔天，山中林深，偶尔听到了虎啸狼嚎，杀声震天，不禁气血奔涌，呼吸困难，经脉膨胀欲裂，大有神经错乱之状。过去读武侠小说，描写侠客为神秘的武学符号所困，以为无稽之谈，如今身陷其中，才感到描写的景致是那么真实。冥冥之中，符号所拥有的内涵力量，简直匪夷所思，神奇莫测，看来诸葛亮由易演绎的八卦阵，陷落千军万马，并非虚妄之谈，只是失传而已，后人照猫画虎，非虎也。我们每个人都习惯于，只相信自己的眼睛，岂不知小小的蜡烛，又有多大的光明，又能照亮多少黑暗。

推开房门，走到院里，神秘的困境渐渐消失，只觉得头昏脑涨，心里空荡荡的，若有所得，若有所失。也许，这就是古人说的走火入魔，魔由心生，或者外魔乘虚而入，搅乱神智，就真疯了。原来阿弥陀佛一声，也不过是明心见性，醍醐灌顶而已，免得误入歧途，永坠魔道，忘却真我。凉风阵阵，心静如水，眼前的一切遥远了，院落、街道、楼房、汽车，不觉已漫步到人迹罕至的东山。东

山，又名东梁，其实是一座石丘，坐落在城东。站在山顶，全城尽收眼底，像在小孔看西洋景一般。圆圆的山丘，是一个火山口，滚热的岩浆早已冷却千百万年，蓝色的浮石上覆盖着厚厚的黄土，长满松树和蒿草。我坐在一块光滑的花岗岩上，掩映在茂密的草丛里，看着云朵漂浮的蓝天，听着忽远忽近的松涛，真的心清似水。偶尔有一两声鸟鸣，不时有壁虎窜到身边，瞪着圆溜溜的眼看着，不知为什么又窜走了。几座瘪瘪的坟丘上，立着垒高的石块，远看像麻木的石人，守望着寂静的坟丘。这时，我又想到了易，想到伏羲氏的确是一个天才，他躺在中原大地，看着蓝天白云，听着鸟鸣虫啾，还有滔滔不绝的江河流水，就忽有所悟，解透易的困惑，将天地自然纳入易学范畴，创造先天之易，使神秘的易符变得生动起来，成为中华民族的瑰宝。而周文王也是一个天才，在囚禁的陋室，从窗户或屋子的破洞，将博大精深的易学推及自身的命运，将天地人联系在一起，看到时空中人事的变幻与自然界风云变幻微妙的关系，甚至想透生活中的点滴变化的缘由，这种悟性、灵性，确实够伟大的，是千年难遇的天才。到孔子时，《周易》已经庸俗化了，不过是比甲骨占卜更进一步，引入数的概念，用数的变化推测人事的变迁了。孔夫子发现易的奥妙，易的伟大，已经须眉皆白，他曾感叹，如果再给他十年，他将静静地钻研易经，一定会有所收获的，这的确是一个天才的悲剧，不然易学将辉煌到另一种地步，中华民族的历史也许将重新改写。因为就易传中的易学思想，已经够伟大的了，毕竟窥见易经的一点真面目。

易，的确需要静悟。但更需要天才的灵感，这并不是每个人都

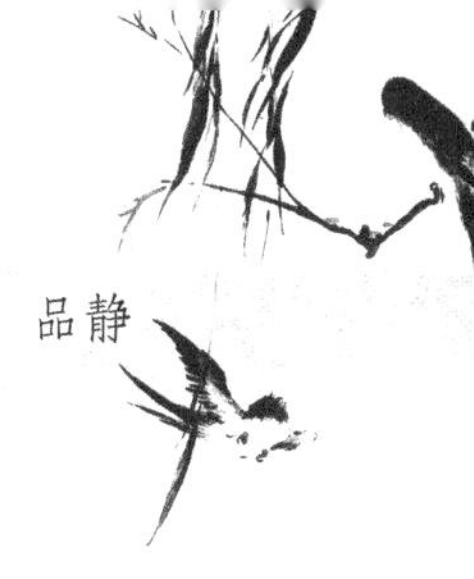

具有的，像我辈资质庸鲁，即使在静中，看易也像看星星一样，不过是闪闪烁烁，更清晰一些罢了，要窥见真面目，缺少天才的慧眼，更缺少天才的灵感。但哪怕悟了一点点，已足够我们享用一生。易，是博大的，也是精深的。

佛意

说到佛意，人们自然会想到佛经里最常见的一句："如是我闻"，大白话就是"我是这样听佛说的"。很明确地表明，再三地表明，这可是佛的意思。仿佛圣旨，半点也马虎不得。也许，佛，是那样说过，但意思究竟如何，恐怕除了佛的本意，还是或多或少加上了述者阿难及其他再述者的意思，即使佛祖亲定的《金刚经》，恐怕也不例外。

"三人成虎"的典故，不仅仅是东方如此，西方大概也不例外，传的多了，没老虎也成了有老虎，假老虎也成了真老虎，鞋大鞋小样都走了。今年"正龙拍虎"成了新典故，人事俱在，都有点说不清了，何况两千五百多年前的事，更是越传越走样，画虎成猫，活生生的东西成了真泥塑，早已不是佛祖所说的佛了。错解了佛法无边，还妖魔化了。

其实，佛祖是很有先见之明的，他从二十多岁得了道，四十多年讲佛千百场，可最后还是自我否定了，否定的那么坚决："如果谁说我说过法，就是诽谤佛啊，是完全不了解我所说的啊。"颇有几分痛心疾首，不得不疾呼了。还苦口婆心地解释："所谓佛法，即非佛

法。”可后人还是没有明白佛祖的伟大，宁是硬着头皮忆写，忆的辛苦，说得更辛苦，有时还乘机添油加醋了许多所谓的佛法，拿着鸡毛当令箭，“如是我闻”，强加到佛祖头上。可惜老人家不领情，精明着呢，活着时就一回回庄严声明：“我并没有讲过佛法”。

可是发展到后来，披金戴银，坐在莲花台上，飘在半天云里，就由不得他了，有点宋太祖陈桥黄袍加身的意味了，但太祖似乎有点半推半就，佛祖却是真心的。像中国的孔夫子，做圣人一样悲哀。活着时，如丧家之犬，还美其名曰周游列国，其实是沿国乞讨，政治乞丐而已。佛祖释氏也好不到哪里去，在舍卫国讲《金刚经》时，也是刚刚沿街乞讨而回，吃残渣剩羹不说，还踩了一脚的牛屎和尘土。当吃不行时，动不了时，却被迫做了金光熠熠的神，像猪八戒一样封个什么净坛使者，替人家骗供品而已，供品享不完，香火闻不尽，可惜无话可说，或者说不出来了，实在是冤枉。难怪诗仙太白每每感慨：“自古圣贤皆寂寞。”所谓的圣意佛意，都不是他们的本意了。

中外的几个顶级大师，如孔子，释氏，苏格拉底，虽然不尽相似，但有一点却是相同的，那就是“述而不作”。讲了那么多，不像现在的先生，却没有一句是自己说的。他们说了很多很多，弟子或信徒也记下许多，却没有留下亲笔的白纸黑字。似乎记下的就是佛意，但似乎又不是，起码，佛祖说不是。所谓一叶知秋，高人站在不同的地方，看到的点是一样的。佛祖的否定式，和孔夫子“子在川上曰：逝者如斯夫”，如出一辙。真理没有定式，就像滔滔的河水，流过了，就不再是你看到的河水，虽然水一直在流，也就是佛说的

无住。

真正的佛意，不是没有人懂，是没有人肯信，愿信。人们信的是异化的佛，几近乎妖，不过是企求根本不可能的庇护。做了亏心事，或者想天上掉馅饼想疯了。千百年来，自称佛学大师的何止千人，佛学著作更是多如牛毛，像佛祖所说的恒河沙数。但真正成佛的却很少，有许多的佛是自封的，算不得数。佛祖早说过，菩萨太执着了，就不再是菩萨，何况其他的人。没有永久不变的佛。除了佛祖，就我了解，起码有两个人是深解佛意的，无愧于大师，或者说是得道的真佛。一个是中国禅宗的慧能六祖，他虽然没有多广博的文化，但深谙佛意，就凭那句“菩提本无根”就“直指佛心，见性成佛”，就不是一般人所了解的佛学，一眼就看到根了。另一个就是布袋和尚，背着个大布袋，疯疯癫癫，谁一问佛法，他只是傻笑，将布袋放下，马上又拿起，其实，这个简单的动作，就是佛意最好的诠释。可惜没有多少人明白，人们看到的只是他空空的大肚，他的笑，甚至他布袋里的秘密。因为佛经易学，放下最难。

佛祖最自得的就是他所讲的《金刚经》，全称是《金刚般若波罗蜜经》。他甚至说过，读懂这一部经，就可以成佛了。他这样盛赞诵读传播《金刚经》的功德：果报不可思议，胜过天下财宝布施。初看似在吹牛，一旦读明白了，才了解了佛祖的心意，是那么纯洁，那么真诚。

其实，真正的佛经，就像《西游记》里第一次取的无字真经，可惜凡夫不懂。就是佛祖喜欢的《金刚经》，亦如佛祖所言，也不过是“舟筏之用”，渡完就完了，如此而已。真正的佛意就是一种生活

态度，像一片云，一场雨，一阵风，春种秋收，花开花落，小桥流水，在自然中得到意趣。不以物喜，不以物悲，随缘随性。万不可着相，执着。一旦着相，执着，就是苦，就是空，就失去了人生自然的乐趣，患得患失，宠辱若惊，离佛更远。

远与近

我家窗外，有一抹远山，起伏连绵。

选购时，匆匆上楼一转，看的是厅室，并未发现远山。商家也没有发现，不然，广告里，又加上“依山临水，风水宝地”，早铺天盖地了。西河河的水，很小，也很远，如隔山望水，谈不上临。依山，还说得过去，虽然很远，但登楼凭眺，巍峨层叠，直扑眼帘。

第一回发现，已住进很久了。那天得闲，泡了一壶安溪铁观音，放在花梨木小方桌上，坐在蒲团上，一边享受午后温柔的阳光，沉浸在茶香氤氲的气氛里，一边两指夹着黑白晶莹的棋子，自己与自己手谈，学“闲敲棋子落灯花”的意趣。无意间，目光投向窗外，透过落地玻璃，看见院里的树木花草，牵牛花爬上了矮墙，也看见了蓝色的远山，在目光的尽头矗立着，阳光映照下，仿佛透明起来，像蓝色的水晶。东西横卧的大山，峰峦相叠，连绵起伏，消失在深远的天边，中间一段，晴空下，分外明朗，分得出大山的棱角，及山峰与山峰之间衔接的沟壑。从此，我喜欢坐在客厅的后阳台上，下棋，读书，品茗，欣赏远山。很少到前阳台，晒太阳，看院里花木丛中的雕塑喷泉。

山，的确遥远。阴天时，灰蒙蒙一片，大山就隐在这灰蒙蒙中了，不见踪影，像蒙着飘逸的蓝纱巾，唱着动听的歌谣，迷失在沙海里的楼兰姑娘。春天，风大时，黄土漫卷，山峦淹没在风沙中，和塞北大地上起伏的丘陵一样，雄浑，神秘。风和日丽的夏天，秋高气爽的秋季，甚至白雪皑皑的冬天，随季节变化色彩迥异的远山最美。在这样的日子，心情像流淌的溪水，安谧，闲静。一个人坐在窗前，点一支香烛，香烟袅袅，弥漫在窗纱隔开的空间；泡一壶陈年普洱，随手取一册古本唐诗宋词，步入唐宋遗韵，CD里流淌出的古典音乐，如高山流水，梅花落雪。甚至什么都不做，只是静静地欣赏远山。

山，不高，紧紧依着淡蓝的天边，几片白云，悠闲地飘着，在山巅，离天很近。蓝水晶似的山峦，高高低低，似多棱的晶体，相互映照，发着幽蓝的光芒，淡淡的。山腰上，偶尔有一点绿气，大概是野山枣树，点缀着蓝色的远山，使沉静的山峦，有了几分生机。一条条蜿蜒的小径，像行进的白蛇，将点点绿地连接在一起，直通山顶。顶上，有一间古亭，有时细看，又像一座寺庙，守候着大山。这时，思绪飘飞，我想，这寺院是一座玲珑的尼姑庵，住着修行的小尼姑，清泉汲水，古鼎煮茶，石砚赏月，过着宁静悠闲的世外生活。

夜色苍茫，山色朦胧，远山隐在深蓝如水的天幕里。山上的灯，闪烁着，像天上的星星，忽明忽暗，镶嵌在遥远的天边。偶尔一两声长鸣的汽笛，和有节奏的火车行走声，更增加了远山的生动，仿佛朦胧的远山，化作列车，飞奔起来。

冬天，雪花曼舞，迷蒙的远山，像蝴蝶的世界。雪霁天晴，阳

光明媚，山腰的雪消融得最快，露出本色，仿佛一群亭亭玉立的仙女，披着白袍，系着飘带，在天空驾云出游。

时间一长，我的心不免冲动起来，跃跃欲试，想走近美丽的远山，登山赏景，陶醉放情于山水。掬一捧清冽的山泉，尝一尝酸甜的野果，甚至攀上山巅，拜访世外桃源的主人，参禅谈经，一洗尘世的俗气。这时，看远山，更美了。我沉醉于古人的诗句：我看青山多妩媚，料青山看我应如是。

今年，我发现，离山不远处，起了两栋高楼，黑乎乎的，有一百多米，几乎挡住了远山最美的一段。拖无再拖，无论如何，我决计走近远山，一睹芳颜。

这是一个阳光明媚的日子。顺着远山坐落的方向，寻觅着道路，穿村越野，很快就到了山下。我睁大眼睛，凝视着近在咫尺的山峦，天，这就是我梦幻中千百次陶醉的远山？这是一座座矮小的土山，山峦与山峦间，是一道道沟壑，沟沿上，爬着稀疏的草蔓，是遍地都有的地角角，散发出说不上的异味。山腰上，是有几株野杏树，是光开花不结杏的公树，矮小，干枯，有的枝叶早枯死了，没人修剪。树旁不远处，有几座乱坟岗，隐在枯黄的蓬草间。坟丘早和地平了，上面垒着几层石块，远看像人似的，算是记号。山顶上，哪里有什么寺庙，是几根废弃了的电线杆，一座东倒西歪斑驳的木制瞭望塔，快朽塌了。山脚下，滚满土块，东一堆，西一堆，堆旁是灰不溜秋的白草，一丛丛，一片片，长着脚的小蛇妈子，学名叫壁虎的，从脚旁窜来窜去，并不怕人。我的心凉凉的，再也没有登山的勇气。

回家良久，心里不知是啥滋味，不敢坐在后窗前，看一眼远山。夜里，我将后阳台上的博古架，架下的花梨木小茶桌及蒲团，搬到了前面的阳台上。忙到深夜，很累，睡得很实。一睁眼，阳光已漫过窗帘，溢满屋子。我推开窗户，一股清新的花草香味，扑鼻而来。草丛里，是大肚蝈蝈的叫声，此起彼伏，分外动听。

守望寂寞

我从小喜欢宁静，并不喜欢寂寞。可宁静的时候，寂寞就像无孔不入的空气，弥漫在宁静的空间，这空间便空旷寂寥起来，渐渐充满看不见却感觉到的寂寞。仿佛荒凉的大漠上的孤烟，直上云霄，旷阔，辽远，寂寞。又似天穹下，前不见头，后不见尾，滔滔奔流不息的河，圆圆的落日，硕大无比，孤寂，静寞。这意境后来在唐人的诗里见过，“大漠孤烟直，长河落日圆”，简洁，深邃，却让我沉浸在儿时的寂寞里，消磨着童年的时光。

我不是个随群的孩子，不迷恋童稚的游戏。当他们像鱼儿一样，在河里游弋嬉戏，我却端坐河畔的崖上，望着远逝的河水，将我的思绪渐渐带去，愈来愈遥远。我想象不出，河流如何翻山越岭，穿村过庄，如何度过宁静的夜晚，日夜不息地，流到那个叫大海的地方，大海有多大，那么多的水，是沸腾的，还是平静的，我没有庄子逍遥游的神通，超越不了自我。无边的思索后，连我也空洞起来，成了凝重的寂寞。

春天，牛羊欢叫，鸟语花香的田园生活，唤不起我的激情，我

常想，千万年来，人们是不是就这样生活着，日出日落，冬去春来，一代一代，守望着一样的田园，一样的寂寞。于是，在最农忙的夏季，秋天，我一个人躲在房顶高高的烟囱后，怕人找见，静静地读闲书，蓝天，白云，很近，很近；麦香，果实，很近，很近，但书中的世界，却很遥远，仿佛被重叠的大山阻隔，只有一条悠长的林荫道，通向村外的更遥远的世界。

寂寞并不是宁静的乡村特有的。辽阔的平原，无遮无拦，一望无际，处处弥漫着看不见的寂寞；高耸连绵的大山挡不住寂寞；连奔腾远逝的河流，带得去无尽的时光，却带不去这悠长的寂寞。一个人坐在星空下，遥望浩渺的天穹，数着繁星，寂寞不知几时又从朦胧中袭来，我不知道，哪儿才是我真正的故乡，是身边的村庄，还是山外的城市，或者在更遥远的星空之外，那片星光照不到的黑暗里。这寂寞是不是源自母体，与生俱来的。

有一天，终于走出大山，走出乡村，寂寞依然如影相随，天地的变大，使寂寞同样大了起来。花花世界，纸醉金迷，繁华的尽头依旧是无尽的寂寞，除此以外，一无所有。像人类的家园近邻，远邻，之外，还是空虚寂静，一个沉睡的世界。

我曾以为，寂寞缘于无知。心的世界有多大，物的世界就有多大。可读书后，畅游在知识的海洋里，知识只垫实了脚下的路，前边依旧是无尽的荒凉。热带雨淋中荒废的玛雅古城，黄土地上高耸的金字塔，蕴藏着无穷的知识，同样也蕴藏着千古寂寞。我又以为，无聊是寂寞的兄弟，忙起来，就会忘我。在商海泛舟，浪尖弄潮，惊骇过后，坐在金钱堆上，快感稍纵即逝，依然是久久的落寞。

从本心，我向往桃花源的生活，哪怕种豆南山下，草盛豆苗稀，独守清贫，我自信耐得住人世的炎凉和孤独。终于，有一天，静了下来，不用放马角逐，悠闲地生活，闲是闲了，却悠然不起来，依旧是日出日落，依旧是思绪飘飞，恍惚不定，依旧是静静地寂寞，亦如古人的闲愁最苦。生命的单纯延续，并不是真正的生活，起码不是我所想要的。这时候，我似乎明白了什么才是寂寞，又似乎一无所知。

空间永远是那么大，无法充满，即使是满的，也是看不见摸不着的空气，偶尔飘逸的云朵，瞬间变形，瞬间聚合，瞬间消散，留下一片大海样的蓝色，深邃，广渺。

我们无奈地遥望天空，守望大山，守望生命，甚至守望看不见的寂寞，焉知大山，星空，甚至寂寞，不再静静地守望我们？看着我们的生命，在风霜雨雪，酸甜苦辣中消磨殆尽。

寂寞，不招自来，挥之不去，守望着生命之光，像我们守望寂寞一样。

品读

夜读鲁迅

读鲁迅先生的书，我喜欢在深夜读。夜愈深愈好，万籁俱静，点一支蜡烛，或拉着床头柜上昏黄的台灯，就着微弱而飘摇的光芒，静静地读着，最好是单行本。瞬间仿佛流星一闪，或雷电一击，撞出的火星，照亮一条花木掩映杂草丛生的幽径，引领着你走进人间炼狱，思想的光星星一样闪烁，电焊一样飞溅，天堂的歌声隐隐可闻，似乎并不遥远，但却看不见。仿佛真有一块五台山上传说的魔石，照得见你三世的原形，像还原六耳猕猴的魔镜，辨得出孙猴子的真假来。历史的隧道和未来的时光隧道，紧紧相依，转身即是，但又隔着空间，很难找到阴阳鱼眼，在瞬息穿越。

有人说，鲁迅先生的书，是在深夜里写了夜的黑暗，星辰影影绰绰，月亮罩在云中，迷迷蒙蒙，他从微弱的土孔中透着呼吸，不断告诉着过客，如何习惯黑暗，高举投枪击碎黑暗，不被黑暗吞噬，

顽强地去追寻微弱的光芒后的无限光明。希望总会有吧，像地上的路，走的人多了，就成了路。他的文字，像从石缝间长出的树，奇形怪状，却有着顽强的生命力，经得住风霜雨雪的历练；又像顶破岩石，喷涌而出的山泉，清冽纯净，却有几分寒意，凉到骨子里了。这样的文字，在暖暖的阳光下，慢悠悠地品读，自然读不出什么，甚至于觉得苦涩，灰暗，沉重。像读《聊斋志异》一样，不能在窗明几净下读，非得夜间读，瞅着窗户门缝，心跳加速，生怕什么时候，一不留心就读出一个狐精妖鬼，和你演绎出一段鬼恋故事来。先生的文章，又不像《聊斋》那么主题分明，引人入胜，妖魔鬼怪胜过人有情。先生的文章仿佛和氏璧，不经过打磨，没有慧眼，是看不见内里的精髓的，其实，亿万年的沧桑演化都蕴涵在里面了。

所以，从鲁迅诞生那天起，《狂人日记》横空出世，《阿Q正传》震惊中外，杂文如地火喷发，虽沸沸扬扬，但没有几个人读得懂鲁迅，或者说了解鲁迅存在的意义，他的确比同时代的智者走得远，深得多。胡适之先生笑劝过他，何必呢，鲁迅就是鲁迅，依然做着他的事，像移山的愚公，凿打着黑暗，留下各式各样的黑暗之石，还原了它的本来面貌，注明其来龙去脉，有点像尝尽百草，一天中毒几十次的神农氏。一般人，自然缺少先生的慧眼，更缺少先生的韧性，也懒得去追根溯源，浮萍一样，任风吹去，随水漂流，或者甘愿做个寒号鸟，得过且过。先生忙于钻探鉴别，又没留下一副专看立体电影似的眼镜，后人也没有造出，自然不会一目了然。于是，好多人都说，鲁迅难懂，像冰封雪闭的珠穆朗玛峰，高不可攀。

即使在鲁迅先生最火的时候，其实，也没有多少人真正读懂鲁

迅，不过像佩戴钻石一样，有的人克拉大些，有的小些，耀眼是耀眼，是耀别人的眼，提高自家的高贵罢了。自然也不像郭沫若先生说的，鲁迅之前无鲁迅，鲁迅之后千万鲁迅，前一句是事实，后一句却不尽然。和鲁迅先生生前一样，是孤独的，一写文章，就成了独自荷枪，孤胆上阵的鲁迅。和青年人在一起，又和蔼慈祥，甚至有些待孙子的溺爱。他懂得他们，他们却未必真懂他，不过是敬爱而已，因为只有他，会纵容他们的目空一切，无知无畏，勇往直前，并乐意无偿地为他们呐喊助威，遮挡明里暗里的明枪冷箭，哪怕他自己还在彷徨着。

就这一点而言，鲁迅先生的确生不逢时，也算不幸了。从黑暗里捡出那么多闪光的石头，却没有共鸣，人们只是研究着应用着他们需要的鲁迅，像他笑过的孔夫子，他也成了孔夫子一样的敲门砖。却再也没有法子投出投枪和匕首回应，死亡的确是可怕的，永远无法左右，不管你有多伟大。但鲁迅毕竟是幸运的，他留下了几百万字的著作，这些闪光的不知名的黑石头，还有幸陈列在安全的博物馆里，不至于像和氏璧似的最终流失，不知所终，也不至于像《红楼梦》，竟将真事隐去，假语村言，还是没有逃脱被肢解的厄运。就此而言，幸甚，幸甚。读不懂并不可怕，好好放在哪里，只要有人读，今天读不懂，还有明天，明天读不懂，还有后天，二百年后还读不懂吗？

还是鲁迅认可的郁达夫了解他，尽管他们有过争论，有过不快，也有过合作，诚如鲁迅所言，达夫是真诚的朋友。惊闻鲁迅逝世，从外地赶赴上海奔丧，说了一句最有分量的话：没有伟人的民族是

可悲的，有伟人却不懂得尊重的民族，更可悲。

其实，夜读鲁迅，我也只看见散碎的光芒，像沙漠里闪烁的金子，走近一些就消失了。或者像看星星，看月亮，天愈黑，愈看得清晰一些，但也清晰不到哪里去，不过像古人看见月中的玉兔桂树罢了。但我相信，鲁迅是伟大的，他的思想，是中国数千年最闪亮的，最值得珍贵的精神财富。国人一旦真正懂得鲁迅，就会蛹蜕化蝶，创造出一个崭新的世界来。最黑暗的地方离光明最近，谁说不是?

李白的剑

李白有把宝剑，名曰龙泉。

龙泉和名剑太阿、昆吾、轩辕一样，名动古今。

龙泉从诞生，转辗多少豪杰之手，写下一幕幕悲壮的英雄传奇。到李白手里，成名已久，剑气森森，寒光映射，无人时常在匣中自鸣。宝剑是李白花重金所购，其寻剑经历，可写一部洋洋万言的传奇。但李白对宝剑的来历，向来讳莫如深。他只讲宝剑的出世和人所共知的英雄事迹，以及他高贵的皇家血统渊源，不言而喻，这龙泉宝剑是祖传的了，剑柄至今还留有先人李世民乾坤巨手的余温。在李白的眼里，宝剑配英雄，也算名副其实，物尽其用了。

李白对自己的剑术，向来是自负的，甚至超过了对诗歌的期许。诗歌，呵呵，玩得心跳而已。他投到韩荆州门下，急切地向韩荆州表白：“十五好剑术”，“三十成文章”，俨然一个翩翩少侠，剑术精

妙，已臻身剑合一，剑气伤人的境地，文章不过是大器晚成，枝叶末技。连后学李贺都伤感：“宁为百夫长，胜作一书生。”其实，时人就有大唐三绝的说法：李白的诗歌，裴旻的剑术，张旭的草书。然而，李白似乎并不在乎日盛的诗名，或者说已不用在乎了，更看重武人的剑术。跑马山东，屈身拜在天下剑术第一的裴将军门下，习学舞剑，成了裴旻的徒弟，李白所说的高足。后来李白反复向世人絮叨，名动江湖的杀手武谔，传说中的剑客武十七，就是他的大徒弟。

五花马，千金裘，龙泉剑，五短身材的李白，策马伫立长安街头，也是派头十足，和现在开宝马穿名牌是一个档次。飘逸的衣带，挥金如土的气度，掩不住的浪漫气韵，着实令人心仪，连目空一切的四明狂客贺知章都请酒了，这使李白飘然起来。但似乎总有人怀疑他击剑任侠的功夫，天子脚下又无法施展，他不得不一次次喋喋絮语，少年时如何手刃泼皮，刀不见血的传奇经历。再津津乐道的无非就是裴将军天下第一的剑术，武十七纵横江湖的豪侠了。于是，人们将信将疑，李百的深藏不露。有的人免不了赞几句，文武双全，冠绝古今。李白喝多了酒似的，不由地飘飘然起来，瞬间，真成了一代剑侠。

李白会剑术，这一点是无疑的。不仅仅他自诩，连历来以严谨著称的新《唐书》也记载：“喜纵横术，击剑，为任侠。”一个喜字相当微妙，爱好而已，非精也。虽白纸黑字，但极其简略，自然没有专诸、荆轲一样动人的传奇色彩，但起码可以确信，李白的确会剑术。至于剑术高超与否，高妙到哪个境界，那又当别论了。我一直

疑心，李白流传千古的“床前明月光”，是在舞剑中感悟吟成的，直白的诗句中隐隐含着一股剑气，绵绵不绝，回环往复，就像有人猜测的，这诗便是李白从不外传的青莲剑诀。

李白对剑术情有独钟，甚至超过了他对诗歌的倾心，并不是偶然的，实际上他心中一直铸造着一把剑，一把锋利的剑，一直热望着有一天宝剑出鞘，所向披靡，建功立业，博得个封妻荫子，光宗耀祖，青史留名。这把隐在心中的剑，高悬着，如睡剑床，如芒刺背，使他不敢吐气，怕剑锋洞穿肺腑。

李白的一生，念念不忘的是他的剑，为剑付出了太多太多，挥不起手中剑，放不下心中剑，最后还是被自己的剑所伤。当命丧当涂时，虽然很失意，他还糊涂着，没有完全清醒过来，这就是李白的宿命，和诸葛亮驰骋巴蜀却魂归小小的五丈原没有两样。

有人说，李白本来就是个伟大的诗人，把自己和人生过分诗化了，或者说用诗意去雕琢。但做诗人是他天生的才气，并不是他的意愿，他心甘情愿地吃力地舞着剑，还是赶不上江湖上一个三流角色。而他的诗却如清水芙蓉，天然雕饰，不像李贺李商隐一样，虽精美绝伦，却是人工的艺术精品，带着明显的人工雕痕。也有人说，李白是属于江湖的，应该一剑一箫潇潇洒洒做个江湖中人。这同样是一种误解，李白流落江湖是无奈的，或者说是有意的，他的心中一直远离江湖，连身在曹营心在汉都不是。像许多梁山好汉，落草为寇，依然念念不忘招安，到边塞建功封侯，这恐怕是古今读书人的通病，无药可救。

李白的江湖是自造的，是李白一个人的江湖。

李白离江湖很远，离现实更近，始终不是一个剑侠，只是一个剑客，甚至连剑客都不是。他不可能飘逸地纵横驰骋江湖，也不想纵横江湖，甚至于连游戏江湖都谈不上，连他标榜的归隐终南山也是一种手法，比他诗中的象征手法还要明显，“明朝散发弄扁舟”，不过是不得意醉酒时的一句气话，当不得真的。一切都是为了心中之剑，能有一天，扬眉出鞘。

出身富豪家庭的李白，本来可以安逸地度过一生。甚至不必像他父亲一样受经商的鞍马风寒劳累，坐在热炕头上饮酒吟诗，高朋满座，相互吹捧，过一种悠闲优雅的公子哥儿生活，远比陶渊明要潇洒自在。但李白并不满足上天的恩赐，从小就不满足，“我辈岂是蓬蒿人”，是天性，恐怕更多的还是家父的熏陶。到李白父亲已是蜀中富商，家财何止万贯。商贾虽富甲一方，终确少一个贵字，受气于贪官污吏不说，在一般人的眼里，目光也是怪异的。在红尘中漂浮起落，终难以脱俗。李白父亲将全部希望寄托在孩子身上，少不得花重金请名师宿儒教授，出将入相渐渐成了他的理想，深深地扎根在心底，光环成了光轮，太阳一样照耀笼罩着他。况且，他诗词曲赋的天才，更容易让先生也产生误解，这孩子有大将军宰相之才，经天纬地，贵不可言。天长日久，连李白都以管辂诸葛自许了，以为出将入相指日可待。李家从未做过高官，并不知仕途的艰辛和诀窍，盲人摸象，到处碰壁最自然不过了。更何况，本来就缺少一种自知之明，自我感觉良好罢了。想一鸣惊人，一步登天，又不是官宦子弟，有人提携，谈何容易。结果，走上一条不归路，并为此付出一生，艰辛屈辱，甚至生命。

为出将入相，李白确实煞费苦心。先是造势，编造谎言，比善于造势的诸葛亮有过之而无不及，汉高祖刘邦斩白蛇成小菜一碟了。什么太白金星入怀怀孕而生、梦笔生花、谪仙降世等等，不一而足。如果说这一切还不过是编一个传说，到最后演绎出皇家出身，龙孙龙脉，就真的离谱了。到后来习武练剑，奔走于权门，曲意献媚玉真公主，更是有意为之，几近不择手段，追求“文安邦，武定国”，几乎成了李白生活的全部，得失荣辱，真实地流露在他的诗中，相当出彩。

李白手中的剑是宝剑，但剑术就不敢恭维了，固然名师出高徒，但拜在名师门下，就未必能成为名师了。公子哥儿的剑术，连江湖把戏都不是，恐怕和公孙大娘的剑差不多，名气虽大，却是一种花剑，舞起来虽美到极致，但上不得战场，杀不得敌人，完全是花拳绣腿的功夫。宝剑也失去了最初的功能，成为一种价钱和身份的象征了。

李白文章虽妙，但屡试不第，并不是人们所说的主考官昏庸，有眼不识和氏璧。要知道，官场所需文章，和文学艺术完全是两回事，文学大家，不一定就是刀笔吏。李白是真才，但不是实学，无论是文章，还是剑术，做不得将军，更做不得宰相，将政治做成诗，那将是一塌糊涂。唐玄宗贵为皇帝，从小习学帝王之术，还是有认人之明的。像演义传说中的李白醉草吓蛮书、国忠研墨、力士脱靴，甚至那些“天子呼来不下船”，“我醉欲眠卿且去”等等，张狂的是有几分可爱，更有几分江湖无赖气了，也有了大诗人的气质，但未必真实，不过是市井传说而已。

想李白考场失意，高不成低不就，梦想着一步青云，辗转投到韩朝宗门下，违心地谄媚韩大人“生不愿封万户侯，但愿一识韩荆州。”虚假到何种地步，起码也是言不由衷。絮絮叨叨地吹嘘自己的武功，尽管口吐莲花，终于不被重用，就知道“天子呼来不下船”是怎么回事了。也不能全怪韩荆州目中无人，看看永王重用李白，兵败被杀，就知道是怎么回事了。

为巴结权贵，结交官宦子弟，寻求做官的出路，李白在扬州不到一年，“散金三十万”，可谓挥金如土，但结果连他自己都承认“黄金散尽交不成”。所谓千金散尽还复来，不过是自我安慰，因为有个前提，那就是天生我材必有用。那时的李白尽管很失望，但对为官作宰还是充满信心的。一落千丈的李白，并不灰心，甚至想出归隐终南山，走所谓的终南捷径。皇天不负有心人，终于结识了吴道士，并力荐给皇帝的妹妹玉真公主。才貌双全独身的玉真公主，自视甚高，一般人自是难入法眼，与苏东坡称为高人的王维相交甚密，其暧昧关系得到皇兄的密许。玉真公主颇喜李白的才华气韵，而李白为达到自己的目的，能潇洒挥起手中的剑，心甘情愿地拜倒在皇妹的石榴裙下。诗人拿出看家本领，曲意逢迎，讨得玉真公主的欢心。不久便得到皇帝的口诏，奉旨入京。李白欣喜若狂，以为从此后乘风破浪官运亨通，他举起手中的剑，“仰天大笑出门去，我辈岂是蓬蒿人。”果然，一到京都，便被封为翰林承旨，这是老学究们梦寐以求一生难以企及的高官厚禄，有点像孙悟空“齐天大圣”的称号。初时，李白迎合皇帝，讨好贵妃，写下了著名的颂歌《清平调词》三首，制成新乐演奏，其中最有名的句子“云想衣裳花想

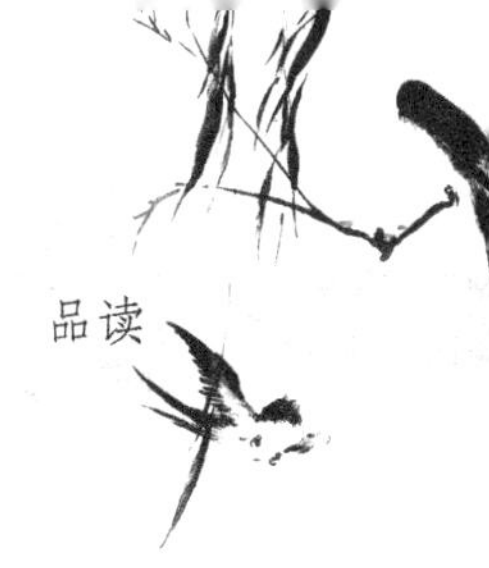

容”，令杨贵妃喜笑颜开，明皇春心荡漾。

然而，所谓的近侍翰林，不过是大宴小宴，吟诗作赋，歌舞升平，一笑而过。天长日久，李白失望了，离他的理想愈来愈远，心中的剑都快生锈了。他感觉到，在朝廷，面对将相，将相似乎离自己更遥远了，他看到的是官帽下一样的厚颜无耻脑勺。于是，他选择了出走，愤然出走，“安能摧眉折腰事权贵，使我不得开心颜。”除了几个酒友，似乎没有更多的人挽留他。但他依然不愿放下心中的剑，高高地举着，终于铤而走险，参加了永王的谋反，成就了悲剧的一生。军中的生涯，有了发挥的舞台，献计献策，频频出错，更说明李白所谓的将相之才，不过是自我的感觉，马谡一样的纸上谈兵，派不上真用场。他不仅缺少政治远见，连最基本的皇家秩序都分不清，对政治的判断更是一塌糊涂，是诗人的想当然，自我诗化了。

倒是他的诗歌中，有一种剑气，或者说一种剑意，达到了炉火纯青，终于与日月同辉，江河同流了。

兵败流放夜郎，李白恐怕还没有明白，路，开始已错，结果还是错，一错再错。不过，他认命了，不然，千杯不醉的李白，水性绝佳的李白，怎么会向水中捞月，怎么会失足跌入江中，即便跌入，又怎么会任其沉落到江底呢。

其实，我们每个人心中，都有一把剑，像李白的剑，刺伤不了敌人，就刺伤了自己，或者刺伤敌人的同时，自己也受伤了。剑本利器，所谓兵者，不祥之物也。

李白的剑，高举的龙泉剑，随他跌入江中，不知所终，自然，

本来就寂寂无闻的青莲剑诀也失传了。

隐士

隐士，有没有？古今中外，浩如烟海，当然有。

光历代隐士传中，有名有姓的就不在少数，可车载斗量。何况，还有许多名不见经传的隐士。我一直认为，隐士也有真假之分，大多是徒有虚名的假隐士，真正的遁世高人，无论何时何地，恐怕也只是凤毛麟角，少之又少了。

由古及今，时过境迁，到现在，欲望膨胀到了历史的极致，恐怕早隐无可隐了。高人几近绝迹，何况隐士。

况且，中国式的隐士，不过是流行于士大夫中的一种风气，和扫雪煮茶没有什么两样，某种程度上而言，是一种假清高。稍不如意，就撂挑子甩袖子，明明官心如炽，却故作散淡，像李白诗中所写的“明朝散发弄扁舟”，不过是摆一种姿势，像武人的白鹤亮翅，金鸡独立，表演给当权者看的。或沽名钓誉，意在提高身价，善价而贾；或以退为进，学龟息大法，明哲保身。大多时候，连姿势都懒得摆了，仅说说而已，图一时嘴上痛快，当不得真。仙人李白尚不能脱俗，暂隐终南山，谋谋在心，隐出名来，等待皇帝启用的诏书，或者以期权重者的举荐。似贾雨村落魄时的心境：“玉在匵中求善价，钗于奁内待时飞。”

隐士的假清高是出了名的，又想做婊子，又想立牌坊，有时还不如市井文人来的痛快，冯谖在孟尝君手下，不平则鸣，大呼小叫：

“食无鱼”“出无车”。而所谓的隐士，非要三顾茅庐，才肯出山，不过是为提高身价造势罢了。这样的高人隐士，连须眉女子史湘云都看不上，嘲笑“是真名士自风流”。

隐士中最有名的大家陶渊明，也不过是“安能摧眉折腰事权贵”，被逼无奈，才弃小小的芝麻官挂印而去，不为五斗米折腰罢了。倘若为百斗米，千斗米，折不折腰呢？种豆南山下，草盛豆苗稀，依旧喝酒品茗，钱从何来？若没有做官时的积蓄，或老祖宗的遗产，要清高恐怕也难。站在屋檐下，不是低头，就是仰人鼻息，别无选择。诸葛亮隐居隆中是真，躬耕南阳是假，手不离卷，习学兵法战阵，精研治国平天下之道，每天在床上睁开眼睛念念不忘的就是“大梦谁先觉”，心急如焚地等待明主降临，请其出山，即便耕地，也不过是做做样子，不等那几颗米充饥的。甚至有人说，所谓士大夫乐道的三顾茅庐，也属子虚乌有，时人追问孔明先生，他最后也承认：“是哄阿斗罢了。”才高八斗，学富五车的高人诸葛亮、刘伯温尚且如此，退隐出山后，一个鞠躬尽瘁死而后已，一个隐而不隐，热衷于功名利禄，纵然达到通天眼，知过去未来又如何，还不是身首离异，死于非命。

真正的隐士并非没有，只是隐得太深，早已寂寂无闻，没有人知道罢了。孔夫子途经蔡国问路遇到的隐士，笑其“四体不勤，五谷不分”的耕者，已和农人没有什么两样，连善于识人的孔夫子也只是疑惑，那是真隐士。将原有的一切隐去，连士大夫喜欢的文人雅兴全丢掉了，从心到身，是一个地道的农民，或市井小人。

隐身不算隐，隐心才真隐。向来就有这样的说法，大隐于朝，

中隐于市，小隐于野。心不静，欲不断，纵然与世隔绝，终耐不住寂寞，或经不起诱惑的：“仰天大笑出门去，我辈岂是蓬蒿人。”

桃花源是隐士最向往的乐园，桃花流水，与世隔绝，不知有晋，更不知有唐。丰富的自然资源，似乎是隐士安身立命的乐园，但世上没有绝对的真空，渔人闯入，樵夫误入，出去四处张扬，桃花源还会不会长久那么清静安宁呢？

有一个地方，我去过，叫花塔，和陶渊明笔下的桃花源有几分相像。很多年前，曾经有两位朝廷大员，为避兵祸战乱，恐怕是官府追杀吧，携家逃进山中花塔，过起隐士的生活。大山阻隔，四面绝壁悬崖，除了飞鸟，野兽也很少出入。几代人相安无事，但后辈儿孙总向往山外的世界，花十三年功夫凿通大山一隅，穿越山洞，终于看到了山外的世界。

自然，他们的后辈儿孙，连士都不是了，只剩下一个隐字，后来连隐都不想要了，柴米油盐酱醋茶，过起再正常不过的平民生活。也是，隐士的儿子未必就是隐士，每个人都有选择自己生活方式的权利，至于能不能实现，那是另一回事了，自当别论。

中国的隐士之风大抵如此，是文人的隐逸，有些写意，很像宋元文人的写意画，轻飘飘的，有些恬淡。

外国有没有隐士之风，喜不喜欢归隐，我不知道，一向足不出户，几乎没有远涉山水，孤陋寡闻，自不敢枉言。我想，日韩周边诸国风土人情相近，又深受汉唐文化影响，或多或少有隐士之风吧，起码崇尚陶渊明式的隐逸文化。而欧美地域不同，风物迥异，文化价值取向自然不会一样。我多年所读尽是一些侠士传，有隐的一面，

但更多的时候是出世的，劫富济贫，扶危助困，很像中国的七侠五义，不过更个性、更自由些，如佐罗之流。或如鲁滨孙，富于冒险，独闯孤岛，虽荒无人烟，艰难生存，险象环生，但那似乎算不上隐士，起码离中国式的隐士标准很远。

近读《瓦尔登湖》，忽儿觉得梭罗就是一个标准的欧美隐士。与其说读《瓦尔登湖》，不如说在读梭罗。诗人海子怀揣《瓦尔登湖》卧轨自杀，一颗天才之星就这样陨落了。二十年后我才读到，仍深感其平淡中的魔力。沿着梭罗的笔触，一步一步，走近瓦尔登湖。吸引我的并不是瓦尔登湖的神奇，虽然在这片水土上曾孕育了美国近代文坛三巨匠，爱默生和霍桑，还有沉寂了近半个世纪后愈来愈闪光的梭罗。瓦尔登湖是很美，尤其在梭罗的笔下："它是大地的眼睛，观看着它的人也可衡量自身天性的深度。"但梭罗到瓦尔登湖，显然不是观赏自然风光的，是他觉得瓦尔登湖适合他体验一种隐士生活，简单，自然。那时，他就感觉出熙熙攘攘嘈杂的城市生活，并不适合人类的发展。人们完全可以抛弃无尽的物欲和贪婪，和所谓的现代文明，过一种更简单、更纯粹、更原始、更快乐悠然的隐士生活。许多时候，所谓的现代文明，诸如火车、电话等等所谓的快节奏，其实和核武器一样，并不是人类真正需要的。在半与世隔绝的瓦尔登湖，梭罗有意识地体验一种最简单的生存或者说生活，自给自足，读书闲聊，优哉游哉，离自然很近。似乎与世隔绝，又未与世隔断，那伐木造屋，凿冰取鱼，烤玉米面包，饥饿时吃土拨鼠的情境，鲜活生动，令人向往，使人心静。

梭罗的归隐，不过是想通过亲身的体验，证明自己所言非虚，

简洁的生活是切实可行的。两年零六个月后，他离开瓦尔登湖自建的小屋，专心致志地著述他的经历和感受了。他的所作所为，在当时不仅仅是离经叛道的，在人们的眼里，和疯子的怪异差不多。

我想象不出，那个黄卷毛蓝眼睛高鼻子的美国佬，归隐瓦尔登湖短短的两年，竟然会产生如此高的境界及深刻到百十多年后的思想。

睿智深邃的梭罗，虽淡泊功名，却并非不食人间烟火，他目光锐利，几乎看透未来的世界，却似乎并不甘寂寞，为真正的自由不惜以身试法，在小镇的街头公开讲演，自食其力，政府没有一丝帮助，为什么要纳税呢？其实，并没有人要纳他的税，他完全可以置身事外，却走上街头激昂地讲演鼓动，两次被投入监狱，朋友缴罚金赎他，他并不领情，再三阻止，说自己清清白白，为什么要认罪，要缴罚金呢？等待无罪释放，还要求给一个说法。

此时的梭罗，似乎又有几分傻气，几分固执，没有一点隐士样了。

梭罗在寂寂无闻中病逝，刚刚超过知天命的年龄。人们似乎并没有真正理解梭罗，勉勉强强将他归入爱默生的门徒之列，且是一个站在门槛上刚刚及格的门徒。的确，梭罗生前著述虽有三十九卷之多，但面世的书只有两部，还全是自费的。直到几十年后，人们才从尘封的故纸堆里，发现了伟大的梭罗，逐步认识了梭罗的伟大。就漫长的时代而言，梭罗的确像个隐士，不经意中被掩隐了。

归隐不是他的志向，是他向人类宣言式的警示。这归隐并不是中国式隐士清静的享受，也没有因归隐的声誉获取更大的价值。这是不是欧美式的归隐，我不知道，但在我看来，梭罗才是真正的隐

士。而我们历代的高人隐士，虽自视清高，相比之下，真的逊色了。

快乐生活

一般的人，只惊叹东坡绝世的才情。豪放的诗词，个性的书画，思辨的文章，无不贯绝古今，令人倾倒。光散文唐宋八大家、词学开山立派、书法宋四家，这些响当当的名头，就令自诩是文人的后学汗颜了。虽说长江后浪推前浪，江山辈有才人出，但东坡这座丰碑，永远使人仰望的，连才情绝美惊艳的大家赵孟頫，莫不如是，其他人就可想而知了。却不知，这一切并非东坡刻意为之，是无为而无所不为的表现，如他的自号东坡道人。

大多数的人，却感叹东坡一生坎坷，不幸的遭际。二十多岁出道后，几乎没有消停过，起起落落，如钱塘江潮，一直从京城一贬再贬，发派到古人想都不敢想象的天涯海角，蛮夷荒凉的海南岛。丧妻、失妾之苦，自不必言，非一般人所能承受的。命运的确多舛，何况对于出身官宦才情冠绝古今的苏东坡，真是不幸中的不幸了。

却很少有人，看到那个快乐生活的苏东坡。无论何时，无论何地，东坡似乎永远是那么达观，微笑着、平静地、快乐地生活着。这才是真正的苏东坡。

你很难想象，那双写出“大江东去，浪淘尽千古英雄”的手，写出酣畅淋漓的“松风阁”书法的手，会在一个午后，悠闲地坐在火炉边，慢炖着猪肘子，眯缝起眼，嗅着砂锅散发出的肉香，不停地品尝着，添汤加料，直到黄昏，才炖出香喷喷的肘子，乐呵呵地

唤人来品尝，还自诩为东坡肘子，其做法流传至今，还是一道美菜。你更难想象，年迈的东坡，发派千里，到了荒凉的岭南，无美食可享，向当地土人讨取了他们丢弃的羊脊骨，就是剔尽肉的大骨头棒，拾上树枝，架起石灶，点燃火，慢慢地烤着，翻动着，撒着调料末儿。骨头烤黄了，散发出馋人的肉香味，东坡盘腿坐在地上，拿牙签小心地剔着缝隙里的肉，嚼得津津有味，直喊香呢。

这就是东坡，一个有着大丈夫胸怀，小男人情调的东坡。活着，快乐地生活，对东坡而言，永远是第一位的。除了人格，在他，似乎没有什么放不下的，身份、地位、财产，甚至于才情，一切都看得那么淡然。生不带来，死不带去，说说容易，真正做到，却难。但东坡做到了，而且做得很到位。他喜欢参禅拜佛，似乎大彻大悟，却并非色空遁世。他热爱生活，活好每一天，每一天都有滋有味，游离在大雅与大俗之间，自然率真，从不在意一失一得。

发配到潮湿荒凉的岭南，东坡似乎忘记了失去爱妾的伤痛，就是在这里，陪伴他日日夜夜的最后一个知己朝云去了，永远离他而去。焚香，弹琴，掩埋，送别，梦一样流逝了。东坡淋了一路雨，衣衫尽湿，竹杖芒鞋，满是泥痕，他含笑环顾四周，由衷地赞叹：真是一个好地方。伐木造屋，还就地取材，像在黄州酿蜜酒一样，又当起师傅，围着布裙，在简陋的作坊，不，在简陋的屋里，蒸煮，发酵，自造桂酒，边酿边尝，醉倒在新建的白鹤居朝云堂里，还自称惠州人呢。

然而，酒醒后，皇家的快马送来又一道发配海南的诏书，东坡叩头谢恩，环视着还散发木香土香酒香的屋子，地上刚刚会跑的小

鸡，轻轻地摇手，作别了。水涨船高，随遇而安，如是而已。等待他的，是更遥远更荒凉的天涯海角。东坡笑笑，坦然上路。造屋的汗水似乎刚刚擦过，酿酒的快乐，还弥漫在心里，这就够了，时光虽短，毕竟是快乐的。

在荒凉的天涯海角，曾经锦衣玉食的苏东坡，啃着干硬的饼子，听着海浪拍击礁石，发出单调的涛声，劝着难以下咽硬饼子的苏大公子，耐心地教他如何下咽干饼子的方法，说得头头是道。这就是那个上知天文下知地理的大学士，和在皇家翰林院讲堂上一样，讲的风趣，讲的到位。每顿吃着单调的水煮苍耳，甚至连苍耳也没有了，对着阳光呼吸，忘记饥饿，东坡入乡随俗，依然乐呵呵地四处采药，给当地土人疗伤治病。所带的墨块用完了，不是花钱去买或托人去捎，他捡拾椰树枝，一遍遍试着烧枝制墨，烟熏气打，眼泪都流出了，终于研制出上好的苏墨，在天涯海角，照样挥毫泼墨，抒写胸怀。天下之大，似乎还没有难倒苏东坡的，因为他总是快乐面对，积极进取。这就够了，别人眼中的死亡之地天涯海角，在东坡，依然不是亡命天涯，依旧生活的快快乐乐。

多少人，在失意中，颠沛流离，怨天尤人，抱恨而去。而东坡，已在流离中苍老成东坡老汉，却奇迹般地活了下来，吟诗作赋，饮酒品茗，生活的很快乐。也许，快乐生活，才是东坡战无不胜的法宝。相对东坡酒、东坡肉、东坡墨，甚至东坡阳光止饥法，东坡快乐生活，才是东坡留给后人最可宝贵的财富。在低矮的椰庵，回首往事，东坡还是那么淡然：“九死南荒吾不恨，兹游奇绝冠平生。”平淡而博大的胸怀，让千古文人，所谓的士大夫相形见绌了，是真名

士自风流，是学不来的。

这就是东坡。在生命的最后时刻，依然填词作歌，依然坐在海边，看采摘槟榔的黎家少女，阳光明媚而婀娜多姿的倩影，看年轻的情侣嬉戏着，赤脚捧沙堆积漂亮的沙器，他心中一遍又一遍地感慨：人生是多么美好，生活是多么快乐。

追逐潇洒

是潇洒文学，呼唤潇洒人生，还是潇洒人生，促进了潇洒文学，现在还很难说清，因为这潇洒像初春的冰河，正在阳光下消融，还未汇成滚滚洪流，就湮没于商海之中。

曾记否，雨果的冉·阿让，罗立中的油画，像朱自清的散文《背影》，很感动了几代人。老年人，在那饱经风霜的脸上看到自己的影子，年轻人，从那沟壑纵横的面部体味到父辈的艰辛。那人生，真像鲁迅先生说的老黄牛 --- “吃的是草，挤出的却是奶”。不知从何时起，做黄牛竟成了一代代人天经地义的事情，成为中国父母亲特有的一种美德．哪里有雨果寻求的自我自由的博爱呢？

于是，曾经追逐潇洒的人们，在沉重的生活压力下，渐渐迷失了自己。.《西游记》里孙悟空的历程对人生三部曲揭示的最好：童年属于自己，活的潇洒，一旦成人，就套上了紧箍咒，难得自由；到了老年，虽功德圆满，却已磨去棱角成了圆球——佛，在那儿打坐冥思了。这模式固然可悲，却是生活的真实写照，舒婷在《流水线》中就感叹：什么都感觉到了 / 唯独对自身的存在 / 再也没有一点力量

关怀……

也想追逐另一种潇洒，像卡门似的以恶对恶，或者像梅里美想写就写，不想写就靠女学生乐得逍遥，可那又能培养出一个皇后？

那潇洒的人生，只好像顾诚似的，在美好的童话般的幻想诗中寻觅了，终局不过是枯萎。

尽管也有玩世不恭，游戏人间，苦中作乐者，也终难潇洒起来。

多少年来，人性在扭曲中泯灭，个性在社会化中淡化，尊严拜倒在金石榴裙下，色彩日趋单一，这从中国近五十年的爱情文学定式中可见一斑。爱来爱去，为什么唯独不是“这一个”“那一个”，而是模式型的群体呢？这不能不说是追逐潇洒人生的悲哀。当然，雪莱、普希金、徐志摩等等，古今多少大师，追逐潇洒人生，创造潇洒文学。就是近年也有一些敏感的作家，已有意识无意识地写了追求潇洒人生，尽管还是那么朦胧。

舒婷的诗《献给同代人》曾震撼人心，可又有多少人真正读懂。

多少个年代过去了，包括所谓潇洒的大师们，也在负累中开始怀疑旧有的生活模式，终于意识，要活就活得潇潇洒洒。于是，惊讶过去的盲目，悔恨青春的流逝，匆匆地去追寻那潇洒的人生，大多又走进了死胡同。是的，追求潇洒人生，是多少代人难圆的梦啊。李白人称酒仙，飘飘欲仙，令多少代人折服，那潇洒的诗歌更哺育了一代代文人骚客，但李白最终抑郁而死。海涅大唱爱情之歌，可哪里又得到过爱情？多少文人墨客，追求潇洒，或隐逸，或游乐，但终难潇洒，那时大概还没有潇洒的土壤阳光雨露。张养浩的小曲《潼关怀古》，早将那难以潇洒的历史和人生解得透彻。到了

近代，孙中山、毛泽东、周恩来，多少风流人物，争解放，争自由，在死亡线上求生存，活得那么悲壮，却也潇洒。毛泽东的词《水调歌头·游泳》《沁园春·雪》《沁园春·长沙》便是潇洒文学的绝唱。

现在，商海横流下，已有许多人觉醒了，但带来的是觉醒后的阵痛。于是，许多人从虚幻中寻求慰藉，诸如武侠小说热，言情小说热，性爱小说热，魔幻小说热……

这时，人们才意识到，哲学家和文学家的伟大和无奈。懂得要想活得潇洒，必须找到自我。因为，人生的支点，就是自我价值的完美实现。

这里所说的我，并非利己自私内涵，而是自我美的完善，个性的独立，是世上独一无二的我。我就是我，虽然并不完美，甚至缺陷很多，但并因其渺小，失却自己，失去生存的意义；也不因其伟大，戴上另外的面具跳舞，活得好累，好累。

面对纷繁的世界，人的本性最易迷失，成为物的奴隶。《红楼梦》里的“好了歌”，甄士隐解得那么透彻，可又有几人真正明白，人生在世，只有留下，不会带走。

三毛之死，曾引起一番震动，那么潇洒的一个人，怎么会寻求那样一个归宿呢？真正的三毛，追求潇洒，但有时又难以潇洒，无奈，就找到了最好的解脱——死。

当人们重新开始思索什么是人生，人应该怎样活着时，汪国真的诗成了思考的前驱，而且与大多数人，特别是青年人，梦幻般的潇洒生活相吻合，于是，马上风靡华夏。同时，许多电影，电视剧也开始了这方面的探索。

人人需要潇洒，但有时又难以潇洒，这才出现了潇洒文学，在文字中实现潇洒。

风的感觉

“我家住在黄土高坡 / 大风从坡上刮过 / 不管是东南风 / 还是西北风 / 都是我的歌。”也许，赋含着相同的元素，我喜欢，这感觉。

风流过，亿万年，从未停歇。像生命的河。

我不知道，几千年前的风，是什么样，如何吹过。站在沧桑的历史中，风起云涌，潮涨潮落，感受风，是莫名的无言，被风感觉着。仿佛站在鼓满风的小巷，高高的砖墙，夹着风，夹着风中的我，从溜光的石板路上，呼啸而过。

徜徉在千年诗廊《诗经》里，我感觉到那淳朴的风流过，像流过西双版纳，流过青藏高原，雅风，颂风，国风，清水芙蓉，“习习谷风”，天然浩荡。不论“昔我往矣，杨柳依依”，还是“北风其喈，雨雪其霏”，“凯风自南，吹彼棘心”，这感觉很流畅，很清爽。和读《诗经》，走进诗经时代的感觉一样，三百零五篇，可以叹，可以怨，可以颂，可以兴。凤，在风中自由地飞翔，没有孔夫子忧愤的感慨：“吾不见凤久矣。”也没有深情裂肺的呼唤：“凤兮归来。”汉诗很少，我感受更少，微乎其微，风，像《史记》一样沉重厚实，无韵之离骚，史家之绝唱，和刘邦衣锦还乡，意满志得的《大风歌》一个格调：大风起兮云飞扬 / 威加海内兮归故乡 / 安得猛士兮守四方！雄浑，浩荡，是穿越大漠，流过河西走廊，纵横陕甘晋鲁大地的北国之风。

我喜欢，独自漫步唐诗宋词的胜境，感受其飘然若仙的风韵。唐诗，像敦煌石窟飞天的舞袖，袖间洒落的花朵，落英缤纷，飘逸，潇洒。这就是大唐遗风，刮遍海外，号称君子之风，浩浩荡荡，洋洋洒洒，“长风几万里，吹度玉门关”，“秋风吹渭水，落叶满长安”，连狂风也是那么壮美，“狂风落尽深红色”，“长风万里送秋雁”，“长风破浪会有时”，因为那时的人们，心身如一，穿饰多用飘带，像风一样达观，“忽如一夜春风来，千树万树梨花开”，像风一样悠然，“千里莺啼绿映红，小郭山村酒旗风”，像风一样宁静，“松风吹解带，山月照弹琴”。而宋词，像舞蹈家的蛮腰、柔荑，翩翩起舞，袅娜妙曼，风韵，雅致。上上下下，像了精通琴棋书画，擅长品茗吟诗的宋徽宗，风流倜傥，“风吹画角，听单于三弄落谯门”，“春风不解禁杨花，蒙蒙乱扑行人面”，“暖风熏得游人醉”，何等雅致，温情。连忧伤也是那么透明，唯风解语，“泪眼问花花不语，乱红飞过秋千去”，“殷勤待与东风约：莫苦吹花，何似吹愁却”。那时的人，那时的风，像官窑的青花瓷器，细腻到极致：“闲身在，看薄批明月，细切清风”，“一天风露，杏花如雪”。

其实，风是一样的风，像千万年吹过的风，何尝有变，不过是人的感觉不同而已。天时不同，境遇不同，风的感觉就迥异了。同在温柔之乡大观园，林妹妹对风的感受是：“风刀霜剑严相逼，”宝姐姐却不同：“好风凭借力，送我上青云。”满清入关，明朝遗老，又是一番感受：“清风不识字，何必乱翻书。”到清末，“山雨欲来风满楼”，仁人志士眼中的风，和心中的风一样：“满天风雨满天愁”。同是唐代，孟郊考取功名，志得意满，连风也美好起来：“春风得意马

蹄轻，一日观尽长安花。”而张继落第后，坐船回乡，心情沉郁，景色都变了：“月落乌啼霜满天，江枫渔火对愁眠”，无风而风起，寒意习习。李清照身经战乱，国破家亡，流离失所，自是不同：“莫道不销魂，帘卷西风，人比黄花瘦”。哪里又有秦观那种繁华盛世的奢华呢：“春风十里柔情”。甚至没有了王安石那份淡定从容：“归帆去棹斜阳里，背西风，酒旗斜矗”。本来美好的东风，“东风夜放花千树”，在失恋后的陆游眼里，变样了：“东风恶，欢情薄。”到了亡国之君李煜笔下，更加凄苦：“小楼昨夜又东风，故国不堪回首月明中。”

历经千万年，风风雨雨，依旧是流逝的风朝雨夕，依旧是日日夜夜。风，依旧流过。

我不知道，别人的感觉，更不知道风的感受，我只知道，自己每天，都经历着风，从身边刮过，穿越我的生活，消磨我的生命。直到有一天，生命消失了，风依旧流过，枯草摇动，没有感觉了。

或者由于悲哀，或者由于习惯，风流过，不再狂喜，不再企盼，宠辱不惊，品茗弹琴，谈笑自若，胜似闲庭漫步。

海岛游，浮光掠影。温柔的海风，轻轻拂过脸颊，心底的潮汐，是颊上的红晕。也许，这只是北国的大海，甚至连大海都不是，不过是宜人的海滨。秦始皇入海口的惊涛骇浪，始终只是一个传说的记忆，我想象不出，曾经万分倾慕的，诗人舒婷笔下的大海，海浪，海风，大海的眼泪，甚至海礁、榕树，也只是脑海中刻下的诗句，浓浓的诗意，始终融不进现实。更不用说，去感受千载难逢的飓风，经受惊涛裂岸，血与火的洗礼。

但感受海风，像倾慕江南烟雨，是我心底的千千结，不知何时

解开。

站在故乡的东山上，一个并不巍峨的土丘，风，旋转着，流过半枯的蓬草，掠过荒芜的乱坟岗，在远处聚合成黄土旋风，直插云霄。山巅的高塔，随风摇晃，塔下松涛阵阵，穿过枝叶的风，松针似的，刺在脸上，带来深秋的凉意，也带来黄昏的沉寂。我喜欢伫立风中，诗意随风流溢："心中的无限忧伤 / 山野的风一样 / 在峡谷久久徘徊 / 独自哀唱。"

倘若时间充足，踏着闲风碎缕，爬上远看灰蓝近看土灰的火山丘，感受山风的辽阔和孤寂。远村如烟，远风似雾，飘忽在圆圆的山丘下，静静的。站在半圆的丘顶，天穹低了许多，似乎伸可触。看不见的风，将衣衫鼓起，飘若鲲鹏，那感觉是豪迈的："九万里风鹏正举，风休住，吹取蓬舟三山去。"心，却是孤寂的，像曾经爆发，岩浆喷溢，红浪滔天的火山口，这会儿沉寂下来，浮石一样，很蓝，很蓝，很空，很空，轻飘飘的，若不是凝成一块，真将像柳絮一样随风而去。也许，这圆圆的火山丘，是喷发时留下的抛物线形，但更是千百万年，风旋转着抚摸着吹过的痕迹，半圆的，滑溜的，一座座火山丘。

风，流过，千百年，沧海桑田，山川易变，人，更显得微不足道，"手把红旗旗不湿"，那不过是弄潮儿的英雄一瞬，普通人，随波逐流，随风起伏，随遇而安罢了。

寻访尚书故里的脚步

明明知道，尚书的故里已一无所有，我还是去了。其实，大王村我不止去过一次，只是不相信，还不足一百年，曾经的辉煌，真的不曾留下蛛丝马迹，任人凭吊。

秋风里，三间破旧的茅屋，除了陈旧，和村里其他的茅屋并无两样。不同的是，屋里年过半百的牧羊人，自称是尚书的孙子，唯一能证明身份的是半块残缺不全，字迹模糊的石碑，但隐约可以辨认出，是大清最后一位皇帝溥仪为他的老师李殿林撰写的碑记。我不知道，倘若人真的能够复活，曾经文名显赫，风流倜傥的六大人，面对大字不识拖拖沓沓的光棍孙子，会是怎样的神情？

惊讶？黯然？平淡？不得而知。但往东百十里的大同文庙里，进士榜上李殿林的名字依然还在。文史馆里，李殿林的诗文著作依然还在。唯独他的故里，他退仕后又居住了十年的故里，却什么也没有留下。即使村外倾注了他心血的桑干河铁索桥，也早已荡然无存，连拴过铁索的巨石也不知所终。只有滔滔的桑干河水，昼夜不息地向东奔流。

据说，退仕回乡的李殿林，喜欢在秋风里漫步。穿着家乡的千层底手工布鞋，踏着落满黄叶的乡路，漫步村外，一直到桑干河。站在河畔，仰望灰茫茫的六棱山，烟雾中的汉白玉石林，隐隐如铁甲方队，在呼啸的风中严阵以待，似乎像兵马俑沉寂着，不过是曾经辉煌的缩影。眼前的铁索落满霜锈，在风中荡悠着，鸣叫着，已没有人再踏着失修的桥颤巍巍地走过。村里的人们只记得那个高大

清癯的身影，在河边久久凝伫着，仿佛一尊苍老的青石雕像。之后，就是那轻盈而有节奏的足音，回响在空旷孤寂的乡间路上，不紧不慢，和他当年衣锦还乡时一样。

荣升礼部尚书的六大人，深受老佛爷的宠爱，荣盛一时。但与生俱来的个性，使他选择了低调。衣锦还乡，离村二里地就下了轿，脱去官鞋，穿着布底袜子，迈着轻轻的步子，缓缓走进村里。像他的先人当年隐居大王村一样，只推着一辆独轮木车，走进这个山乡小村的。那一年，正是朱元璋建立大明王朝，他的先人是元相脱脱的后代，躲避战乱选择了这个有山有水民风淳朴的小村。后来历代以教书为生，直到清末李殿林以科举考取功名，才认祖归宗。他的还乡，虽不是暗夜锦衣，也够朦胧的了。

凌厉的秋风掠过，杨树的黄叶一片片落下，落在满是枯草的路上。路旁的田野露出白茫茫的茬子，熟了的庄稼已经割倒，打捆码垛，等着拉回场面。蓝天高远，村落如芥。我仿佛又听到那轻盈的脚步，由远到近，由近到远，久久地徘徊着。我忽儿明白了，深谙易道，精通历史的六大人，虽然不再是尚书，不再是帝王师，但孤独漫步的十年里，早已穿透茫茫的人生，超凡脱俗了。所以，除了传说，他什么也没有留下。连那座20世纪60年代末被毁的坟墓，也是后人违愿修建的，虽然很小很小。那半块残碑，也是后人篆刻保存的，他并不知道。除了无言的漫步，他什么也不再需要。

巍峨的六棱山下，流淌着不息的桑干河，河畔的小村子大王，不时有人来寻访，这儿毕竟出过一个尚书李殿林。可除了名声，人们似乎什么也没有找到，从杂沓的脚步声里，也分辨不出那个是尚

书留存的足音，在土路上回响。只有秋风里静静地漫步，一回回，一趟趟，偶尔才听得见，听得清尚书的足音，寻找见尚书故里的脚步。

茶树上的达摩

朋友购一根雕，茶树上的达摩，请我观摩，并让我为其参展作解说词。因以命笔，以搪塞之，推辞不过，随便写了几句，令方家见笑。

佛教流传于中国，源远流长，法门寺中的舍利子，至今熠熠生辉，就是达摩到中国，又何止千年。

千年沧海桑田，物是人非，但达摩却如光耀千秋的日月，普照着华夏大地。一苇渡江，面壁十年，《易筋经》，达摩神功，等等，不一而足。谜似的吸引着求索者，禅似的启迪着求索者，成为影响深远的中国化了的佛学大师。许多许多的文学艺术品，多层次地刻画了达摩的大师风范。

茶木雕，《茶树上的达摩》，就是最有意义，最有品位的一件作品。水，乃生命之饮。茶水，咖啡，同为生命之饮中最佳饮品。一个清心，一个浓烈，体现了中西文化的迥异。而茶的博大精深，正与达摩坚韧，沉默的思想的深邃相吻合。

达摩从西天的菩提树下，带着佛祖的精神，一步一步，历经千难万险，不远万里走到中国。作为佛的使者，在清茶的品饮中，已渐渐被茶同化了，终于站在茶树之巅，成为一种精神的象征，中印合璧的佛。所以，千百年来才会不朽，才会永生。

据说，中国逾千年的茶树，也不过九棵。

《茶树上的达摩》，取材于千年古茶树上的树枝，在动的生息中，达摩从光秃秃的茶树上宛然生出，融于自然，融于华夏，成为一个思想的极致饮品。这种文化思潮，着实值得探究．出身学院派的雕者，将深邃的思想和精湛的技艺，倾注于新颖的立意和雕刻中，融思想与艺术于一体，无形中增加了作品艺术的张力和存在的价值。

万年茶树，千年达摩，默然屹立在古老的东方，沃野千里，生生息息，永不磨灭，阿弥陀佛。

追寻消失的蒙学

蒙学的确离我们遥远了，可曾经实用千百年的蒙学书，经过漫漫的沙漠地带，并没有随私塾的消失而消失，依然存在着。看来，无论物质的，还是精神的，消亡或存在，是并不以人们的意志为转移的。蒙学后的经学更不用说，成就了一代一代的国学大师，其营养至今还滋润着后学，甚至奇迹般地转化为商品经济，很成就了几个学者富翁，令祖师爷孔孟都惊讶不已，岂是十条肉干可比的。

蒙学能够劫后仍存，自有其存在的理由，孔乙已的落魄，是个例，还是社会的弊端，实在值得推究，有待商榷，秀才虽没捞着半个，却起码写得一手好字，学得满腹经纶，找得下抄写的工作，养家糊口是不成问题的，不好好工作，丢掉饭碗，那是另一回事。“吾生晚矣”，没有见过私塾坊，也没有真正听过蒙学，所有的印象，几乎都是从五四新文化斗士的笔下得来的，一直和蒙昧落后可笑连在

一起。稍长才知道，其实，在乡间，私塾不过消失了半个多世纪。我爷爷念过一冬天私塾，背诵了《百家姓》,《神童诗》，基本能读书看报，就是写起来困难些；我父亲幸运些，念过两冬一春，还开讲了《三字经》,《千字文》,《千家诗》背了一半，因为优秀，竟留在私塾坊做了先生，已能对对子，写对联了，在乡间也算有学问的人，区长还三顾茅庐请出山呢，做了几年区秘书。由此我就奇怪，为什么短短的一两个学期的蒙学教育，还是利用农闲季节的，就抵得上我们现在几乎十年的国学教育呢，也更惊异于蒙学的魅力，更增加了我探寻的欲望。

蒙学读本，甚至蒙学丛书，近年遍地都是，甚至有人提倡恢复蒙学，也有人办起蒙学班，让孩子们穿上黑色博士服，或古装，摇头晃脑地读经，体验古人私塾读经的意趣。近来又有人提出恢复古文字，我以为大可不必，是恢复繁体字，还是更古老的篆书？流过的河水，不可能重新倒流，再流过的河水，虽然还是水，但绝不是往日的河水了。太阳每一天起起落落，但每一天升起的，都是新的。像当年的五四新文化运动，将孔家店一锤砸死，对私塾国学极尽嘲讽，先哲们自有他们的使命，所谓不破不立，非此即彼，容不得折中。可他们每个人，没有一个不是从私塾坊走出，有着雄厚的国学基础，带着满腹国学经纶，走出国门，成为中国式的盗火的普罗米修斯，他们破的，也立的，形成一座座难以再企及的高峰，这断层，却给后学造成无法弥补的迷惘。因为新的立不起，旧的也丢失了，平心而论，比孔乙己还可悲。今天的教育，好的方面自不必说，但明显的缺陷日趋严重，甚至阻碍着发展了，新的八股，并不比旧八

股危害小。

我细细读过一些蒙学书，像《三字经》,《千字文》,《千家诗》等等，就我这样一个中文系科班出身，又做过几年语文教师的，不借助注释和工具书，读起来的确有困难，而达到真正理解，融会贯通，确实又差着一大截。这些经典蒙学，着实倾注了教育大师们的心血，熔知识文化历史思想于一炉，形成独具中国文化特色的蒙学，绝不是一朝一夕能完成的。就这个意义而言，很值得我们今天的教材借鉴。

几千年来，这个一直标榜讲求中庸的国度，其实一直走着极端，要么灭，要么扶，中庸不起来。逛恒山悬空寺时，见佛儒道开山老祖同居一室，笑眯眯地坐以论道，不再斗法，还有些讶然，慢慢才知道，这不过是中庸理想的一个体现，和为贵。实际上并不然，老祖们相遇如何，不得而知，但徒子徒孙却不是和平共处，是水火不相容的.《西游记》有一回专写佛道斗法，精彩着呢，由此可见一斑。时至今日，五四运动过去已近百年，大师们即使活着，历尽沧桑，恐怕也已悟出“民主与科学”的真正含义了，“德先生”和“赛先生”恐怕也已中国化了，成了彻头彻尾的中国德先生赛先生。那么，我们为何不能心平气和地作为一种现象来探求消失的蒙学，从中寻求于今天有用的精神或者方法，充实我们今天的蒙学国学呢。让中华民族新鲜血液，流淌不息，生生不息。

赵没牙先生

我没有见过赵没牙先生。等我挎着书包走进学校时，老先生早已作古。可我的耳膜，已磨出一层厚厚的老茧了，说到与学校有关的话题，没有不提起赵没牙先生的。

“这学校就是赵没牙先生盖的。”可儿时的我又不大相信，偌大的校园，一排齐整的捶灰顶大教室，半排办公室和四间掏空的大礼堂，中间古树参天，四面花团锦簇，百鸟啁啾，会是一个没牙老头子盖的？除了会变的孙悟空，还没听过有谁三头六臂，有这么通天的本事呢。的确，我上学时吴家洼学校在桑干河两岸也绝对是一流的，无出其右的。可学长和村子里的人都这么说，还说得那么活灵活现。我虽然还有点怀疑，可对赵没牙先生的崇敬之情与日俱增。

我不明白，岁月沧桑，磨去了许多代人的生命，而赵没牙先生在村子里办学兴学的故事，却一直流传至今，比祖辈里唯一的李家秀才还受人尊敬，有什么会有如此顽强的生命力呢。

一九四八年刚刚解放，村子里来了一位先生，说要在这儿办一所学校，还是公立的。村里原先没有学校，几家大户出钱在东场开了一个小小的私塾坊。说它小，确实小，只有一间糊着麻纸窗户的东耳窑，四个半大孩子，还有一个行动不便靠看日子算卦度日的瘦二杆先生。冬闲开，夏秋忙时停，不过认个大头小眼而已，哪里算得上学校。现在来了一位建学校的先生，人们自然新奇，也有几分亲切。这先生是有点不同凡响，虽然有些苍老，但那一尘不染的穿饰，那一丝不苟的神情，确实是闻所未闻，见所未见。不久人们看

惯了，更觉得连那几分苍老也与众不同，牙早掉了不镶，洒脱真率。那张贴在五道庙外戏台上的通告，就让村人吃惊不小，那口气，那字体，那笔锋，人见人喜，人见人爱。据说是笔不加点一气呵成的。也难怪，人们慢慢才知道赵先生的传奇身世，原来他曾是山西土皇帝阎锡山的私人秘书，后来厌倦仕途才归隐的。

从这天起，大大小小的穷孩子们，都欢天喜地地上学了。虽然暂时在戏台上蹲着听先生讲课，从来没有念过书的孩子，自然不懂规矩，偏偏赵没牙先生又最爱规矩。赵先生一个月里，几乎每天都要发几条公告，像不准在墙角随意大小便，见了老师要行礼，上课有事有话说要举手喊报告，啰啰嗦嗦的，淘气的野孩子，为这没少挨耳刮。赵先生的耳光是出了名的，要么不打，一打起来一气呵成，左右开弓，至少也有二三十个。东头起的大丁，半大不小了，还目不识丁，连个名字也没有。赵先生摇摇头，就写了个“丁”字，他说太小不认识，先生就给他起名大丁。他不太喜欢，就记不住。邻桌的庆花这名字好听，他就私下里改叫庆花。先生不知道，上课问他时，他说叫庆花，为这真没少挨先生的耳光。可这么一个笨柴头，到冬天搬进新校舍时，已识了一百多个字，从一能数到一百了。一年后，春节写对子再也不用求爷爷告奶奶了，受人家的拿捏，自家的孩子都能写。对联写的有板有眼，据说还有体呢。

校舍虽不是赵没牙先生亲手盖的，可从跑材料，到集资设计，没有一处不凝聚着他的心血啊。原先他是不主张拆庙的，后来实在缺材料，无可奈何才同意拆庙建教室了。盖好顶子，该上瓦时，已没有一分钱了。是他出主意，和孩子们收集起每家每户的废炉渣，

又到河湾挖了几车沙子，买了一车白灰，拌在一起将房顶子捶灰了，二十几年过去了，雨季里从来没有漏过。

平日里一下课，赵先生就和孩子们一块平整校院。他自己出钱买了杨树苗、榆树苗、槐树苗、丁香树苗、垂柳、铁树等十多种树苗，按照他的意思分栽在校园，还把要来的花籽点在校园墙根下花池里，有些花当年就开了，花红柳绿，着实高雅清幽。后来有的孩子们念不起书，他总是掏腰包给他们卖书卖纸笔，渐渐地他也吃紧起来，过节时没有钱，全靠孩子们从家里给带点好吃的。于是，赵先生又和孩子们在校园西边建了一排兔舍，每一个孩子包养三只母兔，一年后卖兔子的收入，不仅孩子们的书本笔墨不用家里的钱，六一时一人还发了一双漂亮的篮球鞋呢……

村里的老一辈，凡识字的，都是赵没牙先生的学生。无论成材的，没有成材的，挨过多少回打的，说起他们的赵没牙先生，没有一个不是怀着崇敬的心情的，说那可是从未见过的好老师，那学识，那干劲，甚至那打学生的狠劲儿，也让他们信服怀恋。后来，赵没牙先生已经去世了，就葬在村北的小树林里，他说他喜欢那儿的清幽。当时连一些烈士的墓都被当成叛徒掘了，可赵没牙先生那个小小的土丘却没有一个孩子敢动，他们的老子耸然动容地说，谁敢掘赵先生的墓，就不是他们的儿子。一晃又是十几年过去了，学校早已搬迁，旧校舍几经修复，也已破烂不堪了。校园里的杨树长得有三人合围了，老人们总是舍不得砍，说那是他们的赵没牙先生亲手种下的。

穿越梦境中的北大清华

百十年来，中国的莘莘学子，无论醒着，还是梦中，仰视的始终是两座高峰——北大清华。

天才的学生自不必说，十年寒窗对谁都一样。可一般的学生，在几座大山的重压下，艰难地在独木桥上跋涉着，非清华北大不念的也大有人在，连身在其外的人也觉得累。其实，上个世纪初就有个梁漱溟，几考北大几落第，后被蔡元培校长慧眼识英才，破格提拔为教授，一步登天，脱颖而出，五十年代还受到毛泽东的批判呢。

可见百年名校百年梦，梦醒时分已黄昏。

因为金榜题名，固然位居人生三大快事之首，但念不上北大或清华，实在是求学路上的一件憾事，考了一辈子，还是名落孙山，连个秀才也没弄上，捐来的贡生算不得数。

但毕竟没有多少人如愿以偿，虽然北大清华的门是敞开的。征服者，从来都是少数，征服得了别人，未必征服得了自己。像高高的珠穆朗玛峰，连北大山鹰的勇士们，也饮恨牺牲在半山腰了，虽说是“为有牺牲多壮志”，“会当击水三千里”人生活的是一个过程，辉煌只是瞬间的事情，可毕竟生命可贵，只有一次。

真的，站在校院外，从哪个方向看，都得仰视。

人道亦如天道。百年北大，百年清华，是历经数千年文化奔流，碰撞，激荡，从春秋战国坐以论道，到汉兴太学，到岳麓书院，白鹿书院，终于孕育出一文一理，一厚一尖，一朴一新，两座知名鼎立的高等学府，在阴阳鱼似的流转中，譬如鱼的两个眼睛，一黑一

白，光耀千秋，万世不朽。

对于我们，飘飘忽忽，始终是一个梦，一个遥远又亲切的梦。

多少回，穿越梦境，遥想北大清华，却被莽莽森林挡道，被蒙蒙雨季阻隔。醒来，满眼盈泪，还未走到边缘。

造化弄人，终难圆梦。

这回，终于走进，但未必走近，只是穿越了梦境边的北大清华，岁酷暑难耐，但心如秋水，明静如山泉。

近了，近了，走近了，走进了，多少回魂牵梦绕的北大清华。时光忽儿凝伫，仿佛又回到那个令人焦灼不安的高考年月。

流逝的难以追回。一个人不能两次踏入一条河，但对于远离山水的人，眼中的河始终仿佛梦中的河。

曲曲折折，九曲回肠，走了一圈，又转回原来出发的地方，真像一座迷宫，没有悟性是走不出的。其实，只是校院太大了，大到超出我们想象的脑海。这时才理解了孔夫子“登东山而小鲁，登泰山而小天下”的豁达胸襟。

也只有这样的舞台，才容纳得下归海的百川。

北大的建筑风格，典雅浑厚，处处蕴藏着五千年的中华文明；而清华现代时尚，体现着中西碰撞后耸起的高峰，高峰上，电子、原子，甚至核子，闪闪烁烁，灿若星汉。清华园中，那一片不锈钢雕塑的欲吐新芽的枝丫，自由地伸向天空，令人一见就刻入脑海，永生难忘。

而园林艺术化的北大校园，加上浓缩了百年的历史文化，其人文环境，并不是一片自然胜景比得了的。

那从未名湖畔走出的有名的诗人们，其横溢的才情，深刻的思想，影响的何止是一代人？

那敞开着门的红楼，哲学家的高谈阔论似乎还铿然有声，年轻的毛泽东靠着门框听得入神……

历史的大门，忽启忽闪，演示着演不完的故事。

也难怪，大哲学家罗素会来中国的北大，大文豪泰戈尔会来中国的北大，拜会中国名学府的名流们，李大钊、胡适、林语堂、鲁迅等等，等等。

那时的北大，处处洋溢的是科学、民主、文化的气息、自由的氛围，每一个人的个性，本性，才识，可以自由地发挥，尽情地展示。

多少年过去了，校园的风中，仿佛还猎猎地飘着两面鲜艳的旗帜——“德先生”和“赛先生”。

百年风雨，百年沧桑。北大，清华之所以不朽的精髓就是活的灵魂。

也许是暑假，校园静悄悄的，感受不到动的力度，只是浮光掠影。

短暂的，几个小时的北大清华之行，感受再深，也不过是皮毛。

走进北大，却走不近北大。因为走马观花，譬如远望庐山，自然不识庐山真面目了。那浓郁的艺术氛围，那画龙点睛的讲授，那等泰山的胸怀，非亲历，真的无法体味。

走近北大清华，始终还是个梦。

也许梦能圆，但那得靠刻苦和悟性，达到清华北大水平的那一

天，远吗？也许为期并不遥远，像理想和现实，不过一步之遥。

永久的怀念

这怀念本应永远锁在记忆深处，像书柜小锦盒里那两颗红豆，纯属个人收藏。因为和他们或一面之交，或只是书信来往，于我虽记忆犹新，但实在谈不上多深的交谊，况且随着时间的久远，隐在记忆的深处，不再想起，快忘却了。像许多人和事一样，散落在曾经的岁月里，淡淡的。

那又是一个偶然，向来很少看电视的我，竟停留在一个频道上，将一部很长的电视剧连续看完了。这是一部描写抗日烽火的电视剧，叫《吕梁英雄传》。电影我很早就看过，章回小说读得更早，在儿童时代，读得如痴如醉，废寝忘食。不仅牢牢记住了小说的情节，还记住两个作者的名字：马锋和西戎。后来喜欢文学，又读了文学史，才知道他们是著名作家，山药蛋派的领军人物。我能够耐心地看完这部电视剧，固然是引人的情节，但很大程度上还是因为，原著的作者之一是西戎，编剧之一是钟道新。钟道新和我有两面之交，西戎有过几次通信，现在他们已作古了，人已去，名犹在。

大学时代，读中文系的我，也是一个文学青年，写点诗歌，也写小说。激动地投稿，焦心地等待，自然是退稿，还有千篇一律的铅印退稿单。什么大作拜读，不拟采用，究竟写的如何，真的不知所云。我犹豫了很久，还是大胆地将所退小说寄给了山西作协主席西戎。因为他是著名的作家，又是山西小说界的权威，况且他的像

片我见过，和蔼慈祥。寄出后，我后悔了，觉得有些孟浪，一个无名小卒，竟去打扰他，还有那愤愤不平的信，尽是欠妥之处。覆水难收，我又想，他未必会看到的，即使看到，也未必会听一个青年作者的唠叨。渐渐我淡忘了。有一天，班长说："有你的挂号信。"我的信？还挂号？我一口气跑到收发室，看到一个牛皮纸大袋子，厚厚的，老道的毛笔字写着我的名字，自然是笔名。我慌乱地签了字，抱着信跑回宿舍，良久才颤抖着用小刀划开，抽出一看，是我的小说稿，还有两张写的密密麻麻的信。我的心快要跳出了，眼亮了起来，天，真是西戎的回信。我激动地叫着，作协西主席给我回信了。很快，系里爱好文学的青年都知道了，作协主席给回亲笔信了。读着信，我们激动着，这对文学青年是莫大的鼓舞，仿佛看到了航海中的桅灯，有方向了。校刊《青年之友》想刊发这封回信，我又给西戎先生写了信，一方面是征询意见，另一方面是告知吧。先生很快回了信。后来毕业就业几经搬迁，我一直珍藏着的先生用废旧信封反过来写的回信信封，不知怎么丢失了，但信还在，夹在名著《红与黑》里，保存下来。

在西戎先生的鼓舞下，我没有放下笔，满怀激情的跋涉着。就在收到信的那年年底，我应邀参加了雁北文学工作者代表大会。小组讨论时，和钟道新分在一个小组。那时，他已是颇有名气的重点作者了，我读过他的几篇小说，从内容到形式，是颇有大家风范的，不是一般的土打土闹的作者可比的。而且我也听人说过，他父亲是清华的名教授，他本人文人习气很浓，土话就是有点酸。所以，他所工作的电厂离我们学校很近，我也只是敬而远之，不愿去拜访。

他知我是学生，又在创作长篇小说，竟亲切地主动询问我，与出版社有关系吗，我说没有，他笑着摇摇头，说：“那还是写点小的吧。”他说了好多，大意是虽然你很有才华，但毕竟没有名气，没有约稿，就盲目花费那么大精力搞大部头的，一旦失败，打击太大吧。他是善意的，像一位兄长那样地开导我。我只是听着，当时并未在意。后来真像他所说的那样，一击之下，我几乎放弃了。文代会结束后，各奔东西。我好像去拜访过他两回，一回他回北京了，另一回见面了，谈了些什么，我忘记了，似乎是文学以外的事情。再后来他调到了《黄河》杂志社，成了著名的作家，我几乎远离了文学，自然没有见面的机会了。

今年重新拾笔，偶尔写一点东西，才在网上看到钟道新不幸英年早逝的消息，我的心咯噔一下，直往下去，人生，为什么竟是这样呢？想写一点悼念的文字，但实在没有多少要写的话，脑海里只有他那张长兄般善意的笑脸。终于也没有写，我倒无所谓，只是怕辱没了对方，他们毕竟是著名的作家，我的那点淡淡怀念，还是深藏心里为好。

一个人的忆思遐想

飘着墨香的新书《忆思遐想》，平躺在我的书画案上，是老同学郭促赠阅的。这部由中国文联出版社出版发行的散文集，装帧大方，素雅厚重，和他一向稳健练达的风格很相符。尽管在初稿时，我就校读过几遍，不仅内容熟悉，为其苦难中自强不息的经历及睿

智的思想所折服，更多的是有种说不出的情感，仿佛一个可爱的婴儿，在襁褓时多次抱过，深谙个性和体肤的温热。但我还是从头至尾，又认认真真读了一遍，品读中，随着他时而凝重时而轻盈的笔触，不由地随他陷入又一次更深更远的忆思遐想中，随他历练，随他漫游。连我也有许多话要说了，忍俊不禁，就说了出来，像郭促的《忆思遐想》一样，算是一个人的忆思遐想吧，或者说一家之言。

出版书稿，对郭促而言，已不是第一次。但出版散文随笔类的文学书籍，却是大姑娘嫁人，头一遭吧，其心境语意可想而知。之前，说这话也是五六年前了，山西人民出版社曾出版过他的两部书，属言论政论类，《建言集》和《建言集续集》，就放在我的床头，闲时翻阅过，零零星星，断断续续，具体内容早忘却了。我毕竟是个散淡的人，对所谓家国民生大事政论的东西，无论如何也关心不起来。但我知道，那不仅仅是郭促的心血，也是他从政勤勉的点滴建树，虽光阴荏苒，物换星移，毕竟曾像星星一样闪过光。也许，自今还闪着光，照亮他走过的路，依旧照耀着别人的路，走得更远。

这部《忆思遐想》我是喜欢的。喜欢的理由很多，喜欢其行文的自然平实流畅，喜欢其真情实感的迸发，喜欢其为人为文的坦诚直率，等等，等等，其实，喜欢一本书，有一条理由就足够了。

读郭促的《忆思遐想》时，我正在读另一部书，是法国卢梭的《一个孤独散步者的遐想》。两部书，都不是一口气读完的，人到中年，已经没有那样的激情和精神了。况且读着读着就走思了，思绪飘飞了，想的很多也很远。两部放在案上的书，是交叉着读完的，都有一个遐想，自然不免联想到一起，觉得有许多共同之处，又风

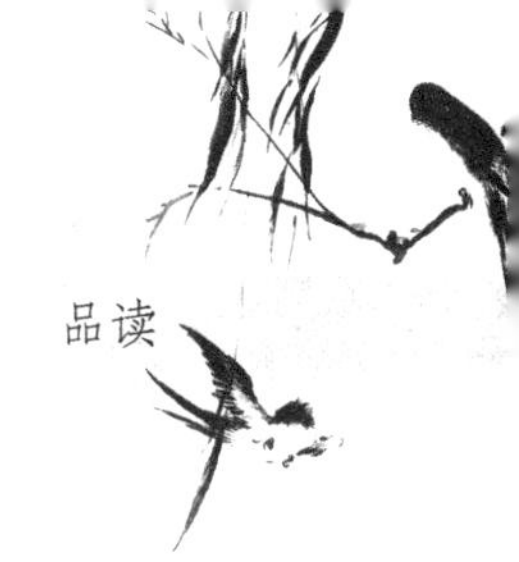

格迥异，不可同日而语。

卢梭是伟大的，伟大到许多伟大的人物都仰视他，像仰望星空一样。所以，卢梭是孤独的，孤独到一个人去散步，在散步中遐想忆思，为我们留下卓尔不凡的心灵历程，及震撼一个或几个时代的思想。诚如歌德所言：“伏尔泰结束了一个时代，而卢梭则开始了一个时代。”托尔斯泰说得更直接：“卢梭是18世纪全世界的良心。”卢梭所处的时代，毕竟是一个诞生伟人的时代，而现在，一切都平民化起来，已没有诞生那样伟大人物的土壤了，英雄都没有了，何况伟人。这是一个平凡的时代，一切都平凡起来，何止离我们近，简直是混同在一起了。

的确，郭促是普通的，他的经历和思想，自然是一个人的忆思遐想，是郭促的所经所历，所思所想，唯其如此，才更平民化，离我们更近，有时就像说自己，读起来更亲切，仿佛身边的泥土砖瓦，散发着熟悉的气味，似乎触手可摸。又如头顶的灯光，或身边的手电筒光，光虽小，毕竟照亮我们生活的空间，脚下那一片道路，这就够了，对于凡人而言。就这个意义上来说，和卢梭的《一个孤独散步者的遐想》一样，同样值得我们珍视。生活需要太阳星星，更离不开灯。

卢梭确实伟大，他也忆思，但忆思和遐想是密不可分的。像钻石一样，它的形成和深邃都凝结在一起了，普通人戴在指上，一样熠熠生辉，同钻石一起名贵起来，但并没有多少人真正理解钻石的高贵。

郭促的《忆思遐想》，的确是普通人的忆思遐想，忆思时忆思，

遐想时遐想，泾渭分明，和大多数人的情感理智很合拍，读起来很流畅，和身边的河水没有什么两样，其感慨，也近乎孔夫子站在河边的慨叹：“逝者如斯夫。逝者如斯夫。”

在天为星，在地为灯，只要闪闪发光，尽其所能足矣。这似乎也是郭促人生的信条。乐观，努力，知足，在《忆思遐想》里表达的尤为明白。读过《忆思遐想》你就不难发现，无论是苦难的童年，还是艰难的青年时期，不管困境中，还是春风里，踏踏实实做人，不懈地努力追求，一直伴随着他走到今天。相信，之后漫长的路，他依然会满怀信心，一步一个脚印地走下去。这就是郭促，一个追求阳光者的忆思遐想，少了诗意，但多了散文的平实厚重。

读罢郭促的《忆思遐想》，掩卷沉思，我就想，我们这一代人，恢复高考制度后，从乡村走出的这批人，或多或少有着和他一样的经历，有着一样的思考轨迹，那遥远了的乡村生活，那高考中的逐鹿，那拥抱阳光的激越冲动，那生活中的不懈追求，对得与失的泰然处之，似乎都离我们很近很近，仿佛就在昨天。就这一点而言，郭促的《忆思遐想》，又不仅仅是他一个人的忆思遐想，是一代人，我们这一代人的忆思遐想。我们的孩子们读后，起码也知道，他们的父辈是这样走过的。

我相信，郭促的《忆思遐想》已突破过去的自我，今后的他，一定会走得更远。

拾遗记

在我，乡村，是个永远绕不过的情结。

我最纯真的童年和少年时代，是在乡村度过的，林林总总，加在一起，也不过十三四年的时间，但儿时的感觉却是那么漫长，乡村的日子似乎比城里过得慢。从离开后，几乎很少回去。偶尔回一趟，满目所触，是那么陌生，有点物是人非的感慨。当远离村庄，沉浸在儿时的回忆里，或梦中，一草一木，一砖一瓦，甚至每一张笑脸，都是那么熟悉，宛然如生。仿佛就在昨天。

离开故乡后，心野了，走过许多地方，也见识过许多风土人情，和所谓的世面。每走一个地方，几乎是在离开不久，就淡然了，渐渐忘却，消失在记忆的沙漠里，红柳上蒸发的水珠一样，永不回归，干干的。甚至有些所谓的大事，再次和当事人在酒桌上偶尔相遇，对方问起时，我却不知所云，提醒再三，实在没有多少印象，只好之乎者也地搪塞。而一个人独处时，回首漫漫的岁月，记忆的脚步一下子跳回最初的地方，随当年情感的起落而起落，又一次次地重新经历着，激越时，依旧不能自已。

我这才了然，过去的，未必真的过去。虽然一个人不能两次踏入同一条河流。多少年后，当再一次踏入时，在我的心里，那感觉，和过去实在没有两样。即便河水消逝，河床干涸，但记忆中的桑干河依然奔流不息，将伴随着我走到生命的尽头，然后戛然而止。

我常想，圆，与人何其有缘。无论走多久，走多远，最终都会回到最初出发的地方，这样才算圆满，亦如日出日落，生老病死，

所以，大彻大悟的佛，将死亡看得那么从容平淡，叫圆寂。

我的故乡，我的圆，起点，终点，相交着，重叠着，祖祖辈辈，自然厚重起来。永远的症结，永远的记忆。

前年的秋天，当我放下利益，停止追逐，清闲下来，有话要说，再次拿起笔来，想写一些文字，发表在博客上，笔触自然落到故乡，沿着坑坑洼洼的地势，跌宕起伏着，唤回多少失落的记忆。白天的太阳，夜晚的月光，似乎比过去还要明亮，映照着现在的日子，温暖着现在的我，抚慰着内心伤痕累累的我。我知道，遥远的故乡，亦如我苍老的母亲，依然像我儿时一样，张开双臂，随时准备接纳我，拥抱我，这个浪荡的游子。尽管在离开故乡的日子，我越走越远，越没有回去的意思，但起码儿时的故乡，如我的母亲，在我的心中，迷雾茫茫的心中，总有一片位置，萦绕着，占据着，根深蒂固。风风雨雨，一直陪伴着我，是我最后停泊的港湾。

虽然我知道，我心中的故乡，和笔下厚重的故土，是有着故乡的影子，在我看来，那青石板、芨芨草、花蝴蝶，还和儿时一模一样，想着想着就生动起来。但毕竟已不是过去的故乡了。过去的故乡，早已消隐在沉寂的岁月里，历经巨变，现在的故乡，对过去而言，已面目全非。孰胜孰劣，新与旧，土与洋，实在难以评判，更不是三言两语能说清的。但从情感而言，我还是喜欢那个远逝的故乡，那景，那人，那情，甚至那芨芨草后露出雪白的小脑袋咩咩鸣叫，寻找妈妈的小山羊，也让我亲切起来。

于是，在远离故乡的地方，一座与乡村格格不入的城市，我静坐高楼窗前，看着假山假水，人工花木，沉浸在故园温婉的回忆里，

情不自禁，写下一段段故乡的往事，先发表在博客上，又被一些报刊转发，让人们和我一起回到过往，寻找到许多相似的经历，随其快乐，随其感伤，在乡村的土火炉里，柴炭一样燃烧，历练，直到化成灰土，那种感觉，非亲历真的难以言传。

这就是一些友人，大多是网络上的神交而已，读罢我的文字，带着泥土味的文字，告诉我他们的感觉：喜欢你拾遗的文字，它将我们一下子带回远逝的乡村岁月，重温贫穷和睦的日子。

我欣慰。这就是文学的力量，也是文学存在的意义，大概也是散文的真谛。真实，一种情感的真实和温暖，才是散文的生命，也是生命力所在。历经岁月，风霜雨雪，如磨砺过的石头，在最初结晶的刹那，闪光的东西已包蕴在里边了。

一年多，花开花落，不觉过去。在我，已习以为常，多少美好的日子，让我随意挥洒而去，人到中年，差不多已然了解了生命的意义，所以对时间，已不再那么看重，也许从来就没有感觉过一寸光阴一寸金的分量。无论如何，太阳总要落山的。又没有孔夫子那么伟大，有许多大事要做，肩负沉重的使命感和责任心，见到河水的流淌，也感伤生命的流逝："逝者如斯夫，逝者如斯夫。"我是个散淡的人，所谓的雄心壮志，在离开故乡的日子里，浪迹天涯中，早一点一点散落在走过的地方，到这座城市伫步后，连最后的花瓣也凋零了，枯干，随风而去，不知所终。就是写这些权且叫散文的篇什，实在也没有多少意义，不过是聊以自慰，打发闲散的日子罢了。和平日里重新操笔写毛笔字没有两样，我知道，即便再年轻二十岁，再从描红开始，就我这天分、环境、出身，用尽五池墨水，也成不

了书法家的。

时过境迁，早已不做文学家的梦了。那些，离我的确遥远。但人活着，除了生存，无论何时，总要做些喜欢的事，不论成败，才会活得充实，才不枉此生。

倘若没有遇到保忠兄（他比我小，当以兄视之），并得到他的不断鼓励，也不会有这么多文字的诞生，像儿时的拾遗，一个浅碟篮子从未满过。已经说过，经历了许多，我已是一个散淡之人，没有理性，连原有的激情也消退尽了，做事往往有头无尾，多数时候连半途而废也达不到。和保忠兄也算神交。尽管我们离得并不远，他的故乡和我的故乡，只隔着一道桑干河，旱季快连成一片了。但儿时，并不相识。只是后来都怀揣着一个文学梦，才彼此关注神交的。不过，我后来为生活所迫，没有那样的意志，怕吃太多的苦，对文学，始终断断续续，蜻蜓点水，便几乎放弃了。而保忠兄却越走越远，荣获赵树理奖，入围鲁迅奖，成为山西短篇小说的青年领军人物之一，在全国享有盛誉，俨然一代大家。王保忠是家乡的一张名片，一张纯净的完完全全靠自己努力和实力打造的名片。在我，是敬佩的，他毕竟是从故土走出的名人，其艰难困苦和不易，我是深知的。盘点古今，在我们这片荒凉贫瘠的土地上，土生土长的名人，实在屈指可数。

十几年在沉寂淡然中走过，我没有想到，在刚重新拿起笔来，写些文字的时候，就在博客上遇到保忠，尽管我起了一个陌生的网名。但并不意外，冥冥之中，似乎早已注定。这大概就是人们所说的缘分吧。保忠兄的爱人素云，一个很有才华、却一直无法尽情施

展的女作家，文字，毕竟只是她人生的一部分，她还有更多的责任和义务，她首先是个老师，是个母亲，是个妻子，之后才是她的爱好。她是我早年的学生，曾经在师范学校听过我的文选与习作课，也曾经为她修改过几篇小品文。说来惭愧，那些往事，我差不多已经忘却了，但一言一行她却铭记着，说起来仍历历在目，仿佛就发生在昨天。毕竟，是二十几年前的事情了。博客上，读过我的几篇散文，保忠兄不仅留言鼓励，还选了一些篇章，刊发在他主编的一本纯文学杂志上。这在我，自然是一种鼓舞。懒惰时，就想起他的鼓励，不觉又往前走几步，走着，走着，就走远了。自然，这种远是相对自己而言，刚刚邯郸学步，走走停停，再远也远不到哪里去。

在写这些故乡往事的散文时，常常浮现出许多故乡的人和事，凝结在一起的，就成了完整的篇章。有一些像编苇席剩下的小条子，七长八短，连编蒲箩也不够了，散落在那里，支离破碎，如散碎的鱼鳞落在泥上，不好收拾在一起，更无法在鱼身上复原了。这些零零星星的东西，让我想起儿时秋后的拾田，又叫拾穗。那时我还小，虽也算公社的小社员，却拿不起镰刀，割不了田，就是拾山药蛋，也是两三个孩子跟一个刨的大人，就这还常常落在后边，弄得满身满脸湿土，一股山药蛋味。对我们这些小社员，队里自有安排，十几个孩子组织起来，在大人割过的田地上，踩着茬子，捡拾遗落的谷穗豆苗。有时，还捡山药蛋、玉米棒等等，这就叫拾田，也叫拾遗。

我就想，这许多用不着的文字，也是故乡的一草一木，风土人情，丢掉实在可惜，何不学着儿时的拾遗，收拾在一起呢？试着写

了几篇，保忠兄看后，大加赞赏，认为这是件有意义的事，并说，他真的很喜欢。还专门在他主编的《火山文化》上，开辟了一个专栏，叫“本乡本土”，大力推荐，连续几期，期期刊发。这对我，自然是一种莫大的鼓励。于是，像拾田一样，拾起劲来，弯下腰，随笔记下这些遗落在记忆里故乡的往事，鸡毛蒜皮的往事。一年下来，数一数，的确不少了，有二百九十多篇。我便得寸进尺，有了一个更大的想法，那索性凑成三百六十五篇，编成一个拾遗集。叫故乡拾遗也罢，叫乡村童话也罢，慢慢斟酌，有的是时间。

像乡村秋天的拾遗，拾到深秋，甚至第二年春天，也是拾不尽的，依然有遗憾，垄眼垄背还会冒出野苗，就是头年秋天遗漏的果实。

最初取名乡村拾遗。写了许多后，觉得这样叫，并不准确，这些人和事，离现在已经很遥远，有的乡俗还保留着，有的业已消失，更准确地说，是老乡村拾遗。后来又觉得，说乡村也有些大，中国是个农业大国，乡村遍地都是，十里已不同天，何况几百万平方公里？的确，在阅读中，许多人提出不同的叫法，事虽大同小异，名称迥然不同。看来，还是叫故乡拾遗好一些，这毕竟是我故乡的事。起码，像保忠兄的故乡，和我的故乡隔着一条河，风土人情虽有不同，但更多的还是相同的。他爱人素云的故乡，和我们故乡不仅隔着河，还隔着大山，但她读后，觉得特别亲切。我就想，故乡虽异，乡情却是一样的。但我的故乡是乡村，别人的未必是，是城镇，是城市，因此叫故乡太笼统，容易产生歧义，还不如叫乡村拾遗呢。

我十四岁就离开了故乡，当年母亲也迁居城里，故乡就很少回

去了，即便红白喜事，回去几个小时，也是浮光掠影，看看罢了。拾遗中所写，几乎全是儿时的记忆，是孩子的眼光看故乡，和真正的故乡是不是有本质的区别，实在不敢妄言。我曾想，将故乡拾遗改为“乡村童话”，是不是更确切贴近些，也未可知。

拾遗到此，也该说说来龙去脉了。

阿杰和她的《温暖》

阿杰的小说《温暖》，是特快专递邮来的，很快。厚厚的一本，红红的书皮像火一样燃烧着，很温暖。我读得也快，大约一个星期，就从头读到尾，中间虽有停顿，但几乎是一口气读完的。

说实话，像这样的大部头，又是当代小说，近年，我很少读，连读的念头和勇气都没有，更不用说一口气读完了。

但阿杰的《温暖》是个例外，除了吃饭睡觉，我几乎是一口气读完的。

与阿杰并不熟，是博客上偶然相识的，网络如流水行云，稍纵即逝，或如雾里看花，隔着天地，但缘分还是有的。是偶然，也含着许多必然，这就是缘分，不然茫茫网海，芸芸众生，为何相识的只是你我。

阿杰是她的笔名，她有个怪怪的网名：寂寞的烟花。烟花是热闹的产物，但这热闹是别人的，其本身是放前的寂寞，放后消散更加寂寞，热闹只是瞬息的，很有几分人生历练后的哲理，与她那娇美的面容和身姿是很不相符的，于是，便多了几分好奇，随意翻阅

了她的几篇博文，知道她不仅仅是个散文作家，还写了一部题材很新颖，且很现实的长篇小说，关于城乡留守儿童及其父母们的生活，并且出版了。我便和她聊起来，于是便有了案头上那本红皮子的《温暖》。短暂的相识，我已感受到江南女子特有的豪气和温情，也便深深地了解了阿杰这个“杰”字的意蕴，名如其人。其实，她还有个很女性化的名字：珍艳。阿杰——寂寞的烟花——珍艳，虽然是小说，但读时却时时感到这三位一体的她，便隐在小说的背后，有时竟站了出来，诉说着。

小说大师张恨水先生，对小说的理解是透彻的，也很通俗的，他说：所谓的小说，便是琐碎，也就是组成小说的细节，就这一点而言，也许读过阿杰《温暖》的人，会指责她小说手法的生熟，更多的是散文的笔法，叙的多，诉的多，而真正让人物自己行动言说的却少，人物很难在作家几笔白描或行动中活灵活现起来。这自然是无法回避的缺陷，但也是一个散文家的长处，何况这是阿杰的第一部长篇小说，最早又是发表在网络上，有网络小说的痕迹，也免不了带有原先散文的笔法，戏剧性的结构，这一切会在之后的创作中，圆熟起来，纯粹起来，因为《温暖》中显露出的小说家的特质和天赋，使我们没有理由不相信这一点，她是个讲故事的好手，而且有些细节写得很老道，有大家风范。

《温暖》有两条主线，两个背景，一个乡村，一个城市，能将两者有机地在大背景下糅合在一起，最后归一，本身就很难驾驭。人物的命运，人物的形象，在这样一个跨度大的背景里，写得比较真实，没有一定的生活基础，及其提炼能力，的确是很难完成的。何

况留守儿童问题，又是一个现实存在却很少有作家关注的主题。阿杰敏锐地感觉到了，并将人物的命运在社会大背景下展现得栩栩如生，并留下许多值得思考和探求的问题，发人深省，就这一点而言，就比时下许多作家高了一个层次。起码有高度的社会责任感和道义感。所谓“铁肩担道义，妙手著文章”，这样的作家，在当代愈来愈少了。

也许，阿杰小说中最闪光，最引人的，还是性爱的描写。以女性的视角和笔触，将男欢女爱描写得很美，很诗意，像喷涌的山泉，流泻的飞瀑，自然，激情，水到渠成，一点也不流于庸俗的肉欲。这种深切的情感体味，及流淌在笔底的功力，并不是每一个作家都能做到的。这使我想到现代文学大师林语堂的《红牡丹》，将过去难以启齿的性爱，描写得很诗意，很中国化，将不同的人，不同的情，不同的境，同是性爱，写的情韵迥异，像弹琴一样，将心灵深处的原欲流到了看得见的地方，阳光，花木，石块，溪流，情与爱，肉与灵，升华到一个高度。阿杰的性爱描写，显然在中国传统的水墨画上，多了西洋油画的韵致，像劳伦斯《查特莱夫人和她的情人》，还是杜拉斯的《情人》，渡边淳一的《失乐园》，都像，又都不像，这正是阿杰小说最成功的地方，也是满天中最闪亮的星星。

“小荷才露尖尖角”，我没有理由不相信，《温暖》之后的阿杰，不久会写出更动人，更迷人，更引人的好小说来，毕竟《温暖》是她的第一部。

如此褒扬，近乎谄谀，可远隔千山万水，似乎没有谄谀的必要，不过是对于一个素不相识的朋友由衷的敬佩和鼓励，毕竟，她和他

们，虽有小家和大家之别，究竟还是一条线上的人，只要努力，相信她也会走得更快，走得更远。

散文之母是《周易》

千百年来，人们一提到散文的渊源，自然是诸子百家了。可那时的散文，已是成熟时期的个人专集了。像屈原的楚辞《离骚》之前有《诗经》一样，实际上，在诸子百家之前，早已有一部散文总集——《周易》了。

但是，从《周易》诞生之日起，就蒙上了一层神秘的阴阳面纱，哲人们又都是从一个方面——易理方面来钻研应用的，没有人注意它的本来面目——散文。其实，无论它义理多么深奥，内容多么广博，但就体裁而言，它确实是一篇篇优秀的散文，是一部上古社会绝无尽有的散文总集，开了中国散文先河，连诸子百家也莫不承认，他们的散文是深受《周易》的影响后才发展起来的。

《周易》系辞，无疑是古人治水或建宫时出土的古简，经过了许多先哲们的整理，补充，甚至编译才形成的。所以，在孔夫子时代，学者们也注意到这一点“杂而不越”。不论是整编时的水平所限，还是为了易理的有意割裂，毕竟保持了中国最早的散文，就这一点而言，其功勋绝不亚于孔子编订《诗经》了。综合考证推论，文章的形成编订，均在甲骨文形成之前。因为将系辞和甲骨文比较，系辞时干支纪年月日还在萌芽时期，不像甲骨文时已完全成型。何况文辞远比甲骨文更古朴，更简约，也更符合自然的先天理数。只不过

在之后相当长一段时期里，经过了多少代文人们的不断加工润色，才形成了现在所见的《周易》。一般传说，系辞的最后编订是周文王所为，就才识和权势而言，像吕不韦编写《吕氏春秋》，着实非文王莫属。可从文章的思想内容，艺术风格等方面来看，作者虽不可考，但有一点可以肯定，绝非一人之作。

《周易》中的散文篇章已相当古老，虽非文字之初的作品，可也是史前文化的遗珠。它编选了夏商或者更久远的相当长历史时期的作品。从最初的两字式，到后来比较成熟时期的多字式，直到后来虚词的应用，几乎包含了散文的形成发展，到初步成熟这一全过程，是研究散文形成时期发展史的第一手材料。像开始时期，文字修饰非常简洁质朴："鸣豫。盱豫。由豫。冥豫。"在不断地发展完善中，才形成了比较详尽的描述："遇主于巷，见舆曳，其牛掣，其人天且劓。"直到后来完整生动，夹叙夹议的记事写人散文《震》，《困》，《归妹》等较长的篇章，确实经历了一个相当长的历史时期，时间跨度大，作者地域广，风格多样化。至于中间夹杂了许多后起的句子，或加或译，是发展中演变而来的，虽破坏了古意，但从另一种意义而言也保存了古意，使我们今天还得以从中窥见许多失传的古意。

系辞取材相当广泛，战争、狩猎、驯兽、法律、家庭、性、占卜，甚至大洪水、飞碟等等，几乎包括了时人生活的方方面面，这自然和后来为易理阐说所应用不无关系的。散文有描写战争胜利后特定情态的："打败了敌人，战士们欣喜若狂，有的继续击鼓，有的疲劳地倒下，有的在哭，有的在唱歌."（"得敌，或鼓或罢，或泣或歌"）有描写地震发生前后整个过程的："震来虩虩，笑言哑哑；震

惊百里……”。有讲述古人对“井”的认识爱护过程的，有讲述“飞碟失事”全过程的“小过”，有写畸恋的“归妹”，写旅途艰辛的“旅”，写奴隶逃亡的“困”，写远古生活中的“龙”，及其讲性爱美感的“咸”，无不形象生动，有头有尾，布局合理，意义深远，是一篇篇颇具匠心的小散文，是散文最初的雏形，也是后代诸子散文的源头，就文学发展规律而言，如《诗经》对于后代诗歌一样，对散文的发展具有不可估量的作用。

系辞手法灵活多样，已基本奠定了散文抒情、描写、叙事、议论几大分类。像婚恋成功后写实性的抒情：“刚刚度过蜜月，就和丈夫一起劳动了，她提着筐子，收拾男人割下的羊毛。筐子愈来愈满，可拿在手里是那么轻盈，看着男人娴熟地割羊毛，她的心里溢满了幸福。”（“月几望，女承筐，无实；士刲羊，无血。”）像有关家庭生活的夹叙夹议：“闲有家，无攸遂，在中馈，家人嗃嗃，妇子嘻嘻。”及其形象生动的借喻性描写：“枯杨生荑，老夫得其女妻。”“枯杨生花，老妇得其士夫。”几乎包含了后世散文的所有手法，只是还比较单薄罢了。

从上边简单的分析不难看出，《周易》系辞这些散文篇章，从文字的应用来看，并非中国文字之始，也不是文学之始，已进入相对成熟阶段了。大概所反映的是夏商时期这一段的历史，对于我们研究上古史，史前史具有不可低估的作用。

无论从文体、文论，还是从历史政治诸多方面，是该揭开《周易》面纱的时候了。相信在不远的将来，一定会有人恢复系辞的本来面目，整理出一部接近原始面目的散文总集来。

错过

近日，诗界风生水起，波澜荡漾。原本与我无关，早不是诗情画意的年龄了，况且，近年的诗歌虽曰繁荣，可谓五彩缤纷，毕竟尚未光芒四射，萤火一般，只是映亮圈子罢了。

先是人为掀起的余秀华风，虽穿越大半个中国，也不过是去睡你，这个你再广泛，也少之又少，终是坛花一谢，沉寂了，睡不睡，那是很个人的事情。接着是方方和诗人田禾之争，争来争去，也不是争诗，腐败云云，与大众何干，饿着肚子看戏，喝彩也罢，掉眼泪也罢，不过是替古人担忧。倒是昨天汪国真的逝去，很让一些曾经的文青哀伤，与其说怀念汪国真和他的诗，倒不如说怀恋那个曾经拥有业已远去的年代，像汪国真的诗，激情，单纯，真切。我也经历了那个年代，但不是汪迷或粉丝，当时买过两本诗集，薄薄的诗集，说实话，不喜欢，激虽激情，泛起的连浪花都谈不上，像小溪，走着走着就没了。况且，那昂扬的纯真，只是闪念间向往的美好，如眼中的花，看到的不免肤浅。斯人已逝，多言无益，但他的的确确影响了一代人，虽不震撼，毕竟相伴着走过花季。那时，我也写一点诗，无名，被邀参加一个笔会，其中能面见的名人，就有汪国真。我没有去，一来不知道所谓的笔会究竟有多大作用，二来囊中羞涩，花一季度的工薪去见个名人，掂量再三，还是没有那样的豪气。包括一次有我喜欢的诗人舒婷的笔会，我也主动放弃了。实在潇洒不起。在我，虽错过，却不后悔。我向来是个不吃后悔药的人，虽优柔寡断，可一旦决定，就义无反顾，不知后悔二字的滋味。

况且，一生之中，错过的多了去，人、事、机会，那又后悔的过来呢，沉湎其中，于事无补，反受其累。何况，错过的，就不会重来。人生如流水。

自然，凡事都有例外。譬如，去年国庆那次错过，就一直耿耿于怀，有些歉意，郁结心中，不知如何排解。国庆前一天下午，微信上看见诗人画家杜青从遥远的广东到了应县木塔，离我所在的古都大同一箭之地，她说，明天一早坐大巴去大同看看，有我知名但未见过面的两位省城的诗人陪同。其实，和杜青也是慕名尚未见过面的朋友，常品读欣赏她的诗画，尤其是画，很喜欢，空灵，秀气，意蕴厚重。偶尔也聊几句，知她熟悉并喜欢塞北，有些画就是以塞上风情为底版创作的，看着就亲切。没见过面，感觉上却很熟，像老友久别重逢。约好明天见，早上等她电话。吃罢晚饭，接高翔电话：你猜猜，我给你把谁拉来了？话未落地，微信上已发了图片，我惊喜，天，是我喜欢并自感交往颇深的庆梅老师，一直说要来，或我去，见一面，可均未如愿。我原想赶到宾馆，但发现时间已晚，庆梅老师旅途奔波，也累了，就相约明天，一块碰面参观云冈石窟。我心底也做了安排，明天一早先去车站见杜青，再赶到宾馆，会庆梅老师。第二天清晨，刚起床，高翔打来电话，说车快开到你小区门口，让我下楼等。才站到小区门口，就接到杜青的电话，声音很甜美文静，说快到新南站了，下车等我。瞬间，我很为难，但马上做了决定，等从云冈回来再去看杜青，她很理解，声音依旧轻柔温婉。赶上节日，云冈石窟内外很拥堵，但被和庆梅老师见面的愉快冲淡了，有相见恨晚之意。到傍晚再见时，依依惜别，但她必须赶

回家里去，孩子明天上学。从茶店一出来，就给杜青打电话，她们正离开大同。我心一凉，她反而安慰我，还有机会的。但从那一刻，心底涌起的歉意，再也挥之不去。

也许，真的错过了，永远。我承认，是我先失了交友之礼，友过家门，却没有尽朋友之谊，不管有什么理由，都无法解释。况且，我感觉，和杜青之间也遥远起来，连当初都回不去，总隔着重山，或雾。我无言。

错过，就失之交臂，但总想着，能不能重新来过？

馆读时光

我的大部分闲暇时光，是在读书中度过的。或坐，或躺，或站，室内、田野、河边，都曾留下我读书的影像，零零碎碎，鱼鳞或光波一样，闪亮着，却收拾不起，伴随时光流逝，渐渐模糊了。

但青少年时期，乃至于之后，在图书馆度过的馆读时光，却记忆犹新，一次次，一幕幕，每每复现，仿佛又置身于愉快而忘我的馆读中。

我的黄金少年，是在乡村度过的，渴望读书，却无书可读，家里原本丰富的藏书，被一把火烧掉了，厚硬的书皮碎片和熏黑的骨针，残存在纸灰堆里，那一幕幕久久难忘。我那时还是个玩尿泥的孩子，不识字，也没有机会接触。大队排房有间图书室，有半柜子新书，进去远远看过，并不借给孩子阅读，虽然我已是三年级学生，和邻里六大爷夜晚做伴时，读完了他家珍藏的半部《水浒传》。哥哥

们从图书室借回后，趁人家不在时，我拿上书，溜进柴房或爬上房顶，躲在烟囱后边读，读得天昏地黑，喊吃饭也听不见，或听见不愿回应。但读来读去，就那么几本书。

直到几年后，离开乡村，走进大学的图书馆，从小窗口窥见整排的书架，琳琅满目，比田野还广阔的书，我才知道书的世界有多大。也就是从那时，我爱上了图书馆，课余的闲暇几乎都是在那里欢度的。那时的图书馆并不开放，只能在外边传递翻看书目簿，然后借出来在阅览室翻读，不适合或只能泛读的，翻阅一会儿就送回去，最后选定要借的图书，才正式办理借阅手续，一次只外借两本。为了多借几本，原本不擅交际的我，不得不常常扒在小方窗口，对着那张有麻子的娃娃脸笑，有意夸她漂亮。以至于有人风言风语说我追求图书管理员。就这样熟惯了，可以比别人多借两本，迟还两天。自习或周日，就能夹着书，跑到野外，坐在田塄上，尽情地不受打扰地阅读。许多中外名著，我就是在馆里接触，馆外读完的。

工作后，有机会，有时间逛书店，也有钱买自己心爱的书，也读，但大多是收藏，不像馆读那么紧迫，那么如痴似醉。图书馆还上，但基本上是查阅有关资料，能就地摘录的，从不带走，除非要详细翻阅。

我真的很怀恋那几年的馆读时光，那情，那景，那势，逼着我读了那么多好书，其实是心甘情愿被困，古人说得没错，书非借不可读。

画魂

我喜欢书画，尤其欣赏灵秀娟美的佳品。所以，日常交往的女书画多一些。

张秀峰，无疑是其中最有才气，也最勤奋的一个。但相对于她的才气和勤奋而言，却又是最寂寂无闻的一个，这种反差，从认识那天起，我就思考着其中的缘由。

说实话，在第一次看到张秀峰的作品前，真的不是久闻大名如雷贯耳，我几乎没有听过她的名头，尽管在古城的圈子里她已小有名气，是典型的实力派画家。我不是个孤陋寡闻的人，和王文英、苏泽立、韩宁宁、朱乒乓等京城书画界知名的老师有过这样那样的交往，甚至和大家林岫也有过一面之缘。就算是本地的书画家也认得几个，譬如早年的索凡，后来的白羽平、高英柱、李渊涛、冯少鹏等，或多或少都有过一些交情。但有关张秀峰的书画，好像只在友人曾强的画评中瞥见过一点影子，已十分模糊，仅此而已。

真正的认识，是她书法了我发在微信朋友圈的几首古体诗词，一看，我非常震惊，那草书的流畅，章法的气韵，乃至于字体的功力，是我所见过的最养眼合意的草书佳作，很喜欢。她答应再写几遍，选满意的送我。她似乎很忙，终于如约在她的画室见面。站在我面前的是一位清瘦的女子，满脸风尘，略显疲惫，她说，刚从棚户区书画教室赶回，有三四个学生，招生状况并不如意，本想撤摊，又于心不忍。就是这市里小小的画室，也是经营惨淡，勉强维持。她絮叨着，有些拘谨，更像一个快被生活压弯了腰的家庭妇女。

画室窄逼，周围很嘈杂，不时传来做框子的电锯声，走廊人来人往。我不理解，这么雅韵的书画作品，她是如何静心创作出来的。两耳不闻窗外事，视而不见，说说容易，做起来真的好难，是一种高深的修为境界。我欣赏着墙上的挂画，有长卷，有条屏，还有一些小品，比之她的书法，似乎更高两个层次。果然，她是专攻国画的，山水画颇得宋人明人遗韵，和我熟悉的几个男画家作品相比，真的所差无几，但卖价只有人家的十分之一不到，出货频率更无法相提并论。这大概和师承、环境等不无关系，除此之外，似乎还缺少一点什么，一时又看不出来。谈到最后，她忽儿英气勃发，低沉而坚定地说："画，卖不了也画，画。"那一刻，英气中显现出逼人的才气，女书画家特有的气韵展露无遗。我很受感染，说了一些青山遮不住之类励志的名言警句，并答应为她写一篇介绍方面的书画评论。

然而激情消隐，真要动笔，却空空如也，几次提起的笔又搁下，一晃半年多过去，我失言了。这在我是很少的，受人琼瑶，竟无桃李回报，夙兴夜寐，愧疚难安。之后有过几次见面，我无以言表，很感尴尬。她似乎忘记了，总是微笑着，热情依旧。

但我很不好意思，心底一直记挂着，又不想凑合了事。

日子一久，还真有些淡忘，或自我原谅式的推诿。今年春节后，购魏碑及篆帖时，顺便购了套民国才女自述自画选集，读着，赏着，我又联想到张秀峰的书画，以及欠下近一年的文债。

其实，抛开背景、环境、际遇等，单就才华和勤奋而言，张秀峰和大画家潘玉良有得一拼，和陆小曼、苏雪林、凌淑华完全可以媲美。我由此又想到多年前看过的一部有关潘玉良的画传《画魂》，

忽儿整体通透，如琥珀水晶，晶莹通达。张秀峰出身贫寒，从小受家庭熏陶，自学成才，能青出于蓝已属不易，后受环境所限，无法走得更远，却依然不坠青云之志，尤其难能可贵。假以时日，终会像齐白石、陈翠儿一样大器晚成。我就想，倘若陆小曼没有天生的丽姿，凌淑华缺少众多大师的栽培，苏雪林没有家传，是绝难取得那些书画成就，以及名花一般的名气；而潘玉良倘若不是得遇潘赞化先生的慧眼和刻意栽培，真的会隐淹红尘，多一个并不出色的青楼女子。是的，张秀峰是没有陆小曼苏雪林的家庭才貌，也缺少名家大师的指点推荐，甚至不会有潘玉良的幸运际遇，从小，乃至于至今，一直勤勉地自学，苦苦地求索，消瘦的肩膀还挑着生活的担子，但她笑对人生，坦然地挑着，并孜孜不倦地执着地追求着自己儿时就热爱的绘画事业，也许真的有那么一天，会像潘玉良大师一样，找到自己的画魂，立于人才辈出的民国大师行列而丝毫不逊色。

我并非信口开河，也不是随便溢美。张秀峰的确具备这样的才气和实力，所欠缺的是炉火纯青的锤炼和芝麻开门的际遇，或许还有一片精美的舞台，而不是地摊。自古草书就由男人一统天下，女书法家如凤毛麟角，即使在名家辈出的民国时期，沈尹默、于右任等誉满书坛，才女书法家张默君草书虽有索靖、宋仲温的风度，也不过占据着边角一席之地，根本无力与男性抗衡，到当代女性从各领域脱颖而出，不让须眉，在某些领域甚至独占鳌头，草书书坛也不例外，以草书行的女书家多了起来，如我喜欢的孙晓云草书，胡秋萍草书，但就整体而言，从力度、创新、厚重等方面，还是缺少沈鹏、王镛等扛鼎领军式的人物。由此可见草书之难，草书之不易，

而张秀峰避易就难，已属个性，且达到一定功力，尤其难能可贵。我的古体诗词，不用说草书，就是用我较熟练的行书，写了几遍，没有一次满意的。而张秀峰上手就写的别具风味，没有一定的草书功夫和灵性是绝对不可能的。张秀峰的淡墨山水画，我不止一次细品过，可谓清雅淡远亮丽，深得宋人院本传统，又有意无意地继承了元明诸大家的文人画风，向往靠近古典规模的法度中，多了清逸风怀和细致的情愫，超逸出尘中，又多了一分乡野烟火气味，很值得品味。

自然，欣赏之余，犹感不足，总觉得缺少点什么，一时又琢磨不透。近读《潘玉良画传》，联想从前看过的《画魂》，似有所悟。无论书法还是绘画，骨肉气韵固然重要，缺一不可，但倘若缺少魂，一种无形而形而上的灵魂，就会像一个平庸的人，流于芸芸众生，始终无法鹤立鸡群，再笔墨精熟，也不过是一个匠人，最多是一个三流的艺术家。多年的苦苦追求，张秀峰似乎已意识到追魂的重要，以及自身的不足，开始有意识的求索。然而，又谈何容易，得来全不费功夫，那是水到渠成的偶遇，也就是王国维所比喻的艺术境界：“蓦然回眸，那人却在灯火阑珊处。”

我觉得，张秀峰应该一边补修内功，具备更深厚的法度，一边从自己得天独厚的环境中发掘更浓郁的烟火味，倘若有一天得遇大师指点一二，打通书画中的任督二脉，武功大增，豁然开朗，找到了画魂，如是，前途真的不可限量。

昔有和氏璧，璞玉无人识。所谓千里马常有，伯乐难得云云，的确也属常情。张秀峰似乎就是一块璞玉，外朴内秀，灼灼其华，

需要内练，更需要外琢。但这种事是急不来的，路漫漫其修远兮，成功离不开天才和勤奋，也需要一点点运气。

真心地祝福张秀峰，早日找到画魂，体魂合一，达到成功。

寻找一个精神层面的高度

从始至终，虽未终，犹在途中，我一直变换着位置角度，试图寻找一个精神层面的高度。

我不想落入前人的，尤其是父辈的窠臼，或者沿着既定的轨迹，浑浑噩噩，或太明明白白，从黎明走到黄昏。虽然我明明知道，挣扎也是痛苦的。我尝试着探寻所谓的连我自己也莫名其妙的高度，以及升高的途径和方式。

我知道，大山是高度，却高不过天空，白云悠悠，星河流转，才会有高山仰止；天穹自然是高度，穹庐之外漫漫无际，其厚何止九层？其实，河流也是一种高度，是另一种形式的高度，亦如大海，站在另一角度看，和高山天穹并无二致。这是自然的高度，自然，也蕴含着最高的哲学，倘若以天地之魂设身处地去感受，也属于精神层面的高度。

只可惜，天地于我们，起码于我一样的芸芸众生，离天地之道尚远，感觉的只是皮毛，也许连知其然不知其所以然还尚未达到，连我们自身都不胜了了。哪里有祖先伏羲氏的法力，仰观于天，俯视于地，近取诸身，轻而易举地在物的层面，站到了精神层面的高度，且巍巍乎高耸入云，与天地齐，与日月同辉，令后世万代仰视。

那高度，不要说我，就是近三千年来的无数贤哲，还没有一个人达到同样的高度，犹在高度下的层面迂回着。孔夫子韦编三绝，感叹犹在门外，并非谦辞。

那是怎样的一个高度，云雾茫茫，锁在苍穹，从下边是无法仰望到极致的。

不是没有可能站得更高，看得更远，而是高到何地，也不过是又一个层面，未必上升到精神的高度。我生长于平川，看见的遥远的山峦，已在云端，雾霭缭绕，早高出想象了。脚下，辽阔无垠的原野上，潜伏着条条纵横幽深的沟壑，远看，还是一马平川，只有走近，向下瞧，才感觉到沟的深度，从缓坡绕到沟底，往上望，与地平面平行的崖头，也有了高度，鸟飞翔在半天云中。坐井观天，天空窄了起来，也低矮了许多。我不止一次无奈地躺在草地上，凝望着天空，如庐的天穹，默然无语，思绪凝固。后来，远离故乡，有机会攀上一些名山，站在峰巅，丝毫没有拿破仑登上阿尔卑斯山的狂傲，感觉高是高，但似乎并未高出许多，天空还是那么遥远，不可触摸，大地也遥远起来，踏空一般，一种莫名的孤独感，不觉袭上心头，仿佛夜幕笼罩住心扉，愈来愈暗淡，愈来愈混沌，从肉体到精神，不仅没有感觉到一种高度，连亮度也失去了。

我向来恐高，缺乏猴气，不喜欢登高上天。但有一回，还是随朋友攀登上电厂的房顶，离地面一百二十米高，在地面看，已近云中，白云悠然缭绕，站在顶上，天穹一样很遥远，云彩并非伸手可摘。但看下面，却是另一番景致了，车马行人，像坠入小人国里，车如小孩玩具，人似婴孩大小，滚滚红尘，像在游戏之中，更像活

动的童话。有时，如梦似幻，云里雾里，其实也是一种高度。就像桃花源，即使真的实有，也是匆匆间的一种感觉，甚至不及伊甸园更真实，倘若桃花流水看久了，也就习以为常，甚至会发现，美不过是镀了一层金粉，抹了一抹阳光，和雾里看花一样的道理。

我说过，这样的高度，很容易达到，尤其在这个科学还算发达的时代，花几个钱，打一张票，横竖都不是距离，登上飞机，踏上九霄云外也不是什么难事。虽然，我至今还没有坐过飞机，没有亲身体验过在一定的高度，再仰望天穹，俯瞰大地，究竟是一种什么样的感觉。瞬间，会不会从精神层面，提升到一个理想的高度，还真不敢说。但从心底，一直怀疑，因为肉体的高度和精神的高度，根本不在一个层面。就像追求物欲的高度，想提升到极致是难，但提升一定的高度，还是容易实现的。我曾经用五年时间做过这样的努力，基本上达到了我所预期的高度，但就精神层面而言，不仅没有提高，在我的感觉里，反而降低了，回到最原始的地点，从某种意义上而言，和动物没有多少区别，只剩原欲了。

这使我分外忧伤，自然也沮丧到极点，走了那么远，又回到最初出发的地方，所增加的只是丰厚的物质，像一只守着羊群的狼，眼馋肚饱，贪欲的眼神闪亮的瞬间又忽儿黯淡下去。

在那个遥远的穷乡僻壤，我度过了童年，浑然不觉，尽管之后的笔下很怀恋，美化到一个有高度的精神层面，但更真实的其实是，整个童年是一片苍白，包括村庄、田野、思绪，记忆中的绿色很短暂，秋风一吹，大地上屋檐上便落满雪白微黄的霜，日复一日，时光仿佛凝固了。我不知道，我活着，究竟有什么意义，一代代，一辈辈，

重复着同一件事情，在同一空间。

亘古的时空，除了毁灭再生，平常，是不是就这样一成不变，流去的只是时光，留下的只是愈来愈苍老的空间。

坐在城市的夜空下，无星无月，暗淡的天光缓缓流淌着，久久如一，时而飘动如气球，时而倾溢如水，我还是乡下的感觉，无法找到一个支点，站到一个精神层面的高度。

花开有声，我却听不见，黑暗里，睁大明亮的眼睛，还是看不见，似乎是缺少一盏点亮的灯；可在光明里，有些东西，明明看见，却视而不见。这就是本身的问题了，缺少的不是眼睛，是灵慧。身后，或眼前，也许就是另一空间世界，却不懂得有意识地多迈一步，错失机缘。我以为，这一切都需要找到一个与我们平行却不一样的精神层面的高度。

几十年里，走走停停，从未放弃过寻找。拼命地读书，想从古代贤哲的精神层面，找到自己的高度，有时似乎已站得很高，有时恍惚又跌入低谷，我感觉，这种努力似乎也是徒劳的。在读书的间隙，也写些自己的文字，其实，也是在尝试寻找一个精神层面的高度，快乐着，痛苦着，沉湎着，最伤心的是，清醒后，还是茫然无路。一个写作者，倘若每一次的写作，不是一次精神层面的攀登，起码也应是一次精神的游历，如果连这一些都做不到，那种写作真的没有什么意义。我一直敬佩古今的大师们，自然不包括某些正统的伪大师，在人生的历练中，无论沿着轨道还是脱轨了，总能找到自己精神层面的高度，在地如灯，在天为星，闪亮着，灿烂着，照耀着自己的同时，更照耀着人世间。我，始终无法站到一个点，哪

怕从一个角度，站上一个精神层面的高度。虽然，一直在寻找着。我也知道，要找到是很难，不然古人也不会有“朝闻道，夕死可以”的慨叹。

子在川上曰：逝者如斯夫。孔夫子不过是一个乡下温和还有些个性的老头儿，在两千五百年前就能站在乡人都经过的位置，看见乡人视而不见的时空高度，感觉人生如流水般流过，匆匆，匆匆，能留下的又是什么呢？道理虽浅显，妇孺皆知，却没有一个人表达出来，孔夫子高声说出来，被学生听见记住，光凭这一句，就是一个非同凡响的哲人。因为，他不仅站在川上，还站在一个精神层面的高度。无论多高，都和伏羲氏、佛祖等一样伟大。

我敬重麦加路上朝拜者一步一叩首的苦行僧精神，却不喜欢那样站在精神层面上。无论那精神多么崇高，多么伟大，灵魂能够净化、升腾，我真的不喜欢。人生的要意，首先是活着，其次才是生活，不管是人，还是神，都一样。

真的，锦衣玉食，我爱；琴棋书画，我也爱。但相比较而言，我更愿意站在一个精神层面的高度，俯瞰历史，仰望未来，活出自我。

品野

野山坡

宁静，自然，一道略微倾斜的野山坡。

阳光流过。清辉溢满。时光仿佛在这里伫步，无声无息地。

这儿实在没有特别的风景，倒有几分荒凉，或者说野趣吧，似乎并没有谁留意。青草，已孤独成白草了，乱蓬蓬的，白发苍苍。即便时令在夏季，青草的绿色也掩不住枯草的衰败。这大概正是自然的原色，枯朽的，滋生的，杂和在一起，随风摇曳，季节在这里已然分明不起来了。夏天，蕴涵着秋天的意味；秋天，白露为霜，草枯虫蛰，提前进入冬季了。

野山坡的季节，总是慢半拍，风却来得快，如飞，席卷而过。

坡上，也没有特别的树，有一株柳树，非要说特别，这棵柳树倒和平常生长在路边的柳树不一样，是倒插的，头大根小，一看便是不知何年何月插在坟上的坟杆，或丧棒，遇到雨天，没有人再摇，

晴空的阳光一晒，就发芽了，长成了大头娃娃一样的柳树。虽然，柳树下已消失了坟堆的痕迹，只有几块垒着的石头，是有人路过乘凉，还是坟主后人作的记号，已不得而知。远远看去，像一个端坐着的老汉，走累了，在歇脚。

树头上，有一个圆圆的柴草编织的老鸦窝，干枯，散乱，没有新的柴草修补，看来多年没有鸟儿入住了。若待久了，会发现，也不尽然。乌鸦离去的日子虽然久远，不时却有懒散的斑鸠，没更好的地方住时，就缩着脖子躲进破巢歇息，遮风避雨。有一年，甚至下了蛋，孵出三只可爱的小斑鸠，张着红牙牙的小嘴，伸长小脑袋，围住母斑鸠呀呀地，嗷嗷待哺。

这么荒凉的地方，对游人而言，的确没有更吸引人的地方。原生态是在生态失衡后，慢慢兴起的，那时到处山清水秀，鸟语花香，随处可见迷人的风景。像野山坡，自然无名。即便左边坡上有一小片松林，风来时，松涛阵阵，若苏东坡来兴许还有一点点诗意，除此以外，恐怕也没有人会发现欣赏这俯拾即是的诗意了。何况，这片松林并不大，高高矮矮，没有一株挺拔入云的，都像营养不良的老汉，或未老先衰，枝蔓横向发展，快成灌木丛了。地上被松针松塔儿覆盖着，灰茫茫的，难得见到一株野草，更不用说野花了。偶尔冒出一株老来红，枝蔓四散，和松树一个德行，快成宿根的了，每年不离窝儿生长着。连生命力旺盛的青草，也没有了血色，只长在树林边上，不往里边延伸。倒是腐而不烂的松针上，常常冒出黑色的灰白的野木耳，像野兔子的耳朵，又厚又大，立起来静听着林中的动静。雨后，天空晴朗，分外湛蓝高远起来，阳光温柔，散碎

的金子一样撒在地上，从柴草缝隙，钻出大大小小的蘑菇，大的有巴掌大，鲜艳无比，像单片片花儿，花瓣还要丰满；小的豆粒大，似豆子滚落草丛，又似含苞的花蕾，乳白色，缺少光亮，没有生气。蹿上蹿下、窜来窜去的松鼠，高举毛茸茸的大尾巴，如旗开得胜，嬉戏着飞进林间，一时又飞不出去的蝴蝶。只有这时，野山坡才有了一丝生气。到夜幕徐徐降临，风声乍起，若海浪呼啸，黑乎乎一片，仿佛无边无际的大海。

不知几时，月升月落，躲进云后，坡上亮起一盏灯，桅灯似的飘摇着，又似天边的星光，久久不动窝，只是在闪烁。这时，才讶然发现，原来这地方还有住家。胆小的会惊恐，会不会是民间传说中的灯笼鬼，在静寂的夜晚，打着灯笼，专门引诱过往的行人，将你引到万丈悬崖绝壁边，忽儿灭灯，不小心就闪入深渊，粉身碎骨，她却在崖边哈儿哈儿快意地笑着。

月亮露出了头，渐渐地，清辉映亮山坡，影影绰绰，有几间茅草屋，镶嵌在坡顶的沟崖边。

灯亮着，影子剪纸似的映在窗户上。风吹过，影子扭曲拉长。孤寂，但并不孤独，还有一个瘦削的影子。

沉寂中，隐隐约约，传来阵阵箫声，是箫声，悠然，轻松，自度的曲调，若一缕轻柔的晚风拂过，和不远处松林是截然两个世界。没过多久，竟有穿透箫声咿咿呀呀的歌声，婉转若莺，是自度曲子的《野居吟》，唱得有板有眼，懂音乐的人，从宫商角吕，自然听得出，这箫声，这歌声，都是专业训练有素，且天资绝佳，没有几十年的工夫，达不到如此炉火纯青的程度。可惜，在这荒郊漫野的野

山坡，只能与风声为舞，实在没有知音。几只野狼，饥饿的野狼，前爪抓入地里，亮着灯盏般的绿眼睛，竖起小耳朵，远远地听着，不敢出声。夜深露浓时，倒退着慢慢隐去，不敢靠近。有几回月黑风高，摸到了窗台下，也只是静静地听一会，又拖着尾巴，悄悄地逃遁了。

从茅屋飘出的歌曲，始终是自吟自唱，淡然，飘逸，却有些忘乎所以，视若无物，直到明月斜落，才熄灯息声，大概入睡了。寂静的野山坡，倏然沉入寂静的深夜。树，草，虫，甚至天穹上忽明忽暗的星辰，都随着沉睡了。

几声鸡鸣，几声犬吠，唤醒了山鸟雀儿，叽叽喳喳争鸣起来。明媚的阳光洒满山坡，新的一天在无声无息中，自然地展开了。良久，才从茅屋传出迷蒙的呓语："大梦谁先觉，平生唯我知。"

谁也没有想到，从茅屋走出的，并不是什么高人隐士，不过是一对苍老的布衣荆衩夫妇。一条灰布带，扎住长长的头发，黑白相杂的长发缨子似的披散着，随意，无形。土布褂子，土布围裙，麻履素面，鞋尖高高翘着，公鸡头似的。

不远处，松林旁，有开垦多年的土地，春种秋收，就算风调雨顺，长得也只一般，收不了多少。好在人少，加上野兽，也吃不了多少。何况采些野蘑菇、野木耳，挖一把野蒜，掏几颗鸟蛋，稍稍加工，就是一顿佳肴了。女主人又天性喜素。连他们都不记得，有多久没有动荤了。有一天，一只石鸡在檐前撞死，男的看了许久，留下一根彩色的羽毛，还是默默地拿起锄头，在一株松树下挖了坑，铺了一层茅草，将肥美的野石鸡厚葬了。

一行大雁，在瓦蓝的天穹，自然地摆着人字形，咕咕地长鸣着，头也不回，从野山坡飞过。汉子仰望天空，雁群定格了，是一个硕大的人字，恍惚回到从前，物是人非，不由地百感交集。久久，久久，才消失在目光深处。除了那支黑油油的古铁短箫，一直陪伴着他，过去岁月的东西，包括那曾幼稚地珍藏的瘦金体诏书，早遗弃了，在他身上几乎找不到什么了。

妻，那时还不是他的妻子，他叫她姐姐。姐姐心爱的桐木古琴，也在断弦的那一刻，永远丢在红楼里了，兵潮如水涌过，恐怕早无踪影了吧。随仓皇逃窜的人流起伏，除了自身，几乎什么也没有带出，连身上的衣裳，也是他随手从街坊破店捡来的，是再普通不过的灰土布衣裙。

空荡荡的草屋，有一截雷击后的焦树皮，像是古琴，如果那还算古琴的话。初来野山坡，无意看见这断木，捡起来，讶然发现，很像遗落的古琴。这造型，是自然形成的，和她的古琴十分相似，他便喊她，还是多年的习惯:“姐姐，你的古琴。”其实，她只比他大两岁，还很虚单。她端详良久，笑了:“无弦琴。”于是，便在这儿伫步，安家，守着这份荒凉，过去的繁华丢在了身后，渐渐遥远起来，终于朦胧消逝了。

从心底，他们喜欢这野山坡，也喜欢过这样乡野粗疏的日子，简简单单，无忧无虑。檐下的石条上，只拴着一只瘦小的毛驴，也不是代步的，不过是在每年的秋天，到松林边的地里，哒儿哒儿地，替他们驮回十几捆谷黍，平日只是悠闲地吃草睡觉了。生活节奏，和他们没有什么两样。

人的欲望和爱好，日渐萎缩，已所剩无几。只喜欢在阳光融融的正午，脱光衣衫，趴在自做的木棍苇皮躺椅上，晒晒暖暖，那时还不叫日光浴。身上的肌肤依然光滑洁白，好看的花纹依然爬满脊背，大胳膊上刺青的燕子，还没有苍老，黑油油的，翩翩欲飞。只有这时，他妻子安详地坐在躺椅旁的树墩上，伸出枯瘦颀长的手，摸着那刺青，露出开心的笑容，仿佛又回到那个久远的年月。

一切都留在了过去，封尘了，不愿再打开。

栖身的野山坡，宁静，荒凉，却并不寂寞的野山坡，有狐兔为舞。

一条若隐若现蜿蜒的羊肠小道，蛇一样爬坡，零零落落几个小驴粪蛋，也是那只瘦驴拉下的，没人收拾，干透了。

冬天的野山坡最美，大雪覆盖，白茫茫一片，连一串串野兔的踪迹，也是雪白的。时光，就这样在野山坡散漫慵懒地流淌着，几乎没有什么白天黑夜的概念了，大概进入了无休无止无知无觉的永恒。没有岁月的野山坡。宁静，自然，千年如是。

野塔林

一片土林，塔群一样的土林，是自然风化的。

天知地知，这土塔林是何时形成，又是如何形成的。尽管有种种传说，很久很久以前，大水漫过，土丘被豁然分割，留下这土林地貌；或许是地陷，低处沉降，高处隆起，经历了多少风风雨雨，磨砺成塔样的土林。这只是传说罢了，猜想的成分很多。但塔林的确

存在着，在动植物的意识之外，卓然林立。

远看，塔尖高高矮矮，在丘陵起伏的黄土地上林立着。近看，不过是高耸的土桩，自然形成，并不规则。土桩中间，有许多相同的洞窟窿，洞壁光溜，没有一丝凿痕，很像土鼠挖的窝窟窿，经过风吹，旋转的风经过，洞壁被天然打磨了。洞的中间，有土罐样的东西，上下顶着，年深日久，早粘在一起，浑然一体了，仿佛天然的塔柱。

这片野塔林，地处荒凉不毛之地，干硬结板的黄土地上，寸草不生。只是偶尔，在土塔上，会有一株枯萎干黄的黄蒿子，雨后，才有丝丝绿意，还活着。塔壁低处，长着一层毛茸茸发黄干涩的苔藓，似乎从来没有绿过。这大概是方圆三里土林里，唯一茁壮生长的植物了。

土林的边缘，被一望无际的碱滩包围着，上边生长着稀稀拉拉的白草，草上有金黄的丝线缠绕着，这些丝蔓没有根子，俗称无根草。难得一见的是一种独根低矮叶子稀少的香草，开几朵黄豆大的蓝花，散发出淡淡的清香。清晨，有些湿润气，灰黄的土地上，还有丝丝若有若无的绿意，一到正午，阳光流溢，变得一片灰白，落了一层薄霜似的，这就是土碱。这种碱地，除了白草，几乎寸草不生，谷黍撒在地里，连芽都不发，更不用说生长了。野兔除非在猎物追逐下，躲无可躲，误入碱滩，一般嗅见碱味就躲远了。只有一种蛇妈子，像小蜥蜴的东西，在阳光洒照的草地上窜来窜去，钻到土块下边，喘气小憩。

十里方圆，没有烟火味。甚至没有看见牛羊的踪影。只有高耸

林立的野塔林，守望着白天、黑夜，任时光缓慢地流去，绵绵不绝，或者更像静止一般。夕阳西斜时，空旷无比瓦蓝瓦蓝的天穹上，或许会翔旋着一两只黑色的大雕，在土塔林上空展翅盘旋着，盘旋着，从不降落，偶尔会发出一两声孤独的嘶鸣，声音久久不散，回荡在林间。

野塔林的夜晚并不宁静，无论春秋，还是冬季，呼啸的风平地而起，在塔林中回环旋转着，风过之处，从塔腰的洞窟发出种种奇怪的鸣叫，交织在一起，如鬼哭狼嚎，响声震天。不时，从塔腰的风洞，闪出一点一点的幽光，明明灭灭，如灯飘忽。是磷火发光，俗称灯笼鬼。这时的塔林，似乎充满妖气，相当恐怖，号称魔鬼城。夜晚，在恐怖中不觉流过。晨曦中，塔林干干净净，如清扫过一般，只是，在干净的土地上，渗出锅口大的血印，黑红的血印，如图画一样散布在土林间。在太阳的映照下，愈来愈淡，最后消失了，还原了黄土的本色。没有亲历，只当是一个传说。

野塔林的白天，却相当宁静，无风无雨，没有一丝土尘。只有充足的阳光，在自由地流溢，有时能看见阳光的影子在移动。那阳光似温暖的大手，抚摸着土塔，也抚摸着托起土塔的丘陵。不知从哪儿窜出许多条蛇，舒展着花花绿绿的身体，绳索一样丢弃在那里，任阳光滑过，懒得蠕动。

只有这时，从野塔林里土陵下的古洞里，弓着腰走出一个须眉皆白的独臂行者，黑铁箍紧束着满头长发，像雪白的瀑布，从脑后额前流泻而下。伸个懒腰，脱去灰布短衫，露出皮包骨的身子，瘦骨嶙峋，蛇一样躺下，晒着暖暖的。蛇妈子从腋下窜上，在肚皮上

窜来窜去。一会儿，一股股热流，在周身流窜，如温泉的水漫过。

身后的古窑洞，显然也是天然的，并不深，高大的驼背行者，躺在里边，若舒展身子，大脚板恐怕也从栅栏门挤出来了。说栅栏门，也算不上真正的门，不过取几根木棍拿荆条捆成的，无非是在夜深人静熟睡时，遮挡野生动物随意闯入。

行者躺在阳光下不久，一袋烟的功夫，从门缝挤出一只山羊，摇摆身子，黑白相间的胡子一翘一翘地，慢悠悠地移向塔林边，在碱滩地停下，悠闲地啃着白草。

这老山羊自然是老行者的。是他从一只野狼血口中救下的。惊慌的山羊，在野狼的追逐下，躲无可躲，逃入野塔林，在土塔间绕来绕去，发出绝望的撕心揪肺的哀叫。行者正巧化缘归来，看见野狼仍穷追不舍，是一只怀孕的母狼，大概饿了几天，有气无力地追着，总差一箭之地。行者挥起独臂，一股刀气若隐若现，又缓缓放下，从布包摸出一块干饼，丢给饥饿的母狼。母狼嗅了嗅，围着干饼转起圈来，并不吃。山羊倒在不远处，喘着粗气。行者弯下腰，猛地咬破指头，殷红的鲜血从指度上渗出，一滴一滴掉在干饼上。母狼停止了转圈，嗅了下，贪婪地吃起来。母狼有了精神，抖擞身上的灰毛，眼睛闪着绿光，盯了眼山羊，又看看行者，慢慢倒退而去，几十步远时，才转过身，一阵风窜走了。行者抱着山羊，送到草地边，放下，回到古洞。转身时才发现，山羊跟了进来。从此就留下，白天吃草，夜晚陪伴着他。

野狼几乎每年秋冬之季，总要来两趟，就在那几天，前后不会相差多少。带着长大的两个狼崽子，叼着一些野兔野獾子之类，丢

在古洞口，在阳光地陪他晒一会儿太阳，嚎叫几声，就退走了，一转身，早消失得无影无踪，只留下一股股狼腥味。

风，吹过碱滩，白草摇曳，空旷，寂远，无声无息。

连独臂行者也记不清，在这片荒凉的野塔林，待了多少年。他只记得，背着两口袋小陶罐来到塔林时，还是一个壮小伙子，乌黑的长发披在肩上，身板和土塔一样结实直立。小陶罐里是他收集的兄弟姐妹的骨灰，没有骨灰的，就烧了一些生前的遗物，抓把土灰，放进陶罐里。找到记忆中荒无人烟的土塔林，将拳头大的陶罐塞进塔腰风化的鼠洞。当他头发花白后，他发现，陶罐在风吹雨浸中，早和泥土粘在一起了。这自然不是三年五载的事情。多少年，春春冬冬，在他，实在没有多少区别了。

一晃多少年过去，一个人守着野塔林，过着修行的日子，早成了逍遥的野行者了。他已不知岁月，有时甚至忘去饥饿，脑海里一片空白，和野塔林上的天空一样，晴朗湛蓝，没有云朵飘过，凝固了。大雕翔旋时，也不过多了一个黑点，就像他站在古窑洞顶上，远眺天穹边朦朦胧胧半圆的火山丘一样，也是一个黑点。只有这时，脑海里才闪现出一座蓝色的浮石山，山顶上顶住天穹的古寺。又一闪，山清水秀，一座柔和的六棱砖塔，游人如织，似乎漂浮着，他不喜欢。这一切不过是闪念间的事情，像寒光一闪即逝的戒刀幽光，什么也没有留下，脑海里空洞无物，像一张乳白的纸，掩住过去的记忆。眼睛里，一无所有，连野塔林也消失了。

他想，哪里又有什么行者，塔林，陶罐，不过是幻象。大地沉沉，寂然无声，像半圆的浮石丘，永远沉寂了，轻飘飘的，浮着，

也不知是从天上掉下的，还是从大地深处钻出地面，在瞬息间凝固了，由滚烫到冰凉，由柔软到坚硬，几乎是在瞬息间完成的。

野塔林自然还在，在风中回吟，在阳光下静栖，随时光流过，前不见头，后不见尾，只有自然的土塔在大自然中存在着。

野蚕豆

夜晚不紧不慢地，还没有完全走过。凌晨，窗户纸一样朦朦胧胧。

连绵起伏的大山依然沉睡着，苍苍茫茫，犹在梦中。水墨画似的山乡，镶嵌在山间旷阔的大地上，田野，树木，茅屋瓦舍，静脉地，泼墨在淡蓝的穹庐下，随看不见的时光缓缓流逝。穿越村庄的小河，静寂如练，不走到跟前，是听不见潺湲流淌的水声。

一条蛇形土路，蠕动着，蜿蜒到一座独立的破庙里。细竹片插了一圈，高高矮矮，并没有将小路截断，路面凸出的光滑的石块，更像蛇身上的斑点，在阳光下跳跃着，好似穿越草丛，入洞的长蛇，半截身子摇摇摆摆，即将入洞的瞬间。

门，半掩着。是两扇油漆斑驳的破门，重叠的指印留在铁门环上，磨出一道指印凹，凹内溜光可鉴，凹外锈迹斑斑，数不清的岁月，悄然流过指间，留在了环上。靠门框的窗户上，立着块木牌，说是木牌，其实是圆木最外边的标皮，木匠丢弃的废料。上边四个墨字工整秀气，像名流手笔，却没落印款，“平民学校”，看来也只平平常常了。乡下普通的破庙，一个流浪的先生，累了，停下，办了一所有教无类的平民学校，连干肉条都免了。

外墙角，是有一截废铁轨，悬挂在枝枯叶稀的老杏树杈上，铁锤插在铁轨的圆孔里。也许，钟声昨天还在回响，但此时却寂然无声。一只红嘴头乌鸦从枝蔓跳到铁轨上，张大嘴，终于没有鸣叫，又飞走了。

几株野蚕豆，爬山虎一样漫不经心地爬过竹墙，头不知伸向何处。灰绿的豆角，断指似的吊在枝蔓的叶片间，随晨风自然地摇晃着。晶莹的露珠，闪着幽光，在阳光照射前静静地滚动着，自由，随意。

对清晨而言，那个暴风骤雨的夜晚，毕竟已经遥远。存在了千百万年的山乡，就这样静寂地生存着，自然地生存着，生生息息，和花开花谢，冬去春来，真的没有两样。

庙里依然沉寂。也许从来就没有香火鼎盛过，乡野的神佛，和乡下人一样，本来就没有太高的要求。曾经的香火，曾经发生过的事情，不会留下多少蛛丝马迹，早成了悠远的记忆，不知留在了谁的脑海。一切仿佛都没有发生，哪怕已经发生过了，流过的只是无数的白天和夜晚。台上的泥塑，只剩下盘坐的腿了，残存在座上，风化的已经看不出断痕了，更无从寻觅断裂的缘由。甚至无法判断，这神像是法力无边的佛祖，还是普度众生的观音，或是忠善义勇的关二爷。神座下是新盘的土灶，灰烬犹在，熄灭的时间不会太长久。灶边米缸空了，没有一粒米。吃惯了自来食的土鼠，流着涎水，大概懒得觅食，饿死了，用不了多久，不被野猫吃掉，就风干成木乃伊了。当水瓮用的瓦罐里还有清澈的泉水，泥土澄在罐底了。灶上的铁锅里，有半锅煮熟的野蚕豆，死蚕一样地僵硬了，曾经的热气早

已冰凉，化成水珠落在屋里，滋润着满是灰尘的空气。

供桌上的油灯熬干了，灯盏空荡荡的，灯捻燃尽，飘不去的青烟，仿佛还悬在空中。桌腿下，一双脚尖破了洞的千层底布鞋，静静地躺着。几只幼鼠轮流从破洞伸出小脑袋，不时瞄着外边。

供桌上，丢着半碗野蚕豆。青花碗下压着一张字条，和门口牌上的字如出一辙，秀丽端庄，“蚕豆有毒”，最后一笔拉得很长，拖到了桌子上，显然用尽了生命的余力，警示饥不择食欲吃野蚕豆的人。和木牌一样，没有落款，这回是来不及落款了。不过，不远处躺着一册自家装订的麻纸识字课本，上面倒有署名“陈老二”。和没署一样，百家姓里，陈姓也属平常，老二不过是乡间兄弟的排行，和放羊赶驴的阿三阿四没有两样。

庙后，有一座坟丘，并不大，卧牛大小，新土上插满山间野花，有枯萎的，有新鲜的。坟头有一块木牌，和庙门口的牌子一模一样，大概是圆木另一面的标皮。奇怪的是，上边的字也和“平民学校”的字体一模一样，“陈老二之墓”，出自一人之手。坟里埋着的先生，大概就是写木牌的人，叫陈老二的先生了。用不了多久，像其他的坟丘一样，将长满野草，和其他死去的兄弟一样，渐渐被遗忘。没有人知道先生的来历，起码十里方圆没人知晓。他自已也说失忆了，不知是有意还是无意。连他和善的面容，浮在嘴角的微笑，也渐渐遥远了，仿佛天空上飘过的流云，虽美丽，也淡出了视线，被遗忘了。

太阳冉冉升起，阳光洒满田野、破庙，慢慢爬过庙脊，落在坟上。田野上古老的木制风车，悠闲自然地随风自转。

远处，牛哞，羊咩，鸟语花香。更远处的大山，依然连绵起伏，

灰茫茫的，神龙一样不见头尾。

生长了千百万年的野蚕豆，尽管有毒，却还在默默生长，四处蔓延，漫过低矮的东倒西歪的竹片墙，向庙门爬去。

野菊花

雾里，古城的影子，在弥漫中，连朦胧的隆廓都消隐了。

遥远的地方，天海一色，灰茫茫的，手里端得笨泥碗一样，失去了光亮。这老鸡皮似的手，裸露的青筋两边爬满皱纹，像多腿的蚰蜒，伏在斑斑驳驳的墙上，懒得蠕动，标本一样沉浸在停顿的时光里。鲜活，曾经的，随同古城的影子消散了，污泥浊水中的鱼鳞似的，收拾不起，漫随缓慢流淌的气息，停伫，凝固，腐烂，沉寂起来。

时光就这样无声无息地流淌，遇见物体，不是绕道，而是毫不费力地穿越而过，不知流向哪里。或许，和记忆一样存在着，某一天，某一刻，又会飘然而至，宛然如生。没有谁会喜欢这样的天气，心情被感染，也沉闷起来，灰茫茫的，不知是留是去，无所适存。无形中，日子被拉长了，影子似的挥之不去，淤泥似的堆积起来，泥浆中的鱼，挣扎着吐泡，还是透不过气来。在干涸凝结的瞬间，成了结在泥板间的鱼化石，或许什么都成不了，溶化到泥土里，无影无踪了。水归源泉，碳肥沃土，千百万年如是。

其实，眼前，一望无际，黄翠翠、紫晶晶的野菊花，一簇簇，一片片，软缎一样铺在大地上，风平浪静的花海，和古老的菊花石

没有什么两样了，自然地生长，自然地枯萎，春去秋来，一年一年，重复着。倘若错过季节，还真以为，永远就是这样，漫无边际的野菊花，粉一片，黄一片，铺洒在光滑的绸缎上。雾中，愈暗淡，愈显得厚重滑腻。

浓雾散去，天光明柔。一轮如洗的太阳，镶嵌在碧青的天空，仿佛记忆中那方端砚，中间也有一颗菊黄的太阳，墨水掩不住它的光亮。清丽的天穹下，一望无垠的野菊花，在阳光映照下，忽儿生动起来，枝节摇曳，花蕾微颤，花朵绽放着，露出一张张笑脸，笑得灿烂有声。这大概就是野菊花最开心的季节。

远方的古城走近了，就在野菊花地畔的边缘。紫色的、黄色的菊浪，一波一波，此起彼伏，推向倾斜的城墙，击打着，给灰暗的城墙披上了彩绸，在风中舞动飘扬。连枯黄的苍苔，也鲜艳起来，如初春的树，勃发出盎然的生机。

无论从哪一个角度看，古城还是相当遥远，像坐落在大海上的孤岛，更像海上漂浮的海市蜃楼。听说，有一种虫子，飞聚在一起，闪着光，便会出现变幻无穷的幻影；还有一种草，叫迷幻草，散发的芳香，也会出现奇异的叠影；更有一种海妖，坐在礁石上，美人一样唱着动听的歌谣，便出现了歌中的幻境，逼真，迷人，专门迷惑远来的船只，触礁，沉没。然而，眼前的野菊花，却是真实的，伸手可触。虽然，无边无际的野菊花，看久了，很容易迷失其中，不知自己，粉红、金黄的菊浪，将一切淹没，海水一样，倾漫着，看不出起落。尤其是那花香，将空气都浸透同化了，空间里，只有看不见却闻得见的菊香。即使在冬天，皑皑白雪，覆盖了大地，包裹了

茅屋，一片银白的琉璃世界里，还是弥漫着菊香，由初时淡淡的逐渐浓郁起来。尤其是低矮的茅屋，菊香味浓烈，一股一股地往外散发着，是名副其实的菊屋。不要说，就知道，这里曾经是野菊花的天地，野菊花的世界。相对而言，菊屋的主人，一个鹤发鸡皮、慈眉善目的老太太，和翩飞在野菊花丛中的蝴蝶，或者蜜蜂，没有两样，是寻香而来，远看，不过是一个会动的黑点。

站在菊屋前，或走入菊花中。菊丛里，并没有路，羊肠小道也没有，连踩下的脚印，也被茂密的菊花掩蔽了。几场雨后，便完全消失了。茅屋和远方的城市，并没有道路连接，所能连接的，只有瓦蓝的天穹，和茫茫无垠的野菊田。空旷，辽远，像处在梦的两边。菊花梦，一边是古城，朦胧的古城，一边是菊屋，栖身的菊屋。

梦中，一切都遥远起来，沉落了，野菊丛像一块柔软的床垫，将老太太深深地陷进里边，舒坦，自在，笑靥如花，飘了起来，带着菊香味。笑醒，睡眼迷蒙，阳光推着菊香，漫入茅屋，她竟然想，我就是童话中那个菊花女王。但很快，就被菊香淹没了，熔化了。就像阳光明媚晴好的日子，追着蜜蜂，追着蝴蝶，到了齐腰深的菊丛里，走累了，蹲下，一下子迷失了身影，风吹花摇，无垠的大地上，只有野菊花了。花海倾溢着，倾溢着，音乐如水，天海合一。

那一年，随马队狂奔，一路跌落满头的野菊花，停伫在这一片辽阔的菊地上，她再也走不动了，痴迷地看着遍地的野菊花，闻着花香，感到分外的亲切，也不知是前世还是今生的缘。说什么也不让身后的马队，再践踏这片绿原花海，匆匆地带着如潮的马队离开了，没留下一丝火药味。但这片野菊花，烂漫的野菊花，却留在她

的脑海，春开秋落，一年一年地开着，最后，竟成了永远的景致，没有四季，只有开不败的野菊花。走过多少地方，经历了多少浪漫，她终于肯抛下一切，心甘情愿地，只穿着那身朴素的蓝底子碎白菊花衫，来到这片梦中的菊花地。

从此，她成了第一个恐怕也是最后一个野菊花地的居民。其实，并不是第一个，有野兔、野羊，还有蝴蝶和蜜蜂，她们才是野菊花最早的居民，真正的主人。和野狐狸一样，她，只是野菊地的客人。自然不完全是，野狐狸偷吃几口野蜂蜜，笑眯眯地撅着尾巴走远了。而她却住了下来，还成了这儿长久的居民。起码，野蜜蜂是承认的，房檐下，墙后角，有许多紧粘的蜂房，掉光籽的葵花饼似的，蜜蜂和她相邻着，分享夏天的快乐。有一年，甚至有两只燕子，在檐前筑了窝，住了下来，冬去春来，呢喃着，向她诉说离别后的故事。

以至于，她将过往忘得一干二净。她喜欢这地方，更喜欢这样的日子，宁静，悠然，并不寂寞。

野菊花开后，她便忙碌起来，像蝴蝶一样，采集花粉；像蜜蜂一样，酿造菊蜜。也摘一些野菊花，阴干，泡菊花水喝。拔几十捆野菊花杆儿，晒干，烧火越冬。渴了，有菊蜜喝，兑一些收集在瓦罐里的菊露。饿了，烙野菊粉饼子吃。更多的时候，什么也不做，坐在檐下的木墩子上，看菊浪潮涌，蝶舞蜂飞。即使没有了野菊花，坐在檐前，任阳光轻抚，嗅着地里残留的菊香，似睡非睡，迷迷蒙蒙，日子不觉就流过了，和空气流淌一样。偶尔，雷雨天气，似乎又听见轰鸣的枪炮，嗅见难闻的枪药味，看见冲天的雪亮的大火。记忆闪电一样亮起来，她笑笑，知道是雷鸣闪电，很快，消逝了，

沉寂下来。过往的岁月匆匆流逝，从不停伫，她不想，也没有时间回味。像远方那座古城，虽极尽繁华，但最后还是沉寂了，遥远了。

只有身边一望无际的野菊花，包围着她，托浮着她，熔化着她，一缕缕轻烟似的菊香，轻轻飘过，她沉入最后的梦乡。她呢喃着，声音愈来愈小：“呵，我的野菊花。”

野羊岭

一条深沟，两边的坡斜倾着，墨绿墨绿，从幽深的沟底到高耸的崖上，生长着一种不知名的灌木，远看郁郁葱葱，近瞧绿意欲滴，鱼鳞大的叶片，闪着绿光，有细小的水珠成串地凝结在上边，仿佛叶瓣裸露的筋脉。

这墨绿潮水似的漫过山崖，延伸到天边，和瓦蓝的天穹相接了，融合在一起，成了另一种颜色，极像旗袍上镶的绲边。

天空如洗，澄澈，凝练，没有一只鸟飞过。

若有若无的流水声，隐蔽在沟底高低起伏的灌木丛里，像蜿蜒的蛇，穿越林间发出的声音。山泉不知从哪儿涌出，更不知道要流到哪里，会流多远。

在这绿色蔓延的野羊岭，一直有一个传说，在山沟里，生长着一群野山羊，黑的纯黑，白的纯白，长得很像青藏高原上的牦牛，不过个头更小一些。这种野山羊机警异常，健步如飞，偶尔闯入的猎手都难以捕获，只见过一阵风似的刮过，捕捉到一些影子而已。沟中有处绝壁，据说才是真正的野羊岭，是野山羊大量出没的地方。

究竟在何处，山荆丛生，无路可寻，人迹罕至，没有谁知道。

在墨绿丛林的尽头，也许还算不上尽头，只是到这里，林木稀疏起来，且不再丛生，长成碗口粗的树，有一个老鸦窝一样圆圆的树巢，也许与丛林本来不是一个品种，只是叶子相似而已。

这儿别是一番天地。那边春意盎然，这边还是冰河时期。河底的冰一片雪白，晶莹，通透，下面有诗经时代采薇的荇菜，停伫的小鱼，清清楚楚，和一块天然的琥珀没有什么两样。

冰河岸上，是层层梯田，有粪堆，还没有播种。黑红的土地湿漉漉的，显然很肥沃。地塄上边有栅栏和荆巴围起的羊圈，空荡荡的，羊粪片子，羊粪朵儿，扫在角落，堆积成一座小山包。

若不走近，很难发现断崖间隐蔽的茅屋。茅屋的原木门敞开着，里边除了粗制的陶缸瓦罐土碗，几乎一无所有。

这里毫无声息。偶尔从坡上传来一两声鸡鸣，也分辨不出是山鸡，还是家鸡。

在沟底，流水的一边，有一条发白的羊肠小道，在雨后泥泞时留下的羊蹄印，密密麻麻，天晴后太阳一晒，干成了泥印子，像雕刻似的有棱角。流淌的泉水时大时小，有时突然被一块硕大的卵石挡住了去路，从两边的缝隙涌过。走近时才讶然发现，在卵石与山崖间，是一线天，仅容一两只野山羊穿过。大卵石那边，豁然开朗，山明水秀，树的品种多了起来，有野核桃树、野花椒树、野枣树，偶尔还有一两棵笔挺的梧桐，以及许多叫不上名字的大树，粗粗细细，高高矮矮，大多数还开花结果。这些花草树木，沟外没有。

山坡上，有一种和玉米相仿的植物，杆儿和玉米秆没多少区别，

只是根部不是紫红的，叶子更像树叶，也结玉米棒子，没有绿棒衣包着，直裸露在外边，金黄的玉米粒，又小又齐整，如珠贝水灵。这玉米棒只能看，不能吃，是种美丽的观赏植物，是美景自然的点缀。还有一种花，叶子大而稀疏，紫红、金黄的花朵，足有碗大，是满瓢瓢的，散发出阵阵迷香，久闻玄晕，好像叫野罂粟，能止痛。有几只大蜜蜂，在花蕊上飞来荡去，采撷花粉。两只大粉蝶，扑扇着粉嫩的翅翼，跳着轻盈的蝶舞。

到这里，树木忽儿稀少起来，深沟两边的山崖光秃秃的，是断层岩，一层一层断裂着，形成规则的山石头阶，从沟底沿一直耸立到山顶，仿佛人工开凿，却没有一丝凿痕。锋利的快刀一刀一刀劈出的。从半腰开始，每一级台阶上，站着一只野山羊，黑的，白的，向着阳光雄鸡傲立。远看像黑白的棋子，有高人隐身崖间，在下高妙的围棋。那布局，绵延不绝，相当高妙，没有一丝破绽。

这野山羊尤为特别。长长的毛，乌黑发亮，柔顺而有质感，像老道的须，飘逸着，几乎遮住颜面。腿上也是长毛，尾巴比两个巴掌还要大，紧紧粘在肥臀上，一动不动，很像大理石雕塑的山羊。白山羊那种白，一尘不染，水玉一样温润。

山崖下一片片浓绿的水草中，露出几条牛脊背，那牛毛色，比最高档的地毯还要光亮，像滑润的软缎。抬高肥大的牛头，牛眼睛清澈如山泉，叫声清越响亮，在空旷的山间久久回荡。若不走近，在草丛中小黄牛脊背上，坐着一个小男孩，长长的略带卷曲的头发自然披散着，有些发红的脸膛像紫皮山药一样，沙沙的。他悠然地，手里握着一卷羊皮书，是繁体手写字，古朴，却并不端庄，有些像

原本《易经》。

若不是冒险进山沟采风，不是被天然无污染的野山沟所迷恋，我也不会迷路，其实，除了若隐若现的羊道，被树枝野草遮挡着，再也没有什么可走的路了。披荆斩棘，闯过许多险境，才走到这宽阔地带，传说中的野羊岭。自然不会遇见这个小男孩，半野人似的山里娃，才知道并非人迹罕至。原以为，这是一群野山羊。小男孩说，我的，我养的。夜晚就和野山羊宿在沟沿上的栅栏圈里。小男孩随手摘了一片树叶，放在唇上，轻轻一吹，便发出一串奇怪而动听的乐音，山崖断层上的羊竟刷地回过头，齐向这边凝视着，等待新的口令，随时准备一级一级跳下来。小男孩笑了："你看，是真的吧？"

小男孩盯着我胸前挂着的照相机，好奇地端详着，良久才问："这是啥子玩意吗？"他伸出指关节粗大突出的小手，小心翼翼地抚摸着，喃喃着，从没有见过这些罕物儿，有什么用呢。他还说，除了父亲，挑着自编的山条筐子出过大山沟，他和他妈从来都没有出去过。

听到他父母的名字，我惊讶得险些跳起来。瞬间跌入悠远的记忆中。难道，难道他们真会是失踪二十多年的师兄学妹？那年，他们递上辞呈，飘然而去，从此杳无音信。谁又会想到，却会隐居在这个人迹罕至的山沟里。二十多年，世外翻天覆地，他们又是如何度过山中静寂的日子，淡然如此呢？凭他们的才气，若是坚守岗位，或出国深造，早已是博导，成了学界泰斗了。

谜一样的人生，和这谜一样的大黑沟一样，一直静静地存在着，

只是不为世人所知罢了。

穿着蒙古袍的小男孩说，除了见过父亲从外边挑回来的盐面，雪似的盐面，大山外面的东西，他什么也没有见过。不过，他笑了，露出雪白的牙齿，眼睛清澈见底，水汪汪的，山里的月亮很大。有一回，躺在羊圈，睁开眼睛看时，碾盘大的月亮就在头顶上，悬挂着，一动不动。

他自豪地说，这群野山羊里有的羊，比他年龄还要大。他没出生时，野山羊就在这儿疯跑了，就这么多，他父亲捕捉了五只，和两头牛，一匹毛驴圈在梯田上的栅栏圈里，饲养着。有几次，羊差点撞坏栅栏跑了。羊，很不听父亲的话，小男孩哧哧地笑着，相当纯真烂漫，常常拿头撞我爹，有几回，甚至撞倒了，跌了屁墩儿。是他五岁时拉着几只野山羊到沟边吃草，他无意间摘下一片树叶，学着爹爹吹箫的样子，吹了一曲自编的山羊曲，羊很喜欢，仰起头跟着鸣叫起来，才引回十几只大大小小的野山羊，后来越引越多，到现在有二百三十一只了，用不了几年，就会有五百多只。孩子伸出鸡爪一样的手来回翻动着，忽儿停了下来。不会再多了，再多了岭上的石阶站不下了。他有些得意，说，从那时起，父亲不再过问羊群的事，全托付给他了，除了严冬，从树木发芽时，他就和野山羊群吃住在一起了。只有吃完一袋子糕饼子，不想吃野果子野瓜儿时，才回家一趟。

真的想象不出，这个刚刚八岁的小男孩，是如何驯养一大群野山羊的。野性十足，自由散漫的野山羊，又为什么会服服帖帖地听这个小孩的话。

大黑沟中的夜晚，沉寂欲碎。天穹低垂，星星贼亮的眼睛一样，就在眼前闪烁，伸手可触。流淌的溪水发出单调的声音，除了阴雨天有点风吹草动，平常静的欲碎，隐隐感觉有野兽袭来，在不远处止步了，野山羊稍稍骚动会儿，又平静下来，甚至听得见溪边咕噜咕噜的喝水声，偶尔还伴有几声怪叫。是狼，是豹，是蛇，还是怪兽，自然不是野鸡，已经分辨不清了。这样寂静、恐怖的长夜，一个孩子和一群羊、几头牛，安然坦然地度过，真的想象不出。问小男孩，怕吗，他笑了，笑得是那么灿烂，和野山羊群在一起，没什么好怕的，再说，野兽感觉不到威胁，自过它们的生活，不会随意伤害别的，自然也包括人。

但这儿，绿色包裹的大黑沟，的确像传说中的桃花源。显然，孩子的父母，没有向他说过太多沟外的事，更没有谈过他们的从前。在孩子的眼睛里，只有这沟沟水水，漫山遍野的花草树木，还有和他日夜生活在一起的野山羊。

野人寨

荒沟，野岭，断壁。

最高处的断崖，刀削斧劈一样，孤寂的矗立着，一毛不生。自上而下，是三排错落有致整齐低矮的崖打窑，门窗荡然无存，或者原本就没有。一排十几眼之多，洞口几乎一样大，是门洞形的，一头野猪能畅通无阻地出入，一头野驴就有卡住的危险，不论怎样进入。一旦卡住，进不得，出不得，不过，这种现象似乎并不会发生，

很简单，这儿并不是野驴洞，且不说野驴有没有洞。自古传说，这儿就是野人寨，行走如飞、攀缘如猿的野人，就在这里结穴聚居。也许，在很古的时候，这儿阳光明媚，雨露丰润，崖顶有参天的大树，春天开着碗大的鲜花，夏天结着拳头大的美果，树下有长长的缠绕的青藤，瀑布一样披在崖面上，野人便是攀缘着藤条，上上下下，无忧无虑，在窑洞里安居生活的。

多少年过去，甚至是千百万年，大树干枯而死，藤蔓无所依附，随呼啸而过的风飘走了，剩下光秃秃的窑洞，裸露着，黑洞洞的，如枯颅上深陷的眼睛窟窿，茫然地凝视着远方，默默无言。野人自然鸟散而去，或者真的是进化了，变成了智人，寻找更宜居的地方，过起更平稳的农耕生活。那时，野猪早驯化成了家猪，生儿育女，成了人们盘中的美餐；野驴不再乱跑，脚步慢了起来，会乖乖地拖粮拉磨了。野人的野性褪尽，成了春种秋收，偶尔心血来潮打打猎的农人。

一切都成了传说，成了故事，遥远起来。只有崖下的窑洞还在，风吹雨打，洞壁上的烟尘，早淡化了，没有了烟火味，只有愈来愈淡的褐迹。甚至找不到野人用过的石刀石斧，骨针草线，偶尔有一二遗落的残缺不全的陶片，已分不清是哪年哪月，哪个朝代留下的了，甚至分辨不清是盆是罐，或者是笨重的土碗。上边没有文字，也没有图案，是纯手工本色陶片。

在对面的山梁，稍微下坡的地方，周边人们叫二岭的地方，有几处残缺破败的窑洞，比野人洞要高大的窑洞，年代虽久远，似乎还可考证。因为不远处，儿眼依崖新碹的窑洞，门窗俱全，玻璃虽

小，光线却通透，显然里边还有着鲜活的生命迹象。他们说，那断壁残垣，就是他们祖先留下的，不知经过了多少人之手，才废弃的。但二岭那边的一岭，岭上成排的洞穴，却是野人留下的，至于野人的故事，不要说他们，他们的祖先也说不出个子丑寅卯了。

一切都成了谜。在二岭人的眼里，也算不上谜，不就是三排古洞穴吗，又低，又矮，又浅，又无路可走，没有用处，自然更没有考究的意义了。多少辈人，从来不会留意，也懒得爬进爬出，只知道那地方荒凉着呢，叫野人寨。

相对于连绵起伏的大山，小小的野人寨，的确算不了什么。寸草不生，百虫不侵，无家可归的野蛇，宁愿伏在草丛，数星星看月亮，忍受露水的浸透，也不愿靠近野人洞半步。瞅一眼都心跳眼晕，隐隐有种惊恐不安的感觉。有时候，却从顶上或门窗缝隙，毫不客气地窜进二岭人的窑洞，偷吃鸡蛋。至于老鼠，更是洞中的不速之客了，有时候听见洞顶索索作响，来不及点亮油灯，老鼠一家子赶大轮下，扑通扑通，早从穿透的洞顶掉到地上，不慌不忙地觅食了，胆子相当大，慢慢地靠近油灯，旁若无人地舔食油灯盏里燃过的油渍。

遇到这种情况，按照祖上的规矩，二岭人并不攻击这些来犯的侵略者，而是取一只山条筐，拿铁锹小心翼翼地铲到筐里，连夜送到岭下的草丛里，任由它们窜走。在二岭，从来没有发生过毒蛇咬伤人的事。在二岭人的眼里，每一个动物，哪怕是小小的昆虫，都和他们一样，是一个生命，都应该尊重。她们养鸡，只吃蛋，从来不会杀鸡吃，直到鸡子老死。偶尔卖给进山采药的人，随便给几个

钱，就可以成串地拴着提走。

一眼破窑洞，门窗歪歪扭扭。从里边传出猪哼哼的叫声，寻声望去，里边竟养着一头大猪，伏在地上，黑乎乎一片，土炕一样宽大，足有上千斤重，肥头大耳，眼睛铁铃铛似的，仿佛会发出声响。旁边窑洞的女主人说，这是男主人有一天下山后，从一个挑着担子的猪贩子手里买下的，当时看着小猪猪可爱，当小狗狗养着玩的，不想越长越大，快占满半个窑洞了，没有办法，只好养着。猪食盆从窗口递进探出，由于习惯，大猪懒得动弹，也不会破窗而出，到最后，小小的窗口，也容不下肥壮的身子了，偶尔到窗口看看，又哼哼着退回，躺下。

我闯入野人寨的那一刻，看着硕大的肥猪，惊呆了。二岭人更感到惊奇的是我们，几个穿制服卡钢笔的学生娃，他们喊来全寨的人，也就是四户十多口人，围住我们问寒问暖，问长问短，说我们是顶大的干部，说时，男女人伸出大拇指，笑嘻嘻地比画着。问他们缘由，他们笑了，指指我们上衣口袋卡着的钢笔，意思相当明确，不言而喻，插钢笔的，有文化，自然是大干部。一个人们喊寨主的人，硬往家里拉我们，说三十多年了，没有一个亲戚，更不用说大干部上门了，怪不得一早喜鹊就在枝头上喳喳地报喜。被他们的质朴感染，不由地留下来，席地而坐，铺着草编的垫子，吃着他们招待稀罕客人的饭菜，煮老豆角，不吃皮儿，只剥着吃里边饱满的豆粒，还有滋泥包着烧的鸡蛋，烤山药蛋片，就着几十年老汤腌得咸菜疙瘩，黑乎乎的，嘴唇碰一下都咸到心里去了。最讲究的是拌凉粉，通透，晶莹，浸泡在水中的水晶一般。还有一种家里酿造的野

果子米酒，又甜又辣，入口初涩后绵，和我们山外喝过的酒迥然不同。

如果没有这三天假日，没有随意入山漫游的情调，自然不会闯入荒凉的野人寨，也不会做客二岭人家。最初被吸引的，并不是二岭上的人家，而是背对面成排的野人洞穴，端详良久，得出结论，这些半崖上的窑洞显然不是天然形成的，那么，又会是谁，住在这些窑洞里，如何出入，靠什么生活呢？

在二岭的腰畔，几块大石头垒在上边，或许是天然形成的，往下是喷涌的山泉，泉眼水头顶起，有二尺多高，自然落下，远看像绽开的会动的雪白的花朵，怒放着。我们低下头，拿手捧着喝。忽儿伸过一只劈开的木瓢，是天然瓢葫芦做得那种，又大又厚。回头时，发现一个穿粗布红头绳扎着大辫子的姑娘，她笑笑，露出瓢葫芦籽一样雪白的大板牙，手腕就那么一抖，多了半瓢泉水。窑洞的老人喊她二丫，说是村里最俊的姑娘，几辈子少见，这儿的人很奇怪，把俊字读成奴字，说："看俺娃奴的。"

老人们说，没有姑娘会嫁到野人寨，不，野人寨旁的二岭野人寨，寨小，庙小，也放不下外路的神仙。四家人家，相互通婚，打不打光棍，谁家枝儿断不断，就看运气了。往往男多女少，到了成婚年龄，碗里放着几粒不同的豆，代表各家的男孩，碗上蒙着红布，女孩子瞅一眼，伸手从碗里抓一粒，抓住谁家的，就和谁家的男孩子成婚，其他人虽心恼肚疙瘩，也没有办法，笑着喝喜酒，闹洞房。这就是寨里最公道的"摸豆"。多少代人，守着祖上的规矩，没想过要破除掉。自然，也守着沟前沟后的土地，最大的一块，也只有五间窑洞大，种瓜点豆，收多收少，并不抱怨，秋祭冬眠，无忧无虑

地生活着。

几百年过去，增增减减，就这四户人家，四个姓氏，十几口人，没有多少改变。再也没有像背对面的野人寨那么兴盛过，使用那么多的窑洞。虽然村子一直沿用野人寨的名称，如寨主所说，早就是文明人了。寨里人也知道，这样叫，早名不副实了，可从来没有人提出换个名字，似乎没有比野人寨更亲切的了。

夕阳下的野人寨，前前后后的野人寨，更荒凉，但也更美，一种说不上的美。

又见野菊花

生命中失落的记忆指示灯似的在闪烁。满天繁星闪成几个光点，星斗，跳跃闪耀着，组成最亮丽的星图，亦如牵牛织女星，或勺把似的北斗七星。

杂乱无章的记忆忽儿清晰起来。我这才明白，人生的点与线，大多时候若隐若现，看似偶然，其实是必然的，已经走到了那一步，水到渠成。有一条线，无形而有形的线，始终紧紧相连。仿佛云翳下的风筝，似乎在自然潇洒地飘飞，其实，在大地上，有一个人一直不动声色地牵着线头，时紧时松，不停地收缩摇摆。

当事情发生的瞬间，你会有这样的感觉，一切是那么熟悉，似乎什么时候发生过经历过，仿佛就在昨天。是梦中，还是记忆深处，迈出的脚步虽然无法探寻，但你敢肯定，这一切真的经历过，悠远而清晰，是上一世记忆的遗存。

就像我又见野菊花的感觉。这花园我居住了八年，流水似的漂过，并没有多少特别的记忆，刻度一样停留过，提醒我注意。虽然最初选购决定的瞬间，也有过一丝熟悉而亲切的感觉，稍纵即逝，在此之前，包括遥远了的童年，我的足迹从未涉足过这片土地。但下定决心购买付款的瞬息，我真实地感到，这片土地上确曾留下过我的情感，使我有种再续前缘的冲动，尽管我并不清楚这前缘的渊源。后来，入住后，这种感觉渐渐淡了起来，甚至遗忘了，像某个平常的并不起眼的角落。

是野菊花唤回我悠远的记忆。在原先花草枯萎的地上，忽儿冒出一片紫色的野菊花，一簇簇，一片片，枝繁叶茂，花朵丰盈，鲜艳欲滴。这儿几乎每一天都经过，不知伫步多少回，却从未在意，也没有发现。这蓬勃的野菊花，似乎是一夜间吐芽拔节开花的。我讶然，在此前的日子，为何视而不见，没有一点印象呢？况且，四周楼房林立，远离乡野，不会，也不可能有风从田野吹来，花籽正巧落在这一片，而不远处却没有野菊花的踪影。

这片野菊花是有些蹊跷。我问邻里，他茫然地不置可否地摇头，不会吧，直到在我引领着站到野菊花前，嗅到野菊花淡雅的清香，他还是疑疑惑惑，说是从未留意，第一次看见。也不明白，八年了，泥土里的野草年年生发，野菊花却只出现在第八个年头，还集中在这一片。

像未来的记忆重叠在悠远的过去里。现在的，会不会已在久远的岁月出现过，或者影子一样停泊在悠长的未来里。我忽儿想起，这野菊花在我的生命里，消耗了将近一半的生命里，假如人生可以

用百年计算的话。野菊花，紫色的野菊花，曾经有两次奇妙地闯入我的视线，又奇妙地消失了，不经意间。第一次是在村口，在我生活了十四年的村口，有一天，我突然看见一片花团锦簇的野菊花，紫色的花朵摇曳着，摇成一片起伏的花海，紫色和翠绿的波浪此起彼伏。我伫立花前，有种说不上的感觉，像飘飞曼舞的蝶，泛起翩翩欲飞的欲望。那天的天空分外蓝，像蓝色的大海凝冻在静寂的天空，云朵白的仿佛初绽的棉蕾，厚重静谧，凝伫在天穹。阳光明媚，看不见的风轻轻拂过，只能感觉，相当温柔和暖。我问每天形影不离的玩伴，他说没有看见，哪里会有那么美的野菊花？拉着手去村口寻找，来来回回，几乎踏遍每一寸土地，再也没有找到过。凭直觉，我肯定，野菊花就在周围，却为何会视而不见，突然人间蒸发了。没几天，我离开了生活了十四年的村庄，生我养我的村庄。这离去，意味着永远，虽然还会回来，偶尔地，那不过是客人了，浮光掠影地还乡。走在村口，转身的瞬间，我又看见了我几天前看见过的野菊花，还是一簇簇，一片片，但花期已过，紫色的叶瓣不知飘零何处，难觅芳踪了，剩下满是绒毛的圆球，灰白的圆球，在风中调皮地摇曳着。摘一枝，一吹，球上的绒毛飞去，剩下又薄又小又干的小饼子，和飞去绒毛的光秃秃的蒲公英杆儿差不多，或许更小些。野菊花的花朵虽然很丰满，却比家菊花的花朵小多了。

还有一回，是在那座火山丘下的小县城，我苦于生活的平淡，如一潭荡不起潋滟的死水，浸泡着澎湃的青春。喜欢一个人沿着沟渠漫步在上东山的路上。几乎三五天走一趟，上山下山，消磨时光。那一片片错落有致的野菊花，也是突然闯入眼帘的，满眼是赶不去

的紫色。野菊花长在干涸的渠上，连坚硬的小路上，也满是花枝，没有了下脚的地方，像农民种得庄稼，齐整地长在土塄里。在视线里习惯了的野菊花，有一天，又会不会突然在脚下消失了，偶然会产生这样的感觉。不久，发生了许多事，忙得晕头转向，直到离开火山下，住进我现在生活着的这座城市，我才想到那片野菊花。时间已流入冬天了。我站在寒风萧瑟的沟渠上，一眼望穿，哪里又有野菊花的踪影呢?

我知道，那不是幻觉，也不是梦，真真切切地出现在我的视线里，还有意无意地摘下一朵，随手掖在我携带的蒲宁诗选里，早已干枯了，鲜艳的紫色淡成了粉白，但足以证明曾经的经历。

这一次，花园里的野菊花，看过多回了，微小的渐变都记得真真切切，花朵在凋谢，但依然还在。从鲜艳，到开败，圆圆的绒毛球摇曳着，绒毛被风吹飞了，光秃秃枯萎了的杆儿还在。我不知道，我的生活会发生什么样的变化。但我却相信，像每个人有自己的幸运数字一样，在漫长的人生历程中，每个人也有自己幸运的花朵，甚至野草，突然出现，突然消失，预示着什么，当时并不清楚，但过去后，慢慢地，在久远的岁月里，细细回味时，是不是就清晰起来了，恍然大悟了。

我忽儿想到了什么，只是闪念间的事情，去问我母亲，她说，怀你那年，常常梦见紫色的野菊花，以为是个女孩，谁知道……

谁也不知道。这，大概就是人们所说的宿命。野菊花不过是我生命中预兆着变化的花朵。在别人，也只平常，所以并不在意，他们自有自己的花朵。或许，一切早已存在，封尘了，它们本为一体，

像多棱体多面折射的光，你看到的只是其中的一面，就是你后来经历和发现的，也不过是曾经的影像，在特定的环境下，又显影了，也未可知。

花塔的雨

游玩，不一定非到名山大川。

游的是心情，找的是幽静别致，与心灵合拍，静静地享受天人合一的意趣。

花塔很小。不要说区域地图上没有标志名字，就是在当地，也很少有人听闻。是几个喜欢探险旅游的驴友发现的，回来一宣传，隐藏了千百年的桃花源，见了天日，终于知道魏晋和汉朝。其实，桃花源很多，陶渊明却只有一个。

花塔原先是没有路的，村里人寻找外面的世界，从大山下凿开一条二里半长的通道，才歪歪扭扭地通到外边。出来的人，看不惯花花世界，又回去，外边的人很少走进。

但花塔的确很美。特别是看惯北国连绵起伏的风沙荒丘，通天白杨，忽儿再看这片山谷中，独有的江南气候，温柔的花草树木，曲径通幽的山泉清溪，甚至那圆润多姿的石头，着实让人着迷。仿佛别有洞天，有桃花源之妙境。但我更喜欢花塔的雨。

我很幸运，第一回走进花塔，在迷离的大黑沟，遇见了雨。

花塔的雨，很随意，没有任何征兆，有时三五天难得一遇，有时说来就来，说去就去。方才还朗朗晴空，白云悠然，瞬间雨滴飘

下，垂成雨线，天地相连。仿佛天庭的织女，不小心将丝线铺到人间，颤动着，织锦。花塔的雨，很温柔，像少女的绵绵小手，深情地轻抚恋人的面颊。雨很大，淋湿了衣裳，却没有一丝寒意，也不会感冒，在雨中行进，地上积水成洼，并不滑，踏在毛毯上一样，从脚下到身上暖暖的，很爽，很惬意。花塔的雨，很纯净，是天然的矿泉水，洗过的脸颊、身上，干后，绵绵的，像刚泡过温泉。张大嘴，任雨滴落进，没有一点苦涩，鱼腥气，甘洌，清醇。也许，这片天空是那么纯净，永远像浣洗过一样，没有一点污染，落下的雨自然纯净，是真正的天然水，不带一点人间的烟火气。

花塔的雨，总伴着雷电。花塔的雷很低，就在头顶脚下滚，稍纵即逝的火球，飘来荡去，像想象中的宇宙世界，在纯蓝的空间，星球在飘飞，很少碰撞。只要你胸怀坦荡，并不害怕。若心中有鬼，不免心惊肉跳，怕这雷一不小心，劈到身上，生命就结束了。但着霹雳乒乓的雷，长着眼睛似的，在离你身体不远处，消散了。开始虚惊一场，慢慢习惯了，反觉得有趣，亦如在天庭上行走，云雾缭绕，电闪雷鸣，有神仙的感觉。

花塔的雨，说停就停，瞬间雨丝断线，一半缩回天上，一半落在地下，绝不拖泥带水。雨后的一线天空，分外蓝，蓝的晶莹，蓝的柔软，像整匹的蓝缎，铺在天上。雨后的山峦，青翠欲滴，浣洗过的花草树木，绿的骄人，黄的如金，白的似雪，挂着晶莹的露珠，在微风中轻轻摇曳，美得让人不忍触摸。

雨后，很长一段日子，走在山崖下，骄阳似火，从岩崖的缝隙，也不知其名的草上，滴下一滴滴的水珠，像雨一样，飘洒着，滴滴

答答，古漏钟一样，悠然动听。

经历了一次花塔的雨，还想经历第二次、第三次。若有缘，不经意的游玩中，就遇到了花塔的雨。漫步雨中，诗情画意，很中国式的，情而温柔，淡而写意，可尽情享受。

蟒河的夏夜

蟒河是太行山系的一道峡谷，没有多少名气。若太行大峡谷是伟岸的丈夫，蟒河恐怕连妻子都不是，倒像一位红粉知己，不，更像一位卓然的蓝颜，雪白的云朵一样，飘逸在蔚蓝的天边，深情地凝望。

夏日的蟒河，很美。自然，无法也无意与太行大峡谷的奇峻壮阔媲美，仿佛军中的无名英雄，自有他独特的个性和存在的作用。白天的蟒河，山青水绿，一目了然，流连中，美尽收眼底。但我更喜欢蟒河的夜晚。白天的蟒河，也是宁静的，峡谷口还有几个游人，再往里，只剩下我们几个远道探奇的了。走近黄昏，还在谷里，自然就留宿谷中了。这才有机会感受蟒河的夜晚，享受夜色的轻抚和温存，那种温润宁静，是有生以来从未体会过的。

静谧的夜空，像一块蓝色的纱巾，包住无名的村落，也许有名，我不知道。说是村落，不过是几户人家，自然地散落在谷中凸起的高地上，青砖碧瓦，很是气派。但坐落在这样的峡谷里，就显得小巧玲珑了，少了平地上的气宇轩昂。其他乡村的夜晚，若像一块含玉的毛石，内里蕴藏着日月精华，到底粗粝，而蟒河的夜，却仿佛

艺术家精心琢磨过的美玉，有了更纯粹更高深的意蕴及鲜活的生命了。

蟒河的夜晚，虽然少了少女的天真率直，似乎缺少了几分野性，也没有老人的深邃莫测，却像一位美丽而优雅的少妇，温婉细润，从内到外具有更柔媚的韵致，掩不住的风情。风也像彩绸一样，整幅的彩绸，覆在空间，自然起伏，舞成丝绸的世界，绵软，滑润。

沐浴在蓝色的夜中，摸不见的蓝雾，水晶一样，不，更像琥珀一样，而我们真成了里边凝固的小生物。这时，我感到，蟒河的夜，仿佛混沌初开，天地分离，清气上升为天，浊气下沉为地，大有创世纪时的氛围。翠绿的麦地，渐渐由黑色还原为翠绿，淡蓝的夜色水一样漫过，无声无息。蹲在地边，宁声静息，似乎真听得见麦苗拔节生长的声音，也听得见麦田旁边油菜花地，嫩黄的油菜花开花的声音，轻轻地，仿佛少女轻盈妙曼的脚步，若有若无。再仔细听，仿佛消失了。只有谷底的流水，潺湲流淌，发出有节奏的声音，和弹奏一曲意境是夏天夜晚的乐章没有两样。青蛙清脆的鸣叫，和不知名的昆虫的叫声，时断时续，时起时落，仿佛远在河边，似乎又在身旁。清澈的河水，依然像白天一样，静静地流淌着，河面上的荇菜，在看不见的微风中轻拂着，千年如是。那滑嫩的荇菜凉拌后，吃起来的确美味。我不由地想到，遥远的诗经时代，蝴蝶一样的女孩，翩舞在河边，唱着动听的歌谣，挥着雪白的皓腕，玉镯滚上滚下，采摘着漂浮的荇菜。二千多年随河水流过，这荇菜依然在蟒河生生息息，味道如初。

这样的夜晚，和明月星辰为伴，心清如水，久久不愿入睡，就

这样静静地坐在屋前地畔，守着蓝色如水晶凝固的夜空，直到永远。天穹上的星星闪闪烁烁，比平日所见的星辰大好几倍，又清又亮，像夜明珠掉进清凌凌的水里，光亮晶莹，里边隐隐约约的山川森林，看得真真切切，仿佛一个美丽的世界，闯入眼帘，令人浮想联翩。看不见的风，蓝色的风，吹来泥土禾苗混合的味道，时浓时淡，清香宜人，不由地深深呼吸一口，再慢慢回味。从遥远的天穹，到谷上的山峦，目光始终没有歇息的时候。多少回，停在谷中百丈高的一处四面绝壁断崖上，崖上有一座小庙，隐现在高耸的峰巅，顶住藏青的天穹了，夜晚尤其真切。久久地凝伫着，我还是不知道，这庙是古人何时留下的，还是今人有意修建的，不管是谁，将砖木运上去，都不是一件容易的事。凝望中，总疑心飞天会走出小庙，从岩壁落下，飘逸的长袖，散撒的花瓣，蓝雾迷迷蒙蒙，美到了极致。

置身蟒河的夜晚，被夜色包围，或者说浸泡，却没有一丝恐惧，想象中出没的神蟒也是那么温柔，仿佛一个人坐在天堂的地上，静守着菩提树，渐渐生命也弥散成夜色了。

山里山外

很多年前，这儿是一处隐在大山深处不为人知的村庄，宁静，自然。

村落四面环山，巴掌大的天空，海蓝海蓝；飘过的云朵，凝伫着，雪白雪白。村庄有个美丽的名字，叫花塔，是先人留下的。村庄的历史，不长也不短，六百多年了。一直有一个传说，代代相传，

祖先是做官的，一文一武，因避兵祸战乱躲进深山，远远发现一片花团锦簇的地方，塔一样耸立着，就起名花塔，定居下来。两家生生息息，世代通婚，繁衍生存着。

光阴荏苒，不觉多少个春秋从指间流过。村里的人们，看惯青山秀水，花鸟鱼虫，一切都平淡起来，没有了祖上初入花塔的美感。坐在村口溪边大卵石上，仰望天穹，看飞鸟掠过，飞向远方，心底溢起说不出的羡慕。先是想象着山外的繁华胜景，慢慢就渴望起来。但陡峭的山崖绝壁，只有几个猎人和采药人攀上过，去外边卖掉药材兽皮，又猴一样跳跃着回来，谈起外边的世界，闪烁其词，更令人神往。

有一天，村里的几个年轻人，终于耐不住寂寞，不顾老人们的反对，冒着得罪山神的危险，商量着如何凿通村北的大山，走出去，闯荡山外的世界。轰隆隆的土炮声，击碎山村几百年的宁静。一年到头，除了夏锄秋收，所有的精力几乎投到了开凿山洞上。靠着土炮、铁钎铁锤，还有牛皮包和山条箩筐，在大山里一点一点地深入着。寒来暑往，一年又一年，终于有一天，从凿通的窟窿里透进山外的阳光，当年的小伙子，已人到中年，和他们长成半大小伙子的儿女们雀跃而起，奔走相告："开通了，开通了。"

凿通山洞这一年，已是十三年后了。数千米的山洞，整整凿了十三年。十三个春秋，庄稼割了又种下，树上的核桃摘了又长出，村里的老人，有的终究没有熬过期盼的那一天，永远闭上了眼，看不见山外的阳光了。

当我站在云雾茫茫的大山前，一次次穿越铁钎铁锤凿通的隧道，

看着洞壁顶上犬牙交错的石头，心底感慨无限，真的不知道该赞美乡人的执着顽强，还是为他们的愚公精神落泪欢呼。我没有站在林县红旗渠上的激越，也没有伫立大寨虎头山梯田上的感触。只是眼角酸酸的，却没有泪水流出。脑海里，一直跳跃的是那个数字，十三年，四千多天，四千个日日夜夜啊。

终于，山里的人如愿以偿，走出大山外。外边的世界也许真的很精彩，走出去的年轻人，再也没有回去，在外边漂泊着，心甘情愿地。他们喜欢繁华闹市，宁愿蜗居在城市的阁楼里，也不愿回村住宽敞的平房，过父辈与世无争的生活。山村依旧是那么宁静，恬淡，走不出的老人孩子，坚守着山村的日日夜夜，日出而作，日落而息。

是不是听了走出来的山里人的叙说，还是惊奇于毛毛糙糙的花塔山洞，真的不得而知了。有几个年轻的城市驴友，经过山洞闯入了花塔，之后，图文见诸报端，宁静的花塔才渐渐红火起来，沸腾起来。

第一次进入，第一眼看见，没有人的脑海里跳跃的不是这三个字，有的甚至脱口惊呼：“桃花源”。在苍凉的雁北大地，看惯风沙中的杨树，看惯黄土高坡上的高粱玉米，这儿真的和梦幻中的桃花源没有两样。那漫山遍野的桃花，那遍布村野的核桃树花椒树，梧桐细雨，百灵翠鸣，甚至还有穆桂英大破天门阵的降龙神木，村里人叫青檀的。花尾巴野鸡，悠然漫步的野黄羊，在沟底溪边，随时会碰到。更不用说叫不上名的花草、鸟儿、昆虫，不时会闯入眼帘，泉水清澈，石上潺湲流淌，绿草如茵，像在天堂里一样一尘不染，

连站在崖石上的山羊，也像片片凝伫的白云，草中露出脊背的黄牛，毛色滋润光亮，还有青山烟村，民俗民风，莫不让人流连忘返，惊呼忘俗，仿佛闯入陶渊明描述的桃花源。

谁也不会想到，在连绵的大山中，会有这样一个不为人知的花塔。

村里的老人，站在街门口，看着来来往往的旅人，真的不明白，这儿有什么好，他们会乐此不疲地光临。那惊呼，那神往的目光，亦使他们迷惘。不就是一个小山村，泉水溪流，花草树木，几辈子都一样吗？就是那水帘瀑布，山鸡黄羊，看惯了也很平常。至于游人捡拾的视若珍宝的卵石，更不是稀罕物了，满沟都是。他们从家里拿出核桃和花椒，怯怯地问着旅人，很便宜的，要不要，卖土特产连布袋也送了，看着旅人当稀罕物地背走，大包小包的，他们笑了。

村里走出大山的年轻人，不时带回闯荡世界的消息，发财了，坐牢了，杳无音信了，悲悲喜喜。

山外的人依然川流不息地闯入，穿过毛毛糙糙的山洞。汽车颠簸着从山洞出出进进，汽笛长鸣。小小的花塔，能容得下这么多旅人，以及旅人丢弃的垃圾吗？村里人麻木地笑着，数着从旅人身上赚的钱，比过去更热情了。第二回走进花塔后，看着枯萎的草，脏了的水，我想，长此以往，花塔的天还会那么蓝，树木还会那么绿吗，我真的很担忧。

从前宁静的花塔，永远消失了，直到有一天沉寂下来。

山里山外，本是两个世界，但用不了多久，就一样了。哪里还有什么桃花源，恐怕叫花塔也将名不副实了。

千秋一叹雁门关

车过雁门关，不由你不回眸凝伫。这儿的历史太沉重了，鲜血染红的山岩，在岁月的风雨中，早已干涸，化成褐渍，被绿色的丛林野草隐掩了。但曾弥漫过的硝烟，伴随着悲壮的传说，在人们的心中时隐时现。

历史是抹不掉的，永远。是包袱？是明镜？是动力？恐怕很难用一个字来评判。譬如千秋功罪，盖棺终难论定，物是人非，世事变幻，真的如围棋，局局常新，劫数不断。

夏日伫立关口，满眼绿色，思绪倒也平静。秋风中，苍天高远，雁阵翩翩南飞，草枯岩深，满目萧瑟，思绪如潮奔涌，跌宕起伏，瞬息洞穿古今，仿佛闯入时光隧道。

雁门关，山道弯弯，蜿蜒如蛇。一夫当关，万夫莫开的时代，业已遥远；张飞喝断长坂坡的英雄豪气，千年难再。一切都是那么平静，平静的天空，平静的山水，悠闲的牧羊人，度过平静的落日黄昏。百年前，甚至更遥远的岁月，这儿就宁静如斯，只有阵阵的山风，在漫不经意中流过。毕竟太平日久，早已刀枪入库，马放南山了。

“雄关漫道真如铁”，那是曾有过的辉煌。万里长城，西起嘉峪关，途径雁门关，东到山海关，可谓铜墙铁壁，千百年里，挡住多少侵略者的野心，留下多少血与火的故事。孟姜女千里寻夫，哭倒长城十万里，不过是个美好的传说，“万里长城永不倒”“春风不度玉门关”，才是穿越千秋的现实。

然而，这现实，太庄重，太沉重了。沉重到“黑云压城城欲摧”的悲壮氛围，连光耀千秋的赵武灵王“胡服骑射”，北魏孝文帝改革，也如划过的流星，黯然失色。

英雄的史诗，永远是那么悲壮，惊天地，泣鬼神。

伫立雄关，又有谁脑海，心中流动的不是杨家将血战雁门关的画面？

七狼八虎血战雁门关，老令公血溅李陵碑，杨五郎落发五台山，佘老太君、穆桂英大战辽兵，固守雄关，其忠烈义勇从北宋到现在，演绎了多少年，为什么至今还活跃在戏曲舞台上，经久不衰呢？

是福，是祸，是喜，是悲，真的不是三言两语能说清的。但支离破碎的大宋，终于也在凄风苦雨中灭亡了。杨家将没有挡住，岳家军也没有挡住，雁门关更没有挡住……

千年不变的是，连绵的大山，山下的人家，始终是脸朝黄土，背负青天，悠悠走过几千年。甚至，甚至没有一声轻轻的叹息。

雄关猛士，血色黄昏，坚守千年，碧血开花，似乎还在坚守着，阻挡着，阻挡着南来北往的风，自豪的高唱着“春风不度玉门关”的壮歌，只有飞来飞去的候鸟大雁，重复着千年不变的路线。“大风起兮云飞扬，安得猛士兮守四方”，四方的猛士，猛至猛矣，但也守的相当悲壮，消磨的不仅是青春热血，还有很多很多……

再过百年，千年，沧海桑田，他们还是令人瞩目，令人景仰的英雄吗？

因为他们挡住的不仅仅是野心，连雄心、思想、春风都挡住了，毁灭了。况且，他们效忠的主子，似乎并不领情，杨家将天波府沉

浮不定，岳家屈死风波亭，呼延家葬身铁丘坟，为什么英与烈总是连在一起？

在英雄就义，血染山河，雄关失守的瞬间，南北季风瞬息吹过。大雁难越的雁门关外，众多的民族在拥挤碰撞中又一次交融，撞出了星星火光，但终究也没有燎原起来。

这儿毕竟不是黄河奔涌的沃土，君子生存的土壤。戍守边关的唐人，早就形容过了，“满坡飞石大如斗”，是一片绿洲边缘上的沙漠。人们习惯了弯弓射雕，以物易物，乱中作乐，没有几个人真正热衷于建设荒漠上的文明。千年易逝，终究还是一片文化的荒漠。

久久伫立在雁门关上，看雁来雁去，满眼苍凉，瞬息千年，心中只有一叹：好一座雁门关。

虽然，自古就有不屈的人，走得很远，立的很高，王阁爷王家屏、六大人李殿林、大同美人李凤姐等等，但不知是否是从雁门关走出去的，可雄才大略的北魏孝文帝，当年南下洛阳却不是，是穿越恒山，绕过雁门关而行的。带走的只是小部分优秀人才，大部分人，包括三千粉黛，甚至壮丽的云冈石佛也没能带走，孤零零地留在了大同。

自然，百十年前闯关东，走西口的人们，更不必经过雁门关了。

清代北上的晋商，也许经过了雁门关，但并未停留，如匆匆的过客，匆匆的雁阵。什么也没有留下。

千百里雁塞大地，仿佛一座客舍，杨柳青青，矗立千年，依然如故。

祖辈的血液，还在流淌。但心中分外悲凉，真的不知自己是中

原汉人血统，还是与胡人杂交的产物。民族的融会，初夜权的野蛮，已无法详考。远眺看不见的故乡山水，脑海中是清晰可见的沟沟壑壑，一片灰白。真的想象不出，赵武灵王“胡服骑射”后的雁塞大地，是否也是一派“天苍苍，野茫茫，风吹草低见牛羊”的景象？也许是，不然，拓跋氏会率领部落南下大同，定都平城？

大同的希望，就是一片绿色，绿茸茸的生机，绿茸茸的生命。

这希望并非幻想，是需要一代人，甚至几代人的奋斗，但更需要创造性的思维。只有有创造性思维的人，如赵武灵王、孝文帝之辈，才会创造出不朽的奇迹。

因为就今天而言，雁门关的雄险，只是供人凭吊而已。

心中纵有千千结，又何必流连在关上叹息呢。人早去，风依旧，万水千山总是情，藕断丝连。

坐在车上，心随车飞，回眸雄关，心中一片空灵。耳边却回响着山上牧羊人粗犷的歌声，是电视剧《篱笆·女人·狗》的插曲：“再也不能这样过，再也不能这样活……”

佛缘禅理昊天寺

纯粹的游山玩水，对我而言，还没有轻松自如到那个地步。融入自然，不知自己，春风秋雨，花自飘零水自流，那种妙境闲情又当别论。

每走一个景点，能与其深厚的文化相共鸣，有种“我见青山多妩媚，料青山见我应如是”的互动感受，已经算满意的收获了。

虽然，我并不刻意于佛教的程式，但自认很有佛缘，也颇得禅理，可谓宿缘了。

“山水花鸟”顺路一日全可游遍，但我还是放弃了桑干烟雨，塞上黄花，非洲鸵鸟的观赏，专心致志地登上火山丘，细细地游览了昊天寺。

几经风雨，几度沧桑，风流总被雨打风吹去。吹去的何止是风流，古老的传说随同古老的建筑，在战乱动荡中，一次次毁去了。当年曾有过的辉煌，早像喷发过的火山，被冷却的烟尘掩埋了。仿佛燃尽余力的浮石，轻飘飘的，在时光之流上漂浮。

如今的昊天寺上——

哪里还有《水浒传》中飞天道人的风骨？

哪里还有通向华严寺的地下暗道？

哪里还有青砖碧瓦道意蕴蕴的明清古寺？

一座远离居民，卓然独立风中的寺庙，为什么在千百年中，历经宋、元、明、清，乃至民国，屡毁屡建，佛道僧尼，轮回坐庄。20世纪70年代最后毁坏时，是一座玲珑的道观。老道小道，坐享观内，自有信徒施舍，修行养性，品茗饮酒，单等火山爆发，在自然力量的推动下，一举升天。闲时每日与群蛇为舞，听龙吟凤鸣，倒也乐在其中。

后来道观被毁，老道升天不成，又娶妻生子还俗了。

从观中梁上窜出两条巨蛇，横亘马路，哀鸣声中，被过路的军车拦腰压断。

风雨中，荒凉的山丘上，只有断壁残垣，碎砖瓦砾像散碎的记

忆，时时勾起人们的幻想。

真的想象不出，那变化中的风雨云烟。当我伫立在丘顶边的“佛”字照壁前，古香古色，雕栏玉砌的昊天寺已矗立在山丘上了。寺中的大佛、小佛、罗汉、飞天，像重建昊天寺的慈圆师太，慈眉善目，笑意盈面了。

道士追求升天，成仙得道。佛教中人却是抱定“我不入地狱谁入地狱”的信念，在火山口上，学凤凰浴火重生，寻找着极乐世界。

山寺虽新，我佛却在。也许颇有灵性，刚刚开光，就香火鼎盛，信徒逾万了。像苦难中的灯，洞透过去，穿越未来，照亮现在。

离人们很近，很近。

云冈石佛，也许真的太伟大了，游览时，只能仰望，如在云中，只感到太美了，太伟大了。伟大到光芒四射的地步，没有想象的余地。而游昊天寺，却仿佛走进一个平行的佛国，佛无所不在。无论在哪儿，即使没有人讲解，也看得明明白白，也有足够的时间，尽情地感悟。何况，还有一位爱说话的居士，引领着游览，以身说佛，讲解的生动活泼，如亲历一般。

边看边听，心明如镜，真的登上了菩提台，看到了夜明珠映照下的菩提树，火树银花，万年圣果，唾手可得。时已过午，日渐偏西，都浑然不觉。

一时心清如水，纯洁无瑕。悠悠寸草心，报得三春晖。

多少烦恼，多少苦难，忽儿不知漂向何处。

天证，地证，我证，证得正果。人生在世，不过百年，斗转星移，不过瞬息，谁又能永垂不朽？不朽的是思想，不朽的是灵魂。

古人早已有言，朝闻道，夕死可矣。是啊，浑浑噩噩，虚度年华，空留遗恨，人生还有什么意义？

墙上的佛教壁画，不止一次告诫迷者：放下屠刀，立地成佛。看来孙行者一路打到西天，一旦皈依佛门，马上封成斗战胜佛并非虚妄之谈。

而修行养性，参透禅理，终成正果的得道高僧，确与凡夫俗子不同。珍珠似的舍利子，并非每一个火化者都有的，道愈深，舍利子便愈大……

伫立山巅，山风阵阵，心旷神怡。真的离天很近很近，仿佛伸手可触，至此才知，“昊天”之名，妙不可言。

缘，终归缘，佛通神性，更兼人性，并不赞成每一个信徒都舍入空门，殉法殉道。而是让人们追求一种更有意义，更接近本源的生活，酸甜苦辣，尽情享受，像参欢喜佛，就很有人性人情意味，其文化精髓很值得人们去研究领悟。

所谓济公和尚的“酒肉穿肠过，佛祖心中留”，才算真正透解了佛的要义，活的要义。

形，实，名，互为一体，一旦分离，如皮之不存，毛将焉附一般。

直到烧罢高香，许足心愿，到了火山下的昊天酒家，饱餐一顿，才慢慢回到现实，才解透个中三昧：美好的是过去，美好的是未来，更美好的还是今天。

其实，上个世纪初，鲁迅先生就深深地彻悟了：理想必须附丽在奋斗上，才会光芒四射，美丽动人。

此时此地此刻，还有什么不明白的。

残荷雨声觅书香

未去榆次常家庄园，自然无法感受到晋商的辉煌，及究竟何等辉煌，想象终有距离。

像井底之蛙，臆度浩瀚的天空；像管中窥豹，看到的只有一点。一叶知秋，那是高人的道恒，并不是每个人都能达到的。

在我的印象中，百年前阳高的靳家“没毛狼”，也算罕见的大商人了，三进三出的大院，青砖碧瓦，妻妾成群；大同至呼市一线，商号不下十家，富甲一方。可看了常家庄园，简直小巫见大巫，连刘姥姥惊叹不已的红楼梦贾家，恐怕也有所不及。光那大门楼，楼墙内隐隐可见的园林，就使你体会到富可敌国的含义。

中国自古抑商扬文，连商人之祖陶朱氏也不被承认，从司马迁才写了《货殖列传》。能像红顶商人胡雪岩似的名震一时，也就不容易了，何况还留下百年基业。

如今修复的常家庄园，只有原来的四分之一。如果再加上常家的姻亲乔家大院、王家大院、渠家大院，那就蔚为壮观了。想象晋商当年的辉煌，确实如日中天，难怪连大清家财万贯的僧格林沁王爷，也狮子大开口，和常家一借就是几百万卢布。

沿茶马之道，南征北战，席卷天下的晋商，持续二百年，如今雄风安在？

常氏家族，曾囊括四海，子孙遍及宇内，五百多年过去了，如

今精神何存？

站在十二万亩的庄园遗址上，惊叹于常家的富甲天下，园林的神工鬼斧之外，想得更多的却是，五百年前，常家的老祖宗还是一个身无分文的穷羊倌，但从他的儿子起，怎么一下子就有了取天下之财的抱负，逐四海之利的气概，而且准确选点，经过两代人的经营，就扎庄俄国恰哈图，由武夷山拓开万里茶路，远销蒙俄北欧，绵延二百余年，遂成为海内外知名的晋商巨贾，而其家族，也成为清代驰名中外的儒商望族。

这一切是偶然的，也是必然的。

站在常家老祖的塑像前，你简直不敢相信，这样一位充满智慧，仁爱的人，会是一位羊倌？会久居人下？但他确实是一位牧者，甘心以自己若愚的大智，哺育了儿孙，积蓄了家族力量，一旦时机成熟，就如泉喷发，形成溪流，汇成江河，奔流入海。

他儿子就具有了大智大勇，一人独闯张家口，一把雨伞，一只算盘，谋求发展。一路以卜卦糊口，舍不得动身边搏战商海的血本。其智，其才，其勇，其力，已远远超越一个牧羊人的儿子了。

然而，凭一智一勇，开辟的茶马之路，在资本主义萌芽后商业日趋激烈的竞争中，能固守住吗？能持续发展，形成颇具规模的跨国集团公司？

从残存的常家庄园遗址上，不难找到答案。常家二百年不朽的法宝，不仅仅是经商之道，更看重的还是中华的诗礼之道，博大精深的儒学，仙骨卓越的道家风范，几乎渗透到常家庄园的角角落落。远在商业日益兴起的明末清初，常氏就商儒互长，开始了在车辋故

里的宅地修建。到万达兄弟时，事业辉煌之极，宅第建筑也进入鼎盛时期。深宅大院百余处，房至四千间，楼房五十余幢，街市齐全，形成了上下有序有礼，有诗意的小社会。各院楼亭台阁，雕梁画栋，精致恢宏；七处园林，名花古林，曲廊斋坊，水溪池塘潭，隐现在堡墙内，体现了主人燕居、耕读、修身、遐想、观赏、浏览、悦心、咏叹的理想精神庄园。更可贵的是，建成中国最大的家族书院——石芸轩书院，比王爷府还阔绰的贵和堂藏书楼，民间最大的砖影壁，稀世珍宝石芸轩法帖及四十四帝后墨宝石壁等。

在常家庄园，浓郁的儒风，精深的道风，随时袭人扑面，犹如进入春秋战国百家争鸣的文化氛围里，除了惊叹，还是惊叹。这种居富思危，课子苦读，实属“学而优则贾”的家训，才使常家不断将优秀的文化人才输送到商界，保证了经商集团精英持久，且将儒道思想与伦理道德完美地体现在经济意思的经营活动中，才建立起稳定的中国儒商第一家基石。

常家雄风已逝百年，但其子孙凭借深厚的家学源源，学者教授遍布海内外，知名的就有一百二十人之多。

的确，晋商文化与文化的晋商，留给后人很多启迪。在惊慕晋商曾有过的辉煌之余，真的，仅仅像李商隐只留的残荷听雨声吗？只瞪大双眼，穿越九曲回廊，痴痴地觅书香吗？

品闲

闲情养壶

午后，阳光融融，舒懒，漫长。经过小小的休憩，睁开眼睛，最惬意的莫过于下午茶，自然也是养壶的好时候。

最美的紫砂壶，宜兴紫砂壶，很大程度上是养出来的。温润如玉，淡淡的茶香从壶壁散发飘逸而出，若有若无，若隐若现，弥漫在氤氲的空气中，渗透进每一个分子，每一个毛孔里，舒服极了。渴望茶饮，淡淡的渴望，如溢出壶嘴的缕缕轻烟似的茶香，闻着就醉，陶醉了。此时，有茶香回味足矣，何必品饮。所谓，酒不醉人人自醉，壶中无茶香自来，茶韵悠悠，那才是养壶品茗的上上品。

养壶离不开闲字，无闲，得不了真功夫，差得是火候。光有闲还不够，闲而无情，那不是真闲。像锅底无火，灰锅冷灶，缺少文火，是煲不出好汤的。有的人，附弄风雅，自以为花重金买两把名壶，再出几个小钱，养在茶馆里，让众人摸来摸去，历经茶水的浸

泡，到时领回，就算养壶了。岂不知，没有情感的倾注，和壶缺少天人合一的融会交流，同买回一个精致的芭比娃娃，没有什么区别。养过的壶是有生命力的。

真正的养壶，是在阳光漫过窗户，漫过窗纱，随意地洒满屋宇的午后。久渴望雨的大地，犹如人一样，渴望滋润。这种景致，有几分懒散，有几分期待，更多的是一种说不出的妙境，古人所谓的妙不可言。此时，茶境，壶境，心境，融为一体，相得益彰，空灵而有物，如白云悠然蓝天，微风掠过花枝，似乎有声，但这种声音只存在于想象中；又似山环水绕，溪流潺湲，进入一种境界。在境界中养壶，以壶里乾坤养心，同时也养壶，有了人文、人性、人情，慢慢渗透，甚至上升到形而上，天人合一的境界。这种境界，悠远而宁静，清明而纯粹，是养壶难得的佳境。

可遇而不可求，有点像偶得名壶，全在机缘。我虽爱壶成癖，但于壶，并不刻意搜求，偶然遇到，眼睛一亮，事后想来，全在一个缘字。缘来缘去，缘分早定，得之失之，淡定处之，玄机而已，何必悲喜过度。得到，自然珍爱万分，名茶名水，在闲散的品饮中颐养。品茶之品，为三口，三口为品，多了就成饮了。净手温杯，沏一壶好茶，慢慢地闻香，慢慢地品尝，心领神会，气韵流淌，茶香也在把玩中渗透身心，连人都清爽飘逸起来，真有“蓬莱山，在何处？玉真子乘此清风欲归去。”飘飘欲仙的感觉。这时，手心合一，进入真境，手中的壶在轻柔宁静的摩挲中，才渐渐把玩出情由，有了情调。

把玩的紫砂壶，我尤喜素光的。天然造型，妙夺天工，粒粒洗

沙，看得一清二楚，抚摸时又光洁无比，若有若无。静静地把玩，品赏，无遮无拦，仿佛站在旷阔的田野，从心到身，自由地流淌飘逸，直到眼中无壶，心中有壶的境地。

有的人喜欢壶壁有花鸟字画，名人落款，殊不知，流传街市上的，大多是近利之徒仿制的赝品，狗尾续貂，画蛇添足。只有真正的工艺师，或艺术家，才耐得住寂寞，在造壶中，将心血倾注在里边，达到字画与壶体合一，形成一种新境界，足已引人深思，令人发微，渐渐闯入一片绝妙的意境中，由衷地感叹，喝一声彩，不知高低。伯牙钟子期，高山流水，心领神会，每每相见恨晚。如山泉名茗，抿一口，细细回味，飘飘然，不知所以。这样的壶，我也喜欢。但这养的壶，起始并不引人注目，往往孤零零地闲置架上，无人问津。像一块璞玉，不花里胡哨，也缺少迷人的鲜艳，她不仅仅需要领养者的慧眼，更需要爱心的养护，清泉名茶的静养，才会焕发出幽幽的光亮，变成一把英华深含，光洁淡雅，温润如玉的名壶来。在无数个午后，美妙的下午茶里，在品茗颐养中，所养的不仅仅是壶，连自身也在名壶佳饮的熏陶中升华了。

流淌的时光，流溢的思想，在不经意的懒散的把玩中，渗透在壶里，有了岁月的磨砺，情感的抚摸，光洁如玉温润的小壶，有了灵性，所谓“壶里乾坤大，杯中日月小”。这样的壶，养之愈久，爱之愈深，自然是壶中的珍品了。弥足珍贵。

当然，真正可贵的，是把玩养壶的过程，那是局外人无论如何享受不到的。

散步

像许多年轻人一样，我的散步，是在大学里学会的。上个世纪初的大学生，除了发奋读书外，唯一的享受就是散步和体育运动。其实，散步也是一种体育运动，不过比起篮球足球，更温柔些罢了。上午是紧张的听讲，下午自由活动，午休后开始阅览读书，一直到太阳西下，天渐渐凉了起来，正是散步或活动的最佳时间。我就是从那时开始喜欢上散步的。

我所在的大学，远离城市，静静地躺在乡村的怀抱里，离最近的村一里地，小村子叫吉庄，我们就戏称学校为“吉大”。从大门的林荫道走出校院，便是旷阔的田野，大道绿树掩映，小路淹没在庄稼里，远处是并不高大的洪涛山。从山谷流淌出一条河，就是水位随季节变化的桑干河，离校园十几里远吧。最引人的是三里外的神头海。说是海，其实是两个相连的湖泊，几眼喷涌的泉，经年不息，积成大湖泊的。夏季，波光潋滟，烟波浩渺，方圆足有两三平方公里大小；冬季雾气腾腾，并不结冰。水里有鱼，有虾，还有龟。湖边还有一个人工养殖场，里边养着朝鲜虹鳟鱼，结队游弋，煞是好看。大概与传说中唐代名将尉迟恭斩蛟有关，为彰显其英雄气概，才叫神头海吧。出了校门，一直走，穿过几片庄稼地，寻声就到海边了。这条路，是我们散步最多的地方。

一般时间充足，我们就去神头海边散步。时间不足，就在校园散步。校园很大，是苏联援华专家撤走后留下的，俄式的楼房北极熊似的蹲着，显得笨重雄伟，红砖蓝瓦，隐现在高大的钻天杨里，

风景也算宜人。我们喜欢沿着宽大的操场散步，听着踢足球打篮球的叫喊声，看着绿茵茵的草坪如地毯一样平铺着，心里满是蓝天白云，边走边说，从俄国诗人的沙龙聚会，到莎士比亚戏剧，再到沙俄时代流放西伯利亚的作家，说的津津有味，有时免不了争论起来，好在路人已经习惯，顶多笑笑：中文系的。就这样一圈一圈地散步，直散到太阳落山，天渐渐暗了下来，整个校园笼罩在星光闪烁的朦胧之中，才不得不结束当天的散步，留待明天再散。这时候神清气爽，心静如兰，饭后坐在宁静的教室里，开始做功课，或者读喜欢的中外名著。周末时，还可以在露天的餐厅前，看一场经典电影。

但最喜欢的还是在校园外散步，有时随心所欲，简直是漫步了。夏秋之季，走出校院，鸟鸣虫啾，天蓝山青，满眼绿色，和风徐徐飘来，含着泥土禾苗野草的清香，沁人心脾。约一二知己，悠闲地走在乡间小路上，金黄的谷穗在眼前摇晃，蚂蚱不时撞到脸上，鸟儿似乎追着诉说。我们相互倾吐心曲，谈友谊，爱情，理想，有淡淡的忧伤，有失意的彷徨，但更多的还是满怀希望，谈兴浓时，两眼炯炯放光，仿佛未来充满阳光。传抄交流舒婷等朦胧诗人的诗篇，你一句我一句地背诵着，沉浸其中。那时，青春是美好的，热血是沸腾的，总以为学成之后，便可以大显身手，报效祖国了。多少回极目远眺，望着不远处高大的电厂厂房，直插云霄的烟囱，便充满诗意，仿佛看到一艘巨轮，正扬帆起锚，破浪远征。有时情不自禁，就站在神头海边，朗诵普希金或海涅的诗歌，偶尔也吟诵胸怀，嫣然一个诗人。村子里的老乡已经看惯了，只是笑笑，有时还停步说几句，无非是有饭票吗，换瓜子鸡蛋吗。并排坐在海边，遥望对岸

唐代尉迟恭生活过的麻邑城，不觉走入历史云烟之中，风起云涌，英豪应世而生，干出一番轰轰烈烈的事业……

虽然，那时的散步，都是同性的，铁的友情也是那个时候建立起来的，同学之间，亲如兄弟。男女同学是很少一块散步的，除非确立了恋爱关系。当然，毕业前夕，几个男女同学也结伴散步，谈去向，谈未来，被依依惜别之情包围着，那又当别论。

后来离开了校园，走入城市，马路宽了，公园美了，有时也散散步，但再也找不回当年的感觉，简单，自然，悠闲，激情。可散步还是我最喜欢的运动。

我家书童

书童是我家小狗。

领养书童，的确是一个偶然。我向来不喜欢毛茸茸的东西，在眼前窜来窜去，虽有几分可爱，但忽儿的几声狂吠，将竟有的一点美好都咬去了。见了别人遛狗，躲避犹恐不及，更不用说自养了。况且，养宠物，历来是闲人的事情，闲的无聊，自找乐趣而已。我又不闲。

不想，因为偶然的缘故，或者说我心底一向仰慕的五柳闲逸，我也终于消停下来。每日琴棋书画，品茗养花，倒也清悠。天气好时，也去公园走走，看山看水，尤喜伫立丁香树下，阵阵轻风拂面，淡淡的丁香芬芳萦绕不散，冥想遐思，或什么也不想，悠然陶醉。心情格外的开朗，周围的一切都美好起来，甚至包括平日不大喜欢

的吊嗓子声，并不专业的唱京剧声，吱吱呀呀，这会儿也圆润合拍起来。不觉兴步走去，走到公园门口，才被熙熙攘攘的人流叫卖声惊醒，恍然若梦。趁有兴致，索性转一转自发的自由小市场。碰巧从旧书摊上，说不定还能淘一两本心仪的旧书，真正的物美价廉。忽儿撞见一对圆溜溜的大眼睛，哀怜地盯着我，似乎在说：看看我吧。我不由地蹲下，一个装肥皂的小纸箱上，半蹲着一只雪白的小狗，两只浅黄的大耳朵分外招人喜爱，绾了一朵花的尾巴，轻轻摇晃。我伸手抚摸，它只是看了眼，乖乖地任我摸，一声没叫。我正想离去，它幽婉地叫了声，那眼光充满蚀人心骨的哀怨，仿佛在说：你领走我吧．一时，我无法抗拒，竟问卖狗的小姑娘："多少钱？"小姑娘怯怯地说："按理五十元，如果你真心要，就给三十吧。"当我提着小狗，往家里走时，这才觉出，小小的箱子也有几分沉重，小狗一跳一跳的，箱子压的前摇后坠，想到每天饲养的种种麻烦，我真有几分后悔。

小狗从箱里爬出，没有乱跑，左瞅右看，上瞧下嗅，心里肯定在想：这就是我的新家呀，这么大。我去换睡衣，它紧紧跟着，依偎在脚边，楚楚可怜的。用小碗盛了半盏水，它咕嘟咕嘟地喝了。切了一根小香肠，它没有动，来回地嗅，过了一会慢慢吃起来，越吃越快。我去写字，它紧紧跟随，蹲在脚下，仰头看着。我忽儿想到古代的书童，就给它起了个雅致的名字：小书童。它的确很小，只有两个巴掌大小，头就占去了一半，圆圆的大脑袋，像大头宝婴儿，确实耐看。晚上它并没有叫，也没有挖门，乖乖地躺在给它准备的盒子里，睁眼看了几回，就睡着了。早晨我一推门，一个毛毛的小

东西滚进来，原来是书童，不知几时紧靠着门框，等着我们出来。这一天我走到哪儿，它跟到哪儿，活脱脱一个书童。我写好毛笔字，放在地上晾晒，它竟蹲在纸旁，用一只小蹄子压住纸角，怕窗户吹来的风将纸卷起。我喝茶时，它蹲在旁边，似乎有所期待，给它一个小茶球吃，它竟香甜地嚼起来。我摩挲紫砂壶，它瞪着溜圆的眼睛乖乖地看。这使我愈加怜爱，抚摸着它的头夸它："真正一个小书童。"它的头依偎着我的脚，一股毛茸茸的暖意，从脚上传遍我周身。后来我发现，它处处学我，连睡觉的姿势也一样，侧面半靠着枕头，蜷曲着身子。

没想到乖乖的书童竟闯了祸。这天，我正午休，忽听哗啦一声，忙跃起推门一看，我心爱的紫砂小壶滚在地上，壶盖碎成几瓣，书童似乎没觉出闯了祸，依旧拿两个小蹄抱着壶玩着。我气极了，这是我精心养了两年多的紫砂壶啊，外表已溜光似玉，内里茶香弥散。直到巴掌落在身上，它才吃了一惊，尖叫着跑开，我再打时，它竟颤抖着身子向我龇牙，我愈气，又打它，直到它缩在沙发下，颤抖抖地，直流泪，我才住手。看着打碎的壶，我默然了，又有几分后悔，当初为什么要收养它。我又取了一只壶泡茶喝，它先是看，后来就蹭到脚边，给我舔着脚面，见我不理也不骂，又跳上沙发，泪盈盈地看着我。我心里最后的一道防线崩溃了，无限怜爱地将它揽入怀里，它浑身软软的，依偎着我，像个做错事的孩子。这时，我恍然大悟，其实，错不在它，它是学我喝完茶后，用手摩挲养护壶呢，不小心才打碎的。我又好笑，又好气，就向它说："书童，这是你做的营生吗？"

两个月后，书童懂事了许多，知道了什么该做，什么不该做，也学会了憋尿，非等领到楼下，才找树坑儿或草地里解决，决不随地大小便的。自然也有例外，就是到了另一小区，专往人家院子里拉，让主人脸上无光，教育了几回，才改了过来。

这会儿，书童完全融入这个家庭，成了名副其实的书童了。俨然以主人自居，管东管西，如到点还没有做饭，它就努着嘴朝你叫，然后拖着你裤角往厨房拉；看电视晚了还没睡，它就朝电视吼，有几回甚至扒到电视上，想按灭开关。但它是尽责的，每天临睡前，就沿着屋子四周巡视一圈，最后在门口站一会，这才去睡。

女儿高考后旅游回来，见了它，不大喜欢。主要是受我们影响，从小没多见过宠物。吃饭时，书童硬靠在她脚边，还不时要吃要喝，有点不习惯，就将书童推出门外。小脑袋在玻璃门上趴了一会，转到客厅了，悄无声息。我们快吃完饭时，听的一声撕纸声，出来一看，它将女儿的高考报考志愿指南撕了两页，碎碎的。女儿不高兴了，哭了，要回奶奶家。我说了女儿几句，不知几时，书童竟将女儿的旅游鞋拖到门口，意思是：让她走！不过几个月后，女儿和书童相处的比我们还融洽。女儿外出上学快回来时，书童似乎已觉察到了，每天守在女儿房间门口，静静地期待着，一见面，又跳又闻，在身上滚来滚去，轻轻地舔女儿的胳膊。它能看出，女儿是我们的重心，自然也成了它的重心了。

自然，书童也有惹你生气的地方。在家里很乖，一出单元门就像脱缰的野马，满院疯跑，喊都喊不回来，有时你着急，它却不知躲到哪里，任你找遍，也不见踪影。正当你失望之极，以为丢了，

它却不知从什么地方嗖地窜出，蹲到你身旁，吐着舌头. 见到小区里捡破烂的，鬼鬼祟祟的，就追着吼，像看家护院的，管都管不住。

如今，书童更依恋我们了，哪怕出去一会，回来后，你会发现它期待在门口，靠着你的鞋，一见面照例跳起来，用小蹄子摸你，用鼻子嗅你，不知如何表达，几分钟后才恢复常态。你的喜怒哀乐，和它息息相关，你不高兴，情绪低落时，它蔫蔫的，有气无力，食都懒得吃。我有事外出一天，它一天不吃食，爬在窗口，一直等着。后来学会了爬在阳台上，从窗户口往外看，我进门后它努着嘴跟我说：在窗口看见你了。我看书写字时，它静卧在一边，陪着。我累了，休息时唱几句，它也仰着头眯着眼跟着唱，一声高一声低，从肚里发着声，仿佛美声唱法。

书童跟了我们两年了，小书童长成了大书童。自从养上它，我对狗狗爱起来，后来爱屋及乌，走在街上，看见别的狗狗也爱，不由得多看几眼，或者问几句，因而结识了不少狗友。见到无家可归被主人遗弃的狗狗，感到万分怜惜。养它你就要爱它，自然也要包容带给你的麻烦，因为，它不可能是你生活的全部，可对它而言，你就是它的全部，它为你而活。真的，养它就要爱它，像爱你的孩子一样，千万不要遗弃它。

把玩《把玩》

收到北京邮寄来的《把玩》，是有些日子了，一直爱不释手，在默默把玩。

我喜欢《把玩》，绝不仅仅因为集子中收入我的散文《温酒读夜》，更主要的是《把玩》是一部厚重的书，有品位的书，雅俗共赏，很值得细细把玩。

我想，喜欢把玩的人一定很多，诚如编撰《把玩》的宗旨所言：生活无聊日子有乐。忙里偷闲，哪怕偷得浮生半日闲，又有谁不喜欢把玩呢？

果然，怀孕长久，两朝分娩，由二月书坊怀一先生主编，新世界出版社出版发行的《把玩》，一经问世，便不同凡响，一跃荣登三联书店周销售榜首，甚至有几个外国友人，商讨着要出《把玩》英文版。才几天时间，光网上就销售几十本。在各地书店销售情况也良好。可见，的确是一本厚重而又值得把玩的书。

除了书中的文字，最喜欢的还是大量的图片，别一色彩，总给人怀旧的感觉，不由地随着翻阅《把玩》走入已沉淀的历史，或闯入未知的空间，清晰而朦胧，意蕴悠悠，思绪飘飞。仿佛在一个雨后的下午，泡一壶普洱，氤氲温润，沉浸在舒缓悠然的淡淡的氛围里，独享岁月的流逝。

王祥夫先生的文字是常读的，尤其是他的散文，或者叫小品文吧，谈吃谈喝，俗话雅说，不经意中就汇入文化源流。大概是同在一个城市的缘故，平日虽少交往，但总比关注远处的作家要多一些，读来尤为亲切。像贾平凹先生，成名多年，已然为大家，自然是我辈景仰的，虽以小说名世，但我更喜欢他的小品文，如《丑石》，不止读过十遍。而本集中收入的《古琵琶》，我以为尤为老道，比之明人小品，毫不逊色。语言的自然和精妙自不必说，那种有话则长，

无话则短的文风，确有大家风范。

我虽不会画画，却喜欢欣赏国画，尤其是宋明清文人雅士的水墨小品，闲时每每把玩不尽，心静如水，不是读画，倒更像听画了。现代人心浮气躁，难得古人的心境意境和笔意了，至于伯牙子期高山流水雅意，更是一个传说了。但《把玩》书中所选李津先生的画，以厨房菜蔬入画，猛看粗俗，细品尽是田园风光，其香，其色，其味，悠然飘来，于浮躁中沉静下来，于凡俗中脱胎而出，有烟火味，更有生活情趣。萝卜，青菜，瓜果鲜蔬，宛然如生，读过后久久难忘，好一片沉静在闹市中的乡村菜园。

还有那万木紫服饰，淡淡的《红拂与小白菜》中的麻布衣裳，都是我喜欢的，大有仿效的冲动。从心到身，真想回到那个年代去。

我虽出身寒门，一直为生存奋争，至今也富裕不到哪里去，但的确喜欢把玩。玩玉、玩酒、玩茶、玩文字、玩易经，虽然条件所限，天资所限，所玩深沉不到哪里去，却是我无聊中难得的快乐，伴我消磨了多少个无聊的春秋，使原本无色的日子变得生动起来，闪着光，透着亮。我想，没有真正的爱好，精神上的喜好，那人生的确没有多少意义。把玩没有大小，没有高低贵贱，在一个属于自己的黄昏，借着光，看两只打架的蚂蚁，也会入迷的。其乐无穷，其境传神。

自然，从书中走近的还有二月书坊，一个令人向往的最把玩的地方。《把玩》丛书第一辑业已面世，供世人把玩，第二辑正在二月书坊孕育。真的期待，能有一天，走进二月书坊，哪怕围着旧火炉，喝一杯暖暖的普洱茶，看一看展柜中的佛造像，念几声阿弥陀佛，

也就心满意足了。

把玩酒具

陆羽《茶经》有“茶之器”篇，倘若写《酒经》，自然少不了“酒之器”。

现在讲究酒器的人越来越少，会用小盅咂巴几口的人，恐怕也不多了。全成了梁山兄弟，大块吃肉，大碗喝酒。

我喜欢喝酒，也喜欢收藏酒具。自然，这喜欢实用的成分多，并不刻意搜求，也不成套。遇见了，经济允许，就买下了，年道一长，倒也收藏了不少，有心情时，拿出用一用，别有情趣。

最早见了一套玉杯，眼睛一亮，是碧玉的，可价格不菲。幸好店主拆开卖，我就买下一只。斟汾酒喝，果然和一般瓷杯不同，晶莹剔透不说，酒液挂杯，入口也清香多了。后来又遇见一套老坑岫玉杯壶，古香古色，有汉唐风韵，很是喜欢，正巧囊中也不羞涩，就买了回来。喝前，酒入壶中放一会，再喝时，风味尤佳，像紫砂壶养茶一样，看来玉壶也养酒的。

外出时喜欢逛古玩店、工艺店，流连中，发现喜爱的酒具，就走不动了，伫步凝视。有回在一家店铺，发现了一对酒泉夜光杯，想到唐诗名句“葡萄美酒夜光杯”，就倾其囊中所有，买了下来。闲时把玩，的确有趣，墨绿的玉杯，闪着星星一样的光亮，点点滴滴，黄昏里仿佛流萤一样飞舞。杯，是小了点，不适宜喝葡萄酒，但像我收藏的仿古铜爵陶角，有心情时，注入一点酒，学学古人，往复

古今，感受自是不同。喝葡萄酒，红酒或干红，有一对敞口水晶杯，倾入酒液，如湖水澄清，优雅动人。

我很喜欢那个景德镇青花热酒器，一杯一盅，杯里注入热水，杯口坐上小盅温着，盖上杯盖，盅里的酒一会就热了。冬天里，坐在小桌旁，几碟小菜，慢慢温着酒，慢慢地喝，很有气氛，特别舒畅。

还有一套竹杯，颇具田园特色。葫芦形的竹壶，装满黄酒，挂在腰间，坐在田间地头，背靠老树，酒倒在竹杯里，或者我那只漂亮的黄杨木小碗里，听着鸟鸣虫啾，权当下酒菜，喝时真有陶潜悠然见南山的意蕴。

至于博古架上，那只土黄的盛酒的汉罐，只能摆摆样子，想象古人的酒风酒境，已盛不得酒了。

我向来以为，喝酒不讲究酒器，是喝不出品味韵致的。

我的酒歌

我喝酒喜欢品。但环境所使，情之所至，也有由不得我的时候，那就是喝，或者叫豪饮了。

有朋自远方来，不亦乐乎？何况还是少年时的知交，三五同仁，难得有约相聚，酒自然是少不了的。有酒助兴，谈兴更浓。

那天，相约游玩山水，所带东西，除了夜宿的帐篷，就是酒了。连相机都没带，怕有到此一游之嫌。知啤酒不过瘾，就带了一箱二板头，高度的，是我们那个年代人最喜欢喝的，愈醇愈烈，愈烈愈

香，就愈有味道，够劲儿，就像我们的友情，时间增加的绝不仅仅是彼此的距离，而是更深更浓的怀恋。

月圆星稀，天光如水，轻风无声，绿叶摇曳。夜晚的大黑沟美到了极致，一切仿佛凝固了，远山近水，安谧沉静，像创世纪初的伊甸园。我们围坐在溪水边的大卵石上，盘腿而坐，天穹如盖，蓝底红边，忽儿小了起来。想学羲之当年兰亭相会，流觞曲水，饮酒作诗，可惜没有那样的才情，也没有那么高的雅兴，只是好酒而已。

同学们知我儿时就喜舞文弄墨，后来虽曾失足商海，但闲暇时依然笔耕不辍，独守文字的天空，还为一家美容机构谱写了店歌，流传甚广，曲意歌词还算优美。酒到八分，大家异口同声，让我唱首自己的酒歌，以助酒兴。酒花顶起，酒浪汹涌，一时地高天低，我真的有点飘飘然了，杯酒一饮而尽，仰天长啸，多少岁月，瞬间从脑海流过，我竟婉转歌喉咿咿呀呀唱起自己的酒歌，瞬间，寂静的山沟荡满我的歌声：

仪狄造酒成酒神，杜康自今已无名。

多少圣贤寂寞去，斗酒千篇歌豪饮。

今日有酒今日欢，明天落魄有谁请?

一杯一杯复一杯，与君高歌杯莫停。

魏晋风度我本爱，哪管世人笑刘伶。

唱到最后，大家不约而同地随我高歌，月朗风清，野兽嘶鸣，连我们也不知几时睡去的。

第二天清晨，有人拿出记录下的歌词，我这才知道，我昨晚真的醉了，还醉唱了酒歌。他们让我记下曲谱，等在相聚时合唱，可

我无论如何都想不起了，时过境迁，也缺少了当时的情韵。就是这酒歌，若不是有心人记下，我早忘却了，不过是学古人古风，醉歌一曲罢了。

小酒馆

走了许多北方县城，这儿的小酒馆是唯一的，我喜欢。

像所有的县城，一条贯穿东西的街道，约二三里长，是主干道，人流如织，车水马龙，是小城的动脉。不同的是，除了中间窄窄的油路，两旁青石条高台阶上，依旧是清末民国的古旧格局，小小的店铺，小小的民居，青砖灰瓦白灰墙，两出水鱼脊梁。一般前店后居，房屋相连，院巷曲径，七拐八弯，总能出的去，很少死胡同。窗户略加改造，窗台上是一溜玻璃窗户，上边还是过去的小格麻纸窗户，每空中间贴着各式各样的剪纸染纸窗花，大多是一个美好的故事，人物花卉虽有夸张，但形神皆备，惟妙惟肖，栩栩如生，没有祖传的手艺，决计做不出的。小店的门框上，或明柱上，贴着红纸对联，风吹雨打，斑斑驳驳，不贴对子的地方，钉着一块油过漆的枣木板，刻写着店名，说是店名，大多无名，只是一个经销类别的标志，如“杂货铺”“铜器店”“土产店”，但老居民却分得一清二楚，像三子土产，郝记铜器，一口气能说上百十来个，从祖上到孙子辈，隔年皇历，陈芝麻烂谷子，如数家珍。铜器店还在，铜壶、铜铲、盆，光索的，雕刻有人物山水的，应有尽有。银匠的活越来越少，就撤店回家了，悄悄在家做点私活，没有熟人是找不见银匠

郭的。

小酒馆没有招牌，檐角兽头或门头横梁上挑着一个红布酒幌子，像挂着一面没底子箩，箩边的红布条子迎风飘扬，风大时猎猎作响。其实，酒香饭味一股一股飘散，顺着味道，盲人都能摸到的。我所从教的浑源师范学校，在城的东面，严格的意义上来说，已在城外了，老人们习惯叫东顺儿，是过去老财的耕地。高大的预制板门楼，白底红字的魏碑体大门牌，加上黑钢管焊制的大门，是那条街上最现代的建筑了。宽阔的柏油路一入城角的东方红商厦，马上窄了起来，好在路两旁的建筑大多建在青石条台阶上，才不显得低矮。中专老师，不像中小学那么忙，空余的时间较多。除了看书，扎堆聊天，实在没有更多的娱乐了。没课的下午，约上一二谈得来的同事，我常和赵三出去，沿着校院垂柳拂面的小路，走到街上，边走边谈，风情掌故，身边琐事，不觉已近黄昏，有时谈兴正浓，意犹未尽，随意走进一家小酒馆，相视一笑，在戴着浅碟子兔皮帽店主的热情招呼下，选一张靠火炉近的桌子坐下，凳子上还现铺了兽皮垫子。这些小店，几乎是一样的格局。大方青砖墁地，日久年深，砖黑亮黑亮，特别是油抹团擦过后，有股淡淡的油香味。一色的山木桌椅板凳，经过几代人之手，磨的油光可鉴，古香古色。最引人的自然是柜台前那几口大肚酒缸，黑幽幽的铀子，闪着幽光，红布包着的缸盖压不住浓烈的酒香，一股一股飘来，勾人馋虫。黑木柜台上是两小坛老腌菜，老汤炮制，浓郁香脆。这陶土缸瓮，还有盆罐，是城外青瓷窑特产，土黏性强，瓷质好，百里之内，没有一个地方烧制出的，据说有上千年的历史了。缸里的酒是有名的恒山烧酒，

最低的也不下六十度，辣的够味，香的沁人。只有北岳恒山的水土，种的出酿酒的谷子高粱，清冽的山泉水和古井水，才酿的出这么好的烧酒。浑源自古有三绝，黄芪娘子和烧酒，有人研究过，都和这儿的山水有关。人说大同出美人，其实美人并不出在市内，而是一百二十里外的恒山脚下的古浑州。浑源女人肤白牙白，个个出落的嫩葱似的，水灵着呢，就像这儿有名的土桥铺大葱，葱白壮实鲜嫩，葱叶绿的可人，吃一口辣的流泪，香脆甜美，回味无穷。自然有恒山白酒的醇香辣劲。加上一口甜美多味的地方话，泼辣会说话的大眼睛，浑源的娘子的确够动人的。店主一般是夫妻，偶尔也有未出嫁的女儿帮忙，男人闷着头在下厨，女人罩着红头巾花蝴蝶似的穿来穿去，忙前忙后，陪客人说笑，嘴抹了蜜似的，使三两张桌的小店显得分外有生气。

自然，除了喜欢小店的幽静，适于谈心，我也醉心这儿简单的冷拼热炒，虽则谈不上精致，但绝对够味。这儿的凉菜不多，现吃现拌，苦菜、绿豆芽、土豆丝，咸菜丝黄豆芽、腐干、油大豆，夏天里还有西红柿黄瓜等应时鲜菜。如果得闲，还可以让主人去西顺儿沙豁桥端碗地道的凉粉。最有特色的自然是浑源凉粉和油大豆。沙豁桥的凉粉最好，软而筋，青而明，加上密传的炒辣椒油，小磨浆水豆腐干，家炸油大豆，连汤带粉，一碗下肚，香辣的直吸溜呢。油大豆，又名莲花豆，油香酥脆，传说连佛吃过也说香，才赐名莲花豆，一颗一颗地慢嚼，越嚼越香，的确是下酒的好菜。热菜大多是炖在灰砂锅的，早已文火炖烂，有山上吃百种草药的山羊肉、野兔肉、土鸡肉，三块钱一海碗，冒着热腾腾的气，盛在小砂锅里，

吃到底还是热的。再炒上一盘辣子白，肉片黄豆芽，那就够丰盛了。有时，我们从商店里买一罐四鲜烤麸下酒，主人很快给装在黑边笨盘里端上，笑嘻嘻地说，再炒盘过油肉吧，喜欢肥就炒肉片，一样的价，全按八毛。钱不多时，就要一碟莲花豆，端一碗沙豁桥凉粉，炒一盘黄豆芽，再叫半斤大葱纯肉馅水饺，半斤是指下料时的生面，不包括水和肉馅的。人常说：亲不过老嫂，好吃不过水饺。饺子就酒，越吃越有。事先我们就让主人温两大碗烧酒，一便端上。酒菜齐备之后，主人很知趣地躲进大黑柜台里，只见一张娇媚的脸摇来晃去，偶尔和那双水灵的大眼睛相遇，仿佛也漫不经心。半碗酒下肚，话自然多起来，两个人似乎离得更近了，平日里不说的话，这会儿一股脑儿倾出，无遮无拦，成了梁山兄弟，亲密无间，豪气干云。喝到顶峰时，就划开拳了，还是带把把的，像“国营商店没买卖，里边尽是些老奶奶。五魁首啊”，“知青商店有买卖，里边全是小妹妹。六六顺呀”，呼三喝四，喧天驾雾。这时候老板娘和老板也咧着嘴大笑了起来。末了，悄悄端上自制的咸菜，即切成条的萝卜松根，烧的虎皮土豆，沙的咧开了嘴，再饱也要吃上一两个。

酒足饭饱，踏着如水清凉的月光，看着镶嵌在深蓝天穹上的星斗，一闪一闪，晃晃摇摇相扶着走在行人稀少的马路上，真的很满足，虽然一顿饭花去了两人二十分之一的薪水，但那种快乐绝不是用钱能衡量的。情之所至，放声歌唱起来：“日落西山红霞飞，战士打靶把营归。”走近校院铁大门，歌声戛然而止，相视一笑，悄悄溜回宿舍。

一晃二十多年过去，离开后，其间也去过几趟浑源，可惜东西

大街早已随城镇改造拓宽了，那小店自然不见了，清一色的高楼大厦鳞次栉比，哪儿还有小酒馆的影子？有时不甘心，在傍晚时沿着宽敞的大路，寻找当年的感觉，来来回回，空荡荡的，再也回不到过去了。相约过去的朋友在华泰大酒店相聚，嘻嘻哈哈，但明显生疏了许多，待的时间越长，彼此的距离越远，最终郁郁而散。

夜深人静，走入梦乡，偶尔又走进青砖灰瓦白灰墙的小酒馆里，等着上菜上酒，左等右等不上……

写字

写字，似乎谁都会，美丑不论，扫过盲的就能写，又不学孔乙己既写得一手漂亮的字，又会写“回”字的四种写法，才会在小伙计面前装先生，受人嘲笑。其实不然，写字是会，但写好却不易。写出的字是有高下之分的，或者说有品可分，虽然没读过也不知有没有《字品》,《诗品》是有的。可惜我生在乡间僻野，人们能识几个字就知足了，哪里还讲字的品位。只是每年写春联时，村里磨豆腐老汉笑话学校老师的字:“嗤，嗤，我们先生写斗方，笔不离纸，龙飞凤舞，顷间成字，那才是真秀才呢。”名师出高徒，老师让他写，他又往后退，他的秀才先生也许写得一手好字，可谁也没见过。村子里的春联照样还得老师写，家家一样的爬地虎字，即使知道不中看，又找不出第二个能拿得起毛笔的人。

仿，我也写过几天，缺笔少纸，每人一小块白塑料布，一支光杆劣质毛笔，写了洗，洗了写，偶尔买几张大麻纸写一写，颤巍巍

地心痛的了不得，老师还拿红墨水给我的仿点过圈呢，说我的字像赵体，好好练，能成书法呢。第二年仿是不写了，但笔还在，过年时也给人家写春联，半碗墨，一支笔，直写得腰酸手困，看看摊了半地待干的对联，心里美滋滋的，毕竟是村里会写字的。有人还将这叫书法。

后来外出念了书，才知道，不要说书法，我那连正儿八经的写字都算不上。心中无字，随心所欲，不成章法，只是能让人勉强认得而已。这也难怪，生不逢时，生不逢地，直到大学毕业时，连一本像样的字帖也没见过，还是中学时写黑板报那本美术书，以字的漂亮与否衡量写字水平的高低。就是如此，也实在没见过几个人，能写一手漂亮的字，更不用说书法了。

但我一直羡慕能写一手好字的人，也喜欢品赏书法作品。有时甚至想，如果儿时受到良好的书法教育，我也会成为一个书法家的。可惜时不造我，只能老死桑梓。一直为生计奔波，直到去年才得闲暇，想起儿时的梦，我终于又拿起毛笔，大着胆子写起来，却往往羞于见人，连自己都觉得不是那么回事。面对心爱的名砚，各样的好笔，厚厚的历代名家书法集，小小的毛笔重似千钧，不听使唤，随意胡写后不成样的宣纸前，我这才觉出自己的幼稚，写字，固然要有写字的环境，以及扎实的功底，但缺少天才的悟性和灵性，写到胡子白了，也是写字而已，上升不到书法的高度的。像现在的孩子们，单就环境条件而言，远比古代的人强得多，名砚、名笔、名纸、名帖，甚至名师，但小小的脑瓜就带着那么多名利的观念，哪里有心习字，又有几个成的了书法家？即便字写得很漂亮，其实连

过去落第秀才的字也不如，缺少起码的灵性和个性。

想到这些，加上从习字中感受到一些乐趣，我倒坦然了。譬如人生，快乐就好，不一定非要达到一个高度，像许多现代名人，日夜为设定的目标而努力，超其体能，超其心智，即使有一天达到所设定的巅峰，一看，天依然很高，离自己依然很远，瞬间的光辉瞬息消失了，除了累，就是无限的空虚。何况，真正能成功的人，是极少数的，少之又少，大多数人和凡人没有什么两样，走不了多远的，生老病死，一样也逃脱不了，随着生命的消失，很快就寂寂无闻了。所以写字的本身，甚至书法，不过是为修身养性，娱乐身心而已，一旦注入功利，那真的很累了。名，乃身外之物，生不带来，死不带去，能有什么比快乐活着更重要的呢。写字就是写字，在书写中体味自然的灵动，注入内心深处流淌的思想，情感，随心随意，和行云流水，鸟飞虫动，其实是没有什么两样的。何况，再伟大的艺术，在大自然的面前，也显得那么幼稚，那么渺小。

这时，我倒喜欢起苏东坡来，他是一个追求自然快乐的人，尽管坎坷一生，但展现给我们的，是那么多快乐，他的诗词，他的文章，他的书画，甚至于他的品茗美食，无处不流露着快乐的本意，无心而有意的追求，像东坡下棋，自然是我们现代的围棋，古人叫手谈，他下了多年，水平依然一般，现在还有人笑话他那句下棋名言：赢亦高兴输亦喜。说他有点自慰，其实，这就是东坡，或者说那时的人都这样，琴棋书画，甚至吟诗作赋，真的是爱好而已，用心来玩，在追求中快乐，快乐中追求，已突破了自我，所以会走得更远。才会出现天人合一的佳作《兰亭序》等等。现在，就是一些名

家，也难以脱俗，或急功近利，或名利攻心，心浮气躁，写得很累，活得更累，只是在自造的圈子里苦苦绕行。

实在不是酸葡萄，我的写字，离酸葡萄都远着呢。快乐就好，如是而已。

回归自然

城市人文明，又最易使文明异化，失去自然的纯真，就会变得市侩起来。古罗马文明的沉沦，玛雅文明谜似的消失，真的值得我们反思了。精神的荒漠必将淹没物质的文明。

绿色，才是最美的一抹春。

只有此，此地此景，我才忽儿感悟了：许多原来人为的美好意愿，往往事与愿违，与道相去甚远。古人所云：子非鱼也，安知鱼乐乎？是啊，一年前当友人将一只野生龟赠予的时候，我将龟蓄养起来，还自以为做了一件善事。

但此时我才真的醒悟了，再美丽的牢笼终究还是牢笼。神龟虽寿，犹有尽时，千年仿佛一瞬。不论是人还是物，只有置身大自然中，融于大自然中，才会有好心情。于是我便有了回归大自然的心境。质本洁来还洁去，将家养已久，感情至深的乌龟放回自然。

绿树绕堤，碧波荡漾的文瀛湖，在蓝天白云下显得旷阔柔静。宽坦的湖畔，平如球场，湖中的清风扑面而来，不由你心随意动。

乌龟似乎真的有灵性，亦通人性，游了几步从水中潜出，伸出长长的头向岸边的人频频注目。之后又沉入水中，不久又伸出头，

久久注目。如此反复过数次，你不得不相信它是有意这样告别的。当最后一次伸出头时已在湖泊远处了，久久地凝望着，似乎在作最后的告别。

乌龟依依而去，回归到生于斯长于斯的大自然，其心境的舒坦可想而知了。

几声蛙鸣，几声鸟叫，波光潋滟的湖面，愈加迷人……

雨中漫步

窗外，雪雨飘飘。我半躺在阳台小床上，静静地读书，没有往日那一抹阳光，洒在脸上，稍稍有点凉意。忽儿，心潮奔涌，《奇门遁甲》中的历史云烟，滚滚而来，溢满脑海。欲静难静……

为什么，我还是放不下，心底的理想，膨胀如火，射入天庭，雪亮如月，燃烧似太阳。心，难如水，郁闷。

家，忽大忽小，漂浮如萍，湖海茫茫。

我不由地冲出楼外。雨雪还在飘下，雪随飘随消，落在身上，早化成雨水，湿润衣衫，可没有一丝凉意。这时，平日车水马龙的大街，行人稀少，好些人在路两旁的店铺里外躲雨。街，很空旷，也很清新。任雨水在身体上游走，爽爽的。天空如洗，大地如洗，我心如洗。高楼大厦似乎也被洗涤的矮小了，仿佛换了一个世界。我真想就这样静静地走下去，走下去……

街灯亮了。我也不知走了多远，从东到西，还是从南到北，又是如何走到家里的。

在淡黄的灯光下，我慢悠悠地磨着蓝山咖啡豆。然后点上酒精灯，慢慢地煮着，醇香的牙麦加咖啡味，喷涌而出，不要说喝了，就是漫不经心嗅着，也是一种享受。

躺在厚实的红木摇椅上，我品一口蓝山咖啡，浑身暖暖的。身上的雨水，化成万千细流，在木椅上流淌。

偌大的客厅，好宁静，真的好宁静。

柔荑

中国古人是很诗意的。《诗经》时代更诗意，将美人的手叫“柔荑”，形象到骨子里去了，比起后来的“纤纤玉手”“绵绵小手”，简直不可同日而语。“纤纤玉手”，太士大夫气了，无血无肉，冷冰冰的；而“绵绵小手”，似乎多了些凡夫俗气。“柔荑”，其形可爱，其质可感，纤细白嫩如茅之芽，似乎蕴涵着更多的诗意，将人推到一个美的境界，活生生的审美高度。

品读《诗经》中的名篇，我常常幻想着那个时代的女孩子的天真烂漫，清纯可爱。自然很想握住那柔荑，体味吐气如兰，温婉柔润的境地。那是何等的诗意，蓝莹莹的天，清凌凌的水，如诗般的女孩，自然舒伸柔荑，将心曲流到你的心田。仿佛一幅水粉画，仿佛一个朦胧的梦，在如痴如醉中复活了。

像才子佳人红袖添香，是文人的心结，如诗般的柔荑，始终是

我渴慕的，但在现实里似乎永远无法企及。不乏纤纤玉手，甚至也有古文人笔下的春笋似的玉指，像熟悉的乐曲，的确缺少动人心弦的魅力，随着时间的推移，渴望日趋平淡，几乎消失了，但我始终相信，《诗经》不管多诗意，多写意，但却是现实主义的，实实在在存在过的美。

平淡的日子如水流过，琐碎的生活覆盖了曾经的诗意，为生计，我变得匆匆忙忙，再也没有时间和心情坐在静夜的灯前，或者午后散漫的阳光下，畅游古人的诗境。那是一个夏日的傍晚，大雨刚刚洗过的城市，是有几分清新，但给正拓宽马路施工的现场又增加了几分泥泞。路中央挖着三米深的壕沟，沟里是粗细不等的管子，沟沿是高高的松土，被雨水冲的到处都是，本来狭窄的人行道积满污泥，行人深一脚浅一脚摸索着前行，不时还被拆掉但尚未被及时运走的障碍物阻挡，小心地扶着越过，稍不留意，就可能摔个前仰后合。而我的新家，偏偏就在这条路的中段，无法绕行。偏偏家里又有事，必须赶回去。我成了长长蜿蜒如蛇的人流中的一员，背着大包，提着小包，心烦意乱，又小心翼翼往前挪着。单皮鞋早成了靴子，鞋底上积了厚厚一层黄泥，走起来摇摇晃晃，像戏台上踩着靴子的老生。

天色暗了下来，有几分朦胧，如果不低头看，脚下的泥泞，这景色还满宜人的。雨后的城市，虽然不像乡间那么清新馨香，但也洗去一些尘嚣，像浴后的妇人，有几分妩媚的。我一直埋头走路，走得手忙脚乱，还是弄了一身泥，一身汗，像一个逃荒者，极其狼狈。离家很近了。半堵拆下的泥墙挡住去路，心里咯噔一下，不知

如何跃上，如何过去。我抬起头，这才发现，我前边是两个二十几岁的女青年，或者是两个少妇吧，身姿婀娜，体态秀丽，两人笑着，一推一拉，就轻盈地跃上土墙。我就是不背大包提小包，无论如何是上不去的，心一下子沉入深渊，万劫不复了。正绝望中的我，忽儿看见一张清秀而娇美的脸，似乎在看着我笑，一只颀长柔美的手向我伸出，一闪念间我读懂了。目光相触的瞬间，她的笑意更柔情，更大胆，但相当纯洁，如一汪清水，没有一丝潋滟。那声“来，上来，”很轻很柔，似乎只有我听得到。我几乎没有回想的余地，就拉住她的手。霎时，我的脑海，心里，出现了两个字：“柔荑”。她的手温润而不滑腻，质感而不生硬，秀美而似乎无骨。我的眼睛一亮，来自浑身的电流瞬间汇聚到手上，在相碰的瞬间又返回全身。其实这只是几秒钟的事情，她轻轻一拉，我顺势跃上土墙，手很自然地松开了，我感到手上渗出微小的汗珠。我忙说：“谢谢。”她还是那么笑着，“不用”，轻轻的声音，只有我听得见。我目送着她娇美的倩影，很快消失在人流中。

回到家里，我还沉浸在方才的一幕，很真实，又很虚幻，像梦。但我的确尝到了什么才叫柔荑。过了很久很久，那女孩，那手形，早已模糊了，但那柔荑的诗意，那淡淡的感觉，却温馨地存活在我心底，愈来愈清晰，愈来愈生动。

大同刀削面

大同刀削面多有名，我不知道。煤，很有名，走得很远。刀削

面随着煤是否也走远了？

像煤一样，刀削面在大同，遍地都是，是个大排档。有人聚居的地方，就有刀削面馆，并不夸张。有时在小巷子里，七拐八转，总能找到一家，一口大锅，三五张方桌，十几个条凳，一看就是刀削面馆，何况还有很远就闻得见的喷香的臊子味。

刀削面我吃了三十多年，始终没有吃草。草，是方言，乏味的意思。甚至还有点瘾，几天不吃就想。八岁那年，第一回进城，第一回吃刀削面。在东关露天的一块空地，架着一口大锅，锅下是红彤彤的炭火，锅里是大半锅沸腾的汤水，围着锅口站着四个后生，赤裸着上身，下身穿着半腿裤，赤脚蹬着懒汉鞋，肉嘟嘟的手臂上放着一块木板，板上是雪白的面块，长方条型，足有十几斤重吧。每人手握一把闪光的菜刀，前后飞舞，削葫芦似的削着面块。银鱼一样的面条飞舞着，落入滚沸的锅里，上下翻腾，仿佛千百条银鱼，在欢快地戏水。面条三面带棱，齐齐一筷子长短，精滑爽口。只见刀舞面飞，节奏和谐，没有精湛的技艺和功力是不行。北方彪悍豪气的民风可见一斑。削面八成熟时，用罩笼一捞一摇，盛在大海碗里，浇上喷香红润的肉臊子，拌上香菜，加上味精、醋、辣椒油，就着腌的酸脆的圆白菜，吃的汗如流水，相当入阁。坐在长条凳上，喝着面汤，看着路边来来往往的行人，的确满足着呢。

后来参加了工作，除了出差，几乎每天要吃一碗刀削面。早餐不吃，晚饭必吃。吃的多了，也渐渐品出刀削面的好歹，面馆虽多，正宗的却没几家。按地域分，共有三家，东关刀削面，七中刀削面，小南街刀削面，三家三个特色，各具千秋。开始时，三家的削面分

别不大，虽然也有各自的和面方醒面法，主要是臊子的区别。小南街刀削面用纯骨肉熬臊子，去骨的肉切成指肚大的方块，红多白少，肥而不腻，骨汤臊子原汁原味。东街刀削面和七中刀削面，都用精肉磨碎熬成臊子，红润的小肉球，红润的肉汤，不肥不瘦，喷香欲滴，别具风味。熬臊子的绝妙固然在选料配方，但更高的技术含量恐怕还在火候，大同的炭火熬大同风味的臊子。他们两家的区别主要在面外所加的东西不同，七中刀削面除了肉釜鸡蛋，肉丸子，豆腐干外，还有红烧肉条，红烧豆腐片，红烧鸡腿，似乎更上档次，和小南街刀削面一样，经营场馆大多在房子里。

近年，刀削面馆愈开愈多，大多在牌子上加上“正宗”二字，将正宗做滥了。且都改用又薄又小的方形白铁片削面了，削出的面虽然薄了，细了，但也失去了面棱的精爽，吃不出原先的特色了。也许是被南来北往的人同化了，大同人的豪放愈来愈少，更不要说刀削面了。不过常吃面的人，还是能在众多的牌子中，找出几家正宗的刀削面馆，开着车专门去吃正宗的。正宗的削面馆很火，非正宗的地摊也不冷清，想图碗大便宜的民工，自然选择了非正宗的，花上两块钱，一大碗刀削面，一大碗腌圆白菜，吃的汗如流水，吃个肚圆，也就满足了。 近年，虽然也有人在刀削面上做文章，有了赵家、李家刀削面，但始终不得其法，恐怕是舍本求末吧。大同刀削面不像大同老火锅，大同烧麦是官家名吃，连西太后老佛爷吃了都叫好呢。刀削面有点像狗肉，虽香却上不了席面。而且真正技术精湛的老师傅，大概都作古了，即便活着，也挥不起大刀削面了，后来的年轻人觉得没有那个必要了。

很多来大同旅游的人，吃饭时也在问，有正宗大同刀削面吗，地道的大同人，总会指点你几家正宗削面馆。但要吃到塞北风味原汁原味的刀削面，恐怕很难了。

不过，就是现在的大同刀削面，也一样好吃，一样别有风味。

旗袍

我从骨子里喜欢旗袍。但不是旗袍创始者，大清满人那一种，松松宽宽，像多彩的道袍，上海小姐改良后的旗袍，穿上典雅韵致，婀娜妙曼，愈显出东方女性特有的韵味。喜欢张爱玲的小说，很大程度上，就是喜欢穿旗袍的张爱玲，和她笔下神态各异的旗袍女子。看过一部香港大片《花样年华》，里边的情节早已淡忘了，但张曼玉将女主人公各款式的旗袍，演绎到了极致，深深地刻入我脑海。

并不是所有的女人都适合穿旗袍的，没有妙曼的身韵，阿娜的身姿，以及内在优雅的气质，决计穿不了旗袍。多一分，太俗；瘦一分，不足。要穿得恰到好处，像影片中的张曼玉似的，着实不易。大同女孩虽美，大多是英俊健美一路，所以，塞北大同的女子，穿旗袍的很少，穿得出韵致的，少之又少。旗袍不像流行服饰，有各样的专卖店，旗袍需量体裁衣，方能合身，大同只有一家服装店裁剪旗袍，买卖经营的相当惨淡。所以，喜欢欣赏旗袍，也只是想象而已，茶馆，咖啡屋，穿旗袍的女人，风样流过，在脑海。

和她的相识，就是缘于旗袍的。午后，即便在办公室，我也习惯，沏一壶安溪铁观音，边悠闲地品茗，边等待客户上门，洽谈广

告业务。有媒体的优势，除业务员开拓新业务，做部门主任的，用不着那么辛苦，凭从业的资深，上门业务是很容易搞定的，尤其是在喝茶的氛围里。明天是周末，这会儿客户很少。淡淡的夕阳漫过窗纱，落在米黄的桌布上，柔柔的，壶嘴，小盏，袅袅茶香随温蕴的水雾，向室内弥漫，清香诱人。品过几盏，神清气爽，余香绕口，回味无穷。广告版面基本就绪，我的心情分外地好，仿佛阵阵凉风，漫过翠竹林，从林间荡起轻快悠然的古筝乐曲，声音舒缓流畅。若梦若幻，一位紫衣女郎，身着紫晶旗袍，飘然而来，亭亭玉立在茶几边。我睁大眼，又揉揉眼，真真切切，是一位年轻的女子，身着合体的紫水晶色旗袍，肉色长筒袜，脚蹬紫水晶凉鞋，盈盈地立在我面前。她一甩飘逸的沙宣亮发，莞尔一笑："我是以瑛，有点小广告要麻烦你。"好像和我多熟似的，那张棱角分明的脸，算不上漂亮，可属于那种看一眼就永远难忘的，魂牵梦绕，令人怦然心动。从未谋面，可从心底里，我也承认，的确像在哪里见过，陌生而熟悉。广告很小，连业务员都无须请示做得了主的，她要优惠，我无法抗拒，自然给了最低的价格，但总共加起来，也便宜不了多少的，最多一次茶钱。很快，我们谈起了品茶，她似乎略通茶道，娓娓道来，偶有惊人之语。她浅浅地抿了口，纤细的手指，转动着晶莹的茶盏，谈吐时似笑非笑，含着笑意："大同的水，是泡不出好茶的。"我问为何，她秀眉轻挑，抿嘴一笑，良久，见我还在期待，才轻吐一个字："碱。"大同的水，的确碱性太大，就是北岳恒山泉水，清冽有余，涩感绵长，绵软还是不足。由水，谈到苏东坡、王安石取水典故，又谈到茶圣陆羽，直到夕阳西下，晚霞散尽，谈性尤浓。她

优雅地放下从始至终还剩一点点茶底的茶盏，目视着我，问："你回哪里？"我一说，她顺势站起，笑了："咱们同路。"在公车上，天南地北，古今中外，不着边际的话，似乎谈了许多。直到目送她清秀的身影，紫色的旗袍，愈来愈淡，消失在黄昏的人流中，我才回过神来。

这一晚，看书心不在焉，那紫色的旗袍，摇曳的鲜花一样，老在眼前飘来飘去，一直飘到梦里，又从梦里飘走，消失了。我正怅然若失，一睁眼，才发现，太阳已经老高了。匆匆坐班车，赶到办公室，茶具已被员工清洗干净，凭淡淡的幽香，我还是找见了以瑛用过的茶盏，那盏边，似乎还留有她唇上的余香。连我自己都奇怪，恋爱成家好多年了，美女天天见，不过是远远欣赏，从来都是心动，而绝不动心的，更不会用情。我知道泛情的可怕，更懂得珍惜已有的，及其家庭的责任。可脑海里挥之不去的，却是那飘逸的紫晶旗袍。电话铃响了，我没有想到，竟会是以瑛的，她说，看到广告了，很满意，问我有没有时间，一块吃顿饭，感谢帮忙。我推掉所有约好的应酬，包括很重要的，答应和她共进午餐。放下电话，我又有些后悔，怕和她走得太近。

如约走进酒店，在靠窗户的一张餐桌边，我看见她正向我招手，美目倩兮，顾盼生情。以瑛又换了一身淡粉的旗袍，像雨后含露的桃花，胸前别着一支白底红字的胸针，稍稍卷曲而柔顺的亮发，蓬蓬松松地掠在脑后，用一块淡粉的手绢打成蝴蝶结扎着，一晃一晃，翩然若飞；脚踏一双浅色圆口半高跟达芙妮仿布皮鞋，前边缀着一对闪光的大晶片，仿佛一只彩蝶，落在脚上，没穿丝袜，赤足，光洁

嫩白，细蓝的血管和青筋隐现在粉嫩的脚面下，特别性感。见我端详她，她并不在意，浅浅一笑：“怎么，不认得了？”菜，她已点好，还是问问我，合不合口味，要不要再加一些。我们面对面隔桌坐着，喝红酒时，我还是忍不住问她，为什么这么喜欢穿旗袍。她目视着我，斜倾着高脚水晶酒杯，娇美的脸庞相映在醇香的红酒里，益发娇美。她说，她奶奶是苏州大家闺秀，是她爷爷在上海读书时认识的，相恋后嫁到北方。她奶奶的箱底，有各式各样的旗袍，她特别喜欢，从小就想象着，长大了，什么服饰都不要，就穿旗袍。后来那些旗袍，随她奶奶而去，在地下，也许早朽了。却在她心底，留下挥之不去的旗袍情结。在北京读大学，去上海打工后，她终于有了属于自己的旗袍，像她奶奶一样，各式各样的，家里的五门衣柜，全是她的旗袍，能开一家旗袍店。为随老公，她牺牲自己如日中天的事业，回到离别多年的家乡，不久她才发现，这个地方已经不适合她了，煤烟粉尘，不仅弥漫在干燥的空气里，也弥漫在她的心里。她泪光盈盈地讲述自己的故事，时而暂停，嗅一嗅，抿一小口红酒，若有所思，时而慢慢讲起，像在讲一位好友的遭遇。时光不觉流逝，一中午飘然而过，像花间的蝶，随夏天突然消逝，似乎不曾发生。上班时间到了，匆匆分手，去忙各自的事情，甚至来不及回顾一眼。

一周过去了，没有见面，也没有电话。我好几次拿起通讯簿，想照着她留下的手机拨打，拨了两个号码又停住了，有什么必说的呢，终于也没有通话。

那天晌午，我正守在电话旁，期待着。电话铃响了，我知道，是以瑛的。她说，刚出差回来，能不能一块吃顿饭，我说，我请客，

她说，客气什么，谁和谁啊。坐在一起时，我才发现，比上次见面，她消瘦了许多，只是红色的暗花绲边旗袍，掩饰了颊上的苍白，满头飘逸的秀发盘在黑丝网里，结成一只个朵，盘在脑后，显得干练，娴静，不再像一位女生，成了一个久经商战的金领少妇。那只翠绿的玉镯，在雪白的皓腕上滚上滚下，愈显得雍容华贵。她叫了白酒，说是陪我尽兴，其实，她心里想喝，几杯下肚，粉白的脸上多了几分红润，添了几分娇媚。她泪盈盈地倾诉，她准备关掉工艺部，答应丈夫一边回家生孩子，一边复习考研，将来再去上海发展。丈夫同意了，婆家相当喜欢，等着抱孙子。说到动情处，她哭了，没有出声，没有抽泣，豆大的泪珠，顺着脸颊往下滚。我伸手去擦，她没有阻拦，任我擦。一会儿，她破涕为笑，淡然地，做了个手势，意思是对不起，上趟洗手间。回来时，早顺便结了账。我喊服务员时，吧台上说，账已结了。默默地走出酒店，她轻柔地说：“找个地方，我们再坐一坐？”随着她近乎哀求的目光，我看到了不远处那幢宾馆。几乎没有考虑，我拒绝了。她愕然地看着我，终于笑了，说，和你开个玩笑。但笑的相当勉强，有几分凄然。我心动，浑身热起来，想抓住她的手，还是逃开了。她握着长方的软红皮钱夹，高跟鞋一点一点，踩在马路旁人行道红砖上，有节奏地响着。红旗袍仿佛正午的阳光一样，如火燃烧着。泪水迷蒙了我的视线，那足音，就从我的心上踏过。

几天后，我打电话给以瑛，想请她吃个离别饭，她说，很忙，来了几个外地同学，抱歉地说：“改天，好不好？”我知道，她在借故推脱。我抽空买了只保健玉杯，去送给她时，她办公的工艺部，

已人去楼空，牌子不见了，两个粉刷工正在刷墙，可能又租给别人了。后来发过几个短信，她有时回，有时不回，也许真的不方便。时间一长，我也懒得发了。之后，再也没有她的消息，或许，真的天遂人愿，她生了儿子，去上海求学了。

现在走在街上，看到穿旗袍的女子，总不免多看几眼，但不用走近，单从背影，我就可以断定，那穿旗袍的女子，绝对不是以瑛。

烧酒壶

父亲有两只酒壶，盛烧酒的。一只细瓷的，白蓝斑马纹相间，一圈一圈从底到顶，白如白云，蓝似蓝天，煞是好看；一只粗陶的，淡黄土色底子，黑铀嵌边，古色古香。细瓷的等给客人用，粗陶的自家常用。平时擦抹得干干净净，放在碗柜顶上，像两只吃饱的鸽子，肚鼓鼓的，静静地卧着。

酒壶啥时候有的，我不知道。打我记事起，早有了。父亲晚上一回家，先把塑料卡子里的烧酒注满小陶壶，然后放在锅底，或者放在盛了滚水的白瓷水缸里慢慢地温，过一会就摸一摸壶底，看温好了没有。温好后，拿出来，倒在小盅里，就着腌菜丝，有时只有一瓣蒜，吸溜起来。酒盅放在唇边，也不见用力吸，只听滋的一声，酒已进入嘴里，巴咂时，依稀看见酒液挂在唇上，一闪一闪，像晚秋的晨露，甜的。用陶壶喝时，一般在饭前，就站在碗柜前，吸溜三五盅。他常讲，这比酒鬼五毛娃强多了，人家每天从供销社打半斤烧酒，不离柜台，嘣着铁钉喝呢，哪有什么下酒的。

家里来客人时，烧酒就盛在细瓷壶，在笼里用热气慢慢温。奶奶就笑了，说：朝南来了个白鸽子，亲戚来了上桌子。让我们猜猜是个啥东西，多少回了，谁也知道是细瓷烧酒壶。这时候下酒菜比较讲究，一盘黄灿灿的炒鸡蛋，一盘黄瓜拌豆腐干，还有一盘大烩菜，要是赶上节前节后，还有绿豆芽粉盘呢。父亲倒出一盅，用火柴一点，蓝蓝的火苗蹿起，一闪一闪，是试酒的醇度，火焰愈蓝，酒愈醇，愈好。然后先给客人满上，说，温过的烧酒，不伤胃的。碰上有兴致的客人，划几拳，“五魁首，六六顺”叫着，比画着，父亲声音不高，输赢满不在乎。这时候，我们坐在一边，头齐齐的，等着客人吃完才吃呢。有时客人让我们吃，父亲就拿筷子头在酒盅蘸一蘸，放到我们嘴里，一下子辣到心里去了，泪哗哗的，不过，马上热遍全身，舒服着呢。这时，家里的人都笑了，笑声飘满屋子。

但客人很少来，大多时候是父亲一个人站在碗柜前吸溜，咂巴咂巴的声音，不紧不慢地回荡在黄昏，仿佛习惯了的音乐，有几天不听，就像缺少了点什么。父亲很少出门，除了外出开会。所以这音乐，几乎响过了我们的童年。

后来听母亲说，那时家里孩子多，靠父亲一个人赚钱，紧巴巴的，每天喝几盅，是他唯一的享受了。我这才想起，父亲总是匆匆去，匆匆回，只有傍晚喝酒时，才看见他不紧不慢的身影，一口一口地吸溜着酒，咂巴着嘴，脸慢慢地红润起来，笑了。母亲还说，这酒壶从她嫁过来时就有了。那会儿，父亲在区里供销社工作，每月开支后，先打八斤烧酒，剩下的钱全拿回家里，供全家开销。后来碰到从城里来下乡的老领导，两人坐在土炕上，就着豆腐干、油

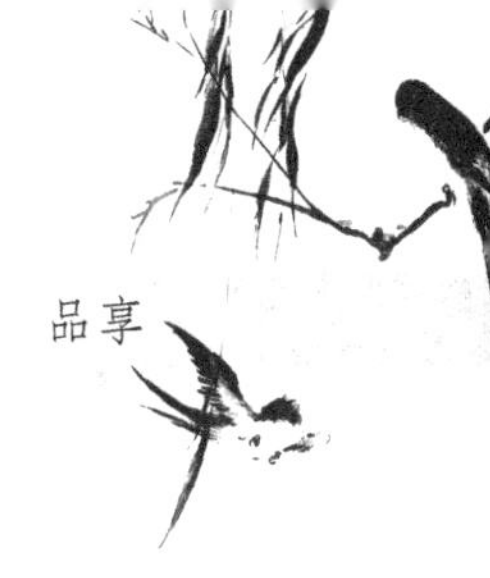

大豆，一人吸溜了一壶热烧酒。老领导感叹父亲才华的埋没，硬把他调到县财贸部，一个月后，他嫌拘束，硬下了基层粮站，工作完后，傍晚一个人温一壶酒，慢慢咂巴着。就是六〇年闹饥荒时，他也没停过，买了三斤酒精，兑水吸溜了一年。

四十多年过去了，酒壶始终摆在碗柜顶上。父亲后来退休了，孩子们成家了，逢年过节给他送几瓶高度酒。他还是习惯倒在细瓷壶里，慢慢温热了，慢慢吸溜。不过，不再站在碗柜前，而是稳坐在炕头，小桌上放一盘花生米，一盘切火腿肠，一盘糖拌西红柿，他心满意足地喝着。将壶拿得老高，往小盅里倒着，细细的酒流像一条瀑布，飞泻而下，落在潭里一样落在盅里，雪白的小酒花飞着，慢慢落下。这时，他总说，我比村子里过去的地主还享受，吃是吃的，喝是喝的，好着呢。

后来胃肠不适，父亲记了酒。先时还偷着抿半盅，肚子又痛起，就干脆戒了，滴酒不沾。但那两只烧酒壶，一直摆在碗柜顶上，成了摆设。

今年我回老家，两只烧酒壶还摆着，蓝道幽蓝，黑边幽黑，发着光，分外显眼。父亲一个劲唠叨，收古董的问了几回了，他始终没卖，留着吧。

油豆腐

好久没有回老家了。这次回家，感到妈妈的身体大不如从前。虽然，她还像以往似的，仔细端详着我，说我瘦了，黑了。末了，

还是那句："妈给你做你喜欢吃的油炸豆腐。"

我的确喜欢吃妈妈做的油炸豆腐，从小就喜欢。时常不吃，真有点回念。小时候，只有逢年过节的时候，才吃得上，平日里是没有的。过节时没有肉，妈妈就将平时节省下的麻油，炸一盘黄脆脆的油豆腐，剩下的底油加上几种调料，放上十几片三角海带片，文火滚上两个半小时，就出锅了。盘里的烫红润喷香，油豆腐精软鲜嫩，海带片软而不绵，吃起来有红烧肉的味道，更爽口利胃。这时候妈妈总跨在炕沿边，看着吃的香甜的孩子们，笑了。

那年，我考取省重点中学，第一次离家外出求学。临走那天中午，家里事多，妈妈没顾上。也许是没舍得给我做一顿油炸豆腐泡黄糕，自今一说起，还后悔的抹眼泪呢。后来回家的时间越来越少，回一趟，妈妈就给做一回油炸豆腐。做好后，她还像小时候一样跨在炕沿边，看我吃，笑了。

这一回，妈妈照例给我做油炸豆腐吃。听父亲说，多少年了，母亲总是走半里路，到灯光场那家老豆腐店捞浆水豆腐，等你回来随时能炸。捞豆腐用的时间一年比一年长，这几回，来回要缓四回呢，走一程，坐到路边石头上缓一缓，慢慢再走。看看妈妈满头的花发，我欲言又止，心里酸酸的，涌上的泪很热。

妈妈用刀将豆腐切成三角小块，小心地放在笼里蒸一会，去去水气，使豆腐里有了小眼，滚时好多吸收老汤。出笼时，妈妈才发现，忘了拿矾水泡了，只好在上面补了些矾水。温麻油时，妈妈还一个劲地责怪自己："瞧瞧这记性。"拿筷子立在锅底一试，油快滚了，她开始往锅里放豆腐。先放的喷起来了，金黄金黄，漂在油上，

后放的在上边滚着，麻油的香味溢满屋子。她掉头咳嗽着，不小心将盘底的水倾在油锅里，乒乓地炸了起来，油滴飞溅。妈妈手忙脚乱，再也没有从前那份麻利劲了。炸出的油豆腐也不像过去一个色儿，有金黄的，有深红的，她看了，摇摇头，喃喃着："老了。"

年轻时，妈妈是十里八乡有名的巧媳妇，见过的就会做，手脚干净麻利。大概是有外公乡间名厨的遗传，她做的菜，吃过的人没有不夸的。做油炸豆腐时，房前院后，整条街都闻得见油香的味道。参加工作后，走了许多地方，名吃也吃了不少，但唯有妈妈的油炸豆腐，是我最喜欢吃的，时常不吃就想。

妈妈不得不放缓了速度，等了一会，才小心地将锅里的油逼出一部分，在剩下的油中加入红辣椒、花椒、葱花、糖、豆瓣酱等佐料，左翻右炒，炝起味时才加入水，放进切好的海带片，盖上锅盖文火炖着。多半锅汤炖的剩下半碗时，她将粉面水慢慢倒入，翻滚一小会，就出锅装盘。这时候黄糕也蒸好了。忙乱了一上午的妈妈，摸着额头上脖子上的汗水，笑了。

其实，妈妈炸油豆腐的手艺我早已学会了，甚至青出于蓝了。几回我想说，妈妈，我给你做一回吧，但又说不出口，怕伤妈妈的心。前年接妈妈到市里住，看着煤气灶，抽油烟机等，她黯然落泪，说："妈老了。"第二天说什么也要回老家。她真的不习惯坐在那里等饭吃，站起又坐下，总是局促不安。

妈妈颤巍巍地跨在炕沿边，看着我香甜地吃着黄糕泡油豆腐，一个劲地絮叨："多吃点，孩子，锅里还有。"像小时候一样，不等我们吃完，她是不动筷子的。看着日渐苍老的妈妈，一股酸楚和热流

猛地涌上，我忙掉过头，泪掉到碗里，涩涩的。妈妈笑了，说：“慢点，孩子，锅里还有。”

人生如茶茶如梦

吃了陈老板的茶，又拿了人家的台湾冻顶，没法子啦，只好应命，写下这片茶文。可见吴承恩当年为还酒债而写西游记不假，呵呵，一笑。已在报上发了，老板还不依不饶，只好再发在网上。看来世上没有白吃的饭，白喝的酒，好吃难消化啊。不要学我，无聊文人。

闲时，常羡慕江淮名士，烟雨蒙蒙中茶楼品茗，纵论人生。每每自叹生于边塞大漠，只能月黑风高，煮酒论英雄。

晋商常家人踏出的茶马之路，火爆俄罗斯，出现了：宁可一日无食，不可一餐无茶。却没有给大同留下一丝茶风。

近年来茶庄雨后春笋般林立闹市，但茶叶无品无级，品不出一点雅兴，自然也品不出人生三昧。

忽儿有一天，信了友人的推荐，来到大同迎泽西街以“集神州名茶精品，享富贵潇洒人生”为追求的泰来茶庄。门两旁是我题写的典雅的楹联：绿茶盏内春如意，碧螺壶中香扑面。但真正赢人的还是茶庄的名号，中西合璧，意蕴幽深。“否极泰来”源于《易》，盛世茶风才盛；而来字，很容易使人想起雾蒙蒙的莱茵河畔，想到诗人雪莱的千古名句：冬天来了，春天还会远吗？

一壶浊酒喜相逢，半盏清茶品人生。对于远离山水，久居闹市

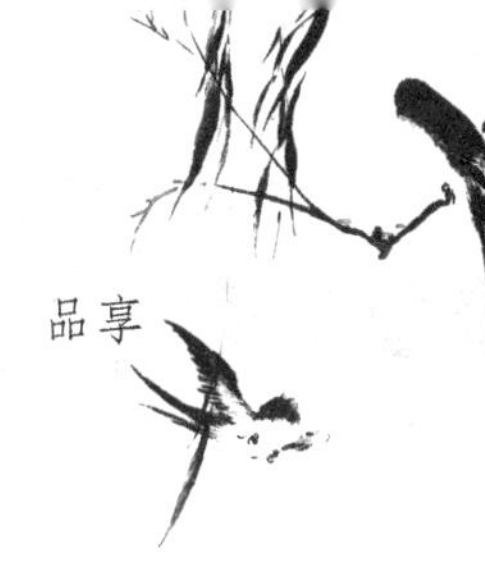

的现代人来说，这是多么美好的生活图景。

走进泰来茶庄茶的世界，仿佛置身于云雾茫茫茶树隐隐的深山老林，是武夷山，是洞庭湖君山，黄山，还是绵延起伏的云贵大山？虽然没有传说中少女特定时辰采摘，用玉乳焙干的女儿红，但未见过的茶中珍品确实不少。每一种茶叶，都有一些讲不尽的文化渊源。五千年的黄帝本草，底蕴深厚莫测，叹为观止。

与一般茶庄不同的是，泰莱茶庄在装饰设计上别具一格，一架博古阁，几枝绿茶枝，将开放式的茶叶柜台隔开，一间精巧的茶园隐在其中，茶香不时飘然而出，引人神往。古典的茶儿，珍贵的宜兴紫砂茶具，景德镇白瓷茶具确实养眼，若是茶道中人，浏览红、白、绿、黑、花茶后，不免被墙上古香古色的生花妙笔，被架上的茶具珍品所吸引，聪明的茶庄主人，自然请你亲口品茶。在这儿，你绝对感觉不到东坡入寺饮茶的炎凉世态，倒能体会到《红楼梦》中妙玉品茶的品位，感受最深的还是茶圣陆羽《茶经》中选茶品茶那天人合一的意趣。可惜，没有一只红泥小炉烧茶，也没有各种名茶所需的名水，但茶庄陈老板这种将文化渗透商业的妙处，也是令品茶人非常感动的。

华夏儿女，真的应该感谢老祖宗留下两种神品——酒与茶。酒能飘逸，亦能乱性；但茶不会，茶只能使人心明如镜，吐气如兰，悟得真道。

一壶妙似一壶的热茶，先苦后甘，再淡，先燥后热，再凉，直至喝的两腋生津，神清气爽。这何尝又不是人生的味道。

粗砂蛋

这名称是有些俗，大俗，但形象逼真，正与壶匹配。

我家乡的人们，尤其是老人，喜欢将粗制的紫砂壶，无论圆形、半圆、椭圆的一律称为紫砂蛋。精致细腻的紫砂壶村里很少见，大南院老爷爷有一把，是民国初的小呡壶，壶底有篆刻名号，走走站站抿一口，把玩着，黄色的壶体晶莹浑厚如老坑汉玉。一般人家，粗砂蛋也没有，是四方的白瓷壶，有客人时洗净沏壶茉莉花，平日不用放在柜顶上，收拾针头线脑，成了储物罐，又是摆设。

紫砂蛋，我倒有一套，不是祖传的，是后来我自己花二十元买下的，那时，几近我工资的五分之一，够添置三张桌子办席的全套盘碗碟筷，对于柴米油盐之外无暇顾及的岁月，的确算一笔不小的支出，还是宜得过的奢侈品，大院的人都笑我够派儿的。那时，就算我所居住的县城家属大院里，人们还习惯捏撮茶，用空罐头钵泡着喝。编一个毛线或尼龙丝套套住，走走站站提着，凉得半温时，端起来，仰着脖子，咕嘟咕嘟灌几口，有时茶叶渣就粘在唇上。饭后有菜汤刷碗水，很少有人稳坐地泡茶喝。即便过时头八节，有了客人，讲究的人家，也是用小白铁壶沏一壶，分到小碗里喝。这几种喝法，我不喜欢，觉得过于粗犷。一直羡慕冰心夫妇有一套精美意趣的茶具，是友人周作人送的，每每泡好茶招待文朋诗友，在圈内传为佳话。渴望自己几时也有一套，闲暇时沏一壶，围在桌边，慢慢地、静静地品赏。遇见过几回，是白瓷或青花瓷的，一把壶六个杯，式样笨拙，价格不菲，我从心底喜欢不起来。有次进城里逛

集贸市场，外围有一窄条门面，叫紫砂居，透过落地大玻璃窗，多宝阁上琳琅满目的紫砂壶吸引了我。居主留着齐整黑亮的八字小胡子，穿中式服装，比较清秀，一看就是南方人，他说是宜兴人，壶全来至家乡，货真价实。有一柜壶上着锁，是细砂的，造型精致，小巧玲珑，多有字画落款，与我家的风格不相配，且价格昂贵，是收藏的珍品。居主介绍我买把配小杯实用的大壶，可品可饮。我在敞开的多宝阁前浏览挑选着，一套南瓜粗砂蛋吸引了我的目光，久久地停伫着。居主笑道:“喜欢，就拿下来看，买不买没关系。”边说边取下平放到实木茶桌上。这是一套纯手工紫砂壶，是地道的紫砂，仿佛能看见沙粒的形状，感觉得出沙子的质地，但用手摸，还算光溜，虽有粗粝的迟滞感。这砂蛋大概出自乡村无名艺人之手，这也是最吸引我的地方，壶体透出掩不住的浓郁的乡野气息，以及其明显的实用性，有一个不大不小的茶盘，也是一色紫砂的，倒水沏茶分茶时，不必担心水溢到桌子上，全溢到茶盘里，很吸水，居主不紧不慢地演示着，洒些水，边洒边干了，像退潮似的快。居主说，真的很实用，还省下买茶船的钱。壶，像只大南瓜，很容水，四只带把的小盏，像四个可爱的小南瓜蛋，有鹅蛋大，一壶茶，正好分四盏，不多不少，续上水边喝边泡边等，循环不止，特别有趣。居主见我略有犹豫，知我虽爱好却是个雏儿，保证说，绝对是手工的，十年后愿五倍价钱回收，又指着小砂蛋内壁上艺人留下的清晰的指纹给我看。我担心壶体的结实度，居主一笑，二话没说，捏着壶把举起就往实木茶案上甩，连甩几下，壶底击在案上，发出沉闷的击打声，拿到我眼前，粗砂蛋完好无损。开始讨价还价，比我出价多

三元时，居主头摇成了拨浪鼓，说，真的没法卖了。我前脚出店，居主就在后边喊，给你吧，一副忍痛割肉的苦相。

拿回家，照居主的吩咐，将壶盏全泡在滚水盆里，沙沙地吸水，吐着细微的小泡儿。待凉后，又沏上茶水泡。隔夜后，清洗罢，才泡茶喝。几天后，我发现，壶体有了微小的变化，色泽似乎深了些，也没有初买时那么刺眼了。茶壶茶盏连同茶盘摆在组合柜里，和后边整排的书交相辉映，更增加了屋子里的典雅气韵，我很喜欢，没事时，站在柜前仔细观赏，仿佛闻到了书香和茶香混合的香味在弥漫，我有些醉意，轻飘欲飞。喝茶时，取出来，放在床上的老榆木炕桌上，一边喝茶，一边无意地观赏着窗外的景色，心情自然地畅快起来。窗前是一片空地，长廊形的，种着两棵树，一棵是高高的白杨，一棵是略低的榆树，树龄较短还没有完全长起来，紧挨窗台下是几株宿根的大熟期花，开着粉红、纯白、紫红的满瓤瓤大花朵，叶片也很大，像葵花叶子，又大又绿。有花籽，但用不着种，春风一吹就从旧根上发芽吐叶长枝，入夏就开花了，一朵一朵，谢谢开开，直到深秋，落了霜，还有花蕾在怒放。也不知从哪里吹来的爬山虎花籽，细细的蔓子缠绕着粗壮的大熟期花枝干，直往上冒，爬到了窑顶上，还不回头，直爬上烟囱，枝节处开着单片片五颜六色的喇叭花。花丛后打着长方形的畦子，种着甜菜、西红柿、青椒、茄子等，有蝴蝶蜻蜓蜜蜂飞来荡去，不时落在金黄的花蕊上停伫。也有鸟儿雀儿停立枝头蔓上，发出清脆悦耳的鸣叫。一派田园风光，和屋里壶嘴儿吐出氤氲热气的南瓜壶交相辉映，显得雅韵起来。沉浸在这种动静相宜的氛围里，我不由地诗意盎然，将流出的诗句记

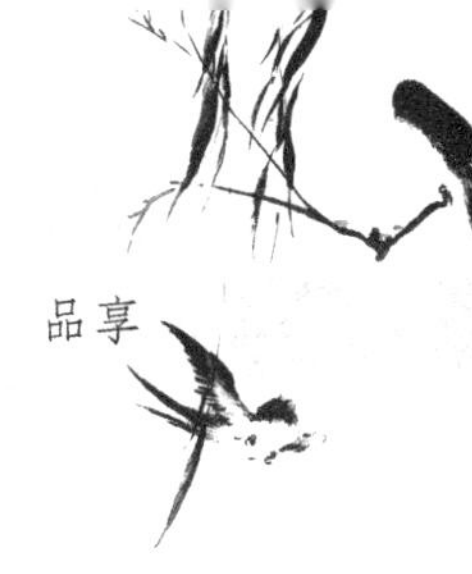

在纸片上，待午茶后重新整理。我的许多诗，就是这样形成的。

那时候，喜欢两种茶，也不分壶，都在一个壶里泡。一种是绣球碧螺春，球上有白色的茸毛，后来才知道，这茶是陈茶重炒的，外观虽美，喝起来已没有新鲜感，茶汤也微微发红，浓时，像后来喜欢的普洱茶，但却是另一种味道。不过，和乡野意味浓重的粗砂蛋很相配，我也很喜欢，尤其是酒后，泡几壶浓茶，热气蒸腾，直喝得两腋生津，酒气全消，然后踏着晚霞沿着两边垂柳拂面的大马路的人行道散步，路中央偶尔有汽车慢慢划过，是最惬意的事了。后来，又买了一包花大方泡着喝，有股清新的草香味，仿佛是从南瓜蛋发出的，更具有了田园气息。

听人说，紫砂蛋用久了，茶垢积在壶体，不用放茶叶，倒入滚水，泡一会儿，倒出的水，自有茶味。我试过，虽有些淡，但茶味还是明显的，是混合型，细巴哑，有碧螺春的味道，也有花大方味，大概是常喝这两种茶的缘故吧。我想，也许，火候未足，等过几年茶垢积厚了，茶味渗透壶体，就会泡出味道浓郁醇香的茶水来，我日夜期盼着。母亲见茶壶有些脏，心想，这孩子们真懒，还好意思用脏壶待客，趁我们不在时，从里到外给清洗了，像新买时一样干净。为这我很后悔了些日子，母亲也觉得抱歉，后来再也没有动过那茶壶。不过，那件事后不久我发现，壶体有了变化，看上去比原先更光洁，色泽也厚重起来，是那种深沉古朴的紫色，用手抚摸时，像有的漂亮女孩子的皮肤，远看粉白光洁，摸时沙沙的，像沙皮山药蛋。后来，我妻子又发现，壶体还有另一种变化，天晴久了，紫砂就发白，天阴欲雨前，紫砂壶体由白变深，多云似的，且有潮润

感。这种阴晴变化的奥妙，原本就是紫砂的一种特性，吸收茶水及天地人之灵气，就变得更加明显，我们就给壶起了另一个名字阴阳壶，后来才知道，有一种能同沏两种以上茶水的壶，才是名副其实的阴阳壶。

有一年夏天，我们举家外出旅游，半个多月后转回来，才发现走时忘了清洗壶，壶中的茶水已干透，茶叶贴在了壶底，木乃伊似的，但没有一丝霉味。这使我们讶然，粗砂蛋神奇如此，更让我们珍爱。

多少个阴雨飘雪的日子，躺在窑洞里，泡一壶热茶，用小砂蛋暖着手，不时喝一口，浑身便热了起来，随意读几页书，写几行字，或者什么也不做，日子就这样缓慢而温暖地流淌着。摩挲着南瓜蛋紫砂壶的粗粝，像日子一样，有质朴感，让我踏实，让我快乐。枕着泥土草香，沉入梦中。

偶尔在一部电视连续剧中，看见陈布雷的书房摆着一套紫砂茶具，远看和我的粗砂蛋一模一样，我忽儿想到，这套壶是不是很名贵呢？陈布雷是民国高官中的文人，刀笔精熟，又通易经，自然不会用普通的茶壶。况且，我的粗砂蛋用了许多年，壶中不仅仅蕴含着我的灵气，天地日月之灵气，还有那渗透壶壁的各种茶味，或许，真的具有了想象不到的价值，像未出世前的和氏璧一样。那时，我近于壶盲，实在傻得可以。

二十多年后，在一次古城茶展会上，我绝没有想到，又遇见了当年开紫砂居卖给我粗砂蛋的南方人，他依旧留着两撇小胡子，除了苍老些，斯文些，几乎没多少变化，我一眼就认出了他。说起那

套粗砂蛋，他若有所思，似乎回忆起许多，说，那种粗砂壶已没人用了，快成古董了，但不值钱，不过，也能卖三百多，已是过去价格的十倍多了。

我默然无言，心凉了许多。但回到家，见到粗砂蛋时，渐渐又热了起来，它毕竟陪伴了我那么多年，就是一只小猫小狗，也有了感情。我用已变得细腻的手掌，轻轻地摩挲着粗砂蛋，那种粗糙，从骨子里我还是喜欢的。

用久了，有了一种说不上的情感。虽然后来，我拥有了许多茶壶，摆满一整个博古架，有单把的，成套的，紫色的、瓷的、陶土的、玉的、铁的等等，其中不乏名壶，细腻若玉，碰撞时发出清越的声音，优美古朴如战国编钟，久久萦回。但那套粗砂蛋，历经几次搬家，一直舍不得丢弃。经过多少岁月的磨砺，更显得粗犷奔放，充满野性，自然也不乏深沉。摆在博古架上，和其他细砂壶杂居在一起，更像一位乡土出身的知识分子，赤脚挽裤，永远带着脱不去的泥土气息。看见它，我仿佛看见自己曾经的岁月，一朝一夕历历在目，清苦而满不在乎的日子。我试着用它泡了壶茶，未加茶叶，空泡了一会儿，尝一口，又苦又涩。我不知道，全然忘记了，当年也是不是这样的味道，可那时我真的没有这种感觉，那茶很烫，很解渴，也很香。但几十年后，却将当时感觉不到或已忽略的苦涩，全留在了壶体上，用清水泡，也泡得出岁月的沧桑、苦涩，唤回悠远的记忆，树皮斑斑驳驳的老杨树，树钱儿鹅黄的老榆树，枝繁叶茂花朵儿鲜艳的大熟期花，花喜鹊、画眉鸟、斑鸠，还有偷吃瓜子的小松鼠，还有从壶嘴散发出的飘绕的茶香，弥漫了我的脑海，弥

漫了整个窑洞。

哦，我曾经粗糙的日子，粗糙的生活，还有我喜欢的粗砂蛋。

玉壶

我有一把壶，玉壶，几乎没有泡过茶，却相当珍爱。

其实，玉壶我有两把，最初是一把墨绿色的，带六个一色小盏，还有盛壶盏的浅盘，像一片绿叶，壶盏像伫立叶上的青蛙家族，有些拥挤。还有一把是单壶，洁白如雪，数九寒冬的大雪，深沉，厚重，更准确地说，像奶酪，羊脂，有人说，那便是纯粹的羊脂玉，温润如婴儿肌肤。

对玉，我不能说不懂，即使尚未入行，但单从喜欢，甚至嗜好的角度而言，也已经年。况且，日积月累，到现在手头确也有了些像样的藏品，大多是实用器皿类，如酒壶酒杯、笔桶、写经的小砚等，自然也包括茶壶。况且，朋友中也不乏爱玉者，及琢玉赌石的人，耳濡目染，自己充电，起码也算半个赏玉人。但那白玉壶，究竟是不是羊脂玉，还真不好说，似是而非，尤其这壶是我的，我所珍爱的，不能说没有一丝家有敝帚享之千金的偏爱。偏爱自己的孩子，瓢嘴葫芦看成珍宝，原本没错，情有可原。况且，仿佛医生，就算是名医，给自己的孩子把脉，情在作祟，总难诊断，更不要说亲自操刀除患灶了。我也亦然。

买那套绿玉壶时，老板说，是地道的南阳玉，又名独山玉。属大矿开采，即便是壶盏，一看就是机械加工的，流水作业，批量生

产，虽无瑕疵，也不名贵。当时我便疑心，那不是南阳玉，更像祁连玉，接近古人常说的夜光杯，成色还要差一些。那年在北京工艺美术商店，就为了“葡萄美酒夜光杯”那个美丽动人的传说，我毫不犹豫地掏出袋里仅有的钱，买下一对夜光杯，小心翼翼地品酒后，大失所望，哪里又有想象中期望的夜光，看着漂亮的盒子，盒里盒外名家书法的名诗，我想到买椟还珠的故事。自然这不是我爱玉所缴的第一笔学费。常在江湖飘，哪有不挨刀。几年后遇见几个玲珑的竹节夜光茶杯，很喜欢，却没有买。买那套绿玉壶，说实话，也不是多动心，只是喜欢那墨绿的颜色，又的确想添置一套玉壶，尝尝玉壶品茶的滋味，况且，又不贵，可谓物美价廉，尽管我相信物美又价廉云云，但经不住老板自砍价的诱惑，一激动，买下了，抱着匆匆离店，我怕自己略一迟疑便反悔。

南阳玉我有，之前就有，一个纯度很高，正规厂家生产的笔桶，是插钢笔类的矮笔桶；一个是整块独山玉手工雕刻的玉香炉，环链鼎足，宝盖镂空，适合干烧香粉。

泡茶后，果然一般，清汤寡水，缺少紫砂壶的醇厚绵软，甚至没有手工玻璃壶的清澈原味。之后，便一直束之高阁，我甚至心有余悸，对玉茶壶往往敬而远之。但喜欢玉石，闲逛玉石斋古董店时，还是身不由己，每每在玉壶杯盏前驻足流连，静静观赏。

其实，从理论上，或者前人的经验之谈，我明明知道用玉壶水晶壶品茗，不过如此，古人收藏，更多属于身价象征和观赏价值。就是我，也不能说没有一点这样的虚荣心，自然更多的还是尝鲜和喜爱的成分。玉壶玉杯饮酒，那是相当的美，尤其是老白汾，经过

壶杯的储存，吸收了玉的精华，酒液更醇厚甘洌，入口绵甜。但于茶，真的不敢恭维，远不及粗陶粗瓷，像泡碧螺春用粗陶笨盏，风味绝佳，我还没有发现，哪一种茶适宜玉壶泡，玉杯品。真的没有。

按理，人不可能两次踏入同一条河流。就是在那套绿玉壶落满尘埃的时候，简直是神催鬼拔拦，我又花不菲的价钱，买下一把白玉壶。连我都没有想到，我会再买一把只有观赏功能的玉壶，但从不后悔，那壶我的确喜欢，就放在博古架旁的书柜，常常站在柜前观赏，有时就忍不住取出细细把玩。其实，买那天，我心清如秋水，没有一丝微澜。并不是冲动的结果。那壶我已细赏过多回，从见第一眼起就再也放不下，隔三岔五地去，连老板都熟了起来，说，兄弟，喜欢就买下，我成全你，机不可失，过这个村可就没这个店了，全城仅此一把。我故意质疑，不会是阿富汗白玉吧？老板扭转头，露出不屑一顾的神情，良久才讪讪地说，你既然这样看，我无话可说。再去时，架上同样质地的仿汉香炉不见了，已出货，另一件笔洗也名花有主。我这才下了决心，花一般人近两个半月的薪金买下，吃大餐也没有心思，几回拿出观摩，越看越喜欢，简直有些心花怒放。

是羊脂玉，和田，还是碧玉，这时真的已不再重要，关键是我喜欢，很喜欢，看见就心清气爽，阳光明媚起来。多少年后，我还在想，第一眼看见特喜欢的东西，只要条件许可，一定要在第一时间拿下，不然一旦失之交臂，会遗憾终身的，尤其是对有嗜好的人。就像我曾遇见一部早期版本的《石头记》，略一迟疑，返回决心要买时，已经错过，永远错过。懊悔之余，只好自嘲地感慨，错过说明

无缘。是你的终归是你的，不是强求也没用。话虽如此，遗憾还是有的。

自然，我再不会傻兮兮地用洁白的玉壶泡茶，尝试其中的滋味。但一直弄不明白，或者说无法感悟古人“一片冰心在玉壶”的意蕴，可从始至终我都相信，古人不是无由而发，更不会凭空臆造，是一种很高境界的实感，是有形而上的意味，但更多的恐怕还是一种个性的生命通感的体验，自然这种体验不会呼之即来挥之即去，如普通的实物情感体验，它需要时光沉淀和自我修为及情境在某一刻电光闪石的碰撞，更需要一双慧眼和一颗慧心，才有可能体验得到。是机缘，也是福气，就像好茶好水的相遇，并有幸进入或升华到禅茶一味的境界。

和氏璧再美，再稀世绝有，未雕琢前，不过是一块璞石，和其他的石头并没有两样。和氏固然高明，有一双洞穿原石的慧眼，倘无人相信，不加工雕琢，一样不会光华灿烂，大放异彩。

在很长一段时间，我虽常常隔着柜门观赏玉壶，即便偶尔取出摩挲把玩，也只是感受到壶的光洁温润，最多还有雕工的精细，莲叶妙趣天成，大有出淤泥而不染的联想比赋。说实话，和赏一块其他美玉没有什么两样，甚至没有把玩紫砂壶的感悟和情境体验，那种温润如玉又不是玉的生命体验，或多或少，或深或浅，我是经历过的。

不止一次，凝望着玉壶，忽儿，其实大多时候是渐渐的，幻化出梦一般朦胧而真切的境致。我就想，十几年后，或者几十年后，玉壶会有什么样的变化，时光或岁月会在壶上留下什么样的痕迹？

会不会像我亲历的紫砂壶和普洱茶，在短短的几年就发生了质的变化，浑厚，醇香，带你进入岁月沧桑静好的体验，感受，应该说是享受业已流逝的时光中阳光雨露的温情和甘甜，甚至淳厚的苦涩。自然不会，生命的四季特征规律大致相同，但长短各异，质变的速度自然千差万别。蜉蝣朝生夕死，蓝蝶轰轰烈烈几天，人生不满百，神龟虽寿，犹有尽时，沧海桑田的巨变，说不来就赶上了。但玉的变化，据说更长些，是以千年或几千年为界的，原石无恙，一旦琢玉，千年多最是丰润，四五千年后开始消瘦，之后只剩枯骨，大约八千年到一万年，逐渐化为泥土。看来，水归源泉，物归泥土，是自然界不可抗衡的规律，颠扑不破。

我一直尝试用各种水泡茶，河水，雪水，矿泉水，井水，水茶相遇，茶水诞生，禅茶一味。无形或有意中，对水的理解更深些。说水是生命之源我信，包括水晶，乃至玉石，都是在某个时空由水生成的，好玉，自然水灵些，无水而润，无水而温，我甚至相信，好玉是有生命特征的，一直活着，会呼吸，会修行。是水之精，地之髓，也是人之范，亦如所谓君子比德如玉云云。

那的确是无意的，訇然中开，料所未及，我忽儿真切地感悟或者说看到了“一片冰心在玉壶”的境致，栩栩如生，伸手可触。那天，甚至那一刻，真的很平常，午后的阳光懒洋洋地漫过窗纱，洒在书柜上，熏过香，饮过茶的我，又习惯性地立在书柜前，观看着白玉壶。忽儿玉壶飘动起来，像一块冰，一掬水，或水雾，云烟，轻盈晶莹，那感觉我也说不上，仿佛从未见识过，像水母，真有生命的气息，却轻飘飘的，依旧是壶的形状。我的心跳出心扉，感觉

上是我自己整个化成一颗晶莹的心，浸泡在玉壶里，古琴音符般地如水起伏着，漂动着，渐渐和壶融为一体，清爽若冰，晶莹若水晶，静美如玉。瞬间身体通透，轻盈欲飞霞。

我是玉壶，还是玉壶是我，那一刹那，仿佛混混沌沌，却又清清晰晰，一时却难分离。

我明白，若此玉壶品茗，又何须茶，何须水，何须饮呢。不品自品，无品自高，是为真品。

后记

重新拾笔，到现在已近五年了。

五年来，只经营一种文体，那就是散文。几乎平均每周写一篇，零零星星，总有二百多篇，边写边投稿，大多发表在各级报刊上。其间得益于编辑老师的慧眼和关怀，及广大读者的支持，才有信心继续这些文章。

其中有一部分，是对生活的体味和感受，说彻了，就是一种活法，这些篇章便形成了这部叫《品味》的集子。写这些文字时，心情很轻松，思想自由流淌，写完后，更有一种释然的感觉。倘若读者品读后，露出悠然会心的微笑，那便是文学的作用，于我而言，就满足了。

我不敢说自己品味有多高，多么超然物外，空灵到高山流水的地步。不过是，真实而艺术地记录了自己生活的点滴，以及生活中一些浮浅的感悟，是有敝帚自珍的味道，但我敢说，这些文字，是真切的，问心无愧的，任时光河水一样地流去，它却像碎小的鹅卵石一样，沉淀在河床上，或冲击到岸边，在阳光下晾晒，依然经历

风吹雨打。

如散落的贝壳，时间一长，漂得到处都是，将被泥沙掩埋，或留存，或腐蚀，化为泥土，还原了。所以，倘能串成珠链，或装饰，或佩戴，将这些散落的篇章收存在一起，出版面世，再次让更多的人系统地品味我的品味，是求之不得的。

此时，我的心中只有感恩，感恩天地，感恩朋友，感恩所有品读这部散文集的读者。除此而外，真的心静如水，缓缓流去。